Myriane Angelowski, geboren 1963 in Köln, studierte Sozialarbeit. Nach mehreren Jahren als Referentin für Gewaltfragen folgte die Aufnahme einer selbstständigen Tätigkeit als Coach. Sie lebt und arbeitet in Köln.
www.angelowski.de

MYRIANE ANGELOWSKI

Gegen die Zeit

KÖLN KRIMI

emons:

Bibliografische Information der Deutschen Nationalbibliothek
Die Deutsche Nationalbibliothek verzeichnet diese Publikation
in der Deutschen Nationalbibliografie; detaillierte bibliografische
Daten sind im Internet über http://dnb.d-nb.de abrufbar.

© Emons Verlag GmbH
Alle Rechte vorbehalten
Umschlagbild: ©mauritius images/Michael Leonhard
Umschlaggestaltung: Tobias Doetsch
Druck und Bindung: CPI – Clausen & Bosse, Leck
Printed in Germany 2015
Erstausgabe 2007
ISBN 978-3-89705-486-8
Köln Krimi 31
Originalausgabe

Unser Newsletter informiert Sie
regelmäßig über Neues von emons:
Kostenlos bestellen unter
www.emons-verlag.de

Für David, Anja und für B.D.

ERSTER TAG

Auf dem Berlich

Rocco stand nackt vor dem Spiegel und zwinkerte seinem Spiegelbild zu. Ihm gefiel, was er sah. Die sonnengebräunte Haut, der Waschbrettbauch und die muskulösen Oberschenkel. Der eiskalte Duschstrahl belebte seine Sinne. Diesmal störte ihn der Schimmel an der Decke nicht. Er dachte an Celine. Heute würde er sie ins Bett kriegen. Er hatte mit seinen Kumpels gewettet, und das tat er nur, wenn er sich seiner Sache sicher war. Celine ließ ihn zappeln. Seit drei Wochen. Eine lange Zeit für Rocco. Er sprang aus der Dusche, rieb seinen Körper mit Öl ein, kämmte die schwarzen Haare mit Gel nach hinten und putzte sich schnell die Zähne. Die Zeiten, in denen er wegen seiner Arbeitslosigkeit deprimiert gewesen war, gehörten endgültig der Vergangenheit an. Er ging ins Schlafzimmer und zog die Gardinen zu. Die Vorhänge tauchten das Zimmer in ein dunkles Rot. Rocco schaltete den Deckenventilator ein. Perfekt. Alles war bereit. Er streifte eine Jogginghose über und sah auf die Uhr. Es blieb noch Zeit für einen Kaffee. Er trank ihn stehend auf dem Balkon. Die Morgensonne war ungewöhnlich aggressiv. Alle Welt stöhnte über die Hitze, er nicht. Das Leben war herrlich. Er fühlte sich gut.

Sein Blick blieb am Balkon seiner Nachbarin hängen. Roccos Interesse an seinen Mitmenschen hielt sich in Grenzen. Aber der Geruch, der seit Kurzem im Hausflur hing und jetzt auch hier zu ihm herüberwehte, löste in ihm gleichermaßen Ekel und Neugier aus. Er lehnte sich weit über das Eisengeländer. Seine Fingerspitzen berührten die Blumenkästen der Nachbarin. Petersilie und andere Kräuter verbrannten in der Sonne.

»Frau Hilgert? He, Frau Hilgert!«

Keine Antwort. Einem Impuls folgend, kletterte Rocco über das Geländer und sprang geschmeidig wie eine Katze auf den Nachbarbalkon. Hier war der Geruch intensiver. Die Balkontür stand einen Spalt offen. Rocco stieß sie auf und betrat zögernd die Küche. Er ignorierte den penetranten Gestank, ging auf Zehenspitzen zum Badezimmer und drückte auf den Lichtschalter. Die Lüftung sprang geräuschvoll an.

»Hallo? Frau Hilgert?«

Vorsichtig schob er den Duschvorhang zur Seite.

Nichts. Schweiß mischte sich mit dem Öl auf seiner Haut und rann in kleinen Tropfen zwischen seinen Schulterblättern hinunter. Er registrierte die Fliegen. Sie saßen auf den weißen Kacheln, schwirrten über dem Brillenrand der Toilette und krabbelten auf einem Berg Wäsche, der am Boden lag. Sie summten um seinen Kopf und blieben in seinen gegelten Haaren hängen. Rocco schlug um sich, zog ein Taschentuch hervor und presste es gegen die Nase. Eine Mischung aus Abscheu und Faszination zog ihn weiter. Sein Mund war trocken, die Zunge klebte am Gaumen. Die Tür zum Schlafzimmer war nur angelehnt. Er stieß sie mit dem Ellenbogen auf. In der Mitte des Zimmers stand ein Bett. Rocco starrte auf den leblosen Körper einer Frau. Sie war nackt und lag mit gespreizten Beinen auf einem fleckigen Laken. Er konnte ihren Kopf nicht sehen. Überall waren Fliegen. Rocco blieb im Türrahmen stehen, ein flaues Gefühl im Magen.

»Frau Hilgert?« Seine Stimme war nur ein heiseres Flüstern, und er wusste, dass er keine Antwort erhalten würde. Er wischte sich den Schweiß von der Stirn und vermied es, genauer hinzusehen.

»Hallo?«

Er unterdrückte einen Brechreiz und ging zögernd um das Bett. Jetzt zwang er sich, ihren Hals zu betrachten, bemerkte einen dunklen Fleck auf dem Boden und brauchte einige Augenblicke, bis er verstand, was er sah. Der Kopf fehlte. Kleine, dicke Maden wimmelten in der Halsöffnung. Rocco würgte und presste sein Taschentuch erneut fest gegen die Nase. Instinktiv ging er rückwärts. Er wollte raus. Sofort. Dabei taumelte er und stieß gegen eine Stehlampe. Das Glas des Lampenschirms zersprang klirrend auf dem Boden. Rocco taumelte weiter. Die kleinen Glassplitter bohrten sich in seine nackten Fußsohlen. Er spürte es nicht, rannte in die Diele und riss die Wohnungstür auf. Seine Schläfen pochten. Er würgte mehrmals hintereinander. Schemenhaft nahm er eine Gestalt wahr. Celine. Sie stand vor seiner Wohnungstür und drehte sich zu ihm um. Sie rief seinen Namen. Jetzt ließ sich die Übelkeit nicht mehr in Schach halten. Rocco würgte und kotzte ihr vor die rosa Flip-Flops.

Gustav-Nachtigal-Straße

Lou tastete nach dem Wecker, schlug ihn mit der flachen Hand aus und zog die Decke über den Kopf. Zwei Sekunden später klingelte es wieder, diesmal an der Haustür. Sie schreckte hoch und sah auf die Leuchtziffern ihres Radioweckers. 9.45 Uhr. Sofort war sie auf den Beinen, rannte fluchend im Slip über die Holzdielen ins Badezimmer und schlüpfte in ihren Seidenkimono. Kämmen? Zu spät. Sie spritzte sich Wasser ins Gesicht, eilte über den Flur und öffnete die Tür zum Zimmer ihrer fünfzehnjährigen Tochter. Es roch nach Schweiß und verbrauchter Luft. Die Rollläden waren runtergelassen. Lou schlug auf den Lichtschalter. Das Bett war leer. Offenbar war Frieda in der Schule, obwohl der Unterricht heute erst um elf Uhr begann. Aber wahrscheinlich wollte sie dem Auszug ihres Vaters aus dem Weg gehen. Es klingelte noch einmal, diesmal energischer. Lou raste die Treppe hinunter und riss die Haustür auf. Die Morgensonne blendete sie. Schützend hielt sie sich eine Hand über die Augen. »Hallo, Henry!«

Er erwiderte ihren Gruß und lächelte.

Lous Blick blieb an den Trekkingsandalen hängen, die sie noch nie an ihm gesehen hatte.

»Die Hitze bringt mich noch um«, sagte er. »Heute sollen es über vierzig Grad werden.« Er wischte sich mit dem Ärmel seines T-Shirts Schweiß aus dem Gesicht und drängte sich an Lou vorbei ins Haus.

Sie registrierte einen Lkw in der Garagenauffahrt. Zwei Männer lehnten am Kotflügel.

Henry bemerkte ihren Blick. »Das sind zwei Mitarbeiter von der Sozialistischen Selbsthilfe Köln. Die werden die schweren Sachen tragen.«

Die Männer nickten ihr zu. Lou zog den Kimono fester um ihre Taille, grüßte flüchtig und ging zu Henry ins Haus.

»Musst du ausgerechnet heute verschlafen?« Er zog die Stirn in Falten.

»Entschuldige, aber schließlich ist es mein freier Tag. Und es ist nicht mein Auszug. Ich habe nur angeboten, dir zu helfen.«

Die beiden Möbelpacker waren ihnen ins Haus gefolgt und blieben nun unschlüssig in der Diele stehen.

»Sollen wir die Kisten da schon mal nach draußen tragen?«, fragte einer und zeigte auf die gepackten Bücherkisten, die unter der Treppe standen.

»Ja, fangt damit an«, entschied Henry, folgte Lou in die Küche und setzte sich an den Küchentresen. »Ist Frieda in der Schule?«

Lou nickte und setzte Teewasser auf. Henry rutschte auf seinem Stuhl hin und her.

»Was ist los?« Lou sah ihn fragend an.

»Ich hatte gestern den Termin mit Friedas Lehrerin.«

»Müssen wir das jetzt besprechen? Die Männer wollen doch aufladen.«

Henry ignorierte ihren Einwand und strich sich über seine stoppelkurzen Haare. »Friedas Versetzung ist gefährdet. Frau Sonntag sieht wenig Hoffnung. Wir müssen unbedingt darüber reden.«

Lou sah ihren Mann an. Schule und Gespräche mit den Lehrern waren Henrys Sache. So hielten sie es seit Friedas Einschulung. Lous Arbeitszeiten beim Kriminalkommissariat 11 waren zu unberechenbar, deshalb hatte Henry seine Stunden reduziert, als Frieda auf die Welt kam. Er war von Anfang an in dieser Rolle aufgegangen und hatte Lou den Rücken freigehalten. Beruflich war er deshalb nicht richtig vorangekommen. Er war seit ewigen Zeiten Oberkommissar, während Lou es längst bis zur Hauptkommissarin geschafft hatte. Ein Schicksal, das Henry mit Millionen Frauen teilte, und Lou bewunderte die Gelassenheit, mit der er diese Tatsache akzeptierte. Henry arbeitete mittlerweile in der Verkehrsdirektion als Sicherheitsberater. Ein Schwerpunkt seiner Arbeit war das Verkehrstraining mit Kindern. Diese Tätigkeit füllte ihn aus, und die Hausarbeit erledigte er nebenbei. Jetzt, wo er auszog, musste Lou im Wesentlichen sehen, wie sie mit Frieda und dem Haushalt klarkam. Aber über dieses Problem wollte sie jetzt nicht nachdenken. Henry räusperte sich hörbar.

»Hörst du mir überhaupt zu? Frieda wird sitzen bleiben.«
Lou schüttelte den Kopf.»Wieso? Sie ist eine gute Schülerin.«
Henry holte tief Luft.»Sie war eine gute Schülerin. Hast du ge-
wusst, dass sie in Französisch und Bio auf glatt Fünf steht? Sie hat
mehrere Arbeiten verhauen.«
Lou warf zwei Beutel Earl Grey in eine Teekanne.»Ich habe keine Ahnung. Du unterschreibst ihre Tests.«
Henry schnitt eine Grimasse.»Aber von Fünfen weiß ich nichts.
Ich habe schon lange keine Arbeit mehr unterschrieben, und weißt
du, wieso?« Sein Gesicht lief rot an. Wie immer, wenn er wütend
wurde.»Sie hat meine Unterschrift gefälscht. Mindestens fünf Arbeiten hat sie selbst unterschrieben.«
»Bitte? Das ist doch nicht möglich.«
»Doch. Frau Sonntag hat gesagt, dass sich Frieda seit einigen Wochen verändert hat. Sie macht im Unterricht nicht mehr mit und fällt
höchstens durch Widerworte auf. Pubertät hin oder her, so geht es
nicht weiter. Natürlich glaubt Frau Sonntag, dass unsere Trennung
der Grund für Friedas Leistungsabfall ist.«
Klar, dachte Lou. So eine Trennung kann für alles herhalten.
Friedas schlechte Laune, ihre ständigen Erkältungen und auch ihre
enorme Gewichtszunahme. Laut Lous Mutter waren alle Auffällig-
keiten des Kindes Reaktionen auf die bevorstehende Scheidung.
»Lass uns heute Abend in Ruhe mit ihr reden.«
Einer der Packer kam in die Küche.»Wir haben die Kisten ver-
staut. Sollen wir jetzt die Möbel aufladen?«
Henry verschwand mit ihm in der Diele. Im gleichen Moment
klingelte das Telefon. Lou nahm den Hörer ab.
»Vanheyden.«
»Hallo, Lou, hier ist Maline.«
»Wer?«
»Maline Brass, deine neue Kollegin.«
Lou räusperte sich. Maline Brass war vor wenigen Tagen ins
KK 11 versetzt worden. Seitdem teilten sie sich ein Büro. Lou war
skeptisch. Sie wusste noch nicht, was sie von ihr halten sollte. Ma-
line kam aus einer Polizeiinspektion, hatte dort überwiegend Ver-
kehrsdelikte bearbeitet und verfügte über wenig Erfahrung in kri-
minalpolizeilicher Ermittlungsarbeit.

»Die Leute von der Kriminalwache versuchen dich seit einer halben Stunde auf deinem Handy zu erreichen.« Sie klang nervös. Lou verdrehte die Augen. »Ich möchte einmal erleben, dass ich dienstfrei habe und nicht zu Hause angerufen werde. Was ist denn so dringend?«

»Wir haben eine Leiche; Auf dem Berlich in der Innenstadt. Max Conrady will, dass du uns unterstützt.« Maline gab ihr die genaue Adresse durch.

Lou war nicht begeistert, aber wenn ihr Chef sie anforderte, gab es triftige Gründe. »Wer leitet denn die Mordkommission?«

»Tom Lechner. Kennst du ihn?«

Natürlich kannte sie Tom. Er leistete gute Arbeit, aber er war für ihre Begriffe zu medienfixiert. Er liebte es, sein Gesicht in die Kameras zu halten. Trotzdem atmete Lou erleichtert auf; sie war nicht scharf darauf, schon wieder eine MK zu leiten. Vor allem deshalb, weil sie gerade einen schwierigen Fall abgeschlossen hatte.

»Gut, ich fahre sofort los«, sagte sie, ohne Malines Frage zu beantworten.

Auf dem Berlich

Funkstreifenwagen und Zivilfahrzeuge blockierten den Berlich an der Ecke Breite Straße. Lou parkte ihren alten Citroën CX auf der Richmodstraße und stieg aus. Der Asphalt flimmerte, Hoch Angélique bescherte dem Rheinland seit Wochen südländische Temperaturen. Aber die anfängliche Freude der Bevölkerung war in Unbehagen und Trägheit umgeschlagen. Kreislaufbeschwerden und Herzinfarkte hielten die Ärzte in Praxen und Krankenhäusern auf Trab. Außergewöhnlich viele alte Menschen starben, die Leute wurden aggressiver, Verbrechen nahmen zu. Nichts Ungewöhnliches im Sommer, aber es war erst Mai. Der Frühling spielte Hochsommer, die Meteorologen standen vor einem Rätsel.

Hier in der Innenstadt wehte kein Lüftchen. Die Ozonwerte lagen mit Sicherheit weit über dem zulässigen Grenzwert. Das Haus mit der Nummer 45 war ein etwas heruntergekommener Altbau mit drei Stockwerken. Zwei Polizisten standen vor dem Eingang; Lou zeigte ihre Marke.

»Sind die Kollegen schon oben?«

Einer der Beamten nickte. Dankbar registrierte Lou die angenehme Kühle im Treppenhaus. Aber bereits im ersten Stock stand die Luft, und es wurde zunehmend stickiger. In der zweiten Etage roch es schwach nach Schwefel. Die Leiche konnte nicht weit entfernt sein. Lou spürte eine innere Anspannung, während sie langsam höherstieg; der Fäulnisgeruch nahm zu. Sie atmete durch den Mund weiter.

Maline Brass wartete auf dem Treppenabsatz des dritten Stocks. Sie trug bereits einen Spurensicherungsoverall, in dem sie noch größer und dünner aussah, als sie ohnehin war. Der Mundschutz baumelte vor ihrem Kinn. Sie spielte an ihrem Augenbrauenpiercing und lächelte.

Lou war erstaunt, wie jung die Kollegin wirkte. Ihr schmales Gesicht wurde von spitzen Wangenknochen dominiert, die hellgrünen Augen waren ständig in Bewegung. Einige schwarze Haarsträhnen waren der Kapuze entkommen.

Maline reichte Lou einen Anzug.

»Warst du schon drinnen?«, fragte Lou und streifte den Overall über.

»Ja.«

»Gut. Was wissen wir?«

»Es handelt sich um eine weibliche Leiche, ungefähr fünfzig Jahre alt. Wenn die Tote Ann-Marie Hilgert ist, dann arbeitete sie als Angestellte bei der Bahn und lebte allein. Es gibt einen Exfreund, und sie hat einen guten Kontakt zu ihren Eltern, die allerdings zurzeit verreist sind. Ein Nachbar hat die Leiche gefunden. Der Fundort ist wahrscheinlich auch der Tatort.«

Lou zog die blauen Schuhüberzieher an und setzte wie Maline die Kapuze auf. »Wieso ist ihre Identität unklar?«

Maline räusperte sich. »Weil ihr der Kopf abgetrennt worden ist.«

Lou atmete einmal tief durch, dann gingen sie hinein. Überall waren Fliegen; der Gestank war entsetzlich. Die Leute vom Erkennungsdienst waren schon bei der Arbeit.

Tom Lechner stand in der Mitte des Schlafzimmers. »Gut, dass du endlich da bist.« Er putzte sich geräuschvoll die Nase. Sein Doppelkinn vibrierte, und seine Augen waren rot unterlaufen. »Heuschnupfen«, sagte er, als er Lous Blick bemerkte. »Dieses Jahr ist es besonders schlimm.«

Lou sah sich um. Schwarze verschnörkelte Metallregale, ein riesiger Spiegel mit Goldrand. Stehende, hängende und liegende Engel, die einen von allen Seiten des Zimmers zu beobachten schienen. Der wuchtige Kleiderschrank wirkte antik. Auf einem schmalen Hängeregal standen gerahmte Fotos.

Die Luft war zum Schneiden, es roch nach einer Mischung aus getrocknetem Blut und Leichenfäulnis. Wegen der extremen Hitze und des fortgeschrittenen Zersetzungsstadiums der Leiche war der Gestank diesmal besonders schlimm. Der Leichnam war bereits aufgebläht, die Haut war grün verfärbt und fleckig. Auf der Tapete zeichneten sich dunkle Flecken ab. Blut, dachte Lou. Hier hat ein regelrechtes Gemetzel stattgefunden.

Sie sah Tom fragend an. »Wo kommen die Fliegen her?«

»Die Balkontür in der Küche war nur angelehnt.« Er zeigte mit dem Kopf in Richtung Diele.

Lou zog es vor, sich allein ein Bild vom Rest der Wohnung zu machen, steckte einige Spurensicherungsbeutel ein und warf einen Blick ins Badezimmer. Nur eine Zahnbürste. Ordentlich gefaltete Handtücher. Rot und gelb, immer im Wechsel. Lou nahm die Haarbürste vom Rand des Waschbeckens, steckte sie in einen Plastikbeutel und löschte das Licht. Danach betrachtete sie aufmerksam die Schlösser der Wohnungstür und ging in die geräumige Küche. Die Mülltonne war geleert, auch sonst penible Ordnung. Aber der Gestank war unerträglich. Lou öffnete die angelehnte Balkontür weit. Die Küche hatte Frau Hilgert offensichtlich auch als Wohnzimmer gedient. Sonnengelbe Wände, ein karierter Ohrensessel im Erkerbereich und ein wunderschöner alter Sekretär, auf dem ein Computer stand. Dicke, teils gebundene Bücher, Kisten und Krimskrams stapelten sich in hohen Holzregalen. Auf einem separaten Regal neben dem Herd reihten sich ausnahmslos Kochbücher aneinander. Ein ausgestopfter Rabe thronte auf einem alten Büfett und starrte Lou aus ausdruckslosen schwarzen Augen an. Obwohl die Wohnküche überfrachtet war, machte sie einen gemütlichen Eindruck.

Lou widmete sich den Fotos, die auf der Anrichte standen. Eine Schwarz-Weiß-Fotografie zeigte ein Mädchen mit Schultüte an der Hand einer lächelnden Frau. Lou nahm das Bild aus dem Rahmen. »Ann-Marie, Einschulung 1956« stand auf der Rückseite. Der Gesichtsausdruck des Kindes wirkte verkniffen. Lou stellte das Bild zurück und öffnete einen Karton. Unsortierte Fotos. Ihr fiel eine Porträtaufnahme auf. Eine etwa fünfzigjährige Frau im Rollkragenpullover lachte in die Kamera. Lou steckte das Foto ein und registrierte, dass ihr Schweiß den Rücken hinunterlief. Sie ging auf den Balkon und sah in den Hinterhof hinunter. Lou bemerkte die schmale efeuumrankte Feuerleiter, die seitlich an der Hauswand angebracht war und die man problemlos vom Balkon erreichen konnte. Hier hochzuklettern war selbst für ungeübte Kletterer ein Kinderspiel. Sie ging in die Küche zurück. Der Einweganzug wirkte wie ein Treibhaus, und ihr T-Shirt klebte feucht an ihrer Haut. Lou ärgerte sich, dass sie ihre kühlbare Umhängewasserflasche im Auto vergessen hatte.

In der Ecke stand ein Korb mit Altpapier. Zusammengefaltete Pappkartons und ordentlich gestapeltes Papier. Lou ging in die Hocke und sah die losen Blätter durch. Werbung, nichts als Werbung. Gerade als sie die bunten Reklamezettel in den Korb zurücklegen wollte, entdeckte sie ein einzelnes weißes Blatt und zog es heraus. Feinstes Büttenpapier und nur ein Satz. Fein säuberlich mit Tinte geschrieben.

» Wen ich das Schwert thu aufheben, so wünsch ich dem armen Sünder das ewige Leben. Meister Hans«.

Lou zog eine weitere Plastiktüte unter der Gummimanschette ihres Overalls hervor und ging ins Schlafzimmer zurück.

Die Kollegen vom Erkennungsdienst verspurten den Tatort, vermaßen die Abstände und klebten die Leiche zur Spurensicherung ab. Ihre Gesichter glänzten vor Schweiß.

»Hier, die Haare sollten für die exakte DNA-Analyse reichen«, sagte Lou und reichte ihnen die Tüte mit der Haarbürste. Danach begrüßte sie Heinrich Meller. Der Rechtsmediziner beendete gerade die ersten Untersuchungen an der Leiche. Lou hatte ihn länger nicht gesehen, und ihr fiel auf, dass sein Kinnbart grau geworden war. Sie schätzte die ruhige Art, mit der er seine Arbeit tat. Heinrich genügten wenige Anhaltspunkte, um erste verlässliche Informationen zu geben.

Jiri, einer der Fotografen, nahm die Tote aus verschiedenen Perspektiven auf. Lou kannte ihn von unzähligen Einsätzen. Sie begrüßte ihn mit einem kaum wahrnehmbaren Kopfnicken, winkte Maline herbei und reichte Tom ihren Fund aus dem Altpapier.

»Das könnte ein erster Hinweis sein.«

Tom überflog die beiden Zeilen und reichte den Text dann an den Erkennungsdienst weiter. »In diesem Stadium kann alles eine Bedeutung haben«, sagte er. »Mit neunundneunzig Prozent Wahrscheinlichkeit ist die Tote Ann-Marie Hilgert. Die Wohnung ist voll von den Fingerabdrücken der Toten.«

Erst jetzt näherte sich Lou der Leiche. Die braunen Flecken unter dem Kopfende waren eingetrocknetes verklumptes Blut; offensichtlich war es aus der Halswunde gelaufen.

»Was meinst du?« Sie sah Heinrich an. »Womit wurde ihr der Kopf abgetrennt?«

Der Rechtsmediziner runzelte die Stirn. »Schwer zu sagen. Zur Tatwaffe kann ich auch noch nichts sagen. Die Maden haben sich an der Trennstelle entlanggefressen. Schlecht für uns, denn der ursprüngliche Zustand der Schnittstelle ist nicht mehr zu sehen.«

Lou, Maline und Tom betrachteten die ausgeblutete Wunde. Die durchgetrennte Wirbelsäule und einige Nervenstränge waren sichtbar.

»Hier, den Stuhl hat sich der Täter wahrscheinlich zu Hilfe genommen.« Tom deutete auf einen Holzstuhl, der in nur wenigen Zentimetern Abstand hinter dem Bett stand. Auf ihm waren deutlich Blutspuren zu erkennen.

Heinrich beugte sich vor. »Sieht so aus, als ob der Mörder den Stuhl herangeschoben hat, ihren Kopf darauf abstützte und ihn dann vom Körper trennte. Das erklärt auch das viele Blut unter dem Bett.« Er trank einen Schluck Wasser aus einer Plastikflasche. »Wahrscheinlich war das Opfer zu dem Zeitpunkt schon tot«, fuhr er schließlich fort. »Ich habe bisher keine Abwehrspuren entdeckt, und es ist ziemlich schwer, jemandem den Kopf abzuschlagen. Vermutlich hat der Täter den Kopf erst nach ihrem Tod mithilfe des Stuhls überstreckt.«

Tom strich sich über sein Doppelkinn. »Er muss also stark sein. Das heißt, dass wir nach einem Mann suchen.«

»Wahrscheinlich«, sagte Heinrich nickend.

»Gibt es andere Verletzungen?«, fragte Lou.

»Wir müssen die Obduktion abwarten. Aber bisher habe ich nichts gefunden.«

»Was meinst du«, fragte Tom, »wie lange liegt sie schon hier?«

Heinrich massierte sich nachdenklich mit einer Hand den Nacken. »Das Blut ist eingetrocknet und fast schwarz, und wie ihr sehen könnt, ist die Auftreibung des Körpers massiv, die Oberhaut löst sich bereits ab, und die Venen schlagen durch.« Er trat an die Leiche und drückte ihr leicht auf den Oberbauch. An dieser Stelle war der Körper stark aufgebläht und ein Stück Haut aufgeplatzt.

»Die Bildung der Hautblasen ist ziemlich fortgeschritten. Anhand des Zersetzungsstadiums der Leiche nehme ich an, dass die Frau seit acht bis zehn Tagen hier liegt. Aber wir dürfen die Hitze nicht vergessen. Die äußeren Bedingungen sind extrem. Vielleicht sind es auch nur sechs bis acht Tage. Ein untrügliches Zeichen sind die verschiedenen Stadien der Fliegen. In diesem Fall geben sie uns wahrscheinlich den besten Anhaltspunkt für die Todeszeit. Die klaffende Wunde war für die Viecher zugänglich. Sie konnten sofort mit der Eiablage beginnen. Ich bin kein Entomologe, aber die Maden sind ziemlich fett. Meines Wissens dauert es mindestens eine Woche, bis sie aus den Fliegeneiern schlüpfen.« Er trank einen Schluck Wasser, nahm ein leeres Marmeladenglas aus seinem Koffer und schaufelte mit einem Esslöffel einige Maden und Larven hinein. Dann schloss er den Deckel und betrachtete den Inhalt.

Lou beobachtete ihn dabei. »Die Hitze hat den Verpuppungsvorgang doch mit Sicherheit beschleunigt, oder?«

»Auf jeden Fall.« Heinrich stellte das Glas in eine kleine Kühltasche, die er für diesen Zweck immer dabeihatte. »Deshalb zeige ich die Maden und Larven vorsichtshalber einem Fachmann. Aber ich denke, dass ich nicht ganz falsch liege.« Kleine Schweißperlen sammelten sich auf seiner Oberlippe. »Genaueres kann ich erst nach der Obduktion sagen.«

Tom ging um das Bett herum. »Ist die Leiche bewegt worden?«
»Kann ich nicht sagen«, sagte Heinrich. »Die Totenflecken sind
aufgrund der Verfärbung der Haut und durch das Ausbluten nicht
mehr sichtbar.«
»Und der Kopf?« Maline sah ihm über die Schulter. »Gibt es einen Anhaltspunkt?«
»Nein.«
»Warum hat er den Kopf verschwinden lassen?«, sagte Tom mehr
zu sich selbst. »Normalerweise soll damit die Identität des Opfers
verschleiert werden, aber in diesem Fall?«
Maline sah Heinrich an. »Ist sie vergewaltigt worden?«
»Ich konnte erst einmal keine Verletzungen im Genitalbereich
feststellen. Aber etwas ist merkwürdig. Sie ist rasiert worden. Die
komplette Schambehaarung wurde entfernt, wenn auch sehr stüm-
perhaft.« Heinrich schloss seinen Tatortkoffer.
Tom und Lou beugten sich über den toten Körper. Durch die
Verfärbung der Haut war ihnen dieses Detail entgangen.
»Kann sie sich die Haare nicht selbst rasiert haben?«, fragte Tom.
»Unwahrscheinlich. So dilettantisch rasiert sich keine Frau.«
»Also doch ein Sexualdelikt«, sagte Tom. »Vielleicht ein Trophäensammler. Diese Spinner haben immer eine sexuelle Motivation.«
»Warten wir die Obduktion ab. Mit etwas Glück finden wir ja
auch Blut vom Täter. Bei dem Gemetzel hat er sich ja vielleicht auch
selbst verletzt.« Heinrich ging in Richtung Diele. »Ich warte unten
im Hausflur auf den Abtransport der Leiche und fahre dann mit zu-
rück in die Rechtsmedizin. Kommt ihr später nach?«
»Ja«, antworteten Tom und Lou gleichzeitig.
»Was ist mit den Glasscherben dort?«, fragte Lou. »Hat es vielleicht doch einen Kampf gegeben?«
»Nein«, sagte Tom. »Der Nachbar hat die Stehlampe umgesto-
ßen, nachdem er die Leiche gefunden hatte.«
»Wie ist der Täter in die Wohnung gekommen?«, fragte Maline.
»Es gibt drei Möglichkeiten«, antwortete Lou. »Entweder hat die
Tote ihren Mörder gekannt und ihm die Tür geöffnet, oder er ist ein
Bekannter und hat einen Schlüssel. Vielleicht ist er aber auch über
den Balkon in die Wohnung eingestiegen. Es gibt nämlich keine of-
fensichtlichen Einbruchspuren an der Haustür.«

Die Kollegen vom Erkennungsdienst bestätigten ihre Angaben. Tom, Maline und Lou gingen durch die Küche auf den Balkon und sahen nach unten.

»Auf der Feuerleiter kann fast jeder nach oben klettern«, sagte Maline.

»Ja.« Tom lehnte sich über die Brüstung. »Außerdem hat der Nachbar ausgesagt, dass die Balkontür offen stand. Es war also keine Kunst, hier raufzuklettern.«

Sie gingen durch die Küche zurück zum Tatort. Lou bemerkte, wie Maline die Leute vom Erkennungsdienst anstarrte. Sie machten Pause, lehnten am Fenster und aßen belegte Brötchen. Der Verwesungsgeruch schien ihnen nichts auszumachen.

Maline schüttelte den Kopf. »Wie können die hier essen?«

»Gewohnheit«, sagte Lou.

»Gut. Alle mal herhören!«, sagte Tom laut, um das allgemeine Stimmengewirr zu übertönen. »Wir gehen davon aus, dass es sich bei der Toten um Ann-Marie Hilgert handelt. Ich will alles über sie wissen. Familie, Nachbarn, Freunde, Liebhaber. Stellt ihre Wohnung auf den Kopf. Diese Frau wurde brutal ermordet, und der Mörder läuft frei herum.«

Polizeipräsidium

Zwei Standventilatoren summten. Maline saß am Computer, schrieb den Tatortbericht und unterbrach die Arbeit immer wieder, um ihre Notizen noch einmal durchzugehen. Zwischendurch druckte sie die ersten Seiten aus. Dabei kreisten ihre Gedanken um die Leiche. Sie bekam den Anblick nicht aus dem Kopf. Die Halsöffnung mit dem eingetrockneten Blut, das Gewimmel der Maden und der Verwesungsgeruch, der ihr nicht mehr aus der Nase ging. Sie räusperte sich und dachte an Yadet. Übermorgen waren sie zwei Jahre zusammen. Sie musste Blumen organisieren und schob den Gedanken gleich wieder beiseite.

Ann-Marie Hilgert hatte allein gelebt. Von ihrem um einige Jahre jüngeren Freund Paul war sie laut Angaben der Nachbarn seit ein paar Wochen getrennt. Sie beschrieben Paul einstimmig als unsympathisch und aggressiv. Angeblich hatte er sie einmal krankenhausreif geschlagen. Darüber hinaus äußerten sie ihre Verwunderung darüber, wie sich die nette Frau Hilgert mit so einem Typen einlassen konnte. Jedenfalls schien es, als habe Ann-Marie Hilgert die Trennung konsequent vollzogen. Bisher gab es in der ganzen Wohnung keinen Hinweis auf Paul. Allerdings waren auch noch nicht alle Kisten und Unterlagen abschließend durchsucht worden. Wer dieser Paul war, konnte noch nicht geklärt werden, weil niemand seinen Nachnamen kannte. Zudem waren die Einträge im Adressbuch des Opfers dürftig. Insgesamt enthielt es nur eine Handvoll privater Telefonnummern.

Maline nippte an ihrer Cola. Immerhin war die Handynummer von Ann-Marie Hilgerts Eltern mittlerweile bekannt. Allerdings befanden sie sich in ihrem Ferienhaus in der Nähe von Prerow auf Fischland-Darß-Zingst. Die Reaktion der Eltern auf den Leichenfund in der Wohnung ihrer Tochter war Maline nicht bekannt. Sie wusste nur, dass Lou sich vorsichtig ausgedrückt hatte. Schließlich war die Identität der Toten noch nicht zweifelsfrei geklärt. Aber wie hoch war die Wahrscheinlichkeit, dass eine Fremde tot in Ann-Marie Hilgerts Wohnung lag? Zumal es den Eltern seit Tagen nicht gelang, Kontakt zu ihrer Tochter zu bekommen. Maline drehte an ihrem Piercing und dachte darüber nach, wie der Mörder in die Wohnung gelangt sein konnte. Einige Kollegen vertraten die Ansicht, dass das Opfer dem Täter die Tür selbst geöffnet haben musste. Immerhin waren Beziehungstaten ziemlich häufig. Trotzdem tippte Maline auf einen Fremden und dachte an den anonymen Brief. Eine Kopie des Schreibens war den Akten beigelegt. Dieser Gedanke führte Maline unweigerlich zu Lou Vanheyden. Sie verzog das Gesicht. Lous Ruf war legendär, Kommissarsanwärter der Fachhochschule rissen sich darum, bei ihr ein Praktikum zu machen. Maline konnte diese Euphorie nicht nachvollziehen. Natürlich war sie beeindruckt von Lous polizeilichem Werdegang. Roland, der gerade ein Praktikum beim KK 11 machte, hatte ihn ihr gestern in der Kantine vorgebetet. Demnach war sie bereits mit zwanzig Jahren Schutzpolizistin gewesen; es folgten bundesweite Einsätze in einer Hundertschaft, Objektschutz am Flughafen Köln/Bonn und anschließend mehrere Jahre Dienst in verschiedenen Kölner Wachen. Gute Beurteilungen und der unbedingte Wille voranzukommen führten letztlich zum Studium an der Fachhochschule für Öffentliche Verwaltung, die sie als Kriminalkommissarin verließ. Danach arbeitete sie in den Bereichen Erkennungsdienst, Zeugenschutz, Menschenhandel und Prostitution. Beförderung zur Oberkommissarin. Kriminalwache im Nachtdienst, Bearbeitung von Sexualdelikten und schließlich der Wechsel zum KK 11.

Rolands Stimme hatte sich vor Anerkennung fast überschlagen. »Stell dir vor: Lou war schon mit dreiunddreißig Hauptkommissarin. Wahnsinn, oder?«

Maline war ein höfliches Lächeln gelungen. Was sollte sie dazu auch sagen? Neben Lous Laufbahn verblasste ihr Werdegang zu einer Aneinanderreihung unspektakulärer Dienstzeiten. Banklehre, Quereinstieg bei der Polizei, Studium und dann zur Schutzpolizei.

»Auf Quereinsteiger ist sie ganz schlecht zu sprechen.« Rolands Worte klangen ihr in den Ohren. »Sie findet, dass man die Polizeiarbeit von der Pike auf lernen sollte. So wie ich.«

Malines Lächeln war gefroren. Roland Klein ging ihr auf die Nerven. Lou war mit Sicherheit kompetent, aber sie wirkte unnahbar. Gut, sie trennte sich gerade von ihrem Mann. Soweit Maline informiert war, arbeitete er auch im Präsidium. Keine schöne Situation, wenn sie sich vorstellte, dass sie sich täglich über den Weg liefen. Maline nahm sich vor, Lou Vanheyden eine Chance zu geben. Sie wollte sich ein eigenes Bild von ihr machen.

Einen Augenblick später betrat Lou das Büro. Sie sagte kein Wort, ließ sich auf ihren Schreibtischstuhl fallen und tauschte ihre Sneakers gegen Clogs.

»Wie war es in der Rechtsmedizin?«, fragte Maline und ärgerte sich darüber, dass ihre Stimme so unsicher klang.

»Die Entomologin hat Heinrichs Vermutung bestätigt. Die Leiche lag sechs bis sieben Tage dort. Der Madenbefall ist ziemlich eindeutig und leicht einzuschätzen.«

»Und die DNA?«

»Wird noch untersucht. Kann dauern.« Lou stand auf, stellte einen der Ventilatoren aus und öffnete eine Dose Eiskaffee. »Sie haben Rückstände von Chloroform in der Leiche gefunden.«

»Was?«

»Chloroform. Der Mörder hat sein Opfer betäubt, bevor er ihr den Kopf abtrennte.«

»Das erklärt die fehlenden Abwehrspuren.« Maline seufzte. »Die Befragungen in der Nachbarschaft haben auch einiges ergeben.« Sie berichtete Lou von Ann-Marie Hilgerts aggressivem Freund. »Ist doch vielleicht ein Ansatz. Tom hat noch mal versucht, ihre Eltern zu erreichen, aber sie gehen nicht mehr ans Handy. Die Polizei von Prerow soll sie aufsuchen und nach Pauls Personalien befragen.«

Lou nippte an ihrer Dose. »Stand sein Name denn nicht in ihrem Adressbuch?«

»Nein. Weder dort noch sonst wo.« Maline blätterte in ihren Unterlagen. »Glaubst du, dass ihr Freund sie ermordet hat, oder denkst du, dass sie zufällig Opfer geworden ist?«

»Abgewiesene Liebhaber sind manchmal unberechenbar.« Lou stand auf, ging zum Drucker, entnahm die ersten Berichtseiten und setzte sich an ihren Schreibtisch. Maline beobachtete sie aus den Augenwinkeln. Laut Rolands erschöpfenden Auskünften wurde Lou in vier Wochen sechsundvierzig. Dafür hatte sie sich gut gehalten, fand Maline. Hohe Stirn, volle Lippen, eisblaue Augen. Die Grübchen gaben ihren sonst etwas herben Gesichtszügen eine sympathische Note. Die mittellangen blonden Haare waren von grauen Strähnen durchzogen, um den Mund und die Augen zeigten sich Fältchen. Sie war groß und stämmig, neigte zu Übergewicht, ohne dick zu sein. Lou Vanheyden gehörte zu den Menschen, die durch ihre bloße Anwesenheit einen Raum einnahmen. Obwohl sie Jeans und T-Shirts trug, wirkte sie irgendwie distinguiert. Maline musste sich eingestehen, dass sie Lou auf eine ungewöhnliche Weise attraktiv fand.

»Ist was?«, fragte Lou und strich sich eine Haarsträhne hinter das Ohr. »Du starrst mich seit ein paar Minuten an.«

Maline spürte, wie sie rot wurde. »Nein, nichts.« Sie war erleichtert, als Lous Handy klingelte.

»Hallo, Frieda.« Lous Stimme wurde sanft. »Ja, wir haben etwas mit dir zu besprechen. Also sei bitte heute Abend zu Hause, es ist sehr wichtig.«

Maline nippte an ihrer Cola.

»Nein«, hörte sie Lou energischer sagen. »Heute. Nicht morgen. Es geht um die Schule, deine Noten und andere Katastrophen.« Lou beendete das Telefonat, stand auf und starrte einige Zeit zur Pförtnerloge hinunter. Maline hörte sie durchatmen. Dann drehte sich Lou zu ihr um. »Der Tatortbericht, also das, was ich bisher gelesen habe, ist sehr gut geschrieben.«

Maline war erleichtert.

»Kommst du mit zur Besprechung?« Lou verließ das Büro, ohne Malines Antwort abzuwarten.

Die MK »Berlich« traf sich um siebzehn Uhr im kleinen Besprechungsraum zum ersten Informationsaustausch. Drei Ventilatoren sorgten für eine erfrischende Luftzirkulation. Neben Lou und Maline hatte der Chef nun auch noch Ben Stollberg der Mordkommission zugeteilt. Lou registrierte diese Tatsache erfreut. Ben war seit vier Jahren beim KK 11; sie schätzte ihn, weil er besonnen und akribisch arbeitete.

Lou reichte ihm die Kaffeekanne. »Wie geht es deiner Frau und den Kleinen?«

Er war gerade Vater von Zwillingen geworden. Ben nahm seine Nickelbrille ab und rieb sich die Augen. Er sah müde aus. Anstatt zu antworten, hob er träge einen Daumen. Als Tom gerade mit der Zusammenfassung der bisherigen Ermittlungsergebnisse beginnen wollte, betraten Max Conrady und Roland Klein den Raum. »Lasst euch nicht stören.« Der Chef setzte sich mit dem Praktikanten an einen der hinteren Tische. »Wir hören nur zu.«

Tom begann damit, die bisherigen Fakten zu strukturieren. Lou hörte kaum hin. Tom Lechner nervte. Besonders sein Befehlston und die Hektik, die er verbreitete. Lous Gedanken schweiften ab. Sie dachte an Henry. Ihre Ehe war vor wenigen Tagen im Unausweichlichen geendet. Trennung nach achtzehn Jahren. Rückwirkend betrachtet war das Aus schleichend gekommen, die Gründe waren vielfältig. Aber eins war sicher: Sie waren zu unterschiedlich. Gegensätze ziehen sich an? Lou war mittlerweile anderer Meinung. Henry lähmte sie. Er liebte Ruhe und das Familienleben. Sie wollte unter Leute, Freunde zum Essen einladen, ausgehen. Sie brauchte Leben um sich, hatte viele Jahre das Familienleben geplant und war sich dabei vorgekommen wie eine Animateurin. Sie war für Spaß und einzigartige Erlebnisse verantwortlich gewesen und hatte sich häufig durch Henry gebremst gefühlt. Bis sie es schließlich nicht mehr ausgehalten und ihn mit Vorwürfen bombardiert hatte. Dabei stellte sich heraus, wie genervt er von ihr war. Ein Schock für Lou. Sie war erstaunt darüber, wie wenig sie von Henrys Emotionen mitbekommen hatte. Trotzdem versuchten sie zu retten, was zu retten war. Paartherapie. Schmerzhafte Auseinandersetzung. Versöhnung. Tränen. Und dann doch der gemeinsame Entschluss: Die Trennung lässt sich nicht vermeiden. Von dem Tag an ging es ihr besser, und Henry lebte ebenfalls auf. Indiz dafür, dass die Entscheidung richtig war. Jetzt zog er aus, und es war gut so.

»Sind wir denn jetzt sicher, dass die Tote Ann-Marie Hilgert ist?«, fragte Ben, nachdem Tom mit seinem Bericht geendet hatte.

»Ja. Aufgrund der Fingerabdrücke in der Wohnung sind wir uns sicher.«

Lou beobachtete Roland Klein. Er saß kerzengerade neben Max Conrady am Tisch und machte eifrig Notizen. Offenbar schrieb er jedes Wort mit. Er trug ein weißes kurzärmliges Hemd und eine rote Krawatte, die kurzen gegelten Haare standen nach oben.

Er sieht aus wie ein zu schnell gewachsener Versicherungsangestellter, dachte Lou und erinnerte sich im gleichen Augenblick daran, dass sie unbedingt einen Termin bei ihrer Bank vereinbaren musste. Die Doppelhaushälfte war längst nicht abbezahlt, aber Lou wollte mit Frieda in dem Haus wohnen bleiben. Sie liebte Nippes und wollte Henry ausbezahlen. Dafür musste sie einen weiteren Kredit aufnehmen. Lou machte sich eine Notiz in ihren Kalender und konzentrierte sich wieder auf den Fall.

Roland Klein lockerte seine Krawatte. »Und ihr PC?«

»Ich dachte, der wollte nur zuhören«, murmelte Ben neben Lou.

»Da könntest du doch mal reinschauen«, schlug Tom vor. Der Praktikant galt als Computerfreak.

Ben schob Fotos in die Mitte des Tisches. »Jiri hat die Digitalfotos gebracht. Die CD mit den gesamten Bildern lege ich zu den Akten, falls sie jemand von euch braucht.« Er sah von seinen Notizen hoch. »Wurden noch weitere Verletzungen entdeckt? Ist sie vergewaltigt worden?«

»Nein«, sagte Tom. »Heinrich hat seine Untersuchungen zwar noch nicht ganz abgeschlossen, aber wir gehen nicht von einem Sexualdelikt aus, obwohl ihr sämtliche Schamhaare entfernt wurden.«

Betretenes Schweigen.

»Wir tappen im Dunkeln«, fuhr Tom fort und räusperte sich. »Wir müssen mehr über die Tote wissen.«

»Vielleicht ist sie doch ein zufälliges Opfer«, sagte Roland. »Denkt mal an diesen Balkonmörder.«

Lou erinnerte sich. Der Fassadenkletterer hatte die Kölner Polizei einen Sommer in Atem gehalten. Seine Spezialität war es, an Häuserwänden hochzuklettern, Frauen zu vergewaltigen und sie anschließend auszurauben. Seine Opfer wählte er nach dem Zufallsprinzip. Ausschlaggebend waren offene Balkontüren gewesen, die leicht zu erreichen waren.

»Vielleicht ist dieser Täter sein Vorbild.« Rolands Wangen glühten.

Lou tippte sich an die Stirn. »Dafür gibt es doch gar keinen Anhaltspunkt. Der Fassadenkletterer hat seine Opfer nicht getötet und schon gar nicht enthauptet.«

Roland bekam rote Ohren und vertiefte sich in seine Unterlagen.

»Was ist mit dem Brief, den wir gefunden haben?« Lou sah in die Runde. »Was ist mit ihrem Exfreund, diesem Paul?«

»Sobald wir seine Identität mithilfe der Eltern des Opfers geklärt haben, knöpfen wir ihn uns vor«, sagte Tom.

Lou ließ nicht locker. »Und der Brief? Hat der Erkennungsdienst Fingerabdrücke oder andere Spuren gefunden?«

»Damit sind wir noch nicht weiter.« Tom klang gereizt.

Im gleichen Augenblick klingelte Max Conradys Handy, er meldete sich. »In Ordnung!« Der Chef schaltete sein Handy aus und sah in die Runde. »Auf dem Melatenfriedhof wurde ein Kopf gefunden.«

Ehrenstraße

Adam Dalcher starrte auf den Teppich unter seinen Füßen. Er verfolgte das spiralförmige weiße Muster, bis es sich in einem zarten Blau verlor. Die Zeit lief, aber Doktor Keppler drängte ihn nicht. Nur das gleichmäßige Ticken der Uhr auf dem Schreibtisch riet ihm, einen Anfang zu finden. Adam seufzte. Aus Erfahrung wusste er, dass sie die ganze Stunde so sitzen konnten. Wortlose Sitzungen, die im Nichts endeten. Schrecklich und beruhigend zugleich. Adam kannte das. Sein halbes Leben hatte aus Schweigen und Warten bestanden. Worauf, wusste er nicht genau. Auch aus diesem Grund machte er eine Psychotherapie.

Er holte tief Luft. »Meine Mutter ist gestorben.«

Keppler lehnte sich vor. »Wann?«

Adam schielte zur Uhr. Noch zehn Minuten. Er hörte seinen eigenen Herzschlag. »Ist schon eine Weile her.«

Der Psychologe sah ihn eindringlich an. »Wann genau?«

»Vor ein paar Wochen.«

Doktor Keppler lehnte sich wieder zurück. Er sah so aus, als habe er das Interesse schon wieder verloren. »Warum erzählen Sie mir jetzt davon?«

Adam zuckte mit den Schultern. »Keine Ahnung. Ich dachte, Sie sollten es wissen.«

»Wie haben Sie von ihrem Tod erfahren?«

»Es hat in der Zeitung gestanden.« Adam kicherte. »Ist das nicht witzig?« Dann wurde er wieder ernst. »Die eigene Mutter stirbt, und ich erfahre es durch eine beschissene Todesanzeige.«

»Was haben Sie gefühlt? Hatten Sie das Bedürfnis, ich meine, haben Sie …«

»… mich geritzt? Das wollen Sie doch fragen, oder?« Adam verschränkte die Arme vor der Brust und starrte aus dem Fenster.

»Haben Sie?«

»Nein.«

»Was fühlen Sie?«

»Nichts«, log er. »Gar nichts.«

»Sehen Sie mich an.« Doktor Kepplers Stimme bekam einen scharfen Unterton.

Aber Adam tat es nicht. Er wollte nicht. Stattdessen spürte er eine Welle auf sich zukommen. Undefinierbare Gefühle drängten hervor, sein Magen verkrampfte sich. Tränen schossen ihm in die Augen. Es kostete ihn viel Kraft, sie zurückzuhalten. Er schluckte und drehte sich weiter von Keppler weg. Es überraschte ihn, dass er traurig wurde. Das passierte ihm selten. Er musste sich ablenken. Auf dem Fensterbrett stand ein Teelicht. Vier Figuren aus Ton hielten sich an den Händen und umtanzten eine kleine Kerze. Adam starrte sie an, aber es half nicht. Die Figuren verschwammen. Die Tränen flossen, liefen ihm über die Wangen am Kinn hinunter.

Der Psychiater legte ihm wortlos eine Packung Papiertaschentücher hin. Adam ignorierte diese Geste und trocknete seine Augen mit den Ärmeln seines Hemdes.

»Warum weinen Sie? Versuchen Sie es mir zu sagen.«

Adam schwieg. Er wollte nicht antworten, wollte nicht in den Keller steigen. Er wusste, dass seine Gefühle da unten lauerten. Und er kannte die Konsequenzen, wenn er zu ihnen hinabstieg. Er fürchtete sich vor seinen Aggressionen, vor allem vor denen, die er nicht gegen sich selbst richtete. Keppler predigte ihm seit Monaten, seine Wut rauszulassen. Auch deshalb kam er her. Aber einmal entfacht, ließ sie sich nicht mehr so einfach bändigen. Diese Erfahrung hatte er in den letzten Monaten gemacht, und sie gefiel ihm nicht. Diesen ganzen Mist konnte er jetzt nicht gebrauchen. Er musste unauffällig bleiben. Gerade jetzt.

Adam verschränkte die Arme wieder vor der Brust, als könnte er seine Ängste dort einsperren. Doktor Keppler wartete. Nach einiger Zeit hatte Adam sich wieder gefangen, aber jetzt empfand er die Stille im Raum als unangenehm.

»Ich war auf der Beerdigung«, sagte er schließlich. »Sie haben sie neben meine Schwester gelegt.«

Doktor Keppler lehnte sich noch einmal vor. »Was genau macht Sie so traurig?«

Auf diese Frage wollte Adam nicht antworten. Nicht jetzt.

Melatenfriedhof

Lou parkte in Höhe der Max-Reger-Straße auf dem breiten Bürgersteig vor der Friedhofsmauer. Hier waren bereits zwei Streifenwagen abgestellt. Maline und Tom stiegen aus und betraten Melaten durch das nächstgelegene Tor. Lou folgte ihnen und sehnte sich schon nach wenigen Schritten ins klimatisierte Auto zurück. Sie gingen parallel zur Friedhofsmauer in Richtung Norden zur kleinen Lazarus-Kapelle. Wie Lou von einer Friedhofsführung wusste, stand sie an der Stelle, an der früher die Kölner Leprakranken in zugigen Hütten mehr gehaust als gelebt hatten. Für einen Moment erregte ein Schwarm Papageien ihre Aufmerksamkeit. Die giftgrünen Halsbandsittiche kreisten laut schreiend über den Köpfen zweier alter Frauen, die an einem Wasserbecken standen und ihre Gießkannen füllten. In einer knappen Stunde wurden die Tore des Friedhofs geschlossen, aber die Frauen schienen alle Zeit der Welt zu haben, grüßten die Beamten etwas zu laut und starrten ihnen nach. Lou, Tom und Maline bogen in einen schmaleren Weg ein, der von alten Kastanien gesäumt wurde. Die Bäume spendeten kaum Schatten, ihre Blätter waren braun wie im Herbst. Manche Gräber sowie Teile des Weges waren von dürrem Laub bedeckt. Die abgestorbenen Blätter knisterten und zerbröselten unter ihren Schuhen.

»Die Stadt trocknet aus«, sagte Lou. »Heute Morgen wurde im Radio vor erhöhter Brandgefahr in Köln gewarnt. Könnt ihr euch das vorstellen? Ich meine, wir sind doch nicht in Sydney.«

»Sieh dich doch um«, antwortete Tom. »Eine Zigarettenkippe, und schon lodern die Flammen.«

»Trotzdem schön hier.« Maline atmete tief durch. »Die Luft ist angenehmer als in der Innenstadt.«

Lou setzte ihre Sonnenbrille auf. Sie mochte diesen Friedhof. Früher, bevor Frieda geboren wurde, hatte sie hier viele Stunden verbracht. Die Abneigung, die Menschen gegen Begräbnisstätten hatten, teilte sie nicht. Sie hatte Henry auf Friedhöfe in Wien, Paris und London geschleppt. Begräbnisstätten waren für sie Orte der Ruhe, der Stille und der Geschichten, die man entdecken konnte, wenn man die Inschriften der Gräber las. Henry hatte diese Leidenschaft nie geteilt. Vielleicht weil seine Eltern früh gestorben waren. Lou wusste es nicht genau. Sie war erstaunt, als ihr klar wurde, dass sie ihn nie danach gefragt hatte.

Schon aus einiger Entfernung konnte sie das rot-weiße Absperrband vor der Kapelle erkennen. Der Fundort des Kopfes war bereits weiträumig abgesperrt. Obwohl der Friedhof schlecht besucht war, drängelten sich hier etliche Schaulustige. Maline erreichte das Band als Erste und hob es an, damit Tom und Lou darunter hindurchgehen konnten. Lou freute sich, als sie Karla sah. Sie kannten sich seit der Grundausbildung.

»Lou!«, rief Karla und begrüßte sie mit einer herzlichen Umarmung.

Lou küsste sie auf die Wange. »Ich wollte dich anrufen. Wirklich, du stehst auf meiner VIP-Liste.«

»Klar.« Die Polizeikommissarin lächelte. »Kommst du auf meine Geburtstagsfeier in drei Wochen? Ich veranstalte wieder ein Mojitowetttrinken. Eine Absage nehme ich persönlich.«

»Ich werde kommen.« Lou stellte Karla ihre beiden Kollegen vor.

»Ist der Erkennungsdienst schon da?« Tom klang ungeduldig.

»Nein. Ihr seid die Ersten.« Karla winkte einen älteren Beamten herbei. »Herbert, ich geh mit den Kollegen zum Fundort. Lasst keinen hier durch.«

Herbert nickte und rief einige Beamte zu sich. Sie verteilten sich am Absperrband. Lou entdeckte einige Journalisten. Sie standen etwas abseits und sprachen mit den Schaulustigen.

»Reden die etwa schon mit Zeugen?«

Karla reckte den Hals. »Keine Ahnung. Jedenfalls nicht mit der, die den Kopf gefunden hat. Frau Schultheiß sitzt in der Kapelle und wartet auf uns.«

Sie quälten sich in die Einweganzüge.

»Wann kommt jemand von der Rechtsmedizin?«, fragte Maline.

»Heinrich Meller kommt gleich, aber er ist noch im Krematorium«, antwortete Klara.

Sie machten sich auf den Weg zur Kapelle. Dahinter lagen einige ziemlich verwahrloste Gräber direkt an der Friedhofsmauer. Die Bäume standen dichter und spendeten mehr Schatten. Es roch nach

Abgasen; der Fahrzeuglärm von der Aachener Straße war extrem. Tom nieste einige Male. Karla führte sie zu einem Grab mit schlichtem Grabstein, das unter einer Trauerweide lag. Die Inschrift war verwittert, das Grab selbst mit Efeu bewachsen. Karla deutete auf eine leichte Erhöhung in der Mitte der Bepflanzung. Lou ging in die Hocke. Sie registrierte einige Fliegen und bemerkte, dass ein Teil des Efeus weggerissen war. Als sie die Efeuranken ganz zur Seite zog, war der Kopf gut sichtbar. Dicke Maden klebten im Haaransatz. Lou zwang sich, genauer hinzusehen, und erkannte die Nase oder das, was von ihr übrig war.

»Scheiße«, murmelte Lou. »Seht euch die Augen an.«

Die Lider waren geschlossen, die Augenwinkel übersät mit weißen Eierpaketen. Ein schwarzer Aaskäfer fraß sich am linken Ohrläppchen entlang.

»Dafür, dass er draußen liegt, sieht er noch ganz passabel aus«, sagte Tom. »Der Zersetzungsprozess hält sich auch in Grenzen. Der liegt im Leben keine sieben Tage hier.«

Lou stimmte ihm zu.

Karla ging um das Grab herum und lehnte sich gegen den verwitterten Gedenkstein. »Frau Schultheiß war das letzte Mal vor vier Tagen hier. Da ist ihr nichts aufgefallen.«

Tom sah zu ihr hoch. »Der hat den Kopf irgendwo zwischengelagert. Ist es ein Grab von Frau Schultheiß' Verwandten?«

»Nein«, sagte Karla. »Sie und ihr Mann haben nur die Patenschaft für dieses alte Grab übernommen. Niemand weiß, wer hier liegt, weil die Inschrift auf dem Grabstein völlig zerstört ist. Nur das Mohnblumensymbol ist seit der Restaurierung wieder zu erkennen. Herr und Frau Schultheiß pflegen das Grab und können sich dafür später hier beerdigen lassen.«

Tom richtete sich auf und sah sich um. »Warum hat er den Kopf hier abgelegt?«

»Ich finde, er präsentiert ihn uns geradezu«, sagte Lou. »Jedenfalls wollte er, dass der Kopf gefunden wird.«

»Das Grab liegt abseits, aber nicht sehr versteckt«, sagte Maline.

»Eben. In diesem Teil des Friedhofs gibt es keine breiten Wege und wenige Besucher«, sagte Lou gedankenverloren. »Aber es gibt auch weitaus abgeschiedenere Orte.«

Karla deutete auf eine dunkelgrüne Kunststoffvase, die neben dem Grabstein in der Erde steckte. »Frau Schultheiß hat die alten Blumen rausgenommen und dabei einen kleinen Plastikbeutel in der Vase entdeckt. Darin liegt ein zusammengerollter Zettel. Er ist mit einer Schnur umwickelt. Ich habe ihn wieder hineingeschoben.«

Lou sah von oben in die Vase. In diesem Augenblick kam Jiri in seinem weißen Einweganzug um die Kapelle.

»Du kommst genau richtig«, sagte Tom. »Wir müssen etwas aus der Vase rausziehen. Kannst du den Fundort fotografieren, bevor wir ihn verändern?«

Jiri machte ein paar Fotos. Dann zog Tom den kleinen Plastikbeutel hervor. Die Tüte war, wie Karla gesagt hatte, mit einer Nylonschnur umwickelt. Jiri fotografierte, bevor Tom die Schnur löste. Im Beutel befand sich tatsächlich ein Zettel. Tom nahm ihn vorsichtig heraus.

»Es steht etwas drauf.« Malines Stimme zitterte.

Tom drehte den Zettel in der Hand. »Stina Dürrenaels.« Die Worte waren handgeschrieben.

Maline zupfte an ihrem Piercing. »Hört sich an wie ein Name.«

»Allerdings ein höchst merkwürdiger«, sagte Karla. »Besonders der Nachname.«

»Jedenfalls ist jetzt klar, warum wir den Kopf finden sollten«, sagte Lou.

Tom war blass geworden. »Ja. Wir sollten den Zettel finden. Aber mir wäre wohler, wenn da Ann-Marie Hilgert stehen würde.«

Lou räusperte sich hörbar. »Wenn es überhaupt Ann-Marie Hilgerts Kopf ist.«

Brabanter Straße

Daniel Falkner verließ die Arztpraxis und hielt sich im Schatten. Obwohl er nur Shorts und T-Shirt trug, lief ihm der Schweiß schon nach ein paar Schritten den Nacken hinunter. Die blonden Haare, die unter seiner Baseballkappe hervorschauten, waren nass geschwitzt und klebten an seinem Hals. Die heißen Tage in der Stadt schafften ihn. Daniel träumte davon, auszuwandern. Kanada oder besser noch Karibik. Wenn er sich konzentrierte, konnte er das Meer rauschen hören. Er blieb stehen und atmete im Rhythmus der Wellen. Ein Autofahrer hupte ihn in die Gegenwart. »Penner«, schimpfte Daniel, sah auf seine Armbanduhr und ging schnell weiter. Er war spät dran. Als er den Hohenzollernring überquerte und in die Maastrichter Straße einbog, dachte er an Tony. Die Schonfrist lief ab, und Tony verstand keinen Spaß. Er wollte sein Geld, und zwar bis morgen; daran gab es keinen Zweifel. Die Schnittwunde an Daniels Hand sprach eine eindeutige Sprache, auch wenn sie nicht sehr tief war. Er musste ihm morgen die fünfhundert Euro geben, die er ihm schuldete. Daniel wurde flau im Magen. Messerstechereien und Drohungen waren nicht seine Welt. Er stöhnte. Wie sollte er in so kurzer Zeit so viel Geld auftreiben? Normalerweise machte er einen Bogen um Typen wie Tony. Aber jetzt hing er am Fliegenfänger. Und das alles nur wegen seinem Kumpel Kevin, der sich fünfhundert Euro von Tony geliehen hatte. Kevin hatte einen Bürgen gebraucht, und Daniel war eingesprungen, aber auch nur, weil er seinem Freund einen Gefallen schuldig war. Natürlich konnte Kevin nicht zahlen, und jetzt wollte Tony sein Geld von Daniel und machte ihm das Leben zur Hölle. »Beklau doch die Alten, bei denen du nachts arbeitest«, hatte Kevin vorgeschlagen. »Die liegen doch eh nur im Bett. Merken die doch gar nicht.«

Daniel schob den Gedanken beiseite. Es widerstrebte ihm, die Burgers zu bestehlen. Sie waren nett. Die alte Frau Burger pflegte tagsüber ihren Mann. Die Pflegekosten fraßen das wenige Ersparte auf. Er sah jeden Tag, wie sich die Familie für den alten Vater krummlegte. Deshalb half er gerne. Brachte die alte Frau ins Bett und saß die ganze Nacht in Hörweite der Beatmungsmaschine ihres Mannes. Ein lauer Job, weil er emotional nicht verstrickt war. Normalerweise gab es nicht viel zu tun. Hin und wieder Speichel absaugen. Ab und zu ein Fehlalarm. Wenn er sich mit einer Situation überfordert fühlte, wählte er die Notfallnummer. Mittlerweile kam das seltener vor. Daniel fühlte sich der Aufgabe gewachsen, nach zwei Jahren Arbeitslosigkeit machte sich seine Krankenpflegerausbildung wieder bezahlt. Und die Arbeit machte ihm Spaß. Leichte pflegerische Tätigkeit, sieben Nächte arbeiten, acht Nächte frei. Tagsüber kam ein ambulanter Pflegedienst. Nachts wechselte er sich mit einer Medizinstudentin ab, alles lief super. Es war unmöglich, sie zu bestehlen. Und borgen? Was, wenn er sich Geld aus der Dose in der Diele nahm und es wieder zurücklegte? Diebstahl war das eigentlich nicht.

Er erreichte die Brabanter Straße und stoppte kurz in seiner Lieblingskaffeebar. Hier kehrte er jetzt wieder jeden Tag ein. Während seiner Arbeitslosigkeit hatte er diesen Luxus schmerzhaft vermisst. Obwohl er heute wenig Zeit hatte, bestellte er einen doppelten Espresso und setzte sich auf seinen Stammplatz am Tresen. Die Spritze begann zu wirken. Die Schnittwunde an seiner Hand hörte auf zu pochen. Die Bedienung brachte ihm den Kaffee und strich sich ihre pinkfarbene Haarsträhne aus dem Gesicht.

»Alles klar bei dir?«

Sie wechselten ein paar belanglose Worte, während Daniel Zucker in seinen Espresso rührte. Als die Studentin schließlich in der Küche verschwand, bemerkte Daniel einen Mann. Er befestigte einen großen gelben Zettel an der Eingangstür.

»Was ist los? Ist dir dein Hund abgehauen?«

Der Mann sah zu ihm rüber. »Nein, ich suche ein Zimmer. Nicht für immer, nur für vierzehn Tage. Maximal.«

»Wie viel kannst du zahlen?«

»Vierhundert Euro, höchstens, aber nur wenn du mir das Zimmer sofort besorgst.«

Daniel musterte den Mann. Er war größer als er. Sein weißes Hemd schien frisch gebügelt, und seine Füße steckten in weichen Mokassins. Sein kräftiger Körper stand in eigenartigem Kontrast zu den kurzen lockigen Haaren und seinen feinen Gesichtszügen. Daniels Gehirn arbeitete fieberhaft. Sein Nachbar Mehmet war verreist. Er hatte den Wohnungsschlüssel, weil er seine Fische füttern musste. Mehmet blieb noch vier Wochen weg.

Daniel lächelte. »Ich hätte da vielleicht was für dich. Aber nur für zwei Wochen und nur dann, wenn du sofort und bar bezahlst.«

Rheinufer

Die anhaltende Hitze brachte Steffen Holz einige Vorteile. Zwar zogen sich die Kölner tagsüber in ihre Häuser zurück, und auch immer mehr Touristen mieden die Mittagshitze, was ihm weniger Einnahmen brachte. Aber die Hitzewelle erleichterte ihm das Leben unter freiem Himmel ungemein. Zum einen konnte er sich im Rheinwasser waschen, und zum anderen bescherten ihm die Temperaturen ein reichhaltiges Nahrungsangebot. Die Leute grillten, tranken und ließen Berge von Essensresten zurück. Steffen fuhr mit seinem klapprigen Fahrrad herum und sammelte sie ein. Dabei musste er schnell sein. Nicht nur wegen der anderen Obdachlosen oder wegen der Ratten, die sich vermehrten wie die Fliegen. Nein, auch wegen der Hitze. Das Essen verdarb in Rekordzeit. Aber gerade heute hatte er besonders viel Glück gehabt. Eine Gruppe Asiaten hatte ihm am späten Nachmittag vor dem Dom insgesamt zwanzig Euro in seinen Pappbecher geworfen. Jetzt schob er sein Fahrrad zum Stapelhaus, machte es sich im Schatten einer Birke gemütlich und versuchte nebenbei vergeblich, Empfang mit seinem Radio zu bekommen. Zwischendurch genehmigte er sich einen Schluck Korn. Als die erste Flasche fast leer war, steckte er das Radio in seinen Rucksack und schlief ein.

Als er aufwachte, stand die Sonne schon tief. Einige Jugendliche spielten in seiner Nähe Frisbee. Steffen rappelte sich auf und schob sein Rad auf der Uferpromenade an der Bastei vorbei in Richtung Mülheimer Brücke. Es waren nur wenige Rollerblader und Jogger unterwegs. In Höhe des DEVK-Gebäudes führte die Promenade vom Rhein weg und stieg leicht an. Steffen ging jedoch weiter geradeaus über die Wiese. Das Gras war gelb und die Erde ausgetrocknet. Der Rhein führte Niedrigwasser. Als Steffen einige Zeit gegangen war, entdeckte er seinen Kumpel Arnold. Er kniete weit draußen am Rand der verbliebenen Fahrrinne.

Steffen riss einen Arm hoch und winkte wild. »Arnold! He, Arnold! Was machst du da?«

Sein Kumpel sah zu ihm rüber. »Lass mich in Ruhe. Kümmer dich um deinen Scheiß.«

»Mensch! Ich hab Korn!«

33

Arnold schien nicht interessiert.»Verpiss dich!«

Die Reaktion seines Kumpels machte Steffen neugierig. Er legte sein Fahrrad in die Wiese und stieg in das ausgetrocknete Flussbett. Als er ein paar Schritte gegangen war, drehte sich Arnold um, sprang auf und griff sich eine Decke.»Bleib, wo du bist, du Arschloch.«

Erst jetzt sah Steffen, dass Arnold ein Schwert in der anderen Hand hielt. Das Licht der untergehenden Sonne reflektierte eine Sekunde in der langen Klinge. Arnold wickelte es hastig in die Decke.»Verpiss dich, oder du kannst was erleben!«

Steffen stutzte. Normalerweise soffen sie zusammen und teilten manchmal einen Schlafplatz. Deshalb ließ er sich auch nicht beirren, hielt die Kornflasche wie eine Trophäe hoch und pries sie seinem Freund an.

Arnold ließ die Decke mit dem Schwert fallen, zog ein kleines Messer aus seiner Hosentasche und kam auf Steffen zu. Erst jetzt verstand Steffen, wie ernst es seinem Kumpel war. Er machte auf dem Absatz kehrt, hob sein Rad auf und lief quer durch ein Brennnesselfeld bis zur Begrenzungsmauer der oberen Promenade. Er spürte nicht, dass seine Waden brannten, er wollte nur weg. Erst als er oben hinter den Bäumen war, traute er sich, zurückzublicken, und sah, wie Arnold in einem hohen Gestrüpp am Ufer verschwand. Steffen wartete. Es dauerte eine Weile, bis Arnold wieder auf der Wiese erschien. Die Decke mit dem eingewickelten Schwert trug er nun nicht mehr bei sich.

Institut für Rechtsmedizin

Es war fast Mitternacht, als Lou vom Melatengürtel auf die schmale Zufahrt zur Anlieferung der Rechtsmedizin abbog. Heinrich saß auf dem Beifahrersitz und gähnte. Das Rolltor war offen, und vor der Rampe parkte ein schwarzer Leichenwagen. Zwei Männer waren dabei, einen Sack aus einem schlichten Kiefernsarg zu heben. Lou stellte den Citroën ab.

»Seit der verdammten Hitze haben wir hier Hochbetrieb«, sagte

Heinrich, stieg zusammen mit Lou aus und begrüßte die Männer. Er deutete auf den Sack. »Was ist passiert?«

Lou hielt ihnen die Tür auf.

»Tod im Altersheim.« Sie schoben die Leiche in den Vorraum. »Der Hausarzt macht Urlaub, und sein Vertreter hatte nicht den Mumm, natürliche Todesursache anzukreuzen.«

Jens, ein junger pickeliger Sektionsassistent, kam den Gang entlanggeeilt. »'n Abend!«, rief er. Seine Brille saß schief. Er sah müde aus und reichte den Männern des Beerdigungsinstituts die Hand. »Hallo, ich bin Jens. Wir haben eben telefoniert.«

Während der Assistent den Papierkram erledigte, fuhr das Fahrzeug eines anderen Beerdigungsunternehmens vor die Rampe.

»Da kommt unser Kopf«, sagte Lou.

Sie schob einen freien Rollwagen nach draußen und nahm den Leichentransportsack entgegen. Heinrich verschwand im Röntgenraum, um die Leiche vom Berlich für die Aufnahmen bereit zu machen. Als Lou zurückkam, transportierte Jens gerade die tote alte Frau in den ersten Kühlraum. Der Geruch von Desinfektionsmittel und Tod hing in der Luft. Lou fröstelte, als sie den Einlieferungsschein ausfüllte. Sie war froh, als Heinrich sich wieder blicken ließ.

»Bringst du den Kopf in den Kühlraum?«, fragte er. »Ich muss noch telefonieren.«

»In Ordnung.«

»Wir treffen uns im Sektionssaal. Wenn wir Glück haben, passen Kopf und Körper zusammen.«

Lou befestigte den oberen Teil der Identitätskarte am Leichensack und schob ihn den Flur entlang. Sie kannte sich aus und wusste, dass Neuanlieferungen in den Fächern des kleinen Kühlraums gelagert wurden. Bis dorthin konnten einige Beerdigungsinstitute sogar selbst anliefern. Es war die Aufgabe des diensthabenden Sektionsassistenten, dafür zu sorgen, dass es immer freie Fächer gab; notfalls musste er Leichen in den großen Kühlraum umlagern.

Sie fuhr den Rollwagen vor ein leeres Fach und schob den Leichensack mit dem Kopf hinein. Danach klemmte sie den unteren Teil des Einlieferungsscheins an die Tür des Fachs. Die sterile Kälte kroch unter ihr T-Shirt. Die Digitalanzeige über den Kühlfächern zeigte 5,4 Grad Celsius an.

Niederichstraße

Die Luft war staubig, und es roch nach Teer. Er stand im Schatten von St. Kunibert und sah zum vierten Stock des Mietshauses hinauf. Im Dachgeschoss brannte Licht. Von außen war es unmöglich, in die Wohnung zu gelangen. Aber in diesem Fall waren aufwendige Kletteraktionen gar nicht nötig. Er hatte ganz legal und einfach mit ihr Kontakt aufgenommen, einen Termin vereinbart und ein Patientengespräch geführt. Er lächelte bei diesem Gedanken. Schon in dieser Situation hätte er sie töten können. Aber die Praxis war gut besucht gewesen. Also war er von dieser Idee wieder abgerückt, war noch einmal in ihre Sprechstunde gegangen und hatte nach Inspirationen gesucht. Die Hinweistafel an der Praxistür hatte ihn schließlich auf die entscheidende Idee gebracht. »Hausbesuche Tag & Nacht«. Er war ihr Patient, also würde sie kommen, wenn es ein Notfall war. Die Fäden waren gesponnen. Und er hatte längst damit begonnen, an ihnen zu ziehen.

Er zog seine Handschuhe aus und zündete sich eine Zigarette an. Warten war eine seiner Tugenden. Er inhalierte den Zigarettenrauch und ihm fiel auf, dass die Stadt ruhiger wurde. Nach und nach verstummten die Autogeräusche, und hinter den Fenstern erloschen die Lichter. Ihm war es recht; er konnte keine Zeugen gebrauchen.

Institut für Rechtsmedizin

Lou schlüpfte in die OP-Hose, zog einen Kittel über ihr T-Shirt und stopfte ihre Haare unter die Haube. Ihre Füße steckten in grünen Gummiclogs. Gehend band sie sich den Mundschutz um und betrat den Sektionssaal. Grelles Licht brach sich in den Edelstahlplatten der Sektionstische. Die Sterilität des Raumes und die Kälte, die er ausstrahlte, nahm sie kaum mehr wahr.

»Sei vorsichtig.« Heinrich streifte sich rote Gummihandschuhe über seine OP-Handschuhe. »Jens hat den Boden gewischt.« Seine Stimme hallte in dem hellblau gekachelten Raum.

Lou ging um das Fußende herum, warf einen Blick in das integrierte Waschbecken, stellte sich neben Heinrich und zog ihren kleinen Notizblock hervor. Jens breitete das Sektionsbesteck auf einem kleinen Beistelltisch aus. Heinrich zog die Schwenklampe herunter und platzierte sie direkt über dem Kopf.

Er begann damit, ihn von allen Seiten zu fotografieren. »Eins kann ich dir jetzt schon sagen. Der Frau fehlen ganze Haarbüschel. Sie wurden allerdings nicht herausgerissen, sondern abgeschnitten.«

»Doch ein Trophäensammler?« Lou beugte sich vor.

Das extreme Licht ließ alle Details sichtbar werden. Der Aaskäfer hatte Stücke aus dem linken Ohrläppchen gerissen. Die Eierpakete der Schmeißfliegen klebten nach wie vor auf den Augenlidern, und einige der dunkelbraunen Tönnchenpuppen, die im Haaransatz lagen, bewegten sich, wenn man genau hinsah.

»Da schlüpfen bald die nächsten Fliegen«, sagte Heinrich.

»Geil.« Jens schob seine Brille auf die Nasenwurzel, trat näher an den Tisch und reichte Heinrich eine Pinzette, ohne seinen Blick von den verpuppten Maden abzuwenden.

»Gute Nachrichten«, sagte Heinrich zu Lou. »Die Röntgenbilder von Kopf und Körper zeigen eindeutige Übereinstimmungen. Nicht nur im Wirbelsäulenbereich.«

Lou klappte ihr Notizbuch auf. »Wenn jetzt noch die Röntgenbilder von Ann-Marie Hilgert mit den Zähnen des Opfers übereinstimmen, ersparen wir den Eltern die Identifikation. Leider ist die Zahnarztpraxis zurzeit geschlossen. Hoffentlich erreichen wir morgen eine der Arzthelferinnen, die einen Schlüssel hat.«

Heinrich nickte geistesabwesend, entfernte einige Maden aus der Nase und steckte sie in ein Glasröhrchen. Danach rollte er mit einem Wattestäbchen die Ränder der Nasenlöcher und die Lippen ab. »Da müssten wir im Labor eigentlich Rückstände von Chloroform finden.«

Lou zeigte auf eine rote Stelle unterhalb des linken Auges. »Sieht aus wie eine Verätzung.«

Heinrich zog die Lampe näher heran. »Könnte sein, aber ich tippe auf Ameisen.« Er wandte sich an Jens. »In der Erde hat es vor Ameisen nur so gewimmelt, und sie hinterlassen Spuren, die nach Verätzungen aussehen.« Er reinigte die untere Hälfte des Gesichts vorsichtig von Schmutz und gab die Rückstände in eine kleine Plastikdose. »Das ist wichtig für die Spurenanalyse«, erklärte er dem Assistenten, der dicht über dem Kopf hing, damit er nichts verpasste. Heinrich pinselte vorsichtig über das Gesicht. »Vielleicht finden wir etwas, das Rückschlüsse auf eine eventuelle Zwischenlagerung zulässt.« Er begann, die eingetrockneten Blutreste vom Kopf abzukratzen und auf DNA-Plättchen zu drücken. Danach schob er die Eierpakete von den Lidern und öffnete die Augen der Frau. Sie waren dunkelbraun.

»Wenn du willst, kannst du nach Hause fahren«, sagte er, als er sah, dass Lou ein Gähnen unterdrückte. »Ich werde jetzt die Schädeldecke entfernen, das Gehirn entnehmen und Gewebeproben sichern. Danach werde ich so schnell wie möglich das Blut untersuchen. Ich melde mich sofort, wenn ich irgendetwas finde. Versprochen.«

Lou ließ sich nicht zweimal bitten. Normalerweise blieb sie bis zum Schluss. Aber sie spürte jeden Knochen und sehnte sich nach ihrem Bett.

Gustav-Nachtigal-Straße

Lou fuhr den Citroën in die Garage, ging durch den Keller ins Haus und ließ ihren Rucksack in der Diele fallen. Die Garderobe war abgeschraubt. Erst in dem Moment fiel ihr ein, dass sie ihre Verabredung mit Frieda und Henry vergessen hatte. Sie fluchte und rannte die Treppe hinauf.

Die Tür zu Friedas Zimmer war angelehnt. Lou sah kurz hinein. Ihre Tochter schlief. Hatte Henry allein mit ihr gesprochen? Lou zögerte. Sollte sie Frieda wecken? Sie entschied sich dagegen, ging ins Bad und stand Sekunden später unter der Dusche. Das kalte Wasser tat gut, aber ihr schlechtes Gewissen gegenüber Frieda und Henry verhinderte, dass sie die Dusche genießen konnte. Nach kurzer Zeit drehte sie den Hahn zu, trocknete sich ab und schlüpfte in Boxershorts und ein T-Shirt mit der Aufschrift »Sex and the City«. Ein Weihnachtsgeschenk ihrer Tochter.

Frieda war entschieden gegen die Trennung, und ihr Leistungsabfall hing sicher auch damit zusammen. Doch Lou vermutete noch andere Gründe. Die Gelegenheit, mehr zu erfahren, hatte sie allerdings heute verpasst. Sie ging in die Küche und entkorkte einen südafrikanischen Rotwein. Im Kühlschrank entdeckte sie einen Topf Nudeln in Sahnesoße, stellte alles auf ein Tablett und ging ins Wohnzimmer. Sie zündete eine Kerze an, schaltete den Deckenventilator ein und ließ sich auf das Ledersofa fallen. Während sie die kalten Nudeln aß, tastete sie nach der Fernbedienung des Fernsehers. Vergeblich. Wieso konnte niemals etwas an seinem Platz sein? Sie stand auf, schaltete das große Licht ein und stutzte. Der Flachbildfernseher war verschwunden. Nur ein einsamer Dreifachstecker lag im Regal. Offensichtlich hatte Henry das Gerät mitgenommen. Erst jetzt sah sie, dass auch die Stereoanlage fehlte. Fernseher und Musikanlage. Beides Geschenke ihrer Mutter. Sie unterstellte Henry keine böse Absicht. Wahrscheinlich hatte er praktisch gedacht. Spülmaschine, Gefrierschrank und Herd, also Geräte, die Lou für Friedas Versorgung brauchte, gegen die Hi-Fi-Geräte im Wohnzimmer. Lou trank einen Schluck Wein und wählte Henrys Handynummer. Sie wollte sich bei ihm entschuldigen und wissen, ob er mit Frieda gesprochen hatte.

Sie erreichte ihn nicht, legte auf und wählte widerwillig die Festnetznummer seiner Mutter. Greta mochte sie nicht. Lou hatte die Gründe dafür nie erfahren. Gleich nach ihrer Hochzeit waren die ersten Probleme aufgetaucht, und nicht nur deshalb, weil Lou es abgelehnt hatte, Henrys Nachnamen anzunehmen.

Lou war erleichtert, als ihre Schwiegermutter den Hörer abnahm. »Hier Greta Austin. Wer da?« Sie klang schläfrig, aber energisch wie immer.

»Entschuldige die späte Störung«, sagte Lou. »Aber ich muss dringend mit Henry sprechen. Es ist sehr wichtig.«

»Jetzt? Mitten in der Nacht. Hier ist es nach drei.«

»Hier auch. Bitte, Greta, es ist dringend, sonst würde ich dich nicht stören.«

Henrys Mutter schien zu zögern.

Lou wurde misstrauisch. »Was ist los?«

»Nichts, es ist nur ... er ist nicht da.«

»Wie? Wo ist er denn?«

Schweigen am anderen Ende der Leitung.

»Ich kriege es doch sowieso raus«, sagte Lou und nippte an ihrem Wein. »Oder soll ich lieber vorbeikommen?«

Die alte Frau atmete hörbar aus. Lou wusste, dass ihre Schwiegermutter keinen Wert auf ihren nächtlichen Besuch legte.

»Ich denke, er ist bei seiner neuen Freundin«, sagte Greta schließlich.

Lou meinte einen heiteren Unterton herauszuhören.

ZWEITER TAG

Konrad-Adenauer-Ufer

Adam sah nach Osten über den Rhein. Hinter dem Bogen der Köln-arena kündigte sich bereits die Morgendämmerung an. Die Stadt würde bald erwachen. Er blickte sich zu allen Seiten um. Kein Mensch war zu sehen. Sein Atem wurde ruhiger. Er warf seine Zi-garettenkippe auf den Asphalt und zündete sich sofort eine neue an. In dieser Nacht hatte er insgesamt zwei Schachteln geraucht. Die Schnitte auf seinen Armen bluteten nicht mehr, aber sie schmerzten noch. Adam schulterte seine große Tasche, er konnte jetzt nicht nach Hause. Die Enge seiner Wohnung würde ihn erdrücken. Also lief er die Treppenstufen zum Rhein hinunter. Dort ließ er die Ta-sche fallen, zog sich bis auf die Unterhose aus und legte seine Klei-dung ordentlich aufeinander. Danach zog er ein Stück Seife hervor und ging barfuß durch das trockene Flussbett bis zur Fahrrinne. Ein kleines Schlauchboot fuhr geräuschlos vorbei. Ein alter Mann ruderte gegen die leichte Strömung; vorne saß ein Junge. Er winkte Adam schüchtern zu. Adam winkte nicht zurück. Hastig begann er damit, seine Arme einzuseifen. Das Blut war eingetrocknet. Er ver-suchte, es mit den Fingernägeln wegzukratzen. Als er mit dem Re-sultat zufrieden war, sprang er in den Fluss. Das Wasser war wärmer, als er gedacht hatte. Die Strömung schien an dieser Stelle kraftlos, der Rhein floss lahm dahin.

Adam war ein guter Schwimmer. Trotzdem war er wachsam. Immer wieder ertranken Menschen im Rhein; deshalb blieb er vor-sichtig. Nach einiger Zeit wurde ihm kalt, er schwamm zum Ufer zurück, stieg aus dem Wasser und ging durch den Staub zur Stein-treppe. Einige Sekunden betrachtete er das zarte Morgenrot im Os-ten. Erst jetzt nahm er das aufdringliche Vogelgezwitscher wahr. Ein neuer heißer Tag kündigte sich an. Er rieb sich flüchtig mit sei-nem T-Shirt trocken und zog es danach über. Danach bemerkte er zwei Männer. Sie näherten sich auf der unteren Promenade, scho-ben Fahrräder und unterhielten sich lautstark. Adam sah sich um.

41

Es gab keine Möglichkeit, sich zu verstecken. Deshalb ging er in die Hocke und presste sich so dicht wie möglich an die schräge Steinmauer. Er wollte nicht gesehen werden. Jetzt waren die Männer auf seiner Höhe. Er hörte sie reden und riskierte einen Blick nach oben. Zu früh.

»Adam?«

Er erschrak, als er einen der Männer seinen Namen rufen hörte. Augenblicklich begann er zu schwitzen. Der kleine Dickliche reckte den Hals.

»Adam, verdammt, bist du das?«

Adam versuchte, ruhiger zu atmen, richtete sich so lässig wie möglich auf und sah in das kreisrunde Gesicht seines Arbeitskollegen Darius. Hin und wieder wurden sie der gleichen Schicht zugeteilt und schleppten gemeinsam die Abfallsäcke der Züge am Hauptbahnhof. Köln war wirklich ein Dorf. Musste ihm jetzt ausgerechnet Darius über den Weg laufen? Obwohl sie zusammen arbeiteten, hatten sie bisher kaum ein Wort miteinander gewechselt. Angeblich ging Darius neben der Arbeit kleinen Drogengeschäften nach; Genaueres wusste Adam nicht. Aber Darius roch nach Problemen. Er musste sich von ihm fernhalten, wenn er Schwierigkeiten vermeiden wollte. Ärger konnte Adam nicht gebrauchen, schon gar nicht mit der Polizei. Er stopfte die Seife in seine Tasche und machte ein mürrisches Gesicht. Vielleicht ließ Darius sich abschrecken. Doch es sah nicht danach aus. Schon kam der Kollege einige Treppenstufen herunter.

»He, Adam. Was für eine Überraschung!«

Darius' Begleiter blieb auf der Promenade stehen und hielt die Räder.

Adam ignorierte seinen Kollegen und streifte seine Jeans über. Darius setzte sich auf eine Stufe und glotzte ihn an. »Was machst du denn so früh hier unten am Rhein? Warst du etwa schwimmen?« Er machte ein angewidertes Gesicht. »Ist ja ekelig. In der Drecksbrühe kann man doch nicht schwimmen. Oder bist du besoffen? Was hast du da am Arm? Da hat dich aber jemand übel erwischt.«

Adam schwieg, versuchte ruhig zu bleiben und packte seine Sachen zusammen. Vielleicht verlor Darius das Interesse. Doch der dachte nicht daran.

»Wieso warst du gestern nicht auf der Arbeit? Der Chef hat getobt. Er will dich feuern, wenn du heute nicht zur Spätschicht erscheinst.«

Adam schulterte seine Tasche.

»Willst du nicht reden? Bist dir wohl zu fein, du Penner. Egal, vielleicht bekommt mein Kumpel deinen Job. Der möchte nämlich arbeiten. Wir wollen noch in die Hornstraße. Kommst du mit?«

Adam antwortete nicht und stieg langsam die ersten Treppenstufen hinauf. Darius blieb auf den Stufen sitzen, also lief Adam auf der schrägen Steinmauer weiter und stand mit wenigen Schritten auf der Promenade. Darius folgte ihm blitzschnell und war jetzt direkt neben ihm. Sein Freund schob die Fahrräder ein wenig nach vorn, und schon war Adam eingekeilt. Sein Herz begann schneller zu schlagen. Ruhig bleiben, dachte er. Ganz ruhig.

»Was ist jetzt? Kommst du mit in den Puff?«

Adam schüttelte den Kopf.

Darius lachte. »Warst schon im Cranachwäldchen, was? Bist schwul, ne?« Sein Lachen wurde breiter. Adam konnte seinen verfaulten Schneidezahn sehen. »Nein, schwul bist du nicht. Du bist ein Psycho, stimmt's?« Er packte Adam am Arm. »Ja, du Penner, hast ein paar Jahre in der Geschlossenen verbracht. Stimmt doch, oder?«

Adam versuchte sich loszureißen, doch Darius hielt ihn fest.

»Was ist in der Tasche?«

»Lass mich los«, sagte Adam, so ruhig er konnte.

»Mach die Tasche auf«, befahl Darius.

»Nein. Lass mich los. Ich warne dich.«

»Mensch, da krieg ich wirklich eine Scheißangst.« Darius riss an Adams Tasche.

In dem Augenblick schnellte Adam vor und stieß seine Stirn mit voller Wucht gegen Darius' Nase. Doktor Keppler sagt doch immer, dass ich meine Aggressionen rauslassen soll, dachte er.

Darius heulte laut auf und ließ Adam sofort los. Seinem Freund verging das Grinsen. Ängstlich wich er einige Schritte zurück.

»Du blödes Arschloch!«, schrie Darius. Dunkelrotes Blut lief ihm aus der Nase. Er legte den Kopf nach hinten und versuchte erfolglos, das Blut mit seinem Handrücken aufzuhalten. Es tropfte auf sein weißes T-Shirt. »Du verdammtes blödes Arschloch!«

Adam schulterte hastig seine Tasche und rannte die Promenade entlang. »Ich habe dich gewarnt«, rief er.

»Du bist tot!«, hörte er Darius brüllen. »Hast du gehört, du bescheuerter Psycho? Ich mach dich fertig!«

Neusser Straße

In Hanna Morgenroths Bäckerei herrschte von morgens bis abends reger Andrang. Die Fahrradständer waren dauerbesetzt, und die geparkten Kinderwagen versperrten in der Regel den Blick auf Blaubeerkuchen und andere Leckereien im Schaufenster. Der Duft, der aus der offenen Tür auf den Bürgersteig wehte, verhalf Hanna täglich zu neuen Kunden. Mit ihrem reichhaltigen Sortiment an Brötchen, Broten, Kuchen, Teilchen und den Spezialitäten aus allen Teilen Deutschlands traf sie vor allem den Geschmack der zugereisten Städter. Samstagmorgens standen die Leute vor der Bäckerei Schlange. Vor den Feiertagen, ob Weihnachten oder Ostern, hatte Laufkundschaft ohne Vorbestellung kaum eine Chance. Hanna brauchte eigentlich nicht mehr in der Hitze der Öfen zu stehen, aber sie liebte ihre Arbeit. Ihre Anstellung als Historikerin hatte sie vor acht Jahren aufgegeben, als ihr Vater an Alzheimer erkrankte. Seit seinem Tod führte sie das Familienunternehmen. Finanzielle Sorgen, die Ausbildung zur Meisterin, Geschäftsflaute und kleine Katastrophen waren Vergangenheit. Heute beschäftigte sie neben einem Lehrling noch einen Gesellen und dazu sechs Verkäuferinnen. Ihre Rechnung war aufgegangen. Die Investitionen zeigten Erfolge, und es gab nur wenige Momente, in denen sie ihre frühere Arbeit vermisste. Wenn sie diese Sehnsucht spürte, rief sie ehemalige Kollegen an oder besuchte eines der vielen Kölner Museen.

Lou und Hanna kannten sich seit ihrer Schulzeit. Solange Lou denken konnte, führte sie ihr Weg morgens in die Bäckerei Morgenroth. Schon als Kinder hatten sie und Hanna in den Kammern hinter der Backstube Verstecken gespielt und auf Mehlsäcken sitzend dicke Marmeladenbrote gegessen. Später rauchten sie hier ihre erste Zigarette, und Lou bekam dort ihren ersten Kuss von einem der damaligen Lehrlinge. Seinen Namen wusste sie nicht mehr. Jedenfalls war der Geruch von frischem Brot untrennbar mit Lous Kindheit verbunden.

Lou liebte es, am frühen Morgen in der Backstube zu sitzen, Hanna bei der Arbeit zuzusehen und warme Rosinenbrötchen in einen Kaffeebecher zu tunken. Und Hanna liebte es, Lou zuzuhören. Mittlerweile kannte sie die Arbeit der Polizei recht gut, und Lou konnte sich mit ihr fast so unterhalten wie mit einem Kollegen. An diesem Morgen aber gab es nur zwei Themen: Lous verpasstes Familientreffen und Henrys Auszug. Der Krach der großen Rührmaschine zwang sie immer wieder zu Pausen, so wie im Augenblick. Lou beobachtete Hanna, die rosa Himbeercreme auf Biskuitböden strich, und versuchte nebenbei eine Wespe mit einem Glas zu fangen, die es trotz Fliegengitter bis in die Backstube geschafft hatte. Vergeblich.

»Möchtest du ein warmes Croissant?« Hanna schrie, um den Lärm der Maschine zu übertönen.

»Ja, gern!«

Hanna brachte die duftende Köstlichkeit an den Tisch. Lou griff zu, rührte Milch in ihren Kaffee und fächerte sich mit einer Broschüre Luft zu. Die Hitze war unerträglich.

Als Hanna die Rührmaschine endlich abstellte, nahm sie das Gespräch wieder auf. »Hast du Frieda heute Morgen erklärt, warum du gestern Abend nicht gekommen bist?«

»Nein. Sie war schon weg.«

»So früh? Seit wann fängt die Schule schon um sieben Uhr an?«

»Ich weiß nicht.« Lou biss in ihr Croissant. »Frieda geht mir aus dem Weg. Wahrscheinlich hat sie Angst vor der Strafe, die sie erwartet wegen der gefälschten Unterschriften. Aber ich nehme auch an, dass sie mir die Trennung von Henry übel nimmt.«

»Das glaube ich nicht«, sagte Hanna, legte ihr Streichmesser aus der Hand und setzte sich auf einen Hocker. Ihre Arme und das Gesicht waren mit weißem Mehlstaub bedeckt. Die langen Haare steckten unter einem weißen Kopftuch, nur eine widerspenstige rotbraune Strähne sah hervor. »Eure Trennung schafft Klarheit. Früher oder später wird Frieda damit zurechtkommen.«

Irgendwo klingelte ein Wecker. Hanna ging zu einem Ofen, holte ein Blech Brote heraus, stellte die Zeitschaltuhr neu ein und schob Rosinenschnecken hinein. Dann kam sie wieder an den Tisch zurück. Lou erzählte ihr von ihrem nächtlichen Telefonat mit Henrys Mutter.

»Und du hast keine Ahnung, wer sie ist?«

»Nein.«

»Und? Wie fühlt sich das an? Stiche? Flaues Gefühl in der Magengegend?«

»Nein, nichts. Ich bin nur irgendwie enttäuscht, weil er mir nichts erzählt hat.«

Sie schwiegen eine Weile.

»Wirst du ihn darauf ansprechen?«, fragte Hanna schließlich.

»Natürlich. Darauf freue ich mich schon.«

Hanna stand auf und kontrollierte die Rosinenschnecken durch das Sichtfenster des Ofens. »Ich sollte auch mal wieder ausgehen. Manchmal habe ich das Gefühl, dass die Welt da draußen an mir vorbeizieht.«

»Unbedingt!«, sagte Lou. »Aber nicht wieder mit Jan.«

»Nein, der ist nach Bonn gezogen. Er arbeitet jetzt für die Museen dort.«

Lou war erleichtert. Sie mochte Hannas Verflossenen nicht, weil er ihre Freundin immer wieder enttäuscht hatte. »Fang ja nicht wieder was mit dem an!«

»Keine Angst.« Hanna kam zurück zum Tisch und trank ein Glas Mineralwasser. »Neulich habe ich ihn auf der Straße getroffen. Aber er hatte wie immer nur seine Arbeit im Kopf. Er hat mir von seinem neuen Sicherheitskonzept erzählt und berichtet, wie gut die Museen in Bonn im Gegensatz zu denen in Köln gesichert sind.«

Lou lächelte. »Dein Jan wusste schon immer, wie man Frauen begeistert.«

»Er ist nicht mein Jan! Und so uninteressant war das Gespräch auch wieder nicht. Jedenfalls wären die beiden Schwerter, die aus dem Kölnischen Stadtmuseum in der Zeughausstraße gestohlen wurden, noch da, wenn die Museumsleitung Jan nicht eingespart hätte.«

»Welche Schwerter?«

»Ach, zwei antike Klingen. Sie sind im April gestohlen worden.«

»Wer stiehlt denn zwei altertümliche Schwerter? Sind die wertvoll?«

»In gewisser Weise schon.« Hanna stand auf und begann einige Hörnchen mit Eigelb zu bestreichen. »Das ist mal wieder typisch. Du interessierst dich mehr für einen Diebstahl als für mein Beziehungsleben.«

»Ich denke, Jan ist dir egal!«

Hanna holte tief Luft. In dem Augenblick klingelte Lous Handy. Es war Ben. Nach einem kurzen Telefonat stand sie auf. Ihre Beine waren wie Pudding.

»Ich muss los. Vor der Kirche von St. Andreas ist ein Kopf gefunden worden. Es sieht so aus, als hätten wir eine Serie.«

Polizeipräsidium

Das Ehepaar Hilgert saß in einem der Vernehmungszimmer und hielt sich an den Händen. Sie waren direkt vom Bahnhof ins Präsidium gekommen; ihre Trolleys standen neben der Tür. Sie wirkten zerbrechlich und waren beide sehr blass. Als Lou und Tom den Raum betraten, erhoben sie sich von ihren Stühlen.

»Bleiben Sie doch bitte sitzen«, sagte Lou und reichte ihnen die Hand.

Sie war zusammen mit Tom und Maline von St. Andreas an der Komödienstraße zur Rechtsmedizin und danach zum Präsidium gehetzt. Es gab keinen Zweifel mehr. Der Kopf vom Melatenfriedhof und der Körper vom Berlich gehörten zusammen. Außerdem war bei der Obduktion fremdes Blut auf dem Kopf entdeckt worden. Vielleicht ein brauchbarer Hinweis auf den Täter. Nach den Untersuchungen in der Rechtsmedizin sollte der Kopf nun von einem Thanatopraktiker kosmetisch aufgearbeitet werden. Die Arbeit des Spezialisten war mühsam und in diesem Fall besonders schwierig. Aber er hatte versprochen, es zu versuchen, damit den Hilgerts vielleicht doch noch Fotos vom Gesicht ihrer Tochter vorgelegt werden konnten, denn bisher war es der Polizei nicht gelungen, die Arzthelferin zu erreichen, die neben Ann-Marie Hilgerts

Zahnarzt den einzigen Schlüssel zur Praxis besaß. Deshalb war Roland vorsichtshalber auf dem Weg zur Rechtsmedizin. Er sollte die Aufnahmen ins Präsidium bringen.

Der zweite Kopf, der am Morgen auf dem Vorplatz von St. Andreas gefunden worden war, versetzte die Polizei in höchste Alarmbereitschaft. Es handelte sich wieder um den Kopf einer Frau. Die Untersuchungen liefen auf Hochtouren. In der Zwischenzeit belagerten unzählige Presseleute das Präsidium. Ihre Berichterstattung heizte die geladene Stimmung zusätzlich auf, der Chef des KK 11 geriet unter Druck und gab den Stress an Tom weiter.

Lou atmete tief durch. Aber bevor sie etwas sagen konnte, eröffnete Tom das Gespräch.

»Also, wir wollen gleich zur Sache kommen.«

Lou fiel ihm ins Wort. »Moment noch.« Sie lächelte den Hilgerts zu. »Möchten Sie etwas trinken? Wasser, Kaffee?«

Sie lehnten ab und sahen Tom erwartungsvoll an. Herr Hilgert rückte näher an seine Frau heran. »Was ist los? Was ist mit unserer Tochter?«

Tom atmete hörbar ein. »Herr und Frau Hilgert. Ihre Tochter ist Ann-Marie Hilgert, geboren am 24. Mai 1950 in Köln, wohnhaft Auf dem Berlich Hausnummer 45. Ist das richtig?«

»Ja, aber das haben wir doch nun schon hundertmal erzählt.« Erich Hilgert schüttelte den Kopf.

Seine Frau sah Lou an. »Bitte, können Sie uns nicht einfach sagen, was los ist?«

Lou kaute auf ihrer Unterlippe. Wie sollte sie die Eltern mit der grausamen Wahrheit konfrontieren?

Für Tom war die Sache offensichtlich auch nicht leichter. »Wir gehen zum bisherigen Stand der Ermittlungen davon aus, dass Ihre Tochter …« Er zögerte.

Erich Hilgert stellte die unausweichliche Frage. »Warum sagen Sie uns nicht endlich, was los ist? Sie haben Ann-Marie tot in ihrer Wohnung gefunden, nicht wahr?«

»Bitte«, sagte seine Frau. »Wir rechnen sowieso mit dem Schlimmsten. Sagen Sie uns die Wahrheit. Sie ist tot, oder?«

»Ja.«

»War es ein Unfall?« Leni Hilgerts Stimme klang tonlos.

Lou und Tom sahen sich an.

Erich Hilgert schloss die Augen. »Hat sie sich selbst etwas angetan?«

Tom räusperte sich. Sie wussten beide, dass sie Ann-Marie Hilgerts Eltern nicht länger im Ungewissen lassen konnten. »Ihre Tochter wurde ermordet«, sagte Lou.

Leni Hilgert starrte Lou an. »Ermordet? Ann-Marie? Nein. Das kann nicht sein.«

Erich Hilgerts Hände begannen zu zittern. »Wer sollte so etwas tun?« Er lächelte. »Nein. Das ist sicher eine Verwechslung.«

»Ein Nachbar hat gestern die Leiche einer Frau in der Wohnung Ihrer Tochter gefunden. Die Tote hat ein Herz auf dem rechten Schulterblatt tätowiert.«

Tom zog Fotos aus einer Mappe. Sie zeigten nur Großaufnahmen der Tätowierung. Die Person selbst war nicht zu erkennen. Sie legte den Hilgerts die Aufnahmen vor.

»Ja, Ann-Marie hat so eine Tätowierung«, sagte Erich Hilgert. »Mir hat sie nie gefallen.«

Seine Frau betrachtete die Bilder nur flüchtig. »Aber das ist doch kein Beweis, viele Menschen haben so eine Tätowierung.«

Lou und Tom schwiegen. Erich Hilgert schloss erneut die Augen. In dem Moment betrat Maline den Raum und flüsterte Tom etwas zu. Er verließ das Besprechungszimmer, und Maline setzte sich auf seinen Platz. Lou nickte ihr zu.

»Ann-Marie kann nicht tot sein«, sagte Frau Hilgert leise. »Wir haben mit ihr gesprochen, am Telefon.« Sie zog ihren Mann am Arm. »Erich, wir haben doch noch mit ihr telefoniert. Das kann nur eine Verwechslung sein.«

Lou sah die Eheleute an. »Wann haben Sie mit Ihrer Tochter gesprochen?«

Das Gesicht der alten Frau glühte. »Vor drei Tagen.«

Lou schluckte. Die Tote auf dem Berlich konnte unmöglich erst drei Tage tot sein. »Sind Sie sicher?«

»Ja.«

Aber ihr Mann schüttelte den Kopf. »Überleg doch mal, Leni. Wir sind freitags in Prerow angekommen, und sonntags haben wir telefoniert. Das ist über eine Woche her.«

Die alte Frau fiel in sich zusammen und begann zu weinen. Ihr Mann legte den Arm um sie und den Kopf an ihre Schulter. In dem Augenblick klopfte es an der Tür. Roland brachte die Digitalfotos und verließ den Raum wieder. Die Eheleute starrten auf den Umschlag. »Das sind die Fotos aus der Rechtsmedizin«, sagte Lou. Sie wusste, dass der MK keine Zeit blieb, um auf die Röntgenaufnahmen aus der Zahnarztpraxis zu warten. »Was meinen Sie, können Sie sich die Bilder jetzt ansehen?«

»Früher oder später müssen wir es tun.« Erich Hilgert nahm die Hand seiner Frau und drückte sie fest. »Wir stehen das zusammen durch.«

Lou legte ihnen die Fotos des Kopfes vor. Sie war von der Qualität der Bilder selbst überrascht. Der Halsbereich war mit einem Tuch abgedeckt, die Augenlider waren geschlossen. Das Gesicht war so geschminkt, dass es aussah, als ob die Frau auf dem Bild schlief. Leni Hilgert begann zu weinen. Ihr Mann rang um Fassung. »Oh Gott, das ist unser Kind.«

»Sind Sie sicher? Ist es wirklich Ihre Tochter?«

Die Antwort ging in den Tränen der Eheleute unter. Erich Hilgerts Atem wurde flacher.

»Soll ich einen Seelsorger rufen?« Maline klang besorgt.

Leni Hilgert schüttelte den Kopf.

Lou beugte sich vor. »Wollen Sie einen Moment allein sein? Oder soll ich jemanden für Sie anrufen?«

»Nein, es geht schon«, sagte Erich Hilgert.

Eine kurze Zeit herrschte bedrückende Stille in dem kleinen Besprechungszimmer, die nur vom Weinen der Hilgerts und dem Surren des Ventilators durchbrochen wurde.

»Wie ist sie gestorben?« Leni Hilgerts Stimme klang erstaunlich fest.

Lou zögerte.

»Bitte. Ich möchte es wissen.«

Lou trank einen Schluck Mineralwasser, um Zeit zu gewinnen, und suchte nach den richtigen Worten. »Ihrer Tochter wurde der Kopf vom Rumpf getrennt. Der Körper wurde in ihrer Wohnung gefunden, den Kopf hat eine Frau gestern Abend auf dem Melatenfriedhof entdeckt.«

»Ihr wurde der Kopf …?« Erich Hilgert begann wieder flach und hektisch zu atmen.

»Herr Hilgert, bitte beruhigen Sie sich«, sagte Lou. »Maline, ich glaube, wir brauchen jetzt doch den Polizeiarzt.«

»Nein.« Leni Hilgert klang resolut. »Sie brauchen niemanden zu holen.«

Sie sprach leise auf ihren Mann ein. Nach kurzer Zeit atmete er wieder ruhiger. Dann wurde er erneut von einem Weinkrampf geschüttelt. Seine Frau strich sich mechanisch über den Rock. Ihr Blick war jetzt leer. »Wer hat Ann-Marie das angetan?«

»Wir wissen es noch nicht«, antwortete Lou.

»Kann ich bitte doch ein Glas Wasser haben?«

Maline sprang sofort auf. Als die alte Frau nach dem Glas griff, zitterte ihre Hand so sehr, dass sie das Wasser verschüttete. Sie schien es nicht zu bemerken.

»Können wir sie sehen?«, fragte ihr Mann. »Wir müssen uns doch von ihr verabschieden.«

»Im Augenblick ist es noch nicht möglich.«

»Warum nicht?«

»Aus Spurensicherungsgründen«, sagte Lou ausweichend.

Sie wollte den Hilgerts nicht sagen, dass die gesamte Leiche ihrer Tochter aufbereitet werden musste. In ihrem jetzigen Zustand konnte sie den Eltern nicht gezeigt werden.

»Was ist mit Paul Merzer?« Erich Hilgert schien sich etwas gefasst zu haben. »Haben Sie ihn schon vernommen?«

Lou sah kurz in ihre Unterlagen. »Merzer. Ist das der Familienname des Exfreundes Ihrer Tochter?«

Hilgert nickte.

»Hatte Ihre Tochter einen neuen Partner?«

Die Eheleute schüttelten die Köpfe.

»Paul ist …« Erich Hilgert zögerte. »Er hat Ann-Marie geschlagen. Wir halten nicht viel von ihm. Aber sie wollte nicht auf uns hören. Er hat sie nur ausgenutzt. Was will so ein junger Schnösel von einer älteren Frau? Ihr Geld, oder?«

Leni Hilgert nahm sich ein neues Taschentuch.

»Es war Merzer«, sagte Hilgert. »Er hat sie umgebracht. Sie hat ihn fallen lassen, und er hat sie umgebracht.«

Leni Hilgert legte behutsam ihre Hand auf den Arm ihres Mannes. »Lass doch, Erich.«

»Aber von solchen Typen liest man doch jeden Tag in der Zeitung. Von Männern, die ihre Frauen umbringen, weil sie die Trennung nicht ertragen können.«

Seine Frau sah Lou an. »Es stimmt, er hat sie geschlagen, immer wieder. Er ist gewalttätig, aber ...?«

Ihr Mann begann zu weinen. »Wer soll ihr denn sonst ...?« Seine Stimme versagte.

»Ich weiß, dass es für Sie sehr schwer sein muss, dennoch muss ich Ihnen noch ein paar Fragen stellen«, sagte Lou. »Fühlen Sie sich in der Lage, mir behilflich zu sein?«

Leni Hilgert schloss die Augen. Sie antwortete nicht. Dafür nickte ihr Mann.

»Hatte Ihre Tochter Freunde oder eine Freundin, mit der sie sich regelmäßig traf?«

Hilgert trank einen Schluck Wasser. »Nein. Sie hat sehr zurückgezogen gelebt. Sie hat sich mit den Jahren verändert. Früher war sie so lebensfroh. Aber nach zwei gescheiterten Ehen hat sie sich immer weiter zurückgezogen. Ich kenne nur zwei Bekannte. Wie hießen sie noch gleich?«

Seine Frau antwortete mechanisch. »Monika und Henriette. Die Nachnamen weiß ich jetzt nicht. Da muss ich zu Hause nachsehen.«

»Jedenfalls sind das zwei Kolleginnen von der Bahn«, ergänzte Hilgert. »Vielleicht können die Ihnen weiterhelfen. Früher hat sie viel Zeit mit ihnen verbracht.«

Maline machte sich eine Notiz.

»Bis sie Merzer kennenlernte«, fuhr Erich Hilgert fort. »Anfangs hielt sie die Beziehung für die große Liebe. Aber die Ernüchterung kam schnell.«

»Wo wohnt Merzer?«

»Ann-Marie hat erzählt, dass er zu einem Freund gezogen ist.«

»Kennen Sie seinen Namen oder seine Adresse?«

»Im Klapperhof«, antwortete Leni Hilgert prompt. »Freddy Klipp vom Klapperhof. Ann-Marie und ich haben noch darüber gelacht.«

»Ihre Tochter hat bei der Deutschen Bahn gearbeitet. Gab es dort Probleme? Mit Kollegen oder Vorgesetzten?«

»Nein«, sagte Erich Hilgert. »Das heißt, ich weiß es nicht. Ann-Marie hat nicht viel über ihre Arbeit gesprochen. Vielleicht wissen Monika und Henriette mehr.«

Lou nickte. »Hat Ihnen Ihre Tochter etwas von einem Brief ohne Absender erzählt, den sie merkwürdig fand?«

»Nein«, sagte Erich Hilgert. Auch seine Frau schüttelte den Kopf.

»Ich möchte jetzt gehen«, sagte sie unvermittelt.

»Ja, natürlich. Sagen Sie mir bitte noch, ob Ihnen der Name Stina Dürrenaels etwas sagt.«

»Warum?«, fragte Erich Hilgert.

Lou schwieg. Sie wollte nicht noch mehr Einzelheiten mitteilen. Leni Hilgert stand auf. Mit wenigen Schritten war sie an der Tür und verließ den Raum, ohne sich noch einmal umzudrehen. Bevor auch ihr Mann gehen konnte, fragte Lou: »Wo arbeitet Paul Merzer?«

Erich Hilgert drehte sich noch einmal um. »Nirgendwo. Der kassiert Hartz IV und lässt sich von älteren Frauen aushalten.« Er zögerte. »Aber früher hat er als Aushilfe in einem Schlachtbetrieb in Ehrenfeld gearbeitet.« Seine Stimme klang hoffnungsvoll. »Werden Sie ihn verhaften?«

»Wir werden mit ihm sprechen«, sagte Lou.

Lou schickte zwei Beamte zu Freddy Klipps Anschrift. Paul Merzer folgte den Beamten bereitwillig ins Präsidium.

In der Zwischenzeit wurde die MK »Berlich« um weitere fünf Beamte aufgestockt, und es stellte sich heraus, dass Merzer kein unbeschriebenes Blatt war. Er war der Polizei als Schläger bekannt und hatte schon einige Nächte in der Ausnüchterungszelle verbracht, weil er unter Alkoholeinfluss randaliert hatte. Zudem sagten Zeugen aus, dass sie ihn mehrere Tage vor dem Auffinden der Leiche im Haus von Ann-Marie gesehen hatten. Ein Nachbar behauptete sogar, mit Ann-Marie einige Tage vor ihrem Tod gesprochen zu haben. Dabei war ihm ein Hämatom in ihrem Gesicht aufgefallen. Zum gegenwärtigen Zeitpunkt konnte nicht ausgeschlossen werden, dass

Merzer seine Exfreundin umgebracht hatte. Somit kam er auch für den Mord an der zweiten Frau infrage, deren Kopf vor St. Andreas gelegen hatte. Ihre Identität war noch unklar, aber natürlich konnte es sich um eine Bekannte von Ann-Marie Hilgert handeln.

Da Tom in einer Pressekonferenz festsaß, nahm Lou Maline mit zu Merzers Vernehmung.

Gemeinsam betraten sie den kleinen Raum. Lou war überrascht, als sie Ann-Marie Hilgerts Exfreund sah. Nach den bisherigen Beschreibungen hatte sie einen Schlägertyp erwartet. Merzer entsprach diesem Bild nicht. Gepflegter Bart, lange blonde Haare, die von einem Lederband zusammengehalten wurden. Jeans, hellblaues, frisch gebügeltes Hemd und offene Sandalen. Er stand höflich auf, als Lou und Maline das Büro betraten, lächelte und hielt ihnen die Hand entgegen.

Lou begrüßte ihn distanziert. »Ich bin Hauptkommissarin Vanheyden, und das ist Oberkommissarin Brass. Sind Sie Paul Merzer?«

»Ja.«

Merzer setzte sich. Lou betrachtete ihn aufmerksam und ließ sich von seinem harmlosen Äußeren nicht täuschen.

»Was wollen Sie? Warum bin ich hier?«, fragte er.

»Kennen Sie Frau Ann-Marie Hilgert?«

»Wieso?«

»Herr Merzer«, sagte Maline, »Ihre ehemalige Partnerin wurde tot aufgefunden.«

»Tot? Wieso?« Seine Augen waren ausdruckslos, aber Lou entging das Lächeln nicht, das für den Bruchteil einer Sekunde über sein Gesicht huschte.

»Sie wurde ermordet«, sagte Lou und betonte jedes einzelne Wort. »Ich glaube nicht, dass das lustig ist. Wie lange kannten Sie Ihre Freundin?«

»Exfreundin«, verbesserte Merzer. »Ein Jahr. Vor zwei Monaten haben wir uns getrennt.«

»Sie hat sich von Ihnen getrennt, nicht wahr?«, sagte Lou.

»Ist doch egal.«

Lou ließ ihn nicht aus den Augen. »Vielleicht nicht. Wir haben gehört, dass Sie mit der Trennung nicht klargekommen sind.«

»Wer sagt das? Ihre bekloppten Eltern? Haben die Ihnen den Mist erzählt?«

Lou nahm eine Akte und schlug sie auf. »Gegen Sie ist schon dreimal wegen häuslicher Gewalt ermittelt worden.«

Merzer verschränkte die Arme vor der Brust.

»Wann haben Sie Ihre Exfreundin zum letzten Mal gesehen?«

»Keine Ahnung. Vor zwei Wochen, glaube ich.« Merzer zündete sich eine Zigarette an und blies Lou den Rauch ins Gesicht.

Maline hakte nach. »Sind Sie sicher?«

Merzer zuckte mit den Achseln. »Verdammt noch mal, was soll der Mist? Ja, wir haben uns oft gestritten, und mir ist die Hand ausgerutscht. Na und? Wollt ihr mir deshalb einen Mord anhängen?«

Lou nahm einen säuerlichen Schweißgeruch wahr. »Wo haben Sie sich kennengelernt?«

»Im Reisezentrum. Sie hat mir mehrmals Tickets verkauft.«

»Einige Tage, bevor Ann-Marie starb, sind Sie im Hausflur gesehen worden«, sagte Lou.

Merzers Augen funkelten. »Und?«

»Sie haben eben gesagt, dass Sie Frau Hilgert zwei Wochen nicht gesehen haben. Nach Zeugenaussagen ist das jedoch falsch.«

Merzer zog an seiner Zigarette und sah aus dem Fenster.

»Sie haben Ann-Marie auch bei Ihrem letzten Treffen geschlagen.«

»Sie wollte Geld. Da hab ich zugeschlagen.«

Maline lehnte sich vor. »Wollten Sie nicht eher Geld von ihr?«

Merzer schwieg.

»Sie streiten also gar nicht ab, dass Sie Ihre Freundin vor cirka einer Woche noch einmal gesehen haben?«, fragte Lou.

»Nee, warum sollte ich?«

»Haben Sie mal in einem Schlachtbetrieb als Aushilfe gearbeitet?«

»Wieso?«

»Beantworten Sie einfach meine Frage.«

Merzer trommelte mit den Fingern auf der Tischplatte. »Ich hatte viele Jobs.«

»Herr Merzer, haben Sie nun in einem Schlachtbetrieb gearbeitet oder nicht?«

»Weiß nicht mehr. Kann sein.«

»Na gut, es geht auch anders«, sagte Lou und stand auf. »Sie sind dringend verdächtigt, Ihre Exfreundin Ann-Marie Hilgert getötet zu haben. Darüber hinaus besteht der Verdacht, dass Sie eine weitere Frau umgebracht haben.«

Merzer sprang auf. »Welche zweite Frau? Scheiße! Das könnt ihr doch nicht machen!«

Während Lou ihn über seine Rechte belehrte, betraten zwei Polizisten den Raum.

Die Beamten hielten ihn fest und ließen die Handschellen klicken.

»Verdammt!«, schrie er. »Ich war's nicht! Ich hab die Schlampen nicht umgebracht.«

Brabanter Straße

Daniel erwachte aus einem unruhigen Schlaf. Er brauchte einen Augenblick, um sich zu orientieren. Nebenan klapperte Jean mit Tellern. Daniel hatte ihm erlaubt, seine Kochgelegenheit zu benutzen. In Mehmets Apartment gab es weder Spülbecken noch Herd. Er stand auf und ging in die Küche. Hier brannte die Sonne durch die Scheiben. Seit Wochen versuchte er Alujalousien zu bekommen. Sie waren genauso ausverkauft wie Ventilatoren. Der Tisch war gedeckt, und das schmutzige Geschirr war verschwunden. Jean stand am Herd. Daniel traute seinen Augen nicht.

»Was ist hier los?«

Jean drehte sich zu ihm um. »Überraschung. Ich dachte, du freust dich über Hähnchen auf italienischem Salat.«

»Klar, aber du musst nicht für mich kochen. Ich meine, es reicht völlig, wenn du für dich selbst sorgst und mir ein bisschen Platz im Kühlschrank lässt.«

»Ob ich nun für einen koche oder für zwei, der Aufwand ist der gleiche.«

»Trotzdem.«

»Kein Problem. Immerhin hast du mir das Leben gerettet.«

»Übertreib doch nicht so.« Daniel ging zum Kühlschrank und

goss Milch in ein Glas. »Bei der Mitwohnzentrale hättest du sicher eine günstigere Bude gefunden. Es wäre also auch ohne mich gegangen.«

Jean füllte Salat auf zwei Teller. »Wahrscheinlich.«

»Nur um eins klarzustellen«, sagte Daniel, »schwul bin ich nicht, und wenn dir die alte Doll Löcher in den Bauch fragt, dann sag ihr einfach, dass du ein Cousin von mir bist. Verstanden?« Daniel mochte die alte Hausmeisterin nicht, die ihre neugierige Nase in sämtliche Angelegenheiten steckte.

»Entspann dich, Alter.«

Jean verteilte Hähnchenbruststreifen auf den Salattellern und stellte sie auf den Tisch. Daniel setzte sich und begann zu essen. Es schmeckte vorzüglich.

»Bist du Koch?«

Jean lachte. »Nein, aber Kochen ist meine Leidenschaft.«

Sie aßen schweigend. Nach dem Essen zeigte Jean auf die Gitarre und das Keyboard in der Ecke. »Spielst du?«

»Ja. Früher.«

Jean deutete auf ein Bild, das am Kühlschrank hing. Eine Frau umarmte einen blonden Jungen. Im Hintergrund stand ein altes Fachwerkhaus. »Bist du das?«

»Ja.«

»Du und deine Mutter?«

»Ja.«

»Habt ihr auf dem Land gelebt?«

»Eine Zeit lang.«

»Auf einem Bauernhof? Ich frag nur, weil ich auch auf dem Land groß geworden bin.«

»Ich bin in Köln geboren. Wir sind in den Siebzigern rausgezogen. Meine Mutter wollte, dass ich gesunde Luft atme.«

»Versteht ihr euch gut?«

»Wer?«

»Du und deine Mutter?«

»Sie ist tot.«

»Oh, tut mir leid. Wie lange schon?«

»Seit ein paar Wochen. Sonst noch Fragen?«

Jean schüttelte den Kopf und zeigte aus dem Fenster. Dort baumelte ein Bastkörbchen an einer Paketkordel. Daniel stand auf, zog den Korb in die Küche, nahm ein Blatt heraus und faltete es auseinander.

»Das hat Tobias gemalt.« Er reichte Jean das Bild. »Der Junge sitzt im Rollstuhl. Seine Mutter kommt erst abends. Die meiste Zeit ist er allein zu Hause.«

»Hat sie schwarze kurze Haare und ist richtig hübsch?«

»Ja, wieso?«

»Sie hat mich heute Morgen aus Mehmets Apartment kommen sehen. Ist das schlimm?«

»Nein. Gina ist in Ordnung.«

Daniel nahm das Bild, hängte es an den Kühlschrank zu Tobias' anderen Werken. Dann nahm er eine Handvoll Bonbons, legte sie in den Korb und zog zweimal an der Kordel. Der Korb wurde wie von Geisterhand hochgezogen. Daniel lächelte, ging zum Kühlschrank und nahm eine Tüte Eistee heraus. Dann zündete er sich eine Zigarette an und bot Jean auch eine an.

Jean blies Rauch aus. »Du bist ein guter Mensch.«

»Quatsch. Der Junge tut mir einfach leid. Er kommt kaum vor die Tür, nur weil es im Haus keinen Aufzug gibt.«

Jean räumte das schmutzige Geschirr ab. »Musst du heute wieder zur Arbeit?«

»Klar? Wieso?«

»Weil ich in den Stadtgarten gehen wollte. Möchtest du mitkommen?«

»Ja. Aber nur auf ein Kölsch. Dann muss ich zu den Burgers.«

Polizeipräsidium

Lou balancierte einen Salatteller auf ihrem Tablett durch die Polizeikantine und wollte sich gerade setzen, als sie Henry sah. Er saß an einem Tisch, aß Kartoffelsalat und unterhielt sich angeregt mit einer dunkelhaarigen jungen Frau. Lou ging zu ihnen.

»Hallo, Henry. Gut, dass wir uns sehen. Ich wollte mich wegen gestern entschuldigen.«

»Darf ich vorstellen: Liz Brandt«, sagte Henry. »Liz, das ist Lou.«
Die beiden Frauen gaben sich die Hand. Lou entging der Blick
nicht, mit dem Liz sie musterte.

Sie setzte sich und sah Henry an. »Entschuldigung noch mal wegen gestern.«

»Schwamm drüber«, sagte er.

»Hast du mit Frieda gesprochen?«

»Ja.«

»Und? Was hat sie gesagt?«

»Sie will Superstar oder so was werden. Du weißt schon, diese
Teeniesendung. Deshalb hat sie die Schule geschwänzt.«

Lou sah Henry ungläubig an. »Frieda? Wieso? Ich dachte, sie hat
keine Lust mehr auf singen und ...«

»Frieda hat eine gute Stimme«, sagte Henry zu Liz.

»Das ist doch nicht der Punkt«, entgegnete Lou. »Wie kommt
das Kind nur auf diese Idee?«

»Diese Superstar-Leute waren hier in Köln. Frieda ist mit ein
paar Freundinnen zum Casting gegangen.« Lou störte der Stolz in
Henrys Stimme. »Sie hat dort vorgesungen. Aber sie haben sie nicht
genommen. Deshalb sind die Mädels dann zum Casting nach Frankfurt gefahren. Allein, ohne einer Menschenseele etwas zu sagen.«

Lou legte ihr Besteck auf den Tellerrand. »Frieda war in Frankfurt? Allein? Das darf doch wohl nicht wahr sein!«

Henry wollte etwas sagen, aber Liz kam ihm zuvor. »Alle Kids
wollen heutzutage Superstar werden. Ist ganz normal. Seid doch
mal ehrlich, hätte es zu eurer Zeit so eine Chance gegeben, hättet ihr
sie nicht auch genutzt?«

Lou starrte Liz an. Sie war höchstens dreißig. Giftgrüne Augen,
schwarz getuschte Wimpern. Liz Brandt war ganz und gar nicht
Henrys Typ.

»Mein Neffe hat sich vor zwei Jahren auch bei einem Casting beworben«, sagte Liz. »Aus meiner Sicht hat er kein Talent und ist
trotzdem eine Runde weitergekommen. Der Junge hat sich gefühlt
wie Justin Timberlake und Robbie Williams zusammen. Gott sei
Dank ist er dann in der zweiten Runde rausgeflogen. Er hat es einigermaßen weggesteckt. War eine gute Erfahrung für den Jungen,
wenn ihr mich fragt.«

»Dich fragt aber keiner«, sagte Lou.

Henry nickte Liz aufmunternd zu. »Könntest du mich und Lou einen Moment allein lassen?«

»Klar.« Liz stand auf, nahm ihr Tablett und strahlte Lou an. »Hat mich sehr gefreut.« Bevor sie ging, bedachte sie Henry mit einem Lächeln. »Bis später.«

Er sah ihr nach. »Musstest du sie so anfahren?«

»Ich fand mich ganz freundlich. Woher kennst du sie? Die redet ja ohne Punkt und Komma.«

»Quatsch. Sie war nervös. Ich hab ihr schon so viel von dir erzählt.«

»Also, um noch mal auf Frieda zurückzukommen. Was hast du mit ihr besprochen?«, fragte Lou.

»Ich habe ihr gedroht, sie nach Sennen zu deiner Schwester zu schicken, wenn ihre Leistungen in der Schule nicht besser werden.«

»Was für eine Drohung.« Lou stocherte in ihrem Salat. »Frieda liebt Cornwall. Ehrlich, Henry, diese Sache können wir ihr nicht einfach so durchgehen lassen. Ich muss mir sowieso etwas überlegen. Es passt mir nicht, dass sie so oft allein ist. Jetzt, wo du ausgezogen bist, hat sie noch mehr Freiräume. Zu allem Überfluss stecke ich im Moment in einer schwierigen Mordkommission.«

Sie zerschnitt eine Tomate. »Kann Frieda vielleicht bei dir wohnen, bis ich meinen aktuellen Fall etwas mehr im Griff habe? Mir wäre wohler, wenn sie besser beaufsichtigt würde.«

»Geht leider nicht«, sagte Henry. »Ich hab mir ein paar Tage Urlaub genommen und schon einen Kurztrip gebucht. Ich brauche einfach mal etwas Abstand. Deswegen hätte ich dich heute noch angerufen.«

Auf einmal hatte er es eilig, stand auf und küsste Lou auf die Wange. »Ich überleg mir etwas wegen Frieda«, versprach er. »Vielleicht kann sie für eine Zeit zu meinem Bruder ziehen. Immerhin ist Gregor ihr Patenonkel. Mach dir bitte nicht so viele Sorgen. Früher haben wir auch verrückte Sachen gemacht. Sieh lieber zu, dass du genug isst und Schlaf bekommst. Du siehst nämlich schrecklich aus.«

»Danke. Du findest einfach immer die richtigen Worte.«

Er lächelte.

»Und? Fährst du mit Liz in Urlaub?« Lou sah ihm in die Augen. Sie waren hellbraun, bildeten einen schönen Kontrast zu seinen rötlichen Haaren und den hellen Wimpern.

»Bitte?«

»Du hast mich genau verstanden.« Henry machte ein langes Gesicht. »Wir arbeiten auf einer Dienststelle.«

»Du hast meine Frage nicht beantwortet.« Er setzte sich wieder und vermied es, Lou anzusehen. »Wer hat es dir gesagt?«

»Deine Mutter.«

Henry seufzte und sah sich hilfesuchend in der Kantine um. »Ich wusste nicht, wie ich es dir sagen sollte. Deshalb habe ich auf die richtige Gelegenheit gewartet.«

»Du hast sie verpasst.«

»Wen?«

»Die Gelegenheit.«

Im gleichen Moment klingelte Lous Handy. Friedas Nummer erschien im Display. Sie stand auf und verließ die Kantine, ohne Henry weiter zu beachten.

Blücherstraße

Lou parkte ihren Wagen am Haupteingang vor dem Blüchergymnasium, stieg aus und lehnte sich gegen die Fahrertür. Vom Leipziger Platz schallte der Lärm spielender Kinder zu ihr herüber. Als die Schulglocke klingelte, stürmten die Schulkinder aus dem Gebäude. Einige gingen zu ihren Fahrrädern, andere liefen quer über die Straße zu den Autos ihrer wartenden Eltern. Mehrere Grüppchen machten sich auf den Weg in Richtung U-Bahn oder verschwanden in den umliegenden Straßen. Der Himmel war wolkenlos blau, und die Sonne brannte unbarmherzig. Lou setzte ihre Sonnenbrille auf und sehnte sich nach einem Eiskaffee auf dem Schillplatz. Einige Mädchen in Friedas Alter kamen die Treppe hinuntergeschlendert. Sie trugen bunte Flip-Flops und kurze

Tops, die freie Sicht auf die gepiercten Bauchnabel ermöglichten. Sie kicherten und tuschelten miteinander, während sie an Lou vorbeigingen. Dann kam Frieda. Lou erschrak, als sie ihre Tochter sah. Sie wirkte blass, und die roten Locken klebten an ihren Schläfen.

Langsam kam sie die Stufen hinab. »Du solltest nicht herkommen! Die paar Schritte kann ich auch allein gehen! Außerdem soll man wegen der hohen Ozonwerte jede unnötige Autofahrt vermeiden. Du verhältst dich nicht gerade umweltfreundlich.«

Lou ging ihr entgegen und legte den Arm um ihre Schultern. Friedas Haare leuchteten in der Sonne, und ihre unzähligen Sommersprossen schienen explodiert zu sein.

»Ich wollte mich aber bei dir entschuldigen. Du weißt schon, wegen gestern.«

Frieda stieg in den Wagen. »Das hast du doch schon am Telefon getan.«

»Doppelt hält manchmal besser.« Lou startete den CX. »Henry hat mir erzählt, was los ist. Du warst bei diesem Superstar-Casting. Wieso hast du uns nichts davon erzählt?«

»Ist das eine Fangfrage?« Frieda sah ihre Mutter von der Seite an.

»Nein, ich möchte nur wissen, warum du solche Sachen hinter unserem Rücken machst.«

Lou bog in die Bülowstraße ein, fuhr dann in die Nordstraße und parkte einige Minuten später vor ihrem Haus. Frieda wollte aussteigen, aber Lou hielt sie zurück.

»Nein, du beantwortest mir zuerst meine Frage. Warum hast du uns nichts erzählt?«

»Weil du es mir verboten hättest. Henry wollte ich es sagen, aber er kann seinen Mund nicht halten. Und du? Du hältst mich doch immer von allem ab, was Spaß macht.«

»Was? Wie kommst du denn darauf?«

»Weil es so ist. Meine Freundinnen haben alle ein Piercing, ich nicht. Ich darf mir meine Haare nicht färben, und auch sonst verbietest du mir alles.«

»Weil ich nie weiß, wie ernst es dir ist.« Lou versuchte Frieda in den Arm zu nehmen.

Doch ihre Tochter rückte von ihr ab. »Und was ist mit dem

Tauchschein? Ich hab seit zwei Monaten mein Open-Water-Brevet, darf aber nicht tauchen. Das ist doch voll krass.«

»Das habe ich dir schon hundertmal erklärt. Ich will einfach nicht, dass du mit irgendeinem Buddy tauchst. Du kennst die Regeln. Buddy-System heißt in deinem Fall, dass du nur mit mir oder Henry ins Wasser gehst. Das war von Anfang an klar.«

Frieda funkelte ihre Mutter böse an. »Und wann hast du mal Zeit? Immer kommt was dazwischen. Entweder deine blöde Arbeit oder deine Probleme mit Henry. Alles ist wichtiger als ich. Du denkst doch nur an dich! Kein Wunder, dass deine Ehe im Eimer ist.«

»Übertreib es nicht!«, sagte Lou und atmete tief durch. »Henry fährt ein paar Tage weg, und ich stecke in einer MK. Deshalb fänden wir es gut, wenn du für eine Zeit zu Gregor ziehen würdest.«

»Keinen Bock. Ich brauche keinen Aufpasser.«

»Das sehen wir anders. Es geht ja nicht nur um die Superstar-Sache, sondern auch um die gefälschten Unterschriften.«

Frieda schnitt eine Grimasse. Lous Handy klingelte. Ihre Tochter nutzte die Gelegenheit und öffnete die Beifahrertür.

»Ich will, dass du zu Hause bist, wenn ich heute Abend komme«, rief Lou ihr nach. »Und wegen Gregor reden wir noch. Und die Sache mit den gefälschten Unterschriften ist auch noch nicht vom Tisch.« Sie seufzte und nahm das Gespräch an. Gleichzeitig beobachtete sie Frieda, die mit hängenden Schultern im Haus verschwand.

»Jugendliche haben die Leiche einer Frau am Molenkopf gefunden.« Maline klang aufgeregt. »Wahrscheinlich handelt es sich um den Körper zu dem Kopf von St. Andreas.«

Am Molenkopf

Kurz vor der Mülheimer Brücke fuhr Lou rechts in Richtung Hafen. Sie bog in den Kuhweg ein und fuhr unter dem schattigen Zubringer der Brücke hindurch. Einige Obdachlose saßen vor ihren Zelten aus Plastiktüten und starrten ihr nach. Das helle Sonnenlicht stand im extremen Kontrast zu dieser Szenerie. Lou überkam ein beklemmendes Gefühl, als sie flüchtig in die Gesichter der Menschen sah, die am Rande der Gesellschaft lebten.

Hinter der Zufahrt zum Tennisclub KKHT Schwarz-Weiß bog Lou am Molenkopf rechts ab. Nach wenigen Metern erreichte sie den Anfang des Cranachwäldchens und hielt Ausschau nach den Kollegen. Die Uferwiesen waren auffallend leer. Nur einige Menschen wagten sich in die Mittagshitze. Manche saßen im Schatten der Bäume, andere brutzelten in der Sonne. Jogger, Rollerblader und Radfahrer, die sich sonst am Rhein tummelten, waren heute kaum zu sehen. Die Medien warnten vor Aktivitäten in der Sonne. Offensichtlich beherzigte ein großer Teil der Kölner die eindringlichen Warnungen. Lou schaltete einen Gang tiefer und ließ die Karl Schmidt Spedition links liegen. Jetzt sah sie die ersten Streifenwagen und schaute zum Rhein. Der Fluss führte noch weniger Wasser, als sie gedacht hatte. Am Morgen war die Rheinschifffahrt vorübergehend eingestellt worden. In einiger Entfernung entdeckte sie Kollegen von der Spurensicherung. Sie waren gerade dabei, einen Sichtschutz aufzubauen. Lou parkte und ging über die Wiese zum Rhein. Das vertrocknete Gras raschelte unter ihren Füßen. Brandgefahr, dachte sie. Der Vergleich mit Sydney hinkte nicht.

Tom stand umringt von Reportern im Schatten einer alten Weide und gab ein Interview. Drei Polizisten mussten ihn abschirmen, so stark bedrängten ihn die Medienleute mit ihren Mikrofonen. Spätestens seitdem die Nachricht über das Auffinden des zweiten Kopfes über alle Sender verbreitet wurde, war die Stadt in heller Aufregung. Geschichten vom Axtmörder und Serienkiller machten die Runde. Lou stieg in das Flussbett hinab. Die Luft war trocken und staubig.

Ben stand vor dem Sichtschutz und unterhielt sich mit Jiri.

Als er Lou entdeckte, kam er ihr ein paar Schritte entgegen. »Ging ja wirklich schnell. So ein verdammter Mist.«

Er nahm ein Taschentuch, trocknete seine Stirn und gab Lou einen Einwegoverall. Eine Gruppe Schaulustiger schlenderte laut schwatzend durch das Flussbett auf den Tatort zu.

»Schickt sie weg«, rief Lou einer jungen uniformierten Beamtin zu und folgte Ben hinter den Sichtschutz.

Die Tote lag auf dem Bauch. Sie war auf die Steine geschwemmt worden, ihr leichtes Baumwollkleid war ihr bis über die Oberschenkel gerutscht. Der linke Arm war weit abgespreizt und wurde, wie das linke Bein, vom Rheinwasser umspült. Die Hand lag komplett im Wasser und war nicht sichtbar. Der rechte Arm war nah am Körper, diese Hand zur Faust geformt und seltsam abgeknickt.

Die Leute vom Erkennungsdienst hatten die Kontur des Oberkörpers mit Kreide nachgezeichnet und den Fundort verspurt. Lou sah sich suchend nach Maline um und entdeckte sie abseits des Sichtschutzes. Sie plauderte rauchend mit einem jungen Polizeibeamten.

Lou stand mit wenigen Schritten neben ihr. »Wir brauchen dich unten bei der Leiche.« Ihre Stimme klang gereizt. »Mach die Zigarette aus und schmeiß die Kippe bloß nicht ins Gras, wir sind an einem Tatort.«

»Sorry.« Maline drückte ihre Zigarette auf einem Stein aus und schob die Kippe in die Zigarettenschachtel.

Inzwischen war auch Heinrich Meller eingetroffen. Er sah sich kurz die Auffindesituation der Leiche an, bevor sie komplett aus dem Wasser gezogen wurde, ging um die Tote herum und begann mit den ersten Untersuchungen. Dann kam er wie immer gleich zur Sache.

»Die Frau ist zwischen fünfzig und sechzig Jahre alt. Die Todeszeitbestimmung können wir komplett vergessen. Wenn wir Glück haben, lässt sich nach der Obduktion was zur Wasserliegezeit sagen. Lange liegt sie jedenfalls noch nicht hier am Ufer, sonst müsste sie mehr Fäulnisflecken haben, und es wären viel mehr Fliegen da.«

Während er sprach, maß er mit verschiedenen elektronischen Thermometern die Wasser- und Außentemperaturen. »Der Mörder hat ihr den Slip ausgezogen und sie rasiert. Wie bei der Leiche vom Berlich.«

Lou sah sich um. »Aber vermutlich nicht hier.« Sie ging in die Hocke und hob den rechten Arm der Toten höher. »Habt ihr das gesehen? Die Faust ist mit Paketschnur umwickelt.« Lou wischte sich mit dem Handrücken den Schweiß von der Stirn und winkte Jiri heran.

Er machte einige Bilder von der umwickelten Faust. Dann löste Lou vorsichtig die Kordel, die sich tief ins Fleisch geschnitten hatte. Jiri hielt jede Veränderung mit der Kamera fest. Schließlich befreite Lou die Faust von der Kordel. Sie bog die Finger auseinander. Ein Stück Papier wurde sichtbar.

»Tringin Breisig«, las Lou.

»Tringin Breisig«, wiederholte Maline. »Wieder so ein merkwürdiger Name.«

»Obwohl der Zettel im Wasser lag, ist die Schrift gut zu lesen«, sagte Ben.

Lou betrachtete die Schrift genau. »Sieht nach Bleistift aus. Der verwischt unter Wasser nicht.«

»Der Täter hat sich viel Arbeit mit dem Zettel gemacht«, bemerkte Ben. »Er will uns irgendetwas sagen. Die Frage ist nur, was.«

»Es muss eine Beziehung zwischen den Opfern geben«, sagte Lou.

»Wenn Merzer der Mörder ist, werden wir sie bald herausfinden«, sagte Ben.

»Ja, wenn er der Mörder ist«, sagte Lou.

»Und die Verletzungen am Rücken der rechten Hand?«, fragte Maline und sah Heinrich an. »Könnten das Abwehrspuren sein?«

Heinrich betrachtete kurz die Hand der Toten und hob anschließend ein Bein an, um das Knie zu betrachten. Dann schüttelte er den Kopf. »Das sind typische Abschleifspuren. Sie entstehen, wenn Leichen im Wasser treiben.« Er kniete sich neben die Tote und betrachtete die Schnittstelle am Hals. »Hier haben Tiere geaast.«

»Ratten?«, fragte Maline.

»Nein, ich tippe auf einen Hecht«, sagte Heinrich.

»Ob man es glaubt oder nicht«, meinte Lou, »Hechte sind Raubfische und zählen zu den Aasfressern.«

Maline verzog das Gesicht. »Danke für den Hinweis. Fisch werde ich so schnell auch nicht mehr essen.«

»Jedenfalls haben wir es hier auf keinen Fall mit einem normalen Halsschnitt zu tun«, sagte Heinrich. »Ich vermute eher, dass der Täter ihr den Kopf abgehackt hat. Der Verlauf weist auf den ersten Blick Parallelen zum Kopf von St. Andreas auf, auch wenn ich Genaueres erst nach der Obduktion sagen kann. Aber ich sehe hier wie bei dem Kopf heute Morgen, dass der Täter mindestens zweimal angesetzt hat.«

Lou sah ihm über die Schulter. »Hast du eine Idee, was als Tatwerkzeug infrage kommt?«

»Eine Axt ist eigentlich zu kurz. Ich sehe nur zwei Ansatzspuren. Ehrlich gesagt, ich habe noch immer keine Ahnung.«

Tom und Max Conrady näherten sich dem Fundort. Offensichtlich war das Gespräch mit den Medien beendet. Sie ließen sich von Lou auf den aktuellen Stand bringen.

»Das ist kein guter Sommer«, sagte der Leiter des KK 11 anschließend und ging ohne ein weiteres Wort mit Tom davon.

Lou sah ihnen nach. Max schien in den vergangenen vierundzwanzig Stunden um Jahre gealtert zu sein. Seine Schultern hingen herunter, und er wirkte trotz seiner großen Statur merkwürdig in sich zusammengesunken.

Maline riss sie aus ihren Gedanken. »Wer hat die Leiche eigentlich gefunden?«

»Die beiden Jugendlichen da oben.« Ben deutete auf einen Streifenwagen, vor dem ein Junge und ein Mädchen standen. Sie hielten sich an den Händen. In ihren viel zu großen Jeans und schwarzen XXL-Shirts sahen sie bleich und verloren aus. »Sie wollten am Rhein picknicken. Die zwei sind aus Flensburg und wohnen im Jugendgästehaus.«

»Toller Ausflug«, sagte Maline. »An diese Reise werden sie sich noch lange erinnern.«

»Ich werd jetzt mal ihre Aussagen aufnehmen«, schlug Ben vor.

Lou sah Maline an. »Ich fahre mit Heinrich zur Gerichtsmedizin. Unsere Mordkommission ist durch Kollegen von der Vermisstenstelle aufgestockt worden. Zwei von ihnen sind unterwegs hierher. Vielleicht könnt ihr zusammen den Tatortbericht schreiben.«

Maline nickte und machte den Fundort wieder für die Spurensicherung frei. Die Kollegen mussten schnell arbeiten. Sie wussten, dass der Verwesungsprozess bei Wasserleichen rasch einsetzte.

Ehrenstraße

Doktor Keppler sah von seinen Unterlagen auf. »Fühlten Sie sich von Ihrer Mutter benachteiligt?«

Adam rührte sich nicht, während er überlegte, ob er antworten sollte. Doktor Keppler nervte ihn langsam, und er war darauf bedacht, sich von ihm keine Worte in den Mund legen zu lassen. Doch Keppler ließ heute nicht locker und wiederholte seine Frage.

Adam räusperte sich. »Nein. Ich glaube nicht. Die ersten Jahre waren wir ja auch allein. Sie war immer da. Später haben die Zwillinge dann alles von ihr gefordert. Die Zeit war schwierig, weil sie sich ihre Aufmerksamkeit vor allem durch Wutanfälle geholt haben.«

»Das haben Sie doch aber als Kind nicht erkannt.«

Adam verzog das Gesicht. »Natürlich nicht. Wie Sie wissen, habe ich einige Semester Psychologie studiert. Wir hätten Kollegen werden können, ich war nicht immer ein Loser.« Er spürte einen Schmerz im Hinterkopf und schloss die Augen.

»Was hat der Tod Ihrer Mutter in Ihnen ausgelöst?«

Der Schmerz wurde heftiger und begann zu pochen. Adam drückte eine Handfläche gegen seine linke Schläfe. Er starrte seinen Psychiater an.

»Er hat etwas vor«, sagte er leise.

»Wer?«

»Mein Bruder, ich habe ihn auf der Beerdigung gesehen.«

»Was hat er denn vor?«

»Ich weiß es nicht. Wir haben kein Wort gesprochen. Für ihn existiere ich nicht. Und trotzdem, ich habe ihn nicht mehr so aufgebracht gesehen, seit …« Er brach ab.

»Seit wann?«

»Seit unsere Schwester starb. Mein Bruder wollte es nicht glauben, und es wurde noch schwieriger mit ihm. Wir haben uns noch häufiger geschlagen, und er begann, schlimme Dinge zu tun.«

»Schlimme Dinge? Was denn?«

Adams Blick wurde leer. Keppler wartete.

»Mit Tieren«, sagte Adam schließlich. »Er hat Katzen Kracher an die Beine gebunden und sie angezündet. Unserem Kater hat er so ein Ding in den Hintern geschoben.«

»Haben Sie ihn dabei beobachtet?«

Adam schüttelte den Kopf. »Nein, ich musste ihm assistieren.«
Doktor Keppler lehnte sich vor und deutete auf die dicke Akte,
die neben ihm auf einem Tisch lag. »Er hat Sie gezwungen? Wie
denn? Ihr Bruder war jünger und kleiner als Sie.« Er tippte auf die
Unterlagen. »Er war sogar besonders schmächtig.«

»Ich weiß. Alle hielten mich damals für den Schuldigen, aber ich
habe die Tiere nicht gequält. Ich könnte nie ...« Adam beendete den
Satz nicht.

Sie schwiegen eine Weile, dann nahm Keppler das Gespräch wieder auf. »Sie waren in der psychiatrischen Klinik. Weshalb?«

»Das wissen Sie genau.« Adam begann an seinen Fingernägeln zu
kauen.

»Ich möchte, dass Sie es mir sagen.«

»Warum?«

»Bitte.«

»Ich habe versucht, mich umzubringen«, sagte Adam gelangweilt.

»Weshalb?«

Trotz der Hitze im Behandlungszimmer begann Adam zu frös-
teln.

»Lassen Sie sich Zeit«, hörte er Keppler sagen.

Adam lehnte sich zurück und betrachtete Doktor Keppler. Er
war klein, seine Füße berührten kaum den Boden, wenn er richtig
tief in seinem Sessel saß. Sein dicker kurzer Hals steckte in einem
braunen zugeknöpften Hemdkragen. Eine Tortur bei der Hitze.
Keppler schien ihn aufmerksam anzusehen, oder er sah durch ihn
hindurch. Sicher war sich Adam da nicht. Manchmal wirkte Keppler seltsam abwesend. Adam fragte sich, ob er wohl Angst vor
manchen Klienten hatte. Gab es einen heimlichen Klingelknopf für
Notfälle? Immerhin arbeitete Keppler mit Mördern und Vergewal-
tigern. Adam wurde heiß. Wann würde die Leiche entdeckt werden, wenn er dem kleinen dicken Psychiater jetzt den Hals zu-
drückte? Wann kam der nächste Patient, und würde man ihm den
Mord in die Schuhe schieben? Adam lächelte.

»Woran denken Sie?«, fragte Keppler.

»An nichts.«

»Warum haben Sie versucht, sich umzubringen?«

Diesmal antwortete Adam prompt. »Weil mir der Mut fehlte, meinen Bruder umzubringen.« Er wischte sich den Schweiß von der Stirn.

»Ich gebe zu, dass ich die Tierquälereien Ihres Bruders grausam finde, und offensichtlich neigte er zu Gewalt. Aber ist das wirklich ein Grund, ihn zu töten?«

Adam schwieg und verschränkte die Arme vor der Brust. »Sie wissen gar nichts.«

»Dann erzählen Sie mir etwas. Zum Beispiel über Ihre Kindheit.«

»Steht alles in meiner Akte.«

»Ich möchte es von Ihnen hören.«

»Die Geschichte ist schnell erzählt. Meinen Vater kenne ich nicht. Meine Mutter ist mir egal.«

»Warum?«

Adam zuckte mit den Schultern.

Keppler sah ihn fragend an. »Was ist Ihre früheste eigene Erinnerung?«

»Meine Mutter hat mir Lieder vorgesungen. Sie kannte tausend Lieder. Und sie hat mir Bananenbrei gemacht. Jeden Abend.«

»Woran erinnern Sie sich noch?«

Adam überlegte. »An die WG und Johnny. Wir sind dorthin gezogen, als sie von ihm schwanger war. Dort wurden meine Geschwister geboren.«

»Wie alt waren Sie da?«

»Ich glaube, zwei, vielleicht auch fast drei.«

»Und Johnny war der Vater Ihrer Geschwister?«

»Ja. Er war ein netter Typ. Er hat meine Mutter zum Lachen gebracht, und er hat meinen Namen amerikanisch ausgesprochen. Das gefiel mir. Sie haben geheiratet. Aber unser Leben mit Johnny war wie eine Achterbahnfahrt. Die glücklichen Zeiten waren kurz, und es ging immer wieder bergab. Er hatte Affären, kam oft tagelang nicht nach Hause, und dann stritten sie sich. Eines Nachts hatte er einen schweren Autounfall. Er war sofort tot.«

»Wie alt waren Sie zu diesem Zeitpunkt?«

»Weiß ich nicht genau. Vielleicht sechs. Ja, es war kurz vor meiner Einschulung. Meine Mutter stand da mit mir und den Zwillingen. Wir sind aus der WG in eine kleine Zweizimmerwohnung gezogen. Sie war mit Johnnys Verlust und uns kleinen Kindern überfordert. Manchmal lag sie tagelang im Bett und heulte sich die Augen aus dem Kopf. Dann rappelte sie sich wieder auf. Ging einkaufen und spielte mit uns. Es war ein Wechselbad der Gefühle. Besser wurde es erst, als wir zu Verwandten kamen. Sie lebten in der Nähe von Köln.«

»Ihre Mutter hat Sie zu den Verwandten gebracht.«

»Ja, sie musste in eine Klinik. Meine Tante und ihr Mann haben uns aufgenommen. Ich habe mich schnell eingelebt. Die Zwillinge haben nur geweint. Für sie war es schwierig. Meine Tante hat sich um sie gekümmert, hat sie verwöhnt und ihnen jeden Wunsch erfüllt. Es hat nichts geholfen. Sie weinten nur noch mehr.«

»Und Sie?«

»Ich war zufrieden. Natürlich habe ich meine Mutter vermisst. Aber das Leben gefiel mir auch so. Das Haus, die Felder und Onkel Walter. Er nahm mich mit in den Wald. Wir beobachteten Rehe, sammelten Pilze oder bauten einen Staudamm am Bach. Es war die beste Zeit meines Lebens.«

»Und Ihre Geschwister?«

»Sie waren häufig krank, quengelten ständig. Ich war froh, sie los zu sein.«

»Wie lange war Ihre Mutter in der Klinik?«

»Lange. Vielleicht ein Jahr. Aber wir haben sie regelmäßig besucht. Das waren schöne Nachmittage, und dann fiel es mir auch schwer, wieder zu fahren.«

»Und als Ihre Mutter dann wieder nach Hause kam, wie war sie dann?«

»Sie kümmerte sich um uns, versuchte die verlorene Zeit nachzuholen. Aber dann fing sie eine Ausbildung an. Sie war wieder oft unterwegs, aber ich vermisste sie nicht sehr.«

»Welche Ausbildung hat Ihre Mutter begonnen?«

»Heilpraktikerin. Sie saß oft im Garten und lernte. Es machte ihr wirklich Spaß, glaube ich.«

»Es klingt, als hätten Sie sich gut mit Ihrer Mutter verstanden. Warum sagen Sie dann, dass es Ihnen egal ist, dass sie gestorben ist?«

»Ich habe sie geliebt. Wirklich. Aber sie hat mich nie unterstützt. Immer kamen andere zuerst. Sie ist für mein verpfuschtes Leben verantwortlich.«
»Haben Sie ihr das jemals gesagt?«
»Nein.«
»Was würden Sie ihr sagen, wenn sie jetzt vor Ihnen sitzen würde?«
»Nichts.«
»Und was würden Sie denken?«
»Ehrlich?«
»Ja. Bitte!««
»Ich bin so wütend, ich könnte dich umbringen. Würden Sie sagen, dass ich Fortschritte mache, Herr Doktor?«

Niederichstraße

Betta Brahms füllte ihren Becher mit Kaffee und rührte vier Teelöffel Zucker hinein. Danach belegte sie Toastscheiben mit Heringsfilets und verteilte genüsslich den Sahne-Gurken-Dip auf dem Fisch. Die Abendsonne schien durch die Schlitze der schweren Holzrollos in die Küche und beschien das einfache Mobiliar. Auf dem Herd kochten Pellkartoffeln. Oskar wünschte sie sich zum Frühstück oder Abendessen, je nachdem, wie man die Sache betrachtete. Betta sah zur Uhr. Noch eine halbe Stunde, dann musste sie ihn wecken. Auf einem Hocker neben dem Herd wartete ein Korb Bügelwäsche. Betta ignorierte ihn seit Tagen. Bei der Hitze konnte sie sich nicht aufraffen. Oskar meckerte schon, aber Betta wusste, wann sie ihre Ohren auf Durchzug stellen musste. Sie biss in ihr Heringsbrot und schaltete den Fernseher an. Während sie aß, blätterte sie einige Prospekte von Hautärzten durch. Sie wollte ihre Unterarmtätowierung entfernen lassen. Das rote efeuumrankte Herz war mit den Jahren blasser geworden, und der natürliche Alterungsprozess der Haut verzerrte das Motiv. Betta betrachtete die bunten Hochglanzbroschüren der verschiedenen Praxen und schielte dabei immer wieder zum Fernseher. Eigentlich wartete sie auf die Wettervorhersage. Irgendwann musste der ersehnte Regen doch kommen. Sie legte die Broschüren zur Seite, griff in die Brötchentüte vor sich und begann, Oskars Nachtmahlzeiten zu schmieren. Zwischendurch nippte sie an ihrem Kaffee und sah zum Bildschirm. Dort lief gerade ein Beitrag über die mangelnde Mineralwasserversorgung in Köln. Manche Supermärkte kamen mit den Lieferungen nicht nach. Auch Bettas Wasserkisten gingen zur Neige. Sie musste daran denken, Oskar zum Getränkemarkt zu schicken. Aber im Augenblick machte sie sich mehr Sorgen um ihre Nachbarin Ranja Liebmann. Betta wollte ihr, wie verabredet, den Zweitschlüssel zu ihrer Wohnung zurückgeben. Weil heute Ranjas freier Tag war und ihre Praxis geschlossen blieb, hatte Betta immer wieder an ihrer Wohnungstür geklingelt. Ohne Erfolg. Vorsichtshalber hatte sie in Ranjas Praxis angerufen. Vielleicht arbeitete die Heilpraktikerin Papierkram auf. Aber dort meldete sich niemand. Natürlich konnte Ranja unterwegs sein. Vielleicht lag sie an einem See oder sammelte Pflanzen. Dafür fuhr sie manchmal bis in die Eifel. Aber Betta hatte ein komisches Gefühl im Bauch. Und dieses Gefühl hatte sich im Laufe des Tages verstärkt. Nur aus diesem Grund war sie schließlich in Ranjas Wohnung hinaufgegangen. Das Bett der Nachbarin war unbenutzt gewesen, und Giovanni, der Kanarienvogel, saß ohne Futter in seinem Käfig.

Während Betta ein Brötchen mit Leberwurst bestrich, wurde in den Nachrichten der erneute Fund einer Leiche gemeldet. Sie stellte lauter.

»Wie erst eben bekannt wurde, hat ein Arbeiter heute Morgen einen Frauenkopf vor der Kirche von St. Andreas gefunden«, sagte die Sprecherin. »Am Nachmittag entdeckten zwei Passanten am Rheinufer eine weibliche Leiche. Ob Körper und Kopf zusammengehören, konnte bis zum jetzigen Zeitpunkt noch nicht bestätigt werden. Hiermit wurden innerhalb von vierundzwanzig Stunden zwei Frauen tot aufgefunden. Zwischenzeitlich nahm die Polizei den ehemaligen Lebensgefährten des ersten Opfers fest. Er bestreitet allerdings jede Tatbeteiligung. Die Polizei bittet um Mithilfe, da die Identität des zweiten Opfers bisher nicht geklärt werden konnte.« Es wurden Bilder von der Bekleidung der Toten eingeblendet.

Betta erschrak. War das nicht Ranjas Sommerkleid?

»Hinweise nimmt jede Polizeidienststelle entgegen«, sagte die Sprecherin noch, bevor ein Bericht über den Tiefstand des Rheinpegels folgte.

Betta saß da und starrte an die Wand. Sie war unfähig, sich zu bewegen. Das Kartoffelwasser kochte, der Wasserdampf sammelte sich auf den dunkelgrünen Kacheln und perlte auf die Anrichte. Es dauerte einige Minuten, bis sie aufstand, den Telefonhörer in die Hand nahm und die Nummer der Polizei wählte.

Ranja Liebmanns Wohnung wirkte chaotisch. Alte Zeitungen stapelten sich schon im Flur bis unter die Decke und erschwerten den Polizeibeamten den Zugang. Die Wohnküche war mit Regalen überfrachtet, die nicht nur an den Wänden, sondern auch quer im Raum standen. Auf ihnen waren braune Apothekerfläschchen in allen möglichen Größen aufgereiht. Über der Spüle bogen sich mehrere Hängeregale unter der Last schwerer Bücher. Von der Küche gelangte man auf eine kleine Dachterrasse. Auch sie war überladen.

Maline ging in die Hocke und rieb einige Thymianblätter zwischen ihren Fingern. »Was für ein riesiger Kräutergarten.«

Lou drückte einige Pflanzen zur Seite und sah hinunter in den Hinterhof. Die Dachterrasse saß auf einem Anbau. Die Wände waren glatt verputzt, es gab weder Efeu noch Eisenträger.

»Im Gegensatz zum Balkon von Ann-Marie Hilgert wäre es hier ausgesprochen schwierig, hinaufzugelangen«, sagte sie.

Maline sah ebenfalls hinunter. »Ja. Wahrscheinlich hat er sein Opfer deshalb diesmal aus der Wohnung gelockt.«

»Frau Brahms hat gesagt, dass es ungefähr vier Uhr morgens war, als Frau Liebmann sie im Treppenhaus geweckt hat«, sagte Lou.

»Was hat Frau Brahms denn um die Zeit im Hausflur gemacht?«

»Sie kam aus der Kneipe und hatte ihren Schlüssel in der Wohnung vergessen. Ihr Mann war auf Nachtschicht.«

»Warum hat sie dann nicht bei Frau Liebmann geklingelt? Offensichtlich waren sie doch ganz gut befreundet.«

»Weil es ihr peinlich war. Frau Brahms vergisst wohl häufiger ihren Schlüssel. Soweit sie sich erinnert, ist Frau Liebmann jedenfalls um vier Uhr morgens zu einem Notfall gerufen worden. Auf dem

Weg zu ihrem Patienten hat Frau Liebmann sie im Flur gesehen und ihr den Zweitschlüssel ihrer Wohnung gegeben.«

»Also hat sich der Täter vermutlich als Patient ausgegeben«, sagte Maline. »Wenn das so ist, müssten wir einen Hinweis auf ihn in der Patientendatei finden.«

»Vielleicht bekommt Ben ja etwas heraus«, antwortete Lou. »Er durchsucht gerade die Praxis und vernimmt Ranja Liebmanns Sprechstundenhilfe.«

Sie gingen zurück in die Wohnung. Das Wohnzimmer war genauso vollgestopft wie die Küche. Frau Liebmann hatte es zu einer Art Lagerraum umfunktioniert. Auch hier dominierten überfüllte Regale, jedoch schienen sie präzise sortiert. Fläschchen mit Ölen und anderen Flüssigkeiten standen in ordentlichen Reihen. In einem Regal hinter der Tür stapelten sich Kisten, Kartons und Karteikästen.

Einzig eine Schlafcouch war freigeräumt und mit einem weißen Laken bespannt. Offensichtlich hatte Betta Brahms hier übernachtet.

Lou ging zum Schreibtisch. Hier herrschte penible Ordnung. Nur ein Buch lag aufgeschlagen mit dem Einband nach oben in der Mitte.

Lou zog einen Einweghandschuh an und drehte das Buch um.

»Johannisbeerkerntinktur«. Ein Rezeptbuch.

Maline stand vor einem Bücherregal und las einige Buchtitel. »Es gibt Parallelen zu der Wohnung von Frau Hilgert. Die Buchtitel ähneln sich, auch wenn das Thema hier eine völlig andere Dimension erreicht hat.«

Sie warfen noch einen Blick ins Schlafzimmer, das spartanisch eingerichtet war. Bett, Schrank, Stuhl. Keine persönlichen Sachen. Auch im Bad herrschte Ordnung, und es gab nur eine Zahnbürste.

»Was ist mit der Post?«, fragte Lou.

Maline betrachtete den Schlüsselbund in ihren Händen und suchte einen kleinen Schlüssel heraus. »Das könnte er sein.« Mit diesen Worten verschwand sie im Hausflur und kam nach wenigen Minuten mit einem Arm voller Briefe zurück.

»Der Briefkasten wurde wohl schon längere Zeit nicht geleert.«

Sie begann damit, die Post durchzusehen.

Währenddessen klingelte Lou noch einmal bei Betta Brahms. Sie schien nicht begeistert. »Mein Mann muss gleich zum Nachtdienst«, sagte sie. »Er ist unter der Dusche.«

»Es dauert nicht lange.«

Betta Brahms führte sie durch den Flur in die Küche. Auf dem Tisch dampften Pellkartoffeln in einer Schüssel. »Was wollen Sie wissen?«

»Wann hat Ihnen Frau Liebmann die Wohnungsschlüssel gegeben?«

Betta Brahms ließ sich auf einen Stuhl fallen. »Das hab ich doch schon erzählt. Vorgestern Nacht. Ich hatte mich mal wieder ausgesperrt.«

Lou setzte sich ebenfalls. Der Geruch von eingelegtem Hering stieg ihr in die Nase und erinnerte sie daran, dass sie etwas essen musste.

»Sie haben eben meinem Kollegen gesagt, dass Frau Liebmann Sie gegen vier Uhr morgens auf der Treppe fand und geweckt hat. Ist das richtig?«

»Ja.«

»Fanden Sie es nicht merkwürdig, dass Ihre Nachbarin so spät in der Nacht noch aus dem Haus wollte?«

»Nein. Das ist typisch für Ranja. Sie nimmt ihre Arbeit eben sehr ernst und ist Tag und Nacht für ihre Patienten da. Anderen Menschen helfen, das ist ihr Ding, und sie ist wohl wirklich gut. Ihr Terminkalender ist randvoll. Mir hat sie auch geholfen. Jahrelang bin ich von einem Arzt zum nächsten gerannt. Aber erst durch Ranja bin ich meine Allergien losgeworden.«

»Hat Frau Liebmann irgendeine Andeutung gemacht? Hat sie Ihnen gesagt, wo sie hinwollte?«

»Nein, hat sie nicht. Aber ich hab auch nicht gefragt.«

»Haben Sie denn eine Idee?«

Betta Brahms schüttelte den Kopf. »Es ist so schrecklich. Ich hoffe, dass Ranja nichts passiert ist. Sie ist ein guter Mensch, und seitdem sie ihre Praxis hat, ist sie richtig aufgeblüht.«

»Wieso? Hat sie nicht schon immer als Heilpraktikerin gearbeitet?«

»Nein. Ranja war Lehrerin. Aber sie hat immer von einer eigenen Praxis geträumt. Deshalb hat sie neben ihrer Arbeit an der Schule vor ein paar Jahren mit der Ausbildung zur Heilpraktikerin angefangen, und diesmal hat sie die Prüfungen auch beendet.«

»Wieso diesmal?«

»Ranja wollte früher schon Heilpraktikerin werden, aber sie hat die Schule damals abgebrochen.«

»Warum?«

»Keine Ahnung, das hat sie mir nicht erzählt. Es ist auch egal. Ich finde es jedenfalls sehr bewundernswert, dass sie von der Schule weggegangen ist. Immerhin war sie da unkündbar! Und sie hat diesen Schritt nicht bereut. Jedenfalls sagt sie das andauernd.«

»Haben Sie sich nicht gewundert, als Ihre Nachbarin morgens immer noch nicht da war?«

»Zuerst nicht. Ich bin aufgewacht und runtergegangen. Oskar war von der Arbeit zurück. Ehrlich gesagt, zuerst habe ich es gar nicht bemerkt. Erst als sie den Schlüssel auch heute Nachmittag nicht abgeholt hat, bin ich unruhig geworden. Was glauben Sie, Frau Kommissarin? Ist Ranja tot?«

»Wir wissen noch nicht genau, ob die Tote Ihre Nachbarin ist«, sagte Lou. »Aber wenn sie es ist: Können Sie sich vorstellen, wer sie getötet hat?«

»Nein, überhaupt nicht.«

»Hatte sie einen Partner, Partnerin? Familie?«

»Familie? Ja, eine Schwester. Die wohnt in Süddeutschland, Stuttgart oder so. Aber die haben kaum Kontakt. Gerborg Liebmann, ja, so heißt sie. Ansonsten lebt Ranja schon seit Jahren allein.«

»Kinder?«

»Nein.«

»Wissen Sie, ob sie Streit mit jemandem hatte? Hier im Haus oder in ihrer Praxis? Hat sie Ihnen gegenüber irgendetwas erwähnt?«

Betta Brahms wischte sich ein paar Tränen fort. »Nein, gar nichts. Ranja ist ein wunderbarer Mensch. Wirklich. Ich kann gar nicht glauben, dass sie tot sein soll.«

»Würden Sie sagen, dass Sie Ranja Liebmann gut gekannt haben?«

»Ich weiß es nicht, sie gibt mir ihre Wohnungsschlüssel, wenn sie auf Kongressen ist. Dann versorg ich ihre Blumen und fütter den Vogel. Ab und zu trinken wir ein Glas Wein zusammen, und sie hilft mir aus, wenn ich mich mal wieder ausgesperrt habe. Aber wirklich befreundet sind wir nicht.«

»Hat sie denn Freunde?«

»Ich glaube schon. Sie hat ständig Besuch und feiert gerne. Manchmal wird es ganz schön laut bei ihr.«

Es klingelte an der Wohnungstür. Es war Maline.

»Bist du so weit?«, fragte sie.

»Ja.« Lou gab Betta Brahms die Hand. »Es kann sein, dass wir noch einmal Fragen an Sie haben. Aber erst einmal vielen Dank.«

»Sie glauben, dass Ranja tot ist, nicht wahr?«

Lou schwieg.

»Weil Sie die ganze Zeit in der Vergangenheit von ihr sprechen«, sagte Betta leise. »Irgendwie hört sich das endgültig an.«

»Was ist da draußen los?« Oskar Brahms' Stimme dröhnte durch die Badezimmertür.

»Nichts«, rief seine Frau und flüsterte: »Es ist besser, wenn Sie jetzt gehen. Oskar hat nicht gerne die Polizei im Haus.«

Mit diesen Worten schob sie Lou ins Treppenhaus und schloss die Tür.

Maline reichte Lou ein Blatt aus feinstem Büttenpapier. »Hier, das hab ich in der Post gefunden.«

»›Wen ich das Schwert thu aufheben‹«, las Lou, »›dann wünsche ich dem armen Sünder das ewige Leben, Meister Hans.‹ Verdammter Mist!«

Polizeipräsidium

Es war nach zwanzig Uhr. Die MK »Berlich« saß in einem kleinen Büro zusammen. Die Atmosphäre war angespannt, der Druck auf die MK wuchs von Stunde zu Stunde, vor allem weil die bisherigen Ermittlungsergebnisse bescheiden waren. Lou war müde und wurde langsam unruhig. Sie wollte nach Hause und in Ruhe mit Frieda sprechen. Zusätzlich schwirrte Liz Brandt durch ihre Gedanken. Und dann dieser Fall! Die Vernehmungen der Arbeitskolleginnen von Ann-Marie Hilgert waren ergebnislos verlaufen. Und das Adressbuch von Ranja Liebmann enthielt so viele Namen, dass es Tage dauern würde, alle Personen zu kontaktieren. Soweit sie bisher wussten, gab es keine Verbindung zwischen ihr und Ann-Marie Hilgert. Paul Merzer war nach wie vor in Haft, aber Lou begann an seiner Schuld zu zweifeln.

Sie atmete tief durch. Zu allem Überfluss gab es Probleme mit den Computern. Die Ursache für die Störung war noch nicht klar, vorsichtshalber wurden aber die Internetzugänge stundenweise blockiert. So konnte niemand optimal arbeiten. Lou schob die Gedanken beiseite, als Tom begann, die Fakten zusammenzufassen und die Ermittlungsansätze für den nächsten Tag zu besprechen.

»Fangen wir mit der ersten Leiche an. Der Kopf vom Melatenfriedhof gehört definitiv zu dieser Leiche. Das hat die Obduktion ergeben, und darüber hinaus haben die Eheleute Hilgert ihre Tochter eindeutig identifiziert. Damit haben wir wenigstens in diesem Punkt Gewissheit.« Tom öffnete eine Flasche Wasser und trank einen Schluck.

Einer der Kollegen der Vermisstenstelle sah von seinen Unterlagen auf. »Was ist mit diesem Merzer? Hat er mittlerweile seine Meinung geändert und ein Geständnis abgelegt?«

»Nein«, antwortete Tom. »Und damit ist auch nicht zu rechnen. Wir haben bisher keine Beweise dafür, dass er der Täter ist. Aber er verstrickt sich in Widersprüche und lügt. Lou und Maline, ihr habt ihn vernommen.«

»Ja«, sagte Lou. »Merzer streitet jetzt sogar ab, Frau Hilgert kurz vor ihrem Tod besucht zu haben, obwohl er es zuerst selbst zu Protokoll gegeben hat und unterschiedliche Zeugen das bestätigt haben. Ob er Ranja Liebmann gekannt hat, ist fraglich. In Bezug auf seinen Aushilfsjob als Schlachter schweigt er weiterhin beharrlich. Er hat weder Arbeit noch einen festen Wohnsitz. Von daher besteht Fluchtgefahr, und er bleibt in U-Haft.«

»Ich habe mit dem Betreiber des Schlachthofs in Ehrenfeld gesprochen«, sagte Maline. »Merzer hat dort mehrere Jahre gearbeitet. Dann hat er Streit mit einem Vorarbeiter bekommen, seine Arbeit hingeschmissen und ist nie mehr aufgetaucht. Interessant ist, dass er für das Ausweiden von Schweinen zuständig war und gelernt hat, Fleisch vom Knochen zu trennen.«

»Na also.« Tom klang erleichtert. »Der bringt das Know-how mit, das für diese Taten notwendig ist.«

»Ja, aber wurde der zweite Mord nicht begangen, als Merzer schon in Haft war?«, gab Roland zu bedenken.

Tom schien einen Moment irritiert. »Nein«, sagte er dann. »Das zweite Opfer wurde getötet, als Merzer noch auf freiem Fuß war.« Er trank noch einen Schluck Wasser. »Bei der Toten handelt es sich wahrscheinlich um die Heilpraktikerin Ranja Liebmann.« Er goss Wasser nach. »Heinrich geht davon aus, dass der Kopf ungefähr zwölf Stunden am Fundort gelegen hat. Aufgrund der Spuren vermutet er, dass die Tatzeit nicht viel länger zurückliegt.«

»Also kommt Merzer tatsächlich auch hier als Täter infrage«, stellte Ben fest.

»Es ist auf jeden Fall eine Serie«, sagte Lou. »Nicht nur deshalb, weil auch dem zweiten Opfer der Kopf abgetrennt wurde. Wir haben in Frau Liebmanns Wohnung auch einen anonymen Brief gefunden mit dem gleichen Wortlaut wie der Brief, den wir bei Ann-Marie Hilgert entdeckt haben. Laut Aussage der Kriminaltechnischen Untersuchungsstelle ist es das gleiche Papier, und auf den ersten Blick handelt es sich um dieselbe Handschrift.«

»Wir brauchen also eine Schriftprobe von Merzer, um eine Vergleichsuntersuchung beim LKA machen zu können«, sagte Tom.

»Gibt es eine persönliche Beziehung zwischen den Opfern?« Roland sah von seinem Klemmbrett hoch, auf dem er wieder jedes Wort mitgeschrieben hatte.

»Bisher nicht«, antwortete Tom.

»Wie konntet ihr die Identität des zweiten Opfers so schnell klären?«, fragte einer der neuen Kollegen.

»Der Hinweis auf Ranja Liebmann kam von einer Nachbarin, die durch die Medien aufgeschreckt wurde, und es gibt einige Anhaltspunkte, die ihre Vermutung bestätigen. Abschließend geklärt ist ihre Identität allerdings noch nicht.« Lou ließ eine Kopie des anonymen Briefs herumgehen.

»Es ist davon auszugehen, dass Frau Liebmann diesen Brief selbst nie gelesen hat, weil er noch in ihrem Briefkasten lag«, ergänzte Maline.

»Und der Kopf?«, fragte Roland. »Gehören dieser Körper und der Kopf von St. Andreas zusammen?«

»Das wird gerade untersucht«, sagte Tom. »Gerborg Liebmann ist übrigens schon unterwegs. Sie ist die Schwester des mutmaßlichen Opfers und wird die Identifizierung übernehmen.«

Ben zog einen Packen Digitalfotos aus einer Ledermappe. »Hier sind Jiris Aufnahmen. Der Kopf und die verschnürte Hand sind gut zu erkennen. Die Schnur ist eine handelsübliche Paketkordel. Das LKA untersucht alles auf Spuren.«

»Gibt es sonst noch Verletzungen?«, bohrte Roland nach.

»Abschürfungen vom Treiben im Wasser. Verletzungen, die auf Gegenwehr oder Kampf schließen lassen, wurden bisher nicht gefunden«, sagte Tom. »Und sie ist nicht vergewaltigt worden. Obwohl diese Leiche, genau wie die erste, rasiert wurde.« Er seufzte. »Aber es gibt noch eine Spur. Wie ihr alle wisst, haben wir am Fundort des Kopfes auf dem Melatenfriedhof einen Zettel gefunden, auf den handschriftlich der Name Stina Dürrenaels geschrieben wurde.« Tom unterdrückte ein Gähnen. »Der Zettel steckte in einer Blumenvase. Das Opfer am Rhein hatte ein Stück Papier in der verschnürten Faust. Darauf stand der Name Tringin Breisig. Was sind das für Namen, und was will uns der Täter damit sagen? Unbestritten können wir von ein und demselben Täter ausgehen. Die Zettel und die Art der Tötung weisen den gleichen Modus Operandi auf.«

»Wir müssten nur nachweisen, dass sich die beiden Opfer gekannt haben«, sagte Roland. »Dann sitzt Merzer ganz schön in der Tinte.«

»Was ist mit dem Blut?«, fragte Ben. »Hat Heinrich nicht Blutspuren an dem Kopf vom Melatenfriedhof entdeckt, und was ist mit dem Blut in Ann-Marie Hilgerts Wohnung?«

»Negativ«, sagte Tom. »Zumindest was das erste Opfer angeht. Das Blut in der Wohnung stammte ausschließlich von Frau Hilgert. Die Blutanalysen vom Friedhof liegen uns noch nicht vor. Wenn wir Glück haben, ist es Merzers Blut.«

»Es kann aber auch von Frau Schultheiß stammen, der Frau, die den Kopf auf dem Friedhof gefunden hat«, sagte Lou. »Sie hat sich beim Beschneiden des Efeus mit der Blumenschere verletzt. Die DNA-Untersuchung wird hoffentlich bald Klarheit bringen.«

»Wie wir es auch drehen und wenden, Merzer ist noch im Rennen«, sagte Ben. »Eins ist jedenfalls klar. Wer auch immer Ann-Marie Hilgerts Mörder war, muss auch die zweite Frau umgebracht haben.«

»Nicht unbedingt«, sagte Roland. »Meiner Meinung nach ist das ein Fall, der die Tat eines Trittbrettfahrers auslösen könnte.«

»Natürlich behauptet Merzer, dass er Frau Liebmann nicht gekannt hat«, sagte Tom, ohne Rolands Einwand zu beachten. »Aber ich bin sicher, dass es irgendwo eine Verbindung zwischen den Frauen gibt. Frau Hilgert hatte ihn verlassen, und diese Tatsache wollte er nicht akzeptieren. Vielleicht hat Frau Liebmann die Hilgert irgendwie unterstützt oder ihr geholfen. Vielleicht waren sie in der gleichen Selbsthilfegruppe oder was weiß ich. Haben wir die Patientendatei gründlich durchgesehen? Vielleicht war die Hilgert Ranja Liebmanns Patientin?«

»Nein«, sagte Maline. »Haben wir überprüft.«

»Kennen die Eheleute Hilgert denn Ranja Liebmann?«, fragte Tom.

»Die Frage steht ganz oben auf meiner Liste«, sagte Lou.

»Was ist denn mit Merzers Wohnung? Computer? Adressbücher?«, fragte Roland.

»Negativ«, antwortete Tom leicht genervt. »Alles negativ. Er hat wie gesagt keine Wohnung und lebt von Aushilfsjobs. Seine Sachen hat er angeblich verkauft. Jedenfalls haben wir nichts gefunden, was ihn belastet.«

»Der Täter muss wirklich abgebrüht sein«, sagte Maline. »Überlegt doch mal, wie viel Zeit der sich genommen hat, um den Zettel in der Hand des zweiten Opfers zu verstecken und sie zu verschnüren. Die Nachricht an uns muss ihm sehr wichtig sein.«

»Ja, aber der Fundort ist nicht der Tatort«, sagte Tom. »Deshalb gehe ich davon aus, dass das zweite Opfer an einem sehr abgeschiedenen Ort getötet wurde.«

»Der Tatort könnte ein Wohnmobil sein, das irgendwo in der Nähe des Rheins abgestellt wurde«, sagte Roland.

»Du siehst zu viele amerikanische Horrorfilme«, sagte Lou. »Orientieren wir uns lieber an den Fakten. Ranja Liebmann wohnte in der Nähe des Rheins. Ich wette, dass der Tatort nicht weit entfernt von ihrer Wohnung liegt. Der Täter hat sie aus der Wohnung gelockt, indem er einen Notfall vortäuschte.« »Genau«, sagte Tom und sah Roland an. »Die Idee mit dem Wohnmobil behalten wir im Auge. Du solltest dir die abgestellten Fahrzeuge am Rhein mal vornehmen. Da gibt es einige, allein hinter dem AXA-Hochhaus. Vielleicht ist auf Merzers Namen ja so ein Fahrzeug angemeldet.«

»Tatsache ist aber, dass Merzer kein Patient von Ranja Liebmann war«, sagte Lou. »Wir haben ihn weder in der Patientendatei gefunden, noch kannte ihn Frau Liebmanns Sprechstundenhilfe. Ich habe ihr Fotos von Merzer vorgelegt.« Sie trank einen Schluck Orangensaft. »Mich beschäftigt eine andere Frage. Wieso legt der Täter die Köpfe ab und nimmt das Risiko in Kauf, entdeckt zu werden? Und was sollen diese Namen? Wenn ihr mich fragt, ist diese Serie ein paar Nummern zu groß für Merzer.« Sie räusperte sich. »Was ist mit den Briefen? Der Inhalt klingt merkwürdig, aber er passt zu den Taten. Meiner Meinung nach sollten wir uns darauf konzentrieren und das Ergebnis der Schriftprobe von Merzer abwarten. Die Briefe und diese Namen sind die einzigen wirklichen Hinweise. Wenn Merzer sie geschrieben hat, ist das Glück auf unserer Seite, aber wenn nicht, stehen wir ganz am Anfang.«

Tom wurde von einem heftigen Niesanfall geschüttelt. »Ich bleibe dabei«, sagte er schließlich, »für mich ist Merzer der Hauptverdächtige, und wir sollten unsere Ermittlungen auf sein Umfeld konzentrieren.«

»Meinetwegen, dann fang mit dem Handschriftenvergleich an«, sagte Lou.

Tom vermied es, sie anzusehen. »Warum musst du immer alles komplizierter machen, als es ist? Im Augenblick haben wir keinen anderen Verdächtigen, oder? Wenn Merzer nicht der Täter ist, dann präsentier mir doch einen anderen! Ansonsten möchte ich dich bitten, die Stimmung nicht mit neuen Mutmaßungen aufzuheizen. Das bringt uns kein Stück weiter.«

»Das sehe ich ganz anders«, konterte Lou. »Mutmaßungen halten uns wach und offen für neue Ermittlungsansätze. Es wäre doch sehr einseitig, wenn wir uns ausschließlich auf Merzer stürzten!«

Tom hob die Hände. »Okay, Lou. Ich habe dir gesagt, dass ich Beweise oder konkrete Spuren will. Außerdem möchte ich dich darauf hinweisen, dass ich die Ermittlungen leite.«

Betretenes Schweigen. Lou wollte etwas sagen, überlegte es sich aber anders.

Tom blickte in die Runde. »Also, ich möchte, dass ihr die Namen Tringin Breisig und Stina Dürrenaels checkt. Krempelt Merzers Leben um und nehmt Kontakt mit der Dienststelle für Operative Fallanalyse beim LKA in Düsseldorf auf.« Tom sah Lou provokativ an. »Vielleicht hat Merzer früher schon mal zugeschlagen, und die Kollegen werden in der ViCLAS-Datenbank fündig.«

»Da müssten wir aber großes Glück haben«, meinte Ben. »Immerhin wird die Datenbank erst seit 2000 geführt. Altfälle werden kaum berücksichtigt.«

»Egal«, sagte Tom und verteilte die Aufgaben. Danach entließ er die Mitglieder der MK »Berlich« in eine kurze Nachtruhe.

Lou eilte in ihr Büro. Sie musste dringend nach Hause. Während sie hastig ihre Notizen ordnete, erschien Tom im Türrahmen.

»Hast du einen Moment Zeit?«

»Nein, ich muss sofort weg. Wirklich.«

»Bitte, Lou«, sagte Tom. »Ich wollte mich entschuldigen.«

»Wieso versteifst du dich so auf Merzer?«

»Lass uns nicht gegeneinander, sondern miteinander arbeiten. Meine Reaktion eben war auch wieder … es ist die Anspannung …« Tom zögerte.

»In Ordnung«, sagte Lou und nahm ihren Rucksack. »Ich bin jedenfalls auf deiner Seite. Wir ziehen am selben Strang. Aber jetzt muss ich wirklich los. Frieda macht uns momentan Sorgen, offensichtlich verkraftet sie unsere Trennung nicht.«

»Ach, ist Henry endgültig ausgezogen?«

»Ja.«

»Ist er bei Liz eingezogen?«

»Nein, bei seiner Mutter. Woher weißt du von Henry und Liz?«

Tom zuckte mit den Schultern. »Ich hab es mir gedacht, als ich sie mal im Le Moissonnier getroffen habe. Dahin führt man entweder die Ehefrau oder die Freundin aus, stimmt's?« Er lächelte. Seine weißen Zähne blitzten, und in dem Augenblick wusste Lou, dass sie ihn immer auf Distanz halten würde.

»Ich muss los«, sagte sie. »Was ist mit dir?«

»Ich werte noch die Berichte der Experten vom LKA aus. Ich habe sie um ein Täterprofil gebeten. Danach muss ich alles für morgen vorbereiten, und anschließend wartet Max auf mich.«

Lou wollte ein paar aufmunternde Worte sagen, aber ihr fielen keine ein. Deshalb schwieg sie und verließ mit großen Schritten ihr Büro.

Gustav-Nachtigal-Straße

Lou ging die wenigen Treppenstufen zur Haustür hinauf. In Gedanken war sie immer noch bei ihrem Gespräch mit Tom. Sogar er wusste von Liz und Henry. Sie kam sich vor wie in einem schlechten Film. Alle wissen Bescheid, nur die Ehefrau nicht. Während sie in ihrem Rucksack nach dem Schlüssel kramte, wurde die Tür von innen geöffnet. Ein Junge mit einem Skateboard unter dem Arm kam ihr entgegen.

»Hi, Frau Vanheyden. Schönen Abend noch«, sagte er und verschwand, bevor Lou auch nur ein Wort erwidern konnte.

Sie ging ins Haus. »Frieda? Frieda, ich bin da!« Sie sah ins Wohnzimmer, dann in die Küche. Hier brannte das Licht, und die Fenster standen weit offen. Ihre Tochter war nicht zu sehen. Dafür gab es Mücken. Sie saßen auf den Wänden und summten ihr um die Ohren. Lou schloss fluchend das Fenster, löschte das Licht und lief die Treppe hinauf. Frieda saß am Computer, auch hier stand das Fenster weit offen.

»Hallo. Wer war der Junge, der eben ging?« Lou schloss das Fenster.

»Christopher. Wieso? Er hat sich nur ein paar CDs ausgeliehen.«

»Mitten in der Nacht?«

»Es ist noch nicht zwölf. Mach jetzt bloß keinen Aufstand.«

»Du hast morgen Schule, wir haben eine Vereinbarung. Wenn Schule ist, keine Besuche nach zehn. Muss ich dich schon wieder daran erinnern?«

Frieda starrte auf den Bildschirm. »Henry hat angerufen. Er will sich mit dir treffen.«

Lou seufzte und strich über die roten Locken ihrer Tochter. »Mach jetzt bitte den Computer aus.«

»Ohne Henry wird es hier voll öde werden.«

»Du kannst ihn sehen, sooft du magst. Er ist nicht aus der Welt, und er wird uns häufig besuchen. Wir sind ja nicht im Streit auseinandergegangen.«

»Auch nicht jetzt, wo er eine neue Freundin hat?«

»Quatsch! Aber woher weißt du denn von Liz?«

»Weiß ich nicht, hab ich mir gedacht!«

»Wieso?«

»Er redet ständig von ihr.« Frieda beobachtete ihre Mutter genau. »Bist du eifersüchtig oder so was?«

»Nein. Henry kann machen, was er will, so wie ich auch.«

»Was soll das denn heißen? Hast du etwa auch schon einen Neuen?«

»Nein.«

Frieda schien erleichtert. »Oma hat angerufen. Sie kommt uns für ein paar Tage besuchen.«

»Was? Wann hat sie angerufen?«

»So um zehn. Sie wollte mit dir reden. Dann hat sie nach Henry gefragt. Ich hab ihr gesagt, dass er ausgezogen ist. Sie war überrascht, glaub ich.«

»Frieda! Oma wusste nichts von Henrys Auszug!«

»Jetzt schon.«

»Mist. Was hat sie gesagt?«

»Nicht viel. Nur dass sie kommt und nach dem Rechten sehen will.«

Lou traute ihren Ohren nicht. Ihre Mutter hatte ihr gerade noch gefehlt. »Wann will sie kommen?«

»Morgen Abend. Du sollst sie vom Bahnhof abholen.«

»Hast du ihr nicht gesagt, dass ich in einem schwierigen Fall stecke?«

»Doch. Aber ich glaub, genau deshalb will sie kommen.« Frieda lächelte. »Mensch, Mama, ist doch gut so. Dann muss ich wenigstens nicht zu Onkel Gregor. Außerdem ist Oma cool.«

»Ich muss sie morgen früh sofort anrufen.«

»Kannste knicken. Oma ist mal wieder in Sachen Bildung unterwegs. Morgen mischt sie ein Philosophie-Seminar auf. Es geht um das Thema Schuld und Zeit oder so ähnlich.«

Das sah ihrer Mutter ähnlich. Fakten schaffen und nicht erreichbar sein.

»Findet das Seminar in Köln statt?«

»Keine Ahnung.«

Lou ging ins Bad und stellte die Dusche an. Der Lieblingszeitvertreib ihrer Mutter waren Seminare. Nichts machte ihr mehr Freude als die Teilnahme an einem Workshop oder Kurs. Ob Trommeln, Wildnispädagogik, Porzellanmalerei, Senioren-Walking oder Salsa, Helene war immer dabei, sich fort-, aus- oder weiterzubilden. Die Krönung war die Teilnahme an einem Schlagzeug-Seminar gewesen, das sie gemeinsam mit Frieda besucht hatte. Nicht nur deswegen fand Frieda ihre Oma cool. Sie war Helene Vanheydens einziges Enkelkind, und die beiden kamen bestens miteinander klar. Lou verstand sich mit ihrer Mutter eigentlich auch sehr gut. Es war allerdings ein Unterschied, ob sie zum Kaffeetrinken zu ihr fuhren oder ob Helene bei ihnen einzog.

Lou ließ sich kaltes Wasser übers Gesicht laufen. Helene konnte sehr anstrengend sein, und sie hatte zwei schlechte Angewohnheiten: Sie mischte sich überall ein, und sie neigte zu spontanen Handlungen, die regelmäßig in einem riesigen Durcheinander endeten. Lou erinnerte sich nur ungern an Helenes letzte Überraschung. Als sie im vergangenen Sommer aus dem Urlaub kamen, stand ein kleiner Bagger im Garten. Die Hälfte der Rasenfläche war ausgeschachtet, und auf der Terrasse türmte sich ein riesiger Erdwall. Helene hatte eigenmächtig beschlossen, ihrer Tochter einen Teich anzulegen. Ohne Absprache, ohne Vorwarnung. Natürlich sollte der Teich fertig sein, bevor die Familie aus dem Urlaub zurück war, aber aus irgendeinem Grund hatten sich die Arbeiten verzögert. Und so wartete zu Hause das Chaos. Tränen waren geflossen, und sogar Frieda hatte ihre geliebte Oma kritisiert. Das Loch im Garten musste wieder zugeschüttet werden, und Helene verstand die Welt nicht mehr.

Lou stieg aus der Dusche, trocknete sich ab und streifte sich ihren Seidenkimono über. Sie sah noch einmal in Friedas Zimmer. Ihre Tochter lag bereits im Bett. Lou wünschte ihr eine gute Nacht, ging ins Wohnzimmer und wählte die Nummer ihrer Mutter. Aber Helene Vanheyden nahm nicht ab.

Polizeipräsidium

Maline öffnete ein Fenster, schaltete den Computer ein und biss geistesabwesend in ein Gyrossandwich. Eigentlich musste sie nach Hause, es war weit nach Mitternacht. Aber Maline war mit ihrer bisherigen Arbeit in der MK »Berlich« unzufrieden. Vor allem weil sie den Eindruck hatte, dass die Kollegen sie nicht wahrnahmen. Aus ihrer Sicht war sie nach wie vor zu gehemmt und hielt sich deshalb mit ihren Kommentaren zurück. Anders als Roland, der seinen Senf zu allem gab und sich für eine Bereicherung jedes Teams hielt. Sie staunte, mit welcher Selbstverständlichkeit er sich in Szene setzte. Diese Art lag ihr nicht, sie wollte durch Leistung überzeugen.

Die Morde an den beiden Frauen boten ihr die Möglichkeit, sich zu beweisen, und die wollte sie nutzen.

Maline aß auf, schaltete den Ventilator ein und ließ den Tag Revue passieren. Die Besprechungen, die Ermittlungsergebnisse, den erneuten Leichenfund. Die Polizei stand unter Druck, die Leute wurden hysterisch. Max Conrady würde die Mordkommission noch einmal aufstocken müssen. Im Gegensatz zur landläufigen Meinung waren Mordserien selten. Noch seltener waren Taten, die keinen Bezug zwischen Täter und Opfer aufwiesen. Diese Tatsache sprach für Merzer als Täter. Maline spürte, dass die Gelegenheit günstig war, es mit Roland aufzunehmen. Er hielt sie für fehl am Platz, traute ihr wenig zu und spekulierte auf ihre Stelle. Maline wusste, dass er bereits Telefonate in dieser Angelegenheit führte. Angeblich waren seine Kontakte exzellent.

Maline zog eine Fotokopie der anonymen Briefe aus ihren Unterlagen. Sie gab Lou recht. Dieser Text barg den Schlüssel zum Motiv. Und ob Merzer den Schlüssel in der Hand hielt, fand sie fraglich. Maline spürte, dass sie ihren Blickwinkel erweitern musste. Sie grübelte über der Bedeutung dieses Spruches.»Meister Hans«. Immer wieder blieb sie an der Unterschrift des anonymen Schreibers hängen. Ein Geräusch auf dem Gang ließ sie aufhorchen.

»Tom?«

Maline lauschte, aber alles blieb still. Sie schloss das Fenster und goss sich eine Tasse Kaffee ein. Sie war aufgekratzt, zwang sich aber, sich wieder zu konzentrieren.

Der Satz ist eine Botschaft, dachte sie. Es gibt eine Person, die das Schwert nimmt, und eine, die gerichtet wird. Schwert? Er nimmt das Schwert und richtet. War das ein Hinweis auf die Tatwaffe? Malines Puls beschleunigte sich.»Meister Hans« tötet mit dem Schwert, dachte sie weiter, legte ihre Notizen beiseite und wählte sich ins Internet ein. Glücklicherweise machte der PC mal keine Probleme. Schweiß lief ihr von der Stirn. Diese Hitze! Seit dem Morgen wurde in den Medien immer wieder darauf hingewiesen, kein Trinkwasser zu vergeuden und die Vorgärten nicht unnötig zu gießen. Angeblich wurden die Trinkwasserreserven der Stadt langsam knapp.

»Der arme Sünder«, flüsterte sie.»Da tötet jemand den armen Sünder, also einen, der gesündigt hat. Wenn ich mir vorstelle, ich will nicht töten, muss es aber tun, weil jemand anderes gesündigt hat. Bin ich dann Meister Hans oder töte ich Meister Hans?«

Sekunden später gab sie den Suchbegriff»Meister Hans« ein. Die Suchmaschine zeigte mehrere tausend Treffer an. Maline war überrascht, überflog die Überschriften der ersten Links und klickte schließlich einen an, der mit»Die dunklen Seiten der Familie« überschrieben war.

»… Scharfrichter, auch Henker oder Meister Hans genannt«, las Maline, stand auf und starrte auf den Bildschirm.»Meister Hans ist ein Synonym für den Beruf des Henkers.«

Sie zitterte vor Aufregung. Sollte sie Lou ihre Entdeckung sofort mitteilen? Maline zögerte, entschied sich dann aber, bis morgen zu warten. Gerade als sie den Computer ausschalten wollte, kam eine

Fehlermeldung. Der PC hatte sich aufgehängt. Maline schaltete ihn aus, nahm ihre Tasche und verließ das Büro. Bevor die Aufzugtür zuging, glaubte sie eine Person zu sehen, die in ihr Büro huschte. Aber sie war zu erschöpft, um noch mal nach oben zu fahren.

Bitte senden Sie mir das aktuelle Verlags-programm zu

Ich möchte den Newsletter von emons: per E-Mail erhalten

Ich habe Interesse an Krimis aus folgender Region:

f Besuchen Sie uns auch auf www.facebook.com/EmonsVerlag

Name

Straße

PLZ/Ort

E-Mail

emons: verlag
Cäcilienstraße 48

50667 Köln

03/15

DRITTER TAG

Brabanter Straße

Elise Doll stand am offenen Fenster ihrer Wohnung. Umständlich fingerte sie eine Zigarette aus der Packung, während im Radio »Der Holzmichel« lief. Die Hitze machte ihr zu schaffen. An manchen Tagen war sie zu erschöpft, um ihrer Arbeit als Hausmeisterin nachzukommen. Aber heute Morgen fühlte sie sich gut. Sie war rauchend das Treppenhaus hinauf bis unters Dach gestiegen und hatte Zigarettenasche auf die Stufen geschnippt. So konnte sie kontrollieren, welche Mieter die Treppe putzten und wer seinen Pflichten nicht nachkam. Danach hatte sie den Gehweg gefegt und die Mülltonnen an den Straßenrand gerollt. Nun sehnte sie sich nach einem Schläfchen, aber dafür musste sie die Müllabfuhr abwarten. Die Kopfhaut unter ihrer Perücke juckte. Elise stellte das Radio leiser und lehnte sich wieder aus dem Fenster. Ein älterer Mann kam den Bürgersteig entlang, in einer Hand eine Plastiktüte. An jedem Papierkorb blieb er stehen und sah hinein. Er war ordentlich gekleidet, graue Hose, kariertes Hemd. Jetzt griff er in einen Papierkorb und zog zwei leere Dosen heraus. Deutschland geht den Bach runter, dachte Elise und zündete sich eine neue Zigarette an. Sie inhalierte den Rauch und nahm sich vor, nächstens auch in die Papierkörbe zu gucken. Dank diesem grünen Umweltfritzen, wie hieß er noch gleich, war Abfall mittlerweile bares Geld wert.

Ein Hustenanfall riss sie aus ihren Gedanken. Sie trank einen Schluck Kaffee; als das nicht half, schenkte sie sich einen Apfelkorn ein. Nach dem zweiten Gläschen ließ der Hustenreiz nach. Als sie wieder zum Fenster schlurfte, war der Mann verschwunden und die Müllabfuhr bog um die Ecke. Elise Doll schloss das Fenster und drückte die Zigarette aus. Dann verließ sie die Wohnung und rümpfte die Nase.

»Katzenpisse, schon wieder riecht es in diesem verdammten Haus nach Katzenpisse«, murmelte sie.

Tiere waren im Haus verboten. Sie ahnte, dass sich die meisten

Mieter nicht daran hielten, allerdings war es schwierig, ihnen etwas nachzuweisen. Langsam stieg sie die wenigen Stufen ins Erdgeschoss hinunter. Als sie auf der Straße ankam, waren die Mülltonnen bereits geleert. Sie schob die Tonnen in den Hinterhof zurück und kettete sie an. In dieser Gegend wurde alles geklaut. Zehn Minuten später stieg sie in den vierten Stock hinauf. Ihr Gesicht glühte vor Anstrengung, sie atmete schwer, und ihr Mund war trocken. Als sie sich sicher war, dass niemand sie beobachtete, lauschte sie an der Wohnungstür von Daniel Falkner. Sie mochte ihn. Daniel war ein hilfsbereiter junger Mann. Von dieser Sorte gab es heutzutage nicht viele. Aber er war auch leichtgläubig und wurde schnell ausgenutzt. Elise vermutete, dass Daniel Mehmets Apartment weitervermietet hatte. Sicher war sie sich nicht, aber sie war im Hausflur zweimal einem fremden Mann begegnet, der wie selbstverständlich hinter Mehmets Wohnungstür verschwand. Selbstverständlich hatte sie Daniel auf ihn angesprochen, aber er hatte zugeknöpft reagiert und den Fremden als seinen Cousin ausgegeben. Natürlich waren Untermieter verboten, auch deshalb musste sie die Sache im Auge behalten. Jetzt lauschte sie an Mehmets Tür, aber dahinter war es ruhig. Elise steckte sich eine neue Zigarette an, ging in den zweiten Stock hinunter und klingelte bei Özdemir. Mustafa öffnete. Er trug nur eine Badehose, bohrte in der Nase und sah Elise aus großen braunen Augen an.

»Ist deine Mutter da?«

»Nö.« Der Kleine verschwand in der Wohnung.

»Mustafa?«, rief sie ihm nach. »Hallo? Frau Özdemir! Ich weiß, dass du da bist! Du hast Treppe schon wieder nicht geputzt! Hallo? Wie oft muss ich euch noch sagen, dass ihr Treppe putzen müsst! Hallo?«

Nichts. Keine Antwort.

»Elendes Pack.«

Sie zog die Tür ins Schloss und stopfte ihre Perücke in die Schürzentasche. Ihre wenigen Haare klebten schweißnass am Kopf.

Der Kaffee in der Thermoskanne war inzwischen kalt. Sie schüttete neuen auf und sah dabei über die Spüle in den Hinterhof. Die meisten Garagentore standen offen. Hundertmal hatte sie die Mieter gebeten, die Tore tagsüber geschlossen zu halten. Aber kaum jemand hielt sich daran. Die offenen Tore übten einen Sog auf alle möglichen Gestalten aus. Bei Regenwetter trafen sich dort Jugendliche, rauchten, klopften Sprüche oder standen knutschend in den Ecken. Die Kaffeekanne lief über. Elise fluchte leise und wischte die Spüle mit einem Handtuch trocken. Als sie gerade Milch in eine Tasse goss, sah sie Daniels angeblichen Cousin. Er ging durch den Hof zu den Garagen.

Polizeipräsidium

Maline saß am Computer. Ins Internet kam sie gerade wieder mal nicht, die Fehlermeldung vom Vortag erschien nach wie vor. Auch deshalb war ihre Laune im Keller.

Bei der Besprechung am Morgen hatte Roland allen MK-Mitarbeitern verkündet, dass »Meister Hans« früher ein Synonym für den Beruf des Henkers war. Er verkaufte diese Information als seine Recherchearbeit und erntete dafür Lob, sogar von Lou. Maline war nichts anderes übrig geblieben, als gute Miene zum bösen Spiel zu machen. Auch wenn sie sicher war, dass Roland diese Information von ihrem Schreibtisch genommen hatte. Viel Zeit zum Ärgern blieb ihr allerdings nicht. Seit dem Morgen überschlugen sich die Ereignisse. Der Spruch aus den anonymen Briefen war in die Presse gelangt. Tom fluchte, und der Polizeipräsident tobte. Beim KK 11 und in der Pressestelle standen die Leitungen nicht mehr still. Alle wollten wissen, was es mit den Briefen und dem merkwürdigen Inhalt auf sich hatte; die Rufe nach schneller Aufklärung wurden lauter.

Maline konnte den Menschen nicht verübeln, dass ihr Vertrauen in die Polizeiarbeit begrenzt war. Dieser Fall konnte einem Angst machen, vor allem weil der Mörder scheinbar wahllos zuschlug. Folgerichtig konnte jeder das nächste Opfer sein. Da nutzte es auch nichts, dass Max und Tom darauf hinwiesen, dass ein Tatverdächtiger in Haft saß.

Maline beruhigte dieser Hinweis auch nicht. Im Gegenteil. In Gedanken suchte sie bereits, wie Lou, nach einem anderen Täter. Der Mörder bezeichnete sich selbst als Henker. Offensichtlich sah er sich als Vollstrecker eines Urteils. Hatten sich die Opfer etwas zuschulden kommen lassen? Waren sie vielleicht verurteilt und in den Augen des Mörders zu milde bestraft worden?

Aber die beiden toten Frauen waren nicht vorbestraft. Das hatte Lou überprüft, nachdem Gerborg Liebmann ihre Schwester identifiziert hatte.

Maline seufzte. Immerhin hatte ihre Idee, dass die Waffe ein Schwert sein konnte, bei der Frühbesprechung Aufmerksamkeit erregt. Das Schwert war das häufigste Tötungswerkzeug der Scharfrichter. Offensichtlich waren Tom und Lou bisher nicht über dieses Detail gestolpert, obwohl es unübersehbar in den anonymen Briefen stand.

Maline ließ ihre Schultern kreisen, stand auf und ging in die Etagenküche, um neuen Kaffee aufzusetzen. Lou war gerade dabei, sich ein Brötchen zu belegen.

»Es sind zwei weitere anonyme Briefe aufgetaucht, Gott sei Dank bisher ohne die dazugehörigen Leichen«, sagte sie.

»Wo?«

»Bei einer Krankengymnastin in Kalk und bei einer alleinerziehenden Mutter in Chorweiler.«

Maline hob die Augenbrauen. »Oh nein. Die ersten Trittbrettfahrer?«

»Könnte sein. Tom hat die zwei Frauen herbestellt. Eine ist schon da. Ihr Brief wird im Labor untersucht.«

Sie gingen ins Büro zurück.

Lou ließ sich auf ihren Schreibtischstuhl fallen. »Ich denke, es wird sich schnell zeigen, ob die Briefe echt sind.«

»Merzer könnte sie vor seiner Verhaftung geschrieben haben«, sagte Maline ohne Überzeugung.

Bevor Lou antworten konnte, klingelte ihr Telefon. Sie nahm das Gespräch an und wurde augenblicklich blass. Als sie das Gespräch wenige Minuten später beendet hatte, sagte sie: »Das war Tom. Der Spruch in den Briefen, die wir bei den Opfern gefunden haben, ist auf einem Schwert eingraviert, das vor ein paar Wochen aus dem Kölnischen Stadtmuseum gestohlen wurde.« Sie stutzte. »Mensch, Hanna hat mir doch von den Schwertern erzählt!«

Maline sah ihre Kollegin fragend an.

»Ich muss rüber zu Tom«, sagte Lou. »Ihm liegen erste Fotos der Schwerter aus dem Internet vor.«

»Funktioniert der Anschluss wieder?«, fragte Maline und stand auf.

»Im Moment schon«, sagte Lou. »Aber du kannst jetzt nicht mitkommen. Warte bitte auf Frau Stein. Wenn sie kommt, kannst du ihre Aussage dann zusammen mit Ben aufnehmen?«

»Frau Stein?«

»Ja, sie ist eine der Frauen, die einen anonymen Brief erhalten haben. Wenn die Untersuchungen im Labor abgeschlossen sind, muss jemand mit ihr sprechen.«

»Was ist mit dem Schriftvergleich von Merzer?«

»Liegt immer noch nicht vor.«

Brabanter Straße

Elise Doll lauschte kurz an der Tür. Nichts, kein Geräusch war zu hören. Ohne zu zögern, holte sie den Zweitschlüssel aus ihrer Kitteltasche und öffnete die Tür. Die Mieterin war verreist. Türkei oder Italien, da war sie sich nicht sicher. Egal, jedenfalls war sie gestern abgefahren, und das Spektakel vor dem Haus war kilometerweit zu hören gewesen. Elise durchquerte den Flur. Die alten Holzdielen knarrten. Gut, dass die alte Frau Sieberts unten schwerhörig war. Elise bewegte sich unbefangen und ohne schlechtes Gewissen. Schließlich tat sie nichts Verbotenes. Vermieter hatten das Recht, in die Wohnung ihrer Mieter zu gehen. Dass sie keine Vermieterin war, verdrängte Elise Doll gerne. Aber aus ihrer Sicht genoss man auch als Hausmeisterin einige Privilegien. Außerdem kam sie nur ihrer Pflicht nach. Sie ging ja nicht in jede Wohnung. Aber hier vermutete sie einen Verstoß gegen die Hartz-IV-Gesetze. Angeblich wohnte Frau Kowalski hier in einer Wohngemeinschaft mit Artur Loos. Lächerlich. Die Kowalski und ihr Artur wohnten schon seit Jahren zusammen. Wohngemeinschaft? Wahrscheinlich noch mit getrennten Betten? Elise lachte leise. Erst neulich hatte sie die Kowalski direkt auf ihre angebliche WG angesprochen. Aber die Schlange hatte ihr ins Gesicht gelogen. Deshalb hatte Elise gar nicht erst versucht, weiter mit ihr zu reden. Sie brauchte Beweise, und dies war eine Gelegenheit, welche zu finden. Im Schlafzimmer wurde sie sofort fündig. Ein Bett, ein Kleiderschrank. Erwischt. So einfach war die Sache. Da musste nur mal einer vom Amt kommen. Na, denen würde sie Beine machen. Zufrieden schlenderte sie ins Wohnzimmer und freute sich, als sie in der kleinen Hausbar eine Flasche Aprikosenlikör fand. Sie setzte die Flasche an und genehmigte sich einige Schlucke. In diesem Moment klingelte es an der Wohnungstür. Elise erschrak so heftig, dass ihr beinahe der Likör aus der Hand gefallen wäre. Aber sie fasste sich schnell wieder, eilte zum Fenster und warf einen Blick nach draußen. Zwei Jungen liefen lachend davon.

»Rotzpänz«, rief Elise, stellte den Likör achtlos auf den Küchentisch und verließ die Wohnung.

Polizeipräsidium

Maline gähnte hinter vorgehaltener Hand, als Ben zur Tür reinkam. »Dicke Luft«, sagte er. »Die Museumsdirektorin ist im Urlaub, und Tom bekommt ihren Stellvertreter nicht an den Apparat. Und eben haben einige Journalisten versucht, unser Foyer zu stürmen.«

Maline stand auf und ging zum Fenster, konnte aber nichts Aufregendes erkennen.

»Hast du die Fotos von dem Schwert gesehen?«, fragte sie.

»Nein, die sind schon auf dem Weg zur Pressestelle. Der PP will sie gleich in einer Pressekonferenz präsentieren.«

»Es wird die Tatwaffe sein, oder?«

Bevor Ben antworten konnte, stürzte Lou ins Büro. Sie legt Maline Unterlagen auf den Tisch. »Das sind die Ergebnisse vom Labor. Schau sie dir in Ruhe an, und dann kannst du Frau Stein raufholen. Sie wartet unten im Foyer. Ben, du kommst mit mir! Wir haben einen Hinweis. In der Polizeiinspektion Niehler Straße ist ein Mann, der behauptet, unseren Mörder zu kennen! Angeblich weiß er, wo er sich aufhält. Tom hat das SEK informiert.«

Am Molenkopf

Arnold Ruland hörte die Sirenen lange, bevor er die Streifenwagen sehen konnte. Er saß auf einem alten Campingstuhl im Niehler Hafen und trank sein viertes Bier. Neben ihm im Gras lagen die Plastiktüten, in denen ein Teil seiner Habseligkeiten verstaut war. Der Platz oberhalb des Stapelkais war sein Stammplatz. Hier verbrachte er im Sommer ganze Tage, döste oder suchte in den Mülleimern nach Pfandflaschen und Essensresten. Heute war seine Laune allerdings auf dem Tiefpunkt. Er schlief zurzeit nicht gut, und seine Wunde am Fuß eiterte. Er war vor einigen Tagen in Glasscherben getreten, und die Schnittstelle verursachte ihm mittlerweile höllische Schmerzen. Arnold war froh, dass er nun saß, und betäubte seinen Schmerz mit Alkohol. Von seinem Platz aus sah er, dass immer mehr Streifenwagen die Straße vor dem Cranachwäldchen entlangkamen. Er leerte die Bierflasche und drehte sich eine Zigarette. In dem Augenblick nahm er wahr, dass die Kolonne in seine Richtung raste. Er wurde nervös, als der erste Wagen mit quietschenden Reifen neben ihm zum Stehen kam. Zwei Beamte sprangen heraus und kamen auf ihn zu.

Bevor er ein Wort sagen konnte, zerrte ihn einer der Polizisten aus seinem Stuhl und riss ihm die Hände nach hinten. Ein zweiter Beamter drückte ihn zu Boden.

»Scheiße!«, rief Arnold. »Hilfe!«

Er hörte, wie sich weitere Fahrzeuge näherten, drehte seinen Kopf zur Seite und sah seinen Kumpel Steffen, der zusammen mit einer Frau und zwei Männern auf ihn zukam.

»Ist das Arnold Ruland?«, fragte die Frau.

Steffen nickte stumm und wurde zu einem Streifenwagen zurückgebracht. Ein Beamter ging neben Arnold in die Hocke.

»Herr Ruland, Sie sind vorläufig festgenommen. Sie stehen unter Verdacht, zwei Tötungsdelikte und einen Diebstahl begangen zu haben. Wir bringen Sie jetzt ins Präsidium.«

Arnold wollte etwas erwidern, doch er brachte kein Wort heraus. Die Polizeibeamten rissen ihn hoch und schoben ihn unsanft in den Streifenwagen.

Polizeipräsidium

Auf dem Weg zum Fahrstuhl sah Maline Bens Frau. Sie kannten sich von Bens Beförderungsfeier. Jetzt saß sie auf einem Stuhl in der Ecke des schmalen Flurs, der Kinderwagen mit den Zwillingen stand vor ihr. Sie wirkte blass und nervös, ihr T-Shirt war durchgeschwitzt.

»Hallo.« Sie klang unsicher.

Maline blieb stehen. »Eva, das ist eine Überraschung. Weiß Ben, dass du da bist?«

»Ich habe ihn noch nicht gesehen. In seinem Büro ist er nicht. Wir wollten zusammen in die Stadt, Babysachen kaufen.«

»Wirklich?«

»Ja. Der Termin steht seit der Geburt fest.«

Maline sah auf ihre Armbanduhr. »Ben ist zu einer Festnahme rausgefahren, und ich muss mich leider jetzt um eine Zeugin kümmern.«

Eva ließ den Kopf hängen. »Oh, ich wollte dich nicht aufhalten.« Sie wirkte wie eine zurechtgewiesene Erstklässlerin.

Maline bekam sofort Gewissensbisse. »Nein, wirklich, es tut mir leid. Es ist nur so, ich glaube nicht, dass Ben Zeit hat, mit dir Babysachen zu kaufen. Wir stecken in einer MK. Hat er dir nichts davon erzählt?«

Eva sah sie aus großen braunen Augen an. Sie schien den Tränen nah. »Ja, doch. Ach, ich weiß nicht, wir reden im Moment nicht viel miteinander. Er ist ja kaum zu Hause. Und seit die Zwillinge da sind, streiten wir uns dauernd. Ich weiß einfach nicht, was ich falsch mache.«

Maline nahm ihre Hand und suchte nach tröstenden Worten. Gleichzeitig wuchs ihre innere Unruhe. Frau Stein wartete. Es half nichts, sie musste sich losreißen. »Am besten fährst du wieder zurück. Wenn ich Ben sehe, sage ich ihm, dass du hier warst.« Sie wollte los, doch Eva hielt ihre Hand fest.

»Aber ich bin mit der Regionalbahn gekommen. Meine Mutter hat mich in Rösrath zum Bahnhof gefahren. Das war schrecklich. Ich meine, mit dem Zwillingswagen in der Bahn. Und diese Hitze! Noch einmal schaff ich den Weg nicht.«

Sie begann zu weinen. Maline strich ihr über den Rücken. Sie musste los. Es war bereits später Nachmittag. Frau Stein wartete nun schon seit Stunden. Andererseits konnte sie Bens Frau nicht einfach so zurücklassen. Roland kam aus der Teeküche.

»Du kommst genau richtig«, rief Maline und stellte ihm Eva vor. »Ich muss wirklich los. Mein Kollege wird sich um dich kümmern. Und wenn ich Ben sehe, werde ich ihm den Kopf waschen. Versprochen.«

Frau Stein war zierlich und hatte einen Sonnenbrand auf der Nase. Maline führte sie in ihr Büro und bot ihr einen Stuhl an.

»Sie haben also einen anonymen Brief erhalten?«

»Ja. Und ich warte hier schon den halben Tag.«

»Ich weiß, und es tut mir sehr leid. Aber hier ist die Hölle los, wie Sie sich denken können. Möchten Sie eine Tasse Kaffee?«

Frau Stein machte ein mürrisches Gesicht. Ihre Haut wirkte transparent. »Ich bin nicht zum Kaffeetrinken hier. Ich möchte wissen, was Sie zu meinem Schutz unternehmen wollen.«

»Frau Stein, wir haben Ihren Brief im Labor untersuchen lassen. Auch deshalb hat es so lange gedauert. Aber wir haben eine gute Nachricht: Der Brief, den Sie erhalten haben, hat keines der Merkmale der echten Briefe. Jemand hat sich einen üblen Scherz mit Ihnen erlaubt.«

Frau Stein sah Maline ungläubig an.

»Wir sind uns ganz sicher«, fügte Maline rasch hinzu. Dieser Brief war in keiner Weise vergleichbar mit den Schreiben, die am Tatort gefunden worden waren. Er war weder handgeschrieben noch auf Büttenpapier. Diese Details hatten nicht in der Zeitung gestanden, und so war es für den Erkennungsdienst relativ einfach, den Brief als unecht einzustufen. Maline rechnete damit, dass Frau Stein erleichtert war. Aber sie wurde eines Besseren belehrt.

Frau Stein wurde wütend. »Wie können Sie da sicher sein? Ein Mann rennt durch die Stadt und schlägt Frauen die Köpfe ab. Müssen Sie mich auch erst ohne Kopf finden, bevor Sie aktiv werden?«

»Wir sind uns sicher, dass Sie nicht in Gefahr sind. Der Text auf Ihrem Brief wurde aus Zeitungsartikeln ausgeschnitten und aufgeklebt. Ich kann Ihnen versichern, dass die Briefe, die wir bei den bisherigen Opfern gefunden haben, anders aussehen. Außerdem fehlen wie gesagt andere eindeutige Merkmale. Bitte beruhigen Sie sich.« Frau Stein dachte nicht daran. »Wichtige Merkmale fehlen also. Und wieso hat das dann hier alles so lange gedauert? Und was, wenn der Mörder seine Taktik geändert hat? Was, wenn ich trotzdem das nächste Opfer bin?«

»Wir werden alles für Ihre Sicherheit tun«, sagte Maline, doch Frau Stein wurde nur noch ungehaltener.

»Das soll ich Ihnen glauben? Ich soll mein Leben einer gepiercten Zwanzigjährigen anvertrauen?« Sie stand auf, hängte sich ihre Tasche um und ging zur Tür. »Ich bin doch nicht verrückt!« Bei diesen Worten drehte sie sich um. »Sie werden noch von mir hören!«, rief sie, bevor sie die Tür ins Schloss knallte.

Frau Stein hatte Malines wunden Punkt getroffen. Ihr jugendliches Aussehen war häufig Anlass für Unterschätzung und Irritationen. Auch aus diesem Grund überlegte Maline, ob sie ihre Piercings entfernen und ihre weiten Jeans gegen ein seriöseres Outfit eintauschen sollte.

Grolmanstraße

Seine Nasenflügel bebten. Obwohl sich die Hitze in der kleinen Wohnung staute, schwitzte er nicht. Bewegungslos stand er da. Starrte durch das Fenster. Die Abendsonne streifte sein Gesicht, aber er blinzelte nicht, sondern fixierte das Reihenhaus gegenüber.

Seit einigen Wochen beobachtete er sie. Renata, die Wiedergeborene. Wie passend. Es war einfach, ihre Gewohnheiten auszuspionieren. Es gab viele Regelmäßigkeiten in ihrem Leben. Ihr Mann verließ morgens gegen sieben Uhr das Haus und kehrte oft erst gegen zwanzig Uhr zurück. Sobald er fort war, rannte sie umher. Emsig, versklavt von Staub, Wäsche und gefühlten schmutzigen Fenstern. Er vermutete einen Reinigungszwang. Fast jeden Tag hängte sie die Teppichläufer über die Wäscheleine im Garten und klopfte sie aus. Die Schläge schallten dumpf zu ihm herüber. Er wunderte sich über ihre Ausdauer und bemitleidete sie gleichzeitig für die stumpfe Disziplin, die sie sich abverlangte. Danach verschwand Renata meist in ihrem Kräutergarten oder lag im Schatten einer alten Kastanie und las. Unterbrochen wurde ihr Tagesablauf nur von wenigen Besuchern, die entweder klingelten oder einfach zu ihr in den Garten durchliefen. Das kam allerdings selten vor. Die Nachmittage verbrachte sie häufig im Keller. Da sie sich dort seinen Blicken entzog, war er kürzlich zum Haus geschlichen und hatte sie durch das Kellerfenster beobachtet. Neben einem Waschraum befand sich ein Arbeitszimmer. Dort saß sie stundenlang an einem schweren Eichenschreibtisch und schrieb etwas aus einem Buch ab. Bei dem Versuch, sich näher heranzuschleichen, erkannte er, dass er ein Problem bis dahin unterschätzt hatte. Attila. Der kleine Pinscher bellte wie verrückt und hätte ihn beinahe verraten. Er hasste Hunde.

Am frühen Abend saß sie oft unter der Markise auf der Terrasse, wie jetzt. Umgeben von wuchernden Kräutern saß sie da und las. Ein friedliches Bild, doch er ließ sich nicht täuschen. Obacht war geboten. Vor allem jetzt, wo die Ordnungshüter das Puzzle langsam zusammensetzten. Ordnungshüter, was für ein Wort. Hüter der Ordnung. Genau wie er. Sie standen im Dienst der gleichen Sache. Seine Mundwinkel zuckten.

Ihre orangeroten Haare leuchteten in der Sonne, Attila lag unter ihrem Stuhl. Sein Plan stand fest, sein Werk war fast vollendet. Nur einige Details fehlten noch, dann konnte er zuschlagen. Wirkliche Schwierigkeiten gab es nicht. Attila? Er lächelte. Auch der Köter würde ihn nicht aufhalten. Gut, sie war vorsichtiger geworden. Erst gestern hatte er beobachtet, wie sie einen Mann von der Telefongesellschaft vor dem Haus abfertigte. Wahrscheinlich zeigten die Berichte in den Medien Wirkung. Es würde ihr nichts nützen. Und für ihn wuchs damit die Herausforderung.

Er kicherte. Wie nah sie dem Tod war. Er könnte sie erschießen. Von hier aus ein Kinderspiel. Der Gedanke erregte ihn, aber er ermahnte sich zur Ruhe. Er konnte nicht einfach die Waffen wechseln. Das Schwert war Pflicht, daran durfte er nichts ändern. Die Art, wie sie sterben musste, legte nicht er fest. Mittlerweile wäre ihm eine andere Todesart lieber gewesen. Das Töten mit dem Schwert barg Risiken, und es war Schwerstarbeit, obwohl er die Technik beherrschte. In ihrem Fall dürfte es aber keine Probleme geben. Sie war klein und schmächtig. Vielleicht konnte er sogar auf die Betäubung verzichten, wenn er sie im Keller erwischte.

Sie hob den Kopf und sah zu ihm hoch. Konnte sie ihn sehen? Er rührte sich nicht, hielt ihrem Blick stand. Nach einer Weile sah sie wieder in ihr Buch. Er nutzte die Gelegenheit, duckte sich und verließ mit großen Schritten die Wohnung. Seine Schritte hallten in den leeren Räumen.

Polizeipräsidium

Lou wollte nach Hause, sie war müde und hungrig. Auf dem Weg zum Parkdeck ging sie den Tag in Gedanken noch einmal durch. Das Gespräch mit dem stellvertretenden Museumsdirektor war wenig informativ verlaufen. Immerhin war so viel sicher: Die beiden Schwerter waren am 1. April gestohlen worden, und laut Dr. Urbachs Angaben wurden sie früher zu unterschiedlichen Zwecken benutzt. Das Schwert, das die Polizei bei dem Obdachlosen Arnold Ruland sichergestellt hatte, stammte aus dem 14. Jahrhundert und diente zum Töten hochgestellter Persönlichkeiten. Angeblich waren mit ihm Männer aus angesehenen Kölner Familien enthauptet worden, die einen Aufstand gegen den Rat der Stadt angezettelt hatten. Das zweite Schwert datierte Dr. Urbach auf das Jahr 1725. Es besaß eine Gravur, die mit dem Text identisch war, der bei beiden Opfern gefunden worden war. Dieses Schwert war zum Töten von Verbrechern benutzt worden und nach wie vor verschwunden. Viel mehr wusste Urbach nicht. Er hatte versprochen, seinen Mitarbeiter Dr. Jansen ins Präsidium zu schicken. Er konnte weitere Auskünfte erteilen, weil die Schwerter zu seinem Spezialgebiet gehörten. Aber Jansen war, wie sich später herausstellte, auf einer Tagung und stand erst morgen zur Verfügung.

Lou wechselte einige Worte mit einem Kollegen, der ihr die Glastür zum Parkplatz aufhielt. Als sie anschließend auf den Hof trat, traf sie die Hitze wie ein Schlag. Auch am Abend war von Abkühlung keine Spur.

Während sie zum Auto ging, dachte sie an Ruland. Er hatte ihre Fragen einsilbig beantwortet, aber immerhin gestanden, dass er ein Schwert besaß, und sie zu seinem Versteck geführt. Aber er bestritt die Morde vehement und behauptete, dass er das Schwert vor wenigen Tagen in der Nähe der Christophstraße in einer Hecke gefunden hatte. Allerdings bestritt er energisch, jemals in der Nähe des Kölnischen Stadtmuseums gewesen zu sein. Genau diese Aussage aber machte ihn unglaubwürdig. Denn an diesem Punkt hatte er gelogen. Videoaufnahmen aus dem Museum zeigten Arnold Ruland einen Tag vor dem Diebstahl der Schwerter im Foyer des Museums. Er hatte Streit mit der Kassiererin angefangen, weil sie ihm sein gesammeltes Kleingeld nicht in einen Schein wechseln wollte. Auf dem Video war deutlich zu sehen, wie aggressiv sich Ruland verhielt. Tom und Lou hielten ihn physisch in der Lage, die Taten begangen zu haben. Wenn jetzt Rückstände vom Blut der Opfer an dem Schwert gefunden wurden, sah es nicht gut für ihn aus. Außerdem war er polizeilich bereits in Erscheinung getreten. Er hatte sieben Jahre wegen Totschlags in der JVA Eickelborn gesessen. Damals war er äußerst brutal vorgegangen.

Lou stieg in ihren Wagen, wenige Minuten später passierte sie das Rolltor und stutzte. Hanna kam aus den Köln Arcaden. Lou hupte und hielt.»Was machst du denn hier?«

»Heute ist mein freier Tag. Da hab ich mir einen Erdbeerbecher gegönnt.«

»Allein? Hier in Kalk?«

»Nein, Frau Kommissarin. Ich gestehe, ich war in Begleitung.«

Lou öffnete die Beifahrertür.»Von wem?«

»Jan.«

Lou rollte mit den Augen.

Hanna stieg in den Wagen.»Wir hatten einen schönen Nachmittag.«

Lou schoss ein Gedanke durch den Kopf.»Hast du einen Moment Zeit?« Sie wartete Hannas Antwort nicht ab, fuhr einmal durch den Kreisverkehr und hielt vor dem Rolltor des Präsidiums. »Du hast mir doch von den beiden Schwertern erzählt, die aus dem Kölnischen Stadtmuseum gestohlen worden sind. Eins ist wieder aufgetaucht. Hast du heute schon Nachrichten gehört?«

»Ja, und ich habe auch schon mehrmals versucht, dich auf dem Handy zu erreichen. Im Radio haben sie über die anonymen Briefe berichtet und den Inhalt zitiert. Dabei habe ich eine Gänsehaut bekommen. Mittlerweile weißt du wahrscheinlich, dass dieser Satz in eines der Schwerter eingraviert ist.«

»Deshalb war Dr. Urbach heute bei uns im PP.«

Hanna verzog das Gesicht. »Urbach? Wieso? Professor Christofsen kennt sich viel besser aus.«

»Ja, aber sie ist im Urlaub. Morgen haben wir einen Termin mit Dr. Jansen. Urbach meint, dass er uns alle Fragen beantworten kann.«

»Mit Sicherheit. Udo kennt sich aus.«

»Aber du kennst dich auch aus«, sagte Lou. Sie fuhren auf den Parkplatz des Präsidiums. »Warum also bis morgen warten?«

»Ich bin schon einige Jahre raus. Ich meine, was soll ich dir erzählen?« Hanna klang nervös.

»Keine Ahnung. Sieh dir einfach die Fotos der Schwerter an und sag mir, was dir dazu einfällt. In einer halben Stunde sind wir wieder raus, und dann lade ich dich zum Essen ein. Ich habe allerdings wenig Zeit. Ich muss zu Frieda. Was hältst du von Sushi in der Bento Box?«

Hanna liebte Maki und Sushi. Lou wusste, dass sie nicht widerstehen konnte.

Sie schob ihre Freundin durch die Glastür in den Sicherheitsbereich, der nur mit Berechtigungskarte zugänglich war. Hanna sah sich interessiert um. Es war ihr erster Besuch im neuen Präsidium.

»Die Räume sind aber klein.« Hanna wirkte enttäuscht, als sie endlich in Lous Büro ankamen. »Sitzt du allein hier?«

»Nein, mit einer Kollegin.«

»Aha. Versteht ihr euch gut?«

»Geht schon.«

»Auskunftsfreudig wie immer.« Hanna lächelte und sah aus dem Fenster. Das Büro lag zur Innenseite des Präsidiums. Von hier konnte man das Foyer sehen. »Schöne Aussicht. Aber du hast ja gar kein natürliches Licht.« Sie setzte sich.

»Gewohnheitssache.« Lou öffnete eine Flasche Mineralwasser und goss zwei Gläser ein. Danach zeigte sie Hanna Abzüge der Fotos.

»Die Originale sind schon bei der Pressestelle«, sagte Lou. »Sie sind heute Abend in der Aktuellen Stunde gezeigt worden.«

Hanna beugte sich über die Bilder. »Ihr steht ganz schön unter Druck, oder?«

»Klar. Die Medien belagern das Präsidium. Sie werden versuchen, an weitere Informationen zu kommen.«

»Einer hat ja offensichtlich schon mit der Presse geplaudert«, sagte Hanna und bestätigte Dr. Urbachs Aussage in Bezug auf das Alter der Schwerter.

»Sie sind am 1. April gestohlen worden«, sagte Lou. »Wir fragen uns natürlich schon, warum der Täter erst jetzt tötet und wie es ihm gelingt, sich unauffällig mit ihnen in der Stadt zu bewegen.«

Der Ventilator summte und wirbelte einige lose Blätter auf. Lou beschwerte sie mit einem Aktenordner.

»Am 1. April? Was für ein interessantes Datum«, sagte Hanna. »Natürlich kann es ein Zufall sein. Ist es wahrscheinlich auch.«

»Was? Wieso?«

Hanna schien zu zögern. In dem Moment kam Maline ins Büro. Sie sah müde aus. »Ich wollte nur kurz meine Tasche holen«, sagte sie.

Lou stellte Hanna ihrer Kollegin vor. »Hanna hat früher im Kölnischen Stadtmuseum gearbeitet und weiß einiges über die Schwerter. Wenn du möchtest, kannst du gerne zuhören.«

Maline setzte sich.

Lou sah Hanna aufmunternd an. »Wir möchten alles wissen, was du denkst, auch wenn es noch so absurd klingt.«

»Ich sag einfach, was mir durch den Kopf geht.«

»In Ordnung!«

»Tja, der 1. April gilt als Narrentag. Wir treiben Scherze mit unseren Mitmenschen.«

Lou sah ihre Freundin erwartungsvoll an. »Und?«

Hanna zögerte wieder.

»Jetzt spann uns doch nicht so auf die Folter«, sagte Lou.

Hanna holte tief Luft. »Früher galt der 1. April als Unglücksdatum. Satan wurde angeblich an diesem Tag in die Hölle gestürzt, und Judas erhängte sich am 1. April.«

»Zugegeben, ein interessanter Aspekt«, sagte Lou. »Aber ich sehe keinen Zusammenhang. Ich glaube nicht, dass wir es hier mit einem religiös motivierten Täter zu tun haben. Es gibt keine Hinweise darauf. Übrigens muss der Mann, der die Schwerter gestohlen hat, nicht zwangsläufig der Mörder der beiden Frauen sein.«

Hanna trank einen großen Schluck Mineralwasser, dann schüttelte sie den Kopf. »Im Radio haben sie gesagt, dass der Täter die anonymen Briefe mit Meister Hans unterschreibt. Also benutzt er eindeutig ein Synonym für den Beruf des Scharfrichters, und er schlägt Frauen die Köpfe ab. Das kann doch kein Zufall sein!«

»Er könnte zufällig auf den Begriff gestoßen sein«, sagte Maline. »Aus irgendeinem Grund fand er ihn passend und benutzt ihn als Pseudonym für seine Taten.«

»Vielleicht.« Hanna klang skeptisch.

»Jedenfalls scheint er kein durchgeknallter Freak zu sein«, fuhr Lou fort. »Er plant seine Morde genau. Er schreibt die Briefe und lässt sie den Opfern zukommen. Er schlägt ihnen die Köpfe ab und bringt sie zu ausgewählten Orten. Er geht ein hohes Risiko ein, und wir haben ihn bisher noch nicht erwischt. Das heißt, er ist intelligent. Er ist weit davon entfernt, im Affekt zu handeln. Wir suchen einen Mann, der sich unter Kontrolle hat. Er ist aggressiv, hat aber auch ruhige Phasen, in denen er vermutlich ein ganz normales Leben führt. Sonst könnte er nicht so planvoll vorgehen.«

»Ich dachte, ihr habt zwei Tatverdächtige in Haft«, sagte Hanna.

»Tja, sagen wir mal so«, antwortete Lou, »wir sind weiterhin offen.«

»Verstehe, aber trotzdem oder gerade weil der Mörder seine Taten so genau plant, könnte jedes Detail eine Rolle spielen, meinst du nicht?«

Lou atmete einmal tief durch. »Kannst du uns noch irgendetwas zu den Schwertern sagen? Wurden noch andere Personengruppen mit ihnen getötet?«

»Ja, Hexen.«

»Hexen?« Maline sah Hanna an, in ihrer Stimme schwang ein ungläubiger Unterton mit. »Ich dachte immer, dass Hexen verbrannt wurden?«

»Hexen wurden auf unterschiedliche Weise getötet. Einigen wurden die Köpfe abgeschlagen. Verbrannt wurden sie letztlich alle«, sagte Hanna.

»Ach ja? Warum?«, fragte Lou.

»Die Menschen damals hatten Angst, dass eine tote Hexe in ihren Körper zurückkommen kann und dann weiteres Unheil anrichtet. Die Asche wurde aufgesammelt und in der Regel an einem bestimmten Ort verstreut. Vorzugsweise in Mooren.«

»Wo gab es denn hier Moore?«, fragte Maline.

»Ziemlich sicher gab es eins im heutigen Königsforst. Allerdings lag Melaten früher auch weit vor den Toren der Stadt. Auch dort könnte es Moorlandschaften gegeben haben.«

Lou leerte ihr Glas. Während ihrer Museumszeit hatte Hanna mehrere Aufsätze über die Hexenverfolgung verfasst. Damals war auch ein viel beachteter Artikel erschienen, in dem sie belegte, dass die meisten Frauen, die ermordet wurden, weder weise Frauen noch Hebammen gewesen waren.

Aber andernorts wurden wesentlich häufiger Bettlerinnen, Mägde und Frauen, die am Rande der Gesellschaft lebten, hingerichtet. Lou erinnerte sich an die Diskussionen, die Hannas Artikel damals ausgelöst hatte. Kein Brunch, kein Kaffeetrinken und keine Party hatte mehr stattgefunden, ohne dass Hanna ihre Hexentheorie dozierte. Beim Thema »Hexen« war Hanna in ihrem Element, und Lou überlegte, Hanna zu stoppen, bevor sie sich in ihrem Lieblingsthema verrannte.

»Die letzte erwachsene Frau wurde in Köln im Jahr 1662 eingekerkert«, hörte Lou Hanna sagen. »Ihr Name war Anne Toer.«

»Wurde sie mit einem der beiden Schwerter hingerichtet?«, fragte Maline.

»Über ihre Hinrichtung ist nichts bekannt, aber vermutlich wurde sie nicht mit diesem Schwert getötet.«

»Aber vielleicht glaubt der Mörder das, oder ihm ist die historische Korrektheit egal«, mutmaßte Maline.

Bevor Hanna antworten konnte, ging Lou dazwischen. »Wir müssen los, Frieda wartet.« Sie stand auf. »Danke für deine Hilfe, Hanna.«

Hanna wirkte etwas irritiert, erhob sich ebenfalls und gab Maline die Hand. »Wenn Sie weitere Fragen zu dem Thema haben, können Sie mich gerne anrufen.« Sie schrieb ihre Telefonnummer auf einen Zettel und gab ihn ihr.

Danach verließen sie das Büro und gingen schweigend zu Lous Wagen.

»Ist was?«, fragte Lou, bevor sie einstiegen.

»Du hättest mich nicht so abzuwürgen brauchen«, antwortete Hanna. »Erst fragst du mich nach meiner Meinung, und dann willst du sie nicht hören.«

»Du hast ja recht, aber das Hexenthema passt hier wirklich nicht.«

»Das scheint deine Kollegin aber ganz anders zu sehen.«

»Maline?« Lou stieg ein und öffnete Hanna die Tür. »Sie ist jung und unerfahren. Wahrscheinlich hast du ihr einfach imponiert.«

»Bist du mir böse, wenn wir ein anderes Mal essen gehen?«, fragte Hanna. »Ich würde lieber gleich nach Hause fahren.«

Lou startete den Citroën. »Kein Problem«, sagte sie und ärgerte sich, weil ihre Stimme ein wenig beleidigt klang.

Gustav-Nachtigal-Straße

Lou parkte ihren Wagen vor der Garage und drehte das Radio lauter. Der Obdachlose Arnold R. wurde auf fast allen Kanälen als mutmaßlicher Mörder präsentiert. Max Conrady betonte in einem Interview zwar, dass gegen ihn nur ein Anfangsverdacht bestehe, aber die Leute wollten einen Schuldigen und hatten sich auf Ruland eingeschossen. Obwohl Merzer ebenfalls noch in Haft war. Lou stellte das Radio ab, stieg aus und ging die Stufen zu ihrem Haus hinauf. Duschen, dachte sie. Duschen und dann ins Bett.

»Louisa? Louisa, bist du es?«

Lou blieb wie angewurzelt stehen. Die Stimme ihrer Mutter kam aus der Küche. Sie hatte vergessen, sie vom Bahnhof abzuholen. Mist. Lou atmete tief durch, setzte ein strahlendes Lächeln auf und öffnete die Tür zur Küche. Der Duft von gebratenem Geflügel und Zitronen hing in der Luft. Helene saß mit Frieda am Küchentresen. Sie tranchierte ein Hähnchen mit Lous Heckenschere.

»Du kommst genau richtig.«

Lou küsste ihre Mutter lächelnd auf die Stirn und begrüßte Frieda.
»Hast du die Schere vorher wenigstens sauber gemacht?«
Helene schnitt eine Grimasse. »Wenn in diesem Haushalt alles an seinem Platz wäre, bräuchte ich nicht nach kreativen Lösungen zu suchen, mein Kind.«

Lou drückte ihre Mutter kurz an sich, öffnete die unterste Küchenschublade, hob einige Geschirrhandtücher hoch und nahm die Geflügelschere heraus. »Es tut mir leid, dass ich dich nicht abgeholt habe. Dieser Fall ... er bringt meinen ganzen Terminplan durcheinander.«

»Welchen Terminplan? Soweit ich mich erinnern kann, hältst du Verabredungen sowieso selten ein und wenn doch, dann kommst du zu spät. So wie heute.«

»Ich weiß. Ich wollte längst da sein und für Frieda kochen.«

»Hat sich erledigt«, sagte Helene.

»Wann bist du gekommen?«

»Vor zwei Stunden. Als ich hier ankam, saß Frieda hungrig vor dem Computer. Eigentlich wollte ich früh ins Bett gehen, aber einer muss sich ja um das Kind kümmern.«

»Und dann kochst du so aufwendig? Brote und ein Salat hätten es auch getan.«

»Meine Enkeltochter hat sich aber Hähnchen gewünscht!«

»Aber du kochst doch nicht gerne.«

»Für meine Enkelin mache ich eben mal eine Ausnahme.«

Frieda deckte einen weiteren Teller.

»Nach dem Essen gehst du aber sofort ins Bett.« Lou ließ sich auf einen Stuhl fallen.

»Es ist noch nicht zehn Uhr«, maulte Frieda.

»Interessiert mich nicht. Wir haben eine Vereinbarung.«

Frieda seufzte.

»Mensch, hab ich einen Bärenhunger«, sagte Lou. »Ich hab seit Tagen nichts Richtiges gegessen.«

»Wie deine Tochter.« Helenes scharfer Unterton war nicht zu überhören.

»Bitte, Mutter«, sagte Lou schnell. »Lass uns erst nach dem Essen streiten.«

»Ganz wie du willst.«

Lou entkorkte einen Riesling. Bis zum Nachtisch verlief das Essen ruhig und harmonisch. Dann berichtete Helene von ihrer Reise nach Cornwall. Sie hatte dort Berit, Lous ältere Schwester, besucht. »Sie würde sich freuen, wenn ihr auch mal wieder zu ihr kämt. Sennen ist so schön um diese Jahreszeit.« Frieda schob sich einen großen Löffel Erdbeerquark in den Mund. »Henry wollte mich für ein Jahr hinschicken.«

Helene sah fragend von ihrer Tochter zu ihrer Enkelin.

»Sag deiner Oma, warum Henry dich dorthin schicken wollte«, sagte Lou.

Frieda zog die Nase hoch. »Na ja. Offiziell wegen meiner schlechten Noten und weil ich seine Unterschrift gefälscht hab. Aber ich bin sicher, dass mich die beiden nur loswerden wollen. Gerade jetzt, wo Henry ausgezogen ist und Mama nicht weiß, wie sie alles unter einen Hut bringen soll.«

»Frieda-Joy«, sagte Helene. »Wie kannst du so etwas auch nur denken.«

»Wenn es doch die Wahrheit ist«, sagte Frieda.

»Können wir bitte später darüber reden.« Lou wollte ihren Nachtisch in Ruhe genießen. Das weitere Essen verlief ziemlich wortkarg. Schließlich schickte Helene Frieda in ihr Zimmer. Frieda gehorchte, ohne zu murren. Wahrscheinlich war sie froh, weiteren Nachfragen zu entkommen.

Helene schloss die Küchentür. »Dieses Kind schreit förmlich nach Zuneigung. Sie fortzuschicken wäre das falsche Signal.«

»Wir wollen Frieda nicht wegschicken. Henry hat gepokert, und wir haben gewonnen.«

Helene räumte das Geschirr in die Spülmaschine. »Frieda hat mir von dieser Superstar-Sache erzählt. Ich finde, ihr nehmt das Ganze zu ernst.«

»Du bist vielleicht gut! Sollen wir ihr etwa alles durchgehen lassen?«

»Nein, aber findet ihr eure Reaktion nicht etwas übertrieben? Frieda hat mir erzählt, dass sie Nachhilfe nehmen soll, die sie selbst zahlen muss!«

Lou schenkte Riesling nach. »Also wirklich, Mutter! Soll ihr Verhalten denn gar keine Konsequenzen haben?«

»Natürlich«, sagte Helene. »Aber diese Idee mit Cornwall! Das ist mal wieder typisch Henry. Die Sache ist überhaupt nicht durchdacht. Frieda liebt Sennen. Wenn du mich fragst, müsst ihr ein Klima schaffen, in dem es für Frieda möglich ist, ihre Ideen und Gedanken offen zu machen. Heimlichkeiten bergen ein hohes Risiko, für alle Seiten. Jedenfalls bringen Bestrafungen und Drohungen nichts. Darüber solltest du dir im Klaren sein. Denk an deine eigene Jugendzeit.«

»Hast du wieder ein Pädagogik-Seminar besucht?«

Helene nippte an ihrem Wein. Sie zog es offensichtlich vor, nicht zu antworten.

»Bitte, Mutter! Komm doch jetzt nicht mit den alten Geschichten. Es geht hier doch nicht um mich.«

»Weiß ich doch. Aber meinst du, dass es mit dir immer leicht war? Denk mal an die Geschichte, als du dir heimlich von deinem Kommuniongeld dieses Pony von dem Gnadenhof gekauft hast. Es wurde geliefert, als du in der Schule warst. Oder die Aktion, als du mit dem Mofa nach Düsseldorf gefahren bist. Wenn ich mich recht erinnere, hast du für diesen Trip damals auch die Schule geschwänzt.«

»Ja, und deine Strafen konnten sich auch sehen lassen.«

Helene schenkte Wein nach. »Das waren andere Zeiten damals.«

»Ja«, sagte Lou. »Manchmal glaube ich nur, dass es nicht so gefährlich war. Ich meine, Frieda ist nach Frankfurt gefahren. Was glaubst du, was jungen Mädchen heutzutage alles passieren kann.«

»Früher auch.«

Lou betrachtete ihre Mutter aufmerksam. Vergangenen Monat war sie fünfundsiebzig geworden, aber das sah man ihr nicht an. Ihre kurzen weißen Haare waren gegelt und standen nach oben. Die hellblauen wachen Augen leuchteten in ihrem stets sonnengebräunten Gesicht, und goldene Ringe funkelten an ihren Händen. Heute trug Helene ein hellblaues Baumwollkleid und darunter eine Hose mit auffälligem Blumenmuster. Lou lächelte. Ihre Mutter pflegte einen extravaganten Stil. Sie stammte aus einer wohlhabenden Unternehmerfamilie und war behütet mit Kindermädchen, Chauffeur und allen möglichen Privilegien auf einem Gut im Sauerland aufgewachsen. Ein Hauch dieser Zeit umgab Helene noch heute. Nach wie vor beschäftigte sie eine Köchin und einen Gärtner, obwohl sie nach dem Herztod ihres Mannes aus der Familienvilla in ein Landhaus nach Marialinden umgezogen war. Lou strich sich eine Strähne aus dem Gesicht, stand auf und umarmte ihre Mutter.

Helene drückte ihr einen Kuss auf die Wange. »Warum hast du mir nicht gesagt, dass Henry ausgezogen ist? Es ist nicht schön, dass meine Enkelin mich anruft und mir solche Dinge erzählt.«

»Frieda hat dich angerufen?«

»Ja. Sie hat mir erzählt, dass sie unter der Trennung leidet und sich deshalb in der Schule nicht konzentrieren kann. Das arme Kind. Und nun wollt ihr sie zu allem Überfluss zu diesem Gregor abschieben. Das kann doch nicht dein Ernst sein!«

»Gregor ist in Ordnung. Und wegen Henry wollte ich dich anrufen. Wirklich!«

»Ist schon gut.« Helene klang enttäuscht.

»Ich verstehe dich nicht. Du konntest Henry noch nie leiden. Und Frieda! Laut deiner Diagnose durchläuft sie seit ihrer Geburt schwierige Phasen.«

Helene lächelte. »Ich weiß. Manchmal kann ich ganz schön nerven.«

Lou vermied es, ihre Mutter anzusehen. »Wie lange willst du bleiben?«

»Bis wieder alles in Ordnung ist in diesem Haus.«

»Das habe ich befürchtet. Wenn ich Zeit habe, können wir morgen zusammen zu Mittag essen. Allerdings nur in der Polizeikantine. Dann kannst du dir mal den Neubau ansehen. Das wolltest du doch schon letztes Mal.«

Helene schüttelte den Kopf. »Keine Zeit. Ich bin für morgen bei einem Yoga-Tagesseminar in der Nähe vom Neumarkt angemeldet. Vielleicht können wir uns mal wieder in deinem Lieblingscafé treffen?«

»Du meinst das Café Schmitz auf der Breite Straße.«

»Genau, wir waren ewig nicht dort.«

»Geht nicht, so viel Zeit habe ich morgen auch wieder nicht. Außerdem habe ich gedacht, dass du dich um Frieda kümmern willst.«

»Mach ich ja, aber das Kind hat morgen Musik-AG und anschließend einen Termin beim Zahnarzt. Sie kommt erst um halb sechs. Bis dahin bin ich längst wieder da.«

Lou gab ihrer Mutter einen Kuss und brachte ihre Koffer ins Gästezimmer.

Merowingerstraße

Es war fast Mitternacht, als Maline ihren Smart vor der Haustür parkte und zu ihrer Wohnung hinaufsah. Es brannte kein Licht. Wahrscheinlich lag Yadet längst im Bett. Im Treppenhaus roch es nach gebratenem Fisch. Ihr Magen knurrte. Erst jetzt spürte Maline, wie erschöpft sie war.

Als sie die Wohnung betrat, stieg ihr der Geruch von Braten in die Nase. Sie ließ ihren Rucksack fallen und zwang sich, obwohl ihr vor Hunger fast schlecht war, zuerst zu duschen. Danach wickelte sie sich in ein Handtuch und ging leise in die Küche. Der Tisch war für zwei Personen gedeckt. Weiße Tischdecke, Rosenblätter, das gute Geschirr, Sekt und Weingläser. Ein großer Zettel lehnte am Kerzenständer. »Chili-Koriander-Hähnchen mit Reis im Backofen, Ruccolasalat im Kühlschrank, Nachtisch im Bett. Ich liebe dich, bis gleich.« Maline schluckte. Heute war ihr Jahrestag, und sie hatte nicht einen Moment daran gedacht. Yadet war sicher enttäuscht schlafen gegangen.

Müde stellte sie den Herd an und öffnete den Kühlschrank. Sie nahm den Salat heraus und begann aus der Schüssel zu essen. Kaum hatte sich ihr Magen einigermaßen beruhigt, kreisten ihre Gedanken wieder um den Fall. Sie sah die Leichen der beiden getöteten Frauen vor sich. Wer war zu solch einer Tat fähig? Ruland? Merzer? Maline ging das Gespräch mit Hanna nicht aus dem Kopf. Sie seufzte und ging durch den dunklen Flur ins Schlafzimmer.

»Yadet. Bist du noch wach?«

Keine Antwort. Maline nahm sich frische Wäsche aus dem Schrank und streifte sie über. Dann küsste sie Yadet auf die Stirn und ging in die Küche zurück. Das Hähnchen brutzelte im Ofen. Maline griff sich zwei Topflappen, nahm es heraus und riss ein Bein ab. Sie schloss die Augen und genoss den leichten Chili-Koriander-Geschmack. Es schmeckte köstlich. Erst jetzt fiel ihr auf, dass sie im Stehen aß. Sie nahm die Auflaufform, stellte sie auf einen Untersetzer und setzte sich an den Tisch. Nachdem sie auch den zweiten Schenkel und einen Teil des Brustfleischs gegessen hatte, wurde sie müde.

Als sie endlich im Bett lag, konnte sie nicht einschlafen. Immer wieder sah sie die Köpfe der getöteten Frauen vor sich. Es dauerte lange, bis sie in einen unruhigen Schlaf fiel. Sie träumte von Paul Merzer. Er verfolgte sie mit eingegipstem Bein durch die engen Flure des Polizeipräsidiums. Dabei schwang er eine riesige Axt und grinste wie Jack Nicholson in »Shining«.

VIERTER TAG

Merowingerstraße

Draußen brach die Morgendämmerung an. Wie auf ein geheimes Zeichen begannen die Vögel zu singen. Maline streckte sich und rieb sich die Augen. An Schlaf war nicht mehr zu denken. Sie stand leise auf, um Yadet nicht zu wecken, ging in die Küche, stellte die Essensreste vom Vorabend in den Kühlschrank und kochte einen extra starken Kaffee. Sie gähnte und dachte an Roland. Seitdem er ihre Rechercheergebnisse als seine verkauft hatte, ging er ihr aus dem Weg. Sie wusste, dass sie ihn zur Rede stellen musste, andernfalls würde er sie niemals ernst nehmen.

Der Versuch, mit Yadet über ihre Probleme zu sprechen, war gescheitert. Yadets Interesse an Malines Arbeit hielt sich in Grenzen. Maline konnte es ihr nicht übel nehmen. Mord und Totschlag waren nichts für jeden. Maline spürte ein flaues Gefühl in der Magengegend. Ihre Mutter war kurz nach ihrer Geburt gestorben. Der Vater war vor einem Jahr an Parkinson erkrankt und lebte in einem Pflegeheim. Maline besuchte ihn jeden zweiten Sonntag im Monat. Die restliche Familie lebte verstreut in der ganzen Bundesrepublik; zu ihnen hatte sie kaum Kontakt. Nur ihr Onkel Klemens meldete sich ab und zu, auch um sich über den Zustand seines Bruders zu informieren. Aber zurzeit befand er sich auf einer Kreuzfahrt im Nordmeer, was Maline bedauerte, denn sie sehnte sich nach einem Gespräch mit ihm.

Maline goss sich Kaffee ein, nahm die Thermoskanne und verschwand in ihrem Arbeitszimmer. Ihre Gedanken kreisten wieder um das Gespräch mit Hanna und Lou. Dabei dachte sie an die merkwürdigen Namen, die bei den Opfern gefunden worden waren. Sie schaltete ihren Laptop ein und drehte an ihrem Piercing. Über eine Stunde saß sie da und surfte auf unterschiedlichen Webseiten. Dann, als sie den Computer schon ausschalten wollte, entdeckte sie etwas. Sie starrte auf den Bildschirm und konnte nicht fassen, was sie dort las.

Brabanter Straße

Daniel schreckte aus dem Schlaf hoch, als ihn eine Hand an der nackten Schulter berührte.

»Psst, Daniel, ich bin es.« Jean lächelte und hielt ihm einen Kaffeebecher entgegen.

Daniel war noch völlig benommen, nahm den Kaffee und trank einen Schluck. Dabei ließ er Jean nicht aus den Augen. »Was machst du in meinem Schlafzimmer?«

»Gestern Abend war ein Typ hier. Der hat nach dir gefragt.«

Daniel stopfte sein Kissen gegen die Rückwand und lehnte sich dagegen. Jean setzte sich auf sein Bett und beugte sich zu ihm.

»Ich war gerade in deiner Wohnung und hab Mineralwasser in den Kühlschrank geräumt. Da hat er an der Tür geklingelt.«

»Was hat er gesagt?«

»Nicht viel. Er hat mich vor dir gewarnt und gesagt, dass du in irgendeinen Scheiß verwickelt bist. Ich soll dir ausrichten, dass du seit zwei Tagen überfällig bist und er jeden deiner Schritte beobachtet. Brauchst du Hilfe? Kann ich etwas für dich tun?«

Daniel stand so abrupt auf, dass er Kaffee auf seinen Bettbezug verschüttete. Tonys Geldeintreiber hatten also schon vor seiner Wohnungstür gestanden. Mist, ihm fehlten noch hundert Euro. Vielleicht musste er sie doch von den Burgers borgen. Aber immer mit der Ruhe. Daniel ging in die Küche, Jean folgte ihm. Hier war es unerwartet kühl. Vor den Fenstern baumelten Jalousien.

Daniel traute seinen Augen nicht. »Woher hast du die? Ich hab mir die Hacken nach solchen Dingern abgerannt.«

»Ich bin eben ein Organisationsgenie.«

Daniel setzte sich. »Wie hat der Typ denn ausgesehen? War er klein, dunkle Stehhaare mit einem Gesicht wie ein Pitbull?«

»Nein, er war sehr groß, blond und kräftig gebaut.« Jean zuckte mit den Schultern. »Ich würde mich jedenfalls von ihm fernhalten. Er sah nicht gerade vertrauenerweckend aus.«

»Ach, das war bestimmt einer von Tonys Lakaien, der das Geld eintreiben soll. Ich erledige die Sache heute.« Daniels Handy klingelte. Er nahm das Gespräch an.

»Spreche ich mit Daniel Falkner?« Die Stimme klang energisch.

»Ja. Wer ist da?«

»Polizeiinspektion West. Scharrenbroich am Apparat. Haben Sie einen Augenblick Zeit?«

»Wieso? Was ist los?«

»Es geht um das Grab Ihrer Mutter. Es ist vergangene Nacht geöffnet worden. Ich möchte Sie bitten, zur Wache zu kommen.«

»Ich verstehe nicht. Was soll das bedeuten?«

»Der Sarg Ihrer Mutter wurde von Unbekannten geöffnet und die Leiche entnommen. Bisher haben wir keinen Hinweis auf die Täter.«

Daniel ließ das Handy fallen.

Merowingerstraße

Maline hatte von Ben Lous private Telefonnummer bekommen. Ihr war nicht ganz wohl dabei, sie um kurz nach sechs Uhr morgens anzurufen. Ihre Hände zitterten noch immer, die Entdeckung im Internet schockte sie nachhaltig. Zu ihrer Überraschung meldete sich Lou bereits nach dem zweiten Klingeln. Sie klang ausgeschlafen.

»Hier ist Maline. Sorry wegen der frühen Störung, aber du hörst dich ja schon echt wach an.«

»Ich konnte nicht schlafen. Deshalb bin ich um fünf aufgestanden, trinke Tee, wollte gleich joggen gehen und vor der Arbeit noch auf den Markt am Wilhelmplatz. Also, was gibt's?«

»Ich hab etwas entdeckt, was Hannas Ausführungen untermauert.«

»Was denn?«

Maline holte tief Luft. »Ich glaube, ich weiß, was das mit den Namen soll.«

»Die Namen, die wir bei den Opfern gefunden haben?«

»Ja. Vielleicht ist an Hannas Hexentheorie mehr dran, als uns lieb ist. Kannst du kommen?«

»Zu dir? Warum treffen wir uns nicht im Präsidium?«

»Gestern gab es wieder Probleme mit dem Internet. Ben meint, dass der Zugang erst ab heute Mittag wieder uneingeschränkt möglich ist. Er ist schon zu mir unterwegs. Aber wenn du willst, können wir auch zu dir kommen. Du hast doch einen Internetanschluss, oder?«

»Klar, aber er ist im Zimmer meiner Tochter. Ich komme lieber zu dir.«

Maline gab ihre Adresse durch, setzte neuen Kaffee auf, verschwand kurz im Bad und zog sich eine Jogginghose über. Als sie gerade ein Shirt überstreifte, klingelte es an der Haustür. Sie rannte noch einmal durch die Wohnung und sammelte Yadets Wäsche ein, die überall herumlag. Weil ihr wenig Zeit blieb und die Küche näher war als die Wäschebox im Bad, warf Maline die Sachen in die Spülmaschine. Einige Sekunden später erschien Ben auf der Treppe.

»Bist du geflogen?« Maline ging in die Küche vor.

Ben folgte ihr. »Ist doch nichts los auf der A 4 um die Zeit. Hast du Lou ans Telefon bekommen?«

»Ja. Stell dir vor, die Frau war hellwach und wollte gerade joggen gehen.«

Ben unterdrückte ein Gähnen. »Manchmal macht Lou mir Angst.«

Maline nahm eine Tasse vom Sideboard. »Willst du einen Kaffee?«

»Klar. Wie ist es gestern mit Frau Stein und ihrem anonymen Brief gelaufen? Konntest du sie beruhigen?«

»Ich fürchte, nicht.«

»Wieso?«

»Ach, unwichtig.«

Ben gähnte. »Was meinst du, werden noch mehr Briefe auftauchen?«

»Ich glaube, das war erst der Anfang«, sagte Maline. »Wie geht es deiner Frau? Hat sie ihren Trip von gestern verdaut?«

Ben setzte sich auf einen Hocker am Küchentresen. »Ja, danke, dass du dich um sie gekümmert hast.«

»Hab ich nicht. Roland hat sie zur Bahn gebracht.«

»Da hat der endlich mal was Sinnvolles getan.« Ben sah sich um. »Wohnst du schon lange hier?«

»Fast ein Jahr.«

»Wir? Du und dein Freund?«

»Yadet und ich. Sie ist meine Freundin.«

Ben pfiff durch die Zähne. »Yadet? Klingt nett.«

Maline reichte ihm eine Tasse, Milch und Zucker.

»Schläft sie noch?« Ben rührte Zucker in seinen Kaffee.

»Ich hoffe es.«

Im gleichen Moment klingelte es zweimal hintereinander.

Ben lachte. »Jetzt nicht mehr.«

Maline öffnete Lou die Tür, führte sie in die Küche und reichte ihr einen Becher Kaffee.

Lou gab Maline eine große Brötchentüte und setzte sich an den Küchentisch. »Hier, ich war noch schnell bei Hanna und hab uns warme Käsestangen geholt. Habt ihr heute schon Radio gehört?«

Ben und Maline schüttelten die Köpfe.

Lou nippte an ihrem Kaffee und goss anschließend Milch nach. »Es sind weitere Briefe aufgetaucht. Eine Frau ist damit zum Sender gegangen und hat behauptet, dass wir sie nicht ernst nehmen. Ich habe eben mit Tom telefoniert. Bei der Kriminalwache sind heute Nacht über fünfzig Anrufe eingegangen. Fünfzig! Meist waren es Frauen, die behaupteten, dass der Schwertmörder auf ihrem Balkon steht oder gerade dabei ist, bei ihnen einzubrechen. Ihr könnt euch nicht vorstellen, was auf der Leitstelle los ist.« Sie nahm sich eine Käsestange und biss hinein. »Also, was gibt's? Warum bestellst du uns um sechs Uhr morgens in deine Wohnung?«

Maline wollte antworten, doch in dem Augenblick erschien Yadet. Sie trug ein knielanges T-Shirt, lehnte sich in den Türrahmen und fuhr sich durch ihre langen pechschwarzen Haare. Verschlafen sah sie vom einen zum anderen. »Was ist denn hier los? Warum klingelt es andauernd an der Tür?«

»Meine Kollegen sind vorbeigekommen«, sagte Maline. »Ich muss ihnen etwas im Internet zeigen. Aber geh ruhig wieder ins Bett. Du kannst noch zwei Stunden schlafen.«

Yadet nickte und verschwand im Flur.

Ben stand auf. »Können wir jetzt endlich zur Sache kommen? Was hast du entdeckt?«

»Ja, ich denke auch, wir sollten loslegen.« Lou ging mit ihrer Tasse zur Spülmaschine und wollte sie öffnen. Aber Maline kam ihr zuvor, nahm ihr den Kaffeebecher aus der Hand und stellte ihn in die Spüle. »Die Maschine ist voll«, sagte sie schnell. »Wir gehen am besten ins Arbeitszimmer.«

Sie nahm die restlichen Käsestangen und ging durch den Flur vor. Die Wände ihres Arbeitszimmers waren orange gestrichen, vollgepackte Bücherregale standen an den Wänden, ein überdimensionaler Schreibtisch thronte im Erker vor dem Fenster. Maline schob zwei weitere Stühle heran und setzte sich vor den Computer.

»Ich bin drauf gekommen, weil Hanna erwähnte, dass Hexen früher mit dem Schwert hingerichtet wurden.«

»Hanna?« Ben sah seine Kolleginnen fragend an.

Lou unterrichtete ihn über den Inhalt des Gesprächs.

»Die getöteten Frauen waren, wie wir bereits ermittelt haben, nicht vorbestraft«, fuhr Maline anschließend fort. »Hochgestellte Persönlichkeiten waren sie auch nicht. Bleiben nur die Hexen.«

Ben lachte. »Du willst uns doch wohl nicht allen Ernstes erzählen, dass die beiden Opfer Hexen waren?«

Maline ließ sich nicht beirren. »Ich habe das Stichwort ›Hexen in Köln‹ eingegeben. Natürlich gab es Treffer ohne Ende. Aber nach einiger Sucherei bin ich auf einen Artikel gestoßen, der am 8. März im Kölner Stadt-Anzeiger veröffentlicht wurde. Dort ging es um den dreihundertfünfzigsten Todestag eines Mädchens, das laut Turmunterlagen in Köln hingerichtet worden ist. Angeblich war sie eine Hexe. Ihr Name war Entgen Lenartz.«

Ben nahm seine Brille von der Nase und begann sie mit einem Taschentuch zu putzen. »Und? Ich fürchte, ich verstehe nicht.«

»In diesem Artikel steht, dass Entgen zehn Jahre alt war, als sie wegen Hexerei angeklagt wurde. Ihr Vater war zwei Jahre zuvor erschossen worden. Ihre Mutter heiratete einen anderen Mann, zog fort und überließ das Kind der Straße. Entgen hielt sich mit Betteln über Wasser. Als sie eines Tages verhaftet wurde, bezichtigte sie sich selbst der Hexerei und denunzierte auch noch zwei Erwachsene.«

Lou saß ganz still, während Ben auf seinem Stuhl hin und her rutschte.

»Weil das Mädchen angab, am Hexensabbat teilgenommen zu haben und sich wiederholt zur Hexerei bekannte, wurde sie zum Tode durch das Schwert verurteilt«, fuhr Maline fort. »Da sie aber erst zehn Jahre alt war und nach dem Gesetz bei Vollstreckung des Urteils volljährig sein musste, wurde sie zwei Jahre im Gefängnisturm eingesperrt. Offensichtlich galt man früher mit dem Erreichen des zwölften Lebensjahres als volljährig. Das ist aber auch unwichtig. Am 18. Februar 1655 wurde dieses Kind dann enthauptet und verbrannt.«

Lou legte die Käsestange zurück auf den Teller. Ihr war offensichtlich der Appetit vergangen.

»Eine schreckliche Geschichte«, sagte Ben. »Aber könntest du zum Punkt kommen? Wo ist der Zusammenhang zu unseren Morden?«

»Die Journalistin Edda Lingström, die diesen Artikel geschrieben hat, nimmt Entgens Todestag zum Anlass und fragt nach Wiedergutmachung und wie es um das Gedenken der Opfer steht«, sagte Maline.

»Um das Gedenken der Hexen?«

»Ja.«

»Gut«, sagte Ben, »das ist sicherlich eine Frage, um die sich jemand Gedanken machen muss, aber –«

»In Schottland, genauer gesagt in Prestonpan«, fiel Maline ihm ins Wort, »östlich von Edinburgh, hat es vergangenes Jahr eine Feier für die ermordeten Frauen und Männer gegeben, die als Hexen und Hexer verurteilt und getötet worden sind. Nachfahren der Hingerichteten wurden im Namen der Kirche zu einer Zeremonie geladen, die dem Gedenken der Opfer galt. Der Pfarrer bezeichnete die Feier als symbolische Wiedergutmachung für all diejenigen, die hysterischer Ignoranz und Paranoia zum Opfer fielen.«

»Die Nachfahren waren geladen?« Lou klang skeptisch.

»Es gibt Namen, Verhörprotokolle. In England und in Deutschland«, fuhr Maline fort.

»Da hat sich aber jemand viel Arbeit gemacht«, meinte Lou.

»Ja, auch in Köln haben die Turmschreiber offensichtlich Buch über die Urteile geführt. Lingström hat einen Auszug aus diesen Protokollen in ihrem Artikel veröffentlicht. Ganz akribisch hat sie Namen, Alter, Beruf und Familienstand der Verurteilten aufgelistet. Auch die Anschuldigungen und das Strafmaß sind vermerkt. Diese Liste wurde schon einmal vom Kölner Frauengeschichtsverein zusammengetragen. Lingström hat sie sozusagen abgeschrieben. Und jetzt kommt es. Die Namen Stina Dürrenaels und Tringin Breisig stehen auf der Liste.«

Maline wählte sich ins Internet ein und öffnete die Seite mit Lingströms Artikel. Lou und Ben starrten gebannt auf den Bildschirm.

»Hier. Stina Dürrenaels. Alter, Beruf und Familienstand ohne Angaben. Anschuldigung: Schadenszauber. Stina Dürrenaels wurde nicht zum Tode verurteilt. Sie erhielt einen Stadtverweis. Ich bin mir nicht sicher, was das bedeutet. Es heißt aber auf jeden Fall, dass sie nicht hingerichtet wurde. Genauso wenig wie Tringin Breisig. Hier, seht ihr?«

Maline unterlegte die Beschreibung zu Tringin Breisig. »Die Anschuldigungen gegen Tringin Breisig lauteten Schadenszauber, Teufelspakt, Teufelsbuhlschaft und Teilnahme am Hexensabbat. Eine ganz schöne Latte an Beschuldigungen. Trotzdem wurde sie nicht getötet. Sie erhielt wie Stina Dürrenaels einen Stadtverweis.«

Ben saß mit offenem Mund da. Man sah ihm förmlich an, dass sein Gehirn arbeitete. »Das ist ja Wahnsinn«, sagte er schließlich und betonte jedes einzelne Wort.

»Ja.« Maline hatte einen hochroten Kopf. »Und hier ist die Liste. Namen von Männern und Frauen, die hingerichtet wurden. Jenne Halfen, Johann im Bonnerhofe, Anniken van Hout. Dazwischen tauchen immer wieder Namen von Personen auf, die ein milderes Strafmaß erhalten haben, nämlich den Stadtverweis.«

Ben lehnte sich zurück. »Wie viele?«

»Vier Frauen, ein Mann, ein Mädchen und ein Junge.«

»Also auch Kinder?«

»Ja.«

Sie saßen einen Augenblick schweigend da.

»Der Mörder muss den Artikel gelesen haben«, sagte Lou schließlich. »Wann wurde er noch mal veröffentlicht?«

Maline sah auf den Text im Internet. »Am 8. März.«

»Okay. Wenn es so war, warum stiehlt er die Schwerter erst am 1. April und beginnt Mitte Mai mit dem Morden?« Lou war aufgestanden und sah aus dem Fenster. »Vielleicht hat Hanna doch recht. Es wären zu viele Zufälle. Die Namen, die Liste, das Schwert, das zum Töten von sogenannten Hexen verwendet wurde.« Lou drehte sich um. »Es passt alles zusammen und trotzdem: Ein Artikel in der Zeitung bringt keinen Menschen dazu, zu töten. Es müssen andere Faktoren dazukommen. Stress, Verlust, neue Informationen, Fakten, die eine Situation verändern, Angst oder Erniedrigung. Der Bericht in der Zeitung war bestenfalls eine Information, vielleicht ein Zeichen. Irgendetwas ist passiert. Etwas, was unseren Mörder in Gang gesetzt hat.«

Ben lachte. »Ja. Aber Hexen werden die getöteten Frauen ja wohl nicht gewesen sein.«

»Für ihn vielleicht schon«, sagte Maline. »Vielleicht ist dem Täter das Thema Hexenverfolgung grundsätzlich vertraut. Vielleicht suchen wir nach einem Historiker.«

Ben schüttelte den Kopf. »Meiner Meinung nach sollten wir uns mehr auf den Henker konzentrieren. Immerhin unterschreibt er seine Briefe mit Meister Hans.«

»Diese Tatsache allein setzt schon Wissen voraus«, sagte Maline. »In dem Text der Lingström steht nämlich nichts von Meister Hans.«

Ben stand auf. Er wirkte auf einmal sehr aufgeregt. »Vielleicht müssen wir nach einem ehemaligen Richter suchen. Oder nach einem Studenten, der das Jurastudium nicht geschafft hat.«

»Gut«, entgegnete Maline. »Aber warum tötet er? Und warum hat er sich gerade Ranja Liebmann und Ann-Marie Hilgert ausgesucht.« Sie fuhr sich durch ihre strubbeligen Haare. »Vielleicht sind sie Hinterbliebene. Nachfahren von Hexen.«

»Oder diese Frauen waren Hexen«, sagte Lou. »Ich meine natürlich moderne Hexen, Frauen, die sich mit alten Bräuchen auskennen und verloren gegangenes Wissen zusammentragen.«

Ben setzte sich wieder. »Ging es bei der ganzen Hexenverfolgung nicht darum, wissende Frauen auszuschalten?«

»Nicht unbedingt«, sagte Lou. »Das hat man früher angenommen, aber neueste Untersuchungen belegen das Gegenteil. Natürlich waren auch gebildete Frauen unter den Opfern. In Köln sahen sich zum Beispiel Hebammen häufig mit Vorwürfen konfrontiert, die in eine Anklage wegen Hexerei münden konnten. Totgeburten, Behinderungen, plötzlicher Kindstod, da konnte viel schiefgehen.

So wie ich Hanna verstanden habe, waren die meisten Opfer der Hexenverfolgung aber arme ungebildete Frauen.«

»So wie Entgen Lenartz«, sagte Maline.

»Ja.«

»Ranja Liebmann könnte man vielleicht als moderne Hexe bezeichnen«, sagte Ben, »sie war Heilpraktikerin. Aber bei Frau Hilgert befinden wir uns in einer Sackgasse.«

Lou strich sich eine widerspenstige Strähne aus dem Gesicht. »Vielleicht gibt es einen noch verborgenen Zusammenhang zwischen den beiden Frauen. Bisher sind die ähnlichen Bücher in den Wohnungen der Opfer die einzige sichtbare Gemeinsamkeit.« Sie fächerte sich mit einer Zeitschrift Luft zu. Die Sonne schien nun direkt durchs Fenster. »Jedenfalls sind weitere Menschen in Gefahr. Mindestens drei Erwachsene und zwei Kinder, um genau zu sein.«

Neusser Straße

Hanna verteilte duftende Brötchen auf verschiedene Körbe. »Haben euch die Käsestangen geschmeckt?«

»Geht so.« Lou ließ sich auf einen Hocker fallen und goss sich ein Glas Mineralwasser ein.

Hanna sah sie fragend an. »Was ist los?«

Lou hob abwehrend die Hände. »Ben kommt auch gleich, er sucht noch einen Parkplatz, dann sag ich dir, was los ist.«

Hanna trug eine schwarz-weiß karierte Bäckerhose, ein weißes T-Shirt und ein rotes Kopftuch; an ihren Unterarmen klebten Teigreste, an ihren Wangen haftete feiner Mehlstaub. Als Ben die Backstube betrat, begrüßte Hanna ihn flüchtig und setzte sich zu ihnen.

Lou kam sofort zur Sache. »Vielleicht habe ich dich gestern doch zu früh abgewürgt.«

»Ach ja, wieso?«

»Weil unsere Kollegin einen Artikel im Internet entdeckt hat, in dem es um ein Kind geht, das vor 350 Jahren hier in Köln hingerichtet wurde.«

»Entgen Lenartz«, sagte Hanna. »Ja. Eine schreckliche Geschichte. Sie wurde von ihrer Mutter und ihrem Stiefvater verlassen und wahrscheinlich von dem Mann missbraucht, bei dem sie zeitweise lebte. In ihrer Not bezichtigte sie sich selbst der Hexerei. Sie behauptete, dass sie auf dem Blocksberg getanzt und sich dem Teufel verschrieben habe. Sie gestand auch noch weitere unsinnige Taten, denunzierte andere Menschen und wurde dann eingekerkert. So verbrachte das arme Kind Jahre bei Wasser und Brot im Frankenturm. Eine furchteinflößende Umgebung. Der Tod muss nach dieser Zeit eine Erlösung für sie gewesen sein.«

»Wie konnten die Menschen damals nur so herzlos sein?«, fragte Ben.

»So waren die Gesetze«, entgegnete Lou. »Aber heute wird an manchen Orten genauso verfahren. Ich möchte nicht wissen, wie viele Kinder in irgendwelchen stinkenden Löchern sitzen und auf ihre fragwürdige Strafe warten.«

»Jedenfalls wurde Entgen am 18. Februar 1655 auf einen Karren geworfen und durch das Hahnentor zur Stadt hinaus zum Rabenstein gefahren«, sagte Hanna. »Dort wurde sie umgebracht.«

»Ja, und zu ihrem Todestag ist dieses Jahr ein Artikel erschienen«, sagte Lou.

Hanna goss Ben Mineralwasser nach. »Stimmt, der Artikel von der Lingström. Und?«

Lou beugte sich vor. »In diesem Artikel wurden Namen von Verurteilten abgedruckt.«

»Ja, das ist möglich. Die Turmschreiber waren sehr genau, solche Fakten sind tatsächlich überliefert.«

»Sie haben der Liste auch andere Einzelheiten hinzugefügt wie Alter, Beruf, Familienstand, Beschuldigung und Strafmaß.«

»Kann sein«, sagte Hanna. »Aber ich verstehe nicht ganz ...«

»Wir haben Zettel mit Namen bei den Opfern gefunden.«

»Wirklich? Was für Namen?«

»Tringin Breisig und Stina Dürrenaels. Sie stehen auf Lingströms Liste.«

Zwischen Hannas Augen wurde eine Falte sichtbar.

»Und die beiden Namen haben in Lingströms Liste eine Gemeinsamkeit«, sagte Lou. »Sie sind beim Strafmaß mit dem Vermerk Stadtverweis versehen. Was kann das bedeuten?«

»Stadtverweis? Aus heutiger Sicht scheint diese Strafe mild, aber damals konnte der Stadtverweis auch den Tod bedeuten. Die Verurteilten wurden aus der Stadt verjagt und durften nicht mehr zurückkommen. Die Stadtmauern boten früher Schutz; außerhalb der Mauern drohten viele Gefahren. Die Verurteilten waren völlig auf sich gestellt. Ihnen blieben oft nur die Kleider, die sie am Leib trugen, und meist waren sie von den Verhören und der Folter geschwächt. Nun erwarteten sie Hunger, Kälte, Moore, Wälder, Übergriffe, Raub und Mord.«

»Waren diese Verurteilten unschuldig, oder warum wurden sie nicht wie die anderen hingerichtet?«, fragte Lou.

»Ihnen wurde meist Schadenszauber, Zauberei allgemein, Teilnahme am Hexentanz auf dem Neumarkt und Teufelsbuhlschaft vorgeworfen. Schwerwiegende Anschuldigungen, aber wenn sie ihnen nicht nachgewiesen werden konnten, wurde in solchen Fällen manchmal das Urteil Stadtverweis verkündet. Das geschah allerdings selten.«

Irgendwo klingelte eine Uhr. Hanna stand auf, sah in einen Ofen und stellte die Uhr neu ein. »Wollt ihr Bienenstich?«, fragte sie, ohne sich umzudrehen. »Ich habe ganz frischen vom Blech.«

»Klar«, sagte Ben.

Lou lehnte ab. Ihr war flau im Magen.

Hanna schnitt ein großes Stück ab und brachte es an den Tisch.

»Wenn es so schwierig war, außerhalb der Stadt zu überleben, haben dann manche vielleicht versucht, wieder in die Stadt zu gelangen«, sagte Lou.

»Ja.« Hanna nickte. »Aber es war schwer, unerkannt in einer Stadt wie Köln zu leben. Köln war mit vierzigtausend Menschen eine der größten Städte nördlich der Alpen, und das Gedrängel in den Gassen war dicht und das Gerede groß. Schon deshalb war es schwer, nicht aufzufallen. Außerdem hieß Stadtverweis ja auch nicht, dass die Betroffene unschuldig war. Sie konnte nur nicht überführt werden. Die Bürger Kölns achteten schon darauf, dass sich unter ihnen keine verurteilte Hexe befand.«

»Das könnte das Motiv sein«, sagte Ben kauend. »Der Täter glaubt aus irgendeinem Grund, dass seine Opfer diese Frauen sind. Hexen, die unter uns ehrbaren Bürgern leben. Und deshalb richtet er sie hin.«

Sie schwiegen einen Moment.

»Unser Mörder schlägt den Opfern die Köpfe ab und legt sie dann irgendwo ab, damit wir sie finden«, sagte Lou schließlich. »Wenn alles eine Bedeutung hat, dann sind die Fundorte der Köpfe vielleicht auch nicht zufällig gewählt.« Lou erzählte Hanna von den Auffindorten.

»Melaten ist mit zwei Ereignissen verknüpft«, sagte Hanna. »Zum einen war es ein Ort, an den die Leprakranken aus der Stadt abgeschoben wurden. Dort stand das sogenannte Siechhaus. Es war den Kranken nicht erlaubt, sich der Stadt zu nähern, und wenn sie es doch taten, mussten sie eine Klapper bei sich tragen, damit man sie von Weitem hören konnte.«

»Schreckliche Vorstellung«, sagte Ben. »In Lumpen gehüllte Gestalten, die von ihren Familien verstoßen waren und um Almosen betteln mussten. Solche Szenen kenne ich nur aus Ben Hur.«

Lou goss Mineralwasser nach. »Und die zweite Bedeutung?«

»Bei Melaten lag der Rabenstein, das war eine bekannte Hinrichtungsstätte. Später wurde dort ein Rondell angelegt, damit das Volk die Enthauptungen besser beobachten konnte. Vermutlich befand sich dieser Richtplatz auf dem Gelände des heutigen Melatenfriedhofs.«

Lou und Ben starrten Hanna an.

»Bei St. Andreas verhält es sich ein wenig anders«, sagte Hanna. »Hier haben keine Hinrichtungen stattgefunden, aber der Dominikanerorden unterhielt hier früher ein Kloster.«

»Ich weiß«, sagte Lou. »Noch heute leben dort Ordensbrüder. Und?«

»Die Dominikaner waren früher in erster Linie ein Predigerorden, aus dem berühmte Inquisitoren hervorgingen. Vielleicht ist das der Fingerzeig des Mörders. Jacob Sprenger hat dort gelebt. Es wurde lange angenommen, dass er der Mitverfasser des »Hexenhammers« war. Neuste Erkenntnisse widerlegen das zwar, aber vielleicht ist dem Mörder diese Tatsache nicht bekannt.«

»Oder sie ist ihm egal.« Lou stand auf und stellte sich vor einen Ventilator. »Mein Gott. Wahrscheinlich sind wir dem Motiv näher, als wir denken.«

»Vielleicht ist es unwichtig, aber der Täter rasiert seinen Opfern die Schambehaarung ab«, sagte Ben zu Hanna. »Können Sie sich das erklären?«

»Die Haare wurden zurzeit der Hexenverfolgung entfernt, um ein verstecktes Hexenmal freizulegen. Jede Warze und jedes Muttermal konnte damals dein Todesurteil besiegeln. Das sogenannte Hexenmal galt als eine Markierung des Teufels, das diejenigen trugen, die mit ihm im Bunde waren.«

Ben schüttelte den Kopf. »Aber jeder Mensch hat doch Muttermale oder Leberflecken.«

»Natürlich. Deshalb gab es die sogenannten Hexensucher. Sie konnten angeblich harmlose von bösen Malen unterscheiden. Wenn zum Beispiel ein Muttermal nicht blutete, obwohl es mit einer langen Nadel gestochen wurde, musste dies übernatürliche Ursachen haben. Um auch versteckte Male zu finden, wurden den Beschuldigten die Schamhaare abgeschabt oder abgesengt. Auch weil in den Haaren die Kraft des Teufels vermutet wurde. Die Haare wurden sogar extra verbrannt. Übrigens, diese Hitze, die wir im Augenblick haben, kann der Täter zwar nicht beeinflussen, aber damals waren solche Wetterphänomene nicht selten Auslöser für Denunziantentum und Verurteilungen.«

»Wirklich?« Ben knöpfte sein Hemd weiter auf. Die Hitze in der Backstube war unerträglich.

»Ja. Solche extremen Wetterlagen verursachten in der Regel Katastrophen. Wenn die Ernten verdorrten oder Ungeziefer die Feldfrüchte vernichtete, war die Versorgung im folgenden Winter gefährdet. Deshalb galt solches Wetter als Teufelswerk und wurde den Hexen in die Schuhe geschoben. Früher wären bei dieser anhaltenden Dürre einige Menschen auf dem Scheiterhaufen oder Richtplatz gelandet.«

»Aber das kann doch unmöglich der Auslöser für die Serie sein«, sagte Ben.

»Aberglaube war damals tief in den Köpfen verankert«, sagte Hanna. »Das war ein guter Nährboden für Schuld und Sühne. Verurteilungen und Strafen sollten Ordnung herstellen. Der Henker sah sich demnach im Auftrag einer gerechten Sache.«

Polizeipräsidium

Lou berichtete Tom von Malines Entdeckung im Internet und von ihren Gesprächen mit Hanna.

»Ich sage es nur ungern, aber es stehen auch Männernamen auf der Liste. Das erweitert den Opferkreis enorm«, beendete sie ihren Bericht.

Tom wirkte unbeeindruckt. »Merzer hat schon mal gesessen«, sagte er, ohne auf ihre Ausführungen einzugehen. »Er hat versucht, seinen Vater umzubringen. Und jetzt rate mal, mit welcher Waffe.«

»Schwert?«, fragte Lou lakonisch.

»Mit einer Axt.«

»Ich habe nie bestritten, dass er eine gewisse kriminelle Energie besitzt.«

»Und seitdem er im Knast ist, haben wir Ruhe, oder nicht?«, fragte Tom.

»Merzer und Ruland stehen auf einem anderen Blatt. Im Augenblick interessiere ich mich mehr für die Verbindung zwischen den beiden Opfern.«

»Ich mich auch, denn wenn wir die knacken, haben wir womöglich das Motiv«, sagte Tom.

»So ist es.« Lou sah von ihren Notizen auf. »Vielleicht ist der Mörder in Sachen Selbstjustiz unterwegs.«

»Aus meiner Sicht macht das die Hexentheorie nicht wahrscheinlicher.«

Obwohl Toms Skepsis deutlich zu spüren war, berichtete Lou ihm von Hannas Interpretationen einiger Details.

»Das Entfernen der Schambehaarung ist demnach also Teil eines Rituals?«, fragte Tom.

»Ja.«

Er stand auf und ließ die Jalousien vor dem Fenster herunter. Dabei räusperte er sich hörbar. »Glaubst du nicht, dass deine Freundin die ganze Sache nur in eine Richtung interpretiert, weil sie eben in eine bestimmte Richtung denkt?«

»Hab ich auch zuerst gedacht«, sagte Lou. »Mittlerweile sprechen die Fakten aber eine eindeutige Sprache.«

»Nicht für mich. Ich mache mir mehr Gedanken um die Briefe, die in der Stadt auftauchen. Zwölf waren es heute Morgen. Die Adressaten sind ausnahmslos Heilpraktikerinnen und Hebammen. Irgend so ein Idiot macht ganz Köln verrückt. Die Anrufe der besorgten Frauen blockieren sämtliche Leitungen. Und das Schlimme ist, wir müssen jedem einzelnen Hinweis nachgehen, es könnte ja was dran sein.«

»Nicht wenn Merzer oder Ruland die Täter sind«, sagte Lou und lächelte.

»Witzig. Leider bin ich im Augenblick nicht zum Scherzen aufgelegt.«

Lou stand auf. »Kann ich dir nicht verdenken. Aber lass mir die Möglichkeit, in alle Richtungen zu ermitteln, in Ordnung?«

Toms Telefon klingelte.

»Die Hilgerts kommen gleich«, sagte Lou schnell, bevor er den Hörer abnahm. »Willst du dabei sein?«

Tom verneinte, und Lou verließ sein Büro mit gemischten Gefühlen.

Leni Hilgert sah Lou aus großen verständnislosen Augen an. »Hexen? Wie um alles in der Welt kommen Sie denn darauf? Ich glaube, ich verstehe nicht, worauf Sie hinauswollen.«

»Können Sie uns sagen, ob Ihre Tochter sich in irgendeiner Weise mit dem Thema Hexen beschäftigte? Es könnte ein Hinweis auf das Motiv sein.«

Lou drückte sich in Gegenwart von Leni Hilgert vorsichtig aus, obwohl sie kaum noch bezweifelte, dass sich der Mörder als Scharfrichter fühlte und historisch belegte Stadtverweise in die Todesstrafe umwandelte.

Frau Hilgert schüttelte den Kopf. »Für so etwas hat sich Ann-Marie nie interessiert«, sagte sie leise. Ihre Wangen waren eingefallen und ihre Bluse ungebügelt. Sie war allein ins Präsidium gekommen. Ihr Mann lag im Krankenhaus. Herzinfarkt.

Sie sah von Lou zu Maline. Der Ventilator wehte ihre grauen Haare zur Seite.

Lou ahnte, wie das Gesagte in ihren Ohren klingen musste. »Es ist für Sie mit Sicherheit schwer«, sagte sie deshalb. »Aber wie Sie wissen, wurde noch eine Frau getötet. Wir überlegen nun, wo die Verbindung zwischen ihr und Ann-Marie liegen könnte.«

Lou legte ihr ein Foto von Ranja Liebmann vor. »Sehen Sie sich das Bild an. Kennen Sie diese Frau?«

Frau Hilgert nahm das Foto vorsichtig in die Hände. »Nein. Ich kenne sie nicht.« Sie begann zu weinen.

Lou nahm das Foto von Ranja Liebmann wieder an sich. »Wie war Ann-Marie? Wofür hat sie sich interessiert?«

Frau Hilgert wischte sich die Tränen fort. »Sie hat uns von Anfang an viel Freude gemacht. In der Schule gab es keine Probleme. Sie war fleißig, schrieb nur gute Noten, und sie spielte Cello. Habe ich Ihnen das schon erzählt? Sie war wirklich gut. Leider hat sie später damit aufgehört.«

»Und dann? In der Pubertät? Gab es da Probleme?«

»Ich gebe zu, dass es Zeiten gab, in denen wir uns nicht verstanden haben. Als sie siebzehn war, ist sie mit einem Freund abgehauen. Einfach so. Nach einem Konzert kam sie nicht nach Hause. Wir haben uns schreckliche Sorgen gemacht. Als Eltern rechnet man ja immer mit dem Schlimmsten. Wir waren erleichtert, als sie schließlich anrief.«

Leni Hilgert lächelte, aber es wirkte aufgesetzt. Maline wollte etwas sagen, doch Lou schüttelte den Kopf. Maline verstand und schwieg.

»Damals haben wir gedacht, dass wir sie niemals wiedersehen.« Frau Hilgert flüsterte jetzt. »Aber dann, eines Abends, stand sie vor der Tür. Ich erinnere mich genau. Es regnete in Strömen, ihr Sommerkleid klebte an ihrem Körper. Wir waren dankbar. Aber sie wollte nicht reden. Sie ist einfach in ihr Zimmer hochgegangen und hat dann vierundzwanzig Stunden geschlafen. Ich habe immer wieder nach ihr gesehen. Aber sie schlief und schlief.«

»Und?« Lou beugte sich vor. »Hat sie Ihnen erzählt, was passiert ist?«

Leni Hilgert zögerte. »Ich weiß es nicht mehr so genau. Wahrscheinlich hatte sie Liebeskummer. Ihr Freund hatte sie wegen eines anderen Mädchens verlassen. Wir haben der Sache nicht viel Bedeutung beigemessen. Aber Ann-Marie hat lange daran geknabbert.«

»Hat sie Ihnen gesagt, wo sie die Zeit damals verbracht hat?«

»Nicht genau, sie war irgendwo im Bergischen. Ihr Hippiefreund lebte dort.«

»Wissen Sie seinen Namen?«

»Das ist über dreißig Jahre her.«

»Hat Ihnen Ihre Tochter denn sonst irgendetwas erzählt?«, fragte Maline.

»Nein, ich weiß nur noch, dass ihr damaliger Freund Künstler war. Er machte Skulpturen, riesige Figuren aus Schrott. Ann-Marie hat mir einmal Fotos gezeigt. Sie war begeistert, vor allem von den Leuten, die er kannte: Aussteiger, Menschen, die ein anderes Leben führen wollten. Nichts Ungewöhnliches damals, aber für unsere Tochter war es eine faszinierende Welt.« Leni Hilgert putzte sich geräuschvoll die Nase. »Ich muss jetzt zu meinem Mann ins Krankenhaus.«

Lou und Maline standen auf. Lou reichte ihr die Hand und gab Frau Hilgert ihre Karte. »Melden Sie sich zu jeder Tages- und Nachtzeit bei mir, falls Ihnen noch irgendetwas einfallen sollte.«

Ehrenstraße

»Sie müssen sich beruhigen«, sagte Doktor Keppler. »Atmen Sie tief durch und setzen Sie sich.«

Adam dachte nicht daran. Er wollte sich nicht beruhigen und lief im Kreis. Immer um Doktor Kepplers flauschigen Teppich herum. Der Psychiater wirkte angespannt, so jedenfalls interpretierte Adam seine Körperhaltung.

»Erzählen Sie mir doch wenigstens, was los ist«, hörte er Keppler sagen.

Adam wischte sich den Schweiß von der Stirn. Er hätte gerne seine Hemdsärmel hochgekrempelt, aber er wollte nicht, dass Keppler die Schnitte auf seinen Armen sah. »Ich bin stinksauer auf Sie! Ich habe Sie angerufen. Sie haben gesagt, ich kann Sie in dringenden Fällen anrufen!«

Keppler atmete tief durch. »Das stimmt, aber ich war auf einem Kongress und bin erst heute Morgen zurückgekommen. Ich habe noch versucht, Sie zurückzurufen, aber Sie waren wohl schon unterwegs. Was war denn los? Was wühlt Sie denn so auf?«

Adam setzte sich. »Der ganze Scheiß, den Sie mir immer einreden, funktioniert bei mir nicht. Es geht mir nicht besser, wenn ich meine Aggressionen rauslasse! Ich will einfach nur meine Ruhe haben! Ich habe einen meiner Arbeitskollegen blutig geschlagen. Das ist der beste Beweis! Ich hab die Sache nicht im Griff. Ich schlage zu, verletze Leute. Nein, Dr. Keppler, das kann nicht das Ziel sein.«

»Hören Sie«, Kepplers Stimme klang gepresst, »früher haben Sie Ihre Aggressionen gegen sich selbst gerichtet. Nun sind Sie dabei, einen anderen Weg zu gehen. Sie suchen noch nach Ausdrucksformen für Ihre Wut. Sport hilft, treiben Sie jetzt Sport? Sie müssen die Dinge auch umsetzen, die wir hier besprechen. Ich habe manchmal das Gefühl, dass Sie unsere Zusammenarbeit nicht ganz ernst nehmen.«

Adam schwieg.

Keppler fuhr fort. »Sie sind ja nicht ganz freiwillig hier. Die Besuche bei mir sind eine Auflage der Psychiatrie, und es ist wichtig, dass Sie mit mir zusammenarbeiten. Ich bezweifle allerdings bisweilen, ob Sie das wirklich wollen.«

Adam starrte ihn an. »Wie meinen Sie das?«

»Ich frage mich zum Beispiel, ob Sie mir wirklich alles erzählen. Und das ist ein Problem. So kann ich nicht wirklich effektiv mit Ihnen arbeiten. Vor allem weil ich nicht weiß, worum es in diesem Katz-und-Maus-Spiel geht.«

Adam stand auf, ging auf Keppler zu und beugte sich zu ihm hinunter. »Sie haben nicht umsonst studiert.«

Der Psychiater wich zurück. »Setzen Sie sich, Herr Dalcher, bitte. So kann ich nicht mit Ihnen reden.«

Adam stützte sich auf Kepplers Sessellehne. Sein Gesicht war jetzt nur Zentimeter von dem des Psychiaters entfernt. Er konnte seinen Schweiß riechen.

Keppler wich weiter zurück. »Ich dachte bisher, dass Sie das Opfer sind. Adam Dalcher, der von der ganzen Welt verraten und verkauft wurde. Benachteiligt von Geburt an, nicht geliebt, ausgenutzt und zu Unrecht in die Psychiatrie gesperrt. Ich glaube langsam, dass Ihr aggressives Verhalten das wahre Problem ist und die Autoaggression nur vorgeschoben ist. Wie soll denn sonst das Bild, das Sie von sich selbst gezeichnet haben, zu dieser Attacke gegen mich passen?«

»Überhaupt nicht«, sagte Adam, schloss die Augen und versuchte, ruhiger zu atmen. Er musste reden, und was noch wichtiger war, er durfte jetzt keinen Fehler machen. Er bekam die Sache allein nicht in den Griff und war gerade dabei, sich alles kaputtzumachen. Die Angelegenheit war ihm längst über den Kopf gewachsen. Eigentlich war Keppler für solche Sachen da. Er musste zuhören und konnte nicht zur Polizei gehen, wenn er das Vertrauensverhältnis nicht zerstören wollte.

Adam sah seinem Psychiater direkt in die Augen.

»Sprechen Sie mit mir«, sagte Keppler.

»Ich kann nicht!«, schrie Adam und setzte sich wortlos. Er hörte den Psychiater tief durchatmen.

»Werden Sie Meldung machen?«, fragte Adam schließlich.

Keppler knöpfte sich den obersten Knopf seines Hemdes auf. »Reden Sie mit mir«, sagte er eindringlich. »Ich sehe doch, dass Sie sich quälen.«

Polizeipräsidium

»Es ist mir egal, wie absurd die Spur ist«, sagte Lou, als sie ihre Kollegen über die neuen Sachverhalte informiert hatte. Sie musste lauter sprechen, um das allgemeine Stimmengewirr zu übertönen. Tom war beim Polizeipräsidenten und musste anschließend zu einer Pressekonferenz. Deshalb leitete sie diese Besprechung.

»Ich möchte eine Liste über alle Vereine in und um Köln, die sich mit Hexen oder Ähnlichem beschäftigen. Gleichgültig, ob der Kontakt nur übers Internet besteht oder ob sich die Menschen tatsächlich treffen. Ich möchte die Namen der Mitglieder, und ich will, dass wir mit jedem Einzelnen sprechen. Kannst du dich bitte neben deinem Telefondienst darum kümmern, Roland? Und denkt auch an die Männer, es stehen ja nicht ausschließlich Frauennamen auf der Liste. Die Internetzugänge funktionieren doch wieder einwandfrei, oder?«

Ben nickte.

»Ich verstehe nur nicht, warum«, sagte Roland etwas mürrisch. »Ich meine, warum sollen wir mit diesen ganzen Leuten reden? Wenn der Täter eine Hexenphobie hat, wird er sich nicht gerade bei denen aufhalten.«

»Weil wir glauben, dass er seine Opfer ausspioniert«, sagte Lou. »Wenn er es auf Hexen abgesehen hat, sucht er vermutlich ihre Nähe. Es ist nur eine Möglichkeit, einer von vielen denkbaren Ermittlungsansätzen. Wenn die Opfer in seinen Augen Hexen sind, was läge da näher, als sich einen Überblick über die aktuelle Szene der modernen Hexen zu verschaffen.«

»Aber weder die Hilgert noch die Liebmann gehörten dieser Szene an«, gab Roland zu bedenken.

»Das würde ich zum gegenwärtigen Zeitpunkt nicht sagen. Bisher haben wir lediglich keinen Anhaltspunkt dafür gefunden. Das ist ein großer Unterschied.«

»Meiner Meinung nach vertrödeln wir unsere Zeit mit den Spinnern«, sagte Roland.

Lou warf ihm einen vernichtenden Blick zu. »Einige dieser Menschen schweben vielleicht in höchster Lebensgefahr.«

Roland zuckte mit den Schultern und goss sich Kaffee nach.

Die Stimmung innerhalb der Mordkommission war auf dem Nullpunkt. Die DNA-Analyse hatte ergeben, dass das Blut auf dem Kopf vom Melatenfriedhof von Frau Schultheiß stammte. Auch konnte Merzer kein Kontakt zu Frau Liebmann nachgewiesen werden, und die Schriftproben zeigten keine Übereinstimmung. Das war zwar kein wirklicher Beweis seiner Unschuld, aber dennoch: Am Mittag war Paul Merzer aus der Haft entlassen worden. Sein Anwalt hatte ihm eine Wohnung besorgt; die Haftgründe reichten nicht mehr aus. Arnold Ruland war nach wie vor in Haft und galt, vor allem für Tom und die Presse, als der Hauptverdächtige. Die Tatsachen sprachen für ihn als Täter. Auf dem Schwert waren Rückstände von Blut gefunden worden. Es stammte eindeutig von Ann-Marie Hilgert. Ruland war in Erklärungsnot und machte sich durch widersprüchliche Angaben immer verdächtiger.

Aber Lou blieb skeptisch. Sie traute Ruland die Taten nicht zu, die ihrer Meinung nach neben einem hohen Aggressionspotenzial dem Täter vor allem Intelligenz, Disziplin und strategisches Vorgehen abverlangten. Lou bezweifelte, dass Ruland zu solch komplexen Handlungen fähig war.

Neben den Spuren, die abgearbeitet werden mussten, stellten die Briefe, die nach wie vor in der Stadt auftauchten, ein unlösbares Problem dar. »Mittlerweile sind es über zweihundert«, stöhnte Ben. Der Schlafmangel und der Stress steckten ihm sichtlich in den Knochen. »Und die Leute überschwemmen uns förmlich mit Hinweisen. Wir brauchen dringend Verstärkung.«

»Immerhin ist Franka schon da, und morgen kommen noch vier Leute«, sagte Lou und lächelte der neuen MK-Mitarbeiterin zu.

»Gut«, sagte Ben. »Wir haben auch jede Menge Hinweise auf verdächtige Personen, denen wir dringend nachgehen müssen.«

»Ich weiß.« Lou trat an die Magnettafel. Dort hingen unter dem Stichwort »Verdächtige Personen« etliche Karten. Sie nahm einige davon ab. »Die haben sich erledigt. Aber hier haben wir eine Meldung von einem Schweinezuchthof bei Frechen. Dort wurden Schweine aus ihren Boxen befreit, und einem Tier wurde der Kopf abgetrennt. Der Bauer hat Angst um seine Familie und die anderen Tiere.«

»Gibt es einen Verdächtigen?«, fragte Maline.

»Ja, Moment.« Lou sah in ihre Unterlagen. »Der Landwirt beschuldigt einen seiner Leiharbeiter. Da muss dringend jemand hinfahren.« Lou sah die anderen Karten durch. »Außerdem haben wir einen Hinweis aus einer Kneipe in Ehrenfeld. Da hat angeblich ein Gast zugegeben, der Serienmörder zu sein, und hier haben wir noch einen anonymen Anrufer, der einen Mönch aus Wahlscheid für den Täter hält.«

»Und es kommen stündlich neue Hinweise«, sagte Roland. »Das Ganze ist ein Fass ohne Boden.«

Lou setzte sich wieder. »Wir können nur Schritt für Schritt vorgehen. Jetzt arbeiten wir erst einmal diese Spuren ab. Ben, überprüfst du die Sache in Frechen? Franka, kannst du nach Ehrenfeld fahren, und ich werde mich um den Hinweis auf das Kloster in Wahlscheid kümmern. Ich muss sowieso zum Krewelshof, um meinen Wocheneinkauf zu erledigen, da bin ich schon fast in Wahlscheid. Was ist mit den Fällen, die uns der kriminalpolizeiliche Meldedienst des LKA mitgeteilt hat?«

»Diese Informationen sind gerade erst reingekommen und dürften außerordentlich interessant sein«, sagte Franka. »Zum einen gab es zwei Morde in Bielefeld. Der Täter hat die beiden Opfer enthauptet und ihre Köpfe in seinem Garten verscharrt. Er wurde gefasst und saß einundzwanzig Jahre ein. Er ist seit einem Jahr wieder draußen, und jetzt haltet euch fest: Er ist in Düsseldorf gemeldet.«

»Überprüfen!«, sagte Lou.

»Klar. Der zweite Fall ist eigentlich nicht vergleichbar, weil es keine Serie ist. 1980 wurde in Sinthern bei Köln die Leiche einer jungen Frau gefunden. Der Mörder hatte ihr den Kopf abgeschlagen. Die Tat wurde nie aufgeklärt.«

»Gut, dann müssen wir die Ermittlungsakte und die Asservate von der Staatsanwaltschaft anfordern«, sagte Lou zu Franka. »Hoffentlich ist DNA-relevantes Material vorhanden.«

Lou stand auf. »Also dann, an die Arbeit.«

Roland ärgerte sich, dass er schon wieder zum Telefondienst verdammt worden war. Er wäre viel lieber zum Ermitteln rausgefahren, als ständig hier herumzusitzen und unbrauchbare Spuren zu notieren. Die meisten Leute redeten sowieso nur wirres Zeugs. Andere nutzten die Gelegenheit und beschuldigten Nachbarn oder ungeliebte Bekannte der Morde. Die Hysterie nahm stündlich zu, obwohl die Pressesprecher der Polizei versuchten, die Medien und die Bevölkerung zu beruhigen. Aber da nun auch Details über die Liste an die Öffentlichkeit gelangt waren, stand die ganze Stadt Kopf.

Roland lächelte, nahm seinen Kaffeebecher und ging auf den Flur, um sich die Beine zu vertreten und mal fünf Minuten abzuschalten. Er sah zum Foyer hinunter. Dort war jetzt alles wieder ruhig. Noch vor zwei Stunden hatten hier über fünfzig Frauen und ein paar Männer den Eingang des Präsidiums blockiert und die Polizei aufgefordert, keine moderne Hexenverfolgung zuzulassen. Ihre Proteste waren von der Presse begleitet worden, und es hatte ein heilloses Durcheinander gegeben, das letztlich nur durch ein hohes Polizeiaufgebot aufgelöst werden konnte. Roland schlenderte in sein Büro zurück und wunderte sich, dass das Telefon stillstand.

Vielleicht war die Leitung tot. Er nahm den Hörer ab. Freizeichen. Er drehte sich zum Internetrechner um und wollte gerade mit seinen Recherchen zu den Hexenvereinen beginnen, als das Telefon klingelte.

»Polizei Köln, Klein am Apparat.«

»Ja, hallo. Ich möchte eine Meldung machen.« Die Anruferin war kurzatmig, aber ihre Stimme klang energisch.

»Bitte nennen Sie mir Ihren Namen und Ihre Anschrift.«

Stille am anderen Ende der Leitung.

»Bitte, wenn Sie mir nicht Ihren Namen sagen, kann ich nichts für Sie tun«, sagte Roland mechanisch. Das wirkte.

»Mein Name ist Renata Mohren, und ich möchte bitte mit einem Verantwortlichen sprechen.«

Roland räusperte sich. »Sie sprechen mit einem Verantwortlichen.«

Frau Mohren schwieg einen Moment, als müsse sie sich ihr weiteres Vorgehen überlegen. »Es ist wirklich wichtig«, sagte sie schließlich.

Vielleicht lag es an der Art, wie sie die Worte betonte, jedenfalls wurde Roland hellhörig. Diese Frau hörte sich anders an als die bisherigen Anrufer. Sie sprach leise, und trotzdem lag in ihrer Stimme etwas Forderndes.

Er atmete tief durch. »Bitte, Frau Mohren, ich werde versuchen, Ihnen zu helfen, und die Sache gegebenenfalls sofort weiterleiten.«

»Also gut. Ich fühle mich beobachtet.«

»Von wem?«

»Ich weiß es nicht. Da ist ein Mann, er folgt mir in den Supermarkt und zum Bäcker. Vorgestern hat er in der Bank direkt hinter mir gestanden.«

»Wie sieht er aus?«

»Das kann ich nicht genau sagen. Meist trägt er eine Baseballmütze, und die zieht er tief in die Stirn.«

»Kommt er Ihnen bekannt vor?«

»Nein. Ich kenne ihn nicht.«

»Haben Sie einen anonymen Brief erhalten?«

»Einen Brief? Nein, wieso?« Frau Mohren musste sich einen Augenblick sammeln. »Ach so, Sie meinen so einen Brief wie die, von denen in den Medien berichtet wird.«

»Ja.«

»Nein, so einen Brief habe ich nicht bekommen.«

»Das ist gut«, sagte Roland. »Und der Mann, hat er Sie angegriffen? Bedroht er Sie?«

»Bisher nicht. Er steht nur da.«

»Wie lange verfolgt er sie schon?«

»Ich weiß es nicht genau. Er ist mir zum ersten Mal vor einigen Tagen aufgefallen, und neulich habe ich ihn im Haus gegenüber gesehen. Da wohnt im Moment keiner, weil die Wohnungen saniert werden, aber er hat am Fenster gestanden und in meinen Garten geschaut. Er ist mir wirklich unheimlich. Bitte, können Sie mal jemanden zu mir in die Grolmannstraße schicken?«

»Das wird schwierig, Sie können sich sicher vorstellen, was hier los ist. Aber ich werde mich mit meinen Kollegen von der Ehrenfelder Wache in Verbindung setzen und sie bitten, verstärkt Streife bei Ihnen zu fahren.«

»Kann ich denn keine Anzeige erstatten?«

»Natürlich, aber Anzeigen gegen Unbekannt sind in der Regel nicht sehr vielversprechend. Aber mal sehen, vielleicht erreiche ich auch den Bezirksbeamten. Der klingelt dann bei Ihnen, und mit dem können Sie sich ja dann mal in Ruhe unterhalten. Versprechen kann ich allerdings nichts.«

»Danke, das ist sehr nett von Ihnen. Ich weiß ja, dass Sie viel zu tun haben.«

Roland wollte das Gespräch beenden, doch Frau Mohren hatte noch ein weiteres Anliegen. »Wissen Sie, diese Geschichte mit dem Serienmörder kann einem wirklich Angst machen, und ich muss Ihnen sagen, die Hysterie ist ansteckend. Ich versuche seit Tagen, meinen Bekannten zu erreichen, aber er ist wie vom Erdboden verschluckt. Unter normalen Umständen wäre ich nur beunruhigt, aber jetzt mache ich mir langsam wirklich Sorgen.«

»Wieso?«, fragte Roland und bereute seine Nachfrage im gleichen Augenblick, denn Frau Mohren holte erneut aus.

»Na ja, Leonhard geht nicht ans Telefon, und er beantwortet meine E-Mails nicht. Gestern Abend bin ich zu ihm gefahren, aber er war nicht da. Das ist nicht normal.«

»Wird er auch beobachtet?«

»Nein, das heißt, ich weiß es nicht. Wie gesagt, ich kann ihn ja nicht erreichen.«

»Hat er einen anonymen Brief erwähnt?«

»Nein, aber ich habe ein komisches Gefühl, können Sie nicht wenigstens seinen Namen notieren?«

»Wenn es Sie beruhigt.«

»Es würde mich sehr beruhigen, denn falls ihm doch etwas zugestoßen ist, dann wissen Sie wenigstens Bescheid. Sein Name ist Scholz, Leonhard. Er wohnt am Blaubach Nummer 4. Vorsichtshalber beschreibe ich ihn mal kurz.«

Roland notierte sich die Daten und sein Aussehen. »Hören Sie«, sagte er dann, »ich muss jetzt auflegen. Wenden Sie sich bei weiteren Fragen doch bitte an die Kollegen in Ehrenfeld.« Sein Magen knurrte, er musste etwas essen. Er schrieb einen Vermerk und war kurze Zeit später auf dem Weg in die Kantine.

Wahlscheid, Benediktinerkloster

Es war schon nach sechzehn Uhr, als Maline und Lou auf die A 3 Richtung Siegburg fuhren. Zuvor hatten sie dem Heilpraktikerinnenverband einen Besuch abgestattet. Der Vorstand war sehr besorgt, wohl auch deshalb, weil sich hartnäckig das Gerücht hielt, der Täter habe es auf Heilpraktikerinnen abgesehen. Lou und Maline taten alles, um das Gerücht zu entkräften. Erfolglos, wie Lou vermutete.

Anschließend suchten sie einige Mitglieder verschiedener Hexenvereine auf. Die Reaktionen waren unterschiedlich. Während einige Personen zugänglich waren, reagierten andere ablehnend. In der Ottostraße in Ehrenfeld waren sie sogar von einem Mann bespuckt worden. »Die Polizei fährt spazieren! Pah! Kümmert euch lieber um den Irren«, hatte er gerufen.

Die Befragungen waren ein mühsames Unterfangen und brachten sie keinen Schritt weiter. Niemand kannte Ranja Liebmann oder Ann-Marie Hilgert, und einen anonymen Brief hatten sie alle nicht erhalten.

»Hoffentlich nehmen sie die Vorsichtsmaßnahmen ernst«, sagte Maline und lenkte den Dienstwagen in Rösrath Lohmar-Nord von der Autobahn. Nach einem kurzen Abstecher zum Krewelshof, auf dem sich Lou mit einer Kiste Obst und Gemüse eindeckte, bog Maline nach einigen Metern Landstraße auf die B 484 Richtung Wahlscheid ab. Am Ortsausgang von Donrath säumten Neubauten die Straße.

»Früher waren hier Felder«, sagte Lou.

Der Rhein-Sieg-Kreis war wie das Bergische Land längst zur Heimat vieler Kölner Pendler geworden. Die gute Infrastruktur ermöglichte den Traum von Arbeit in der nahen Stadt und einem Eigenheim im Grünen, allerdings waren die Immobilienpreise in den letzten zehn Jahren in die Höhe geschnellt. Lou kannte sich aus. Sie las regelmäßig die Immobilienanzeigen. Ein Haus im Bergischen stand ganz oben auf ihrer Wunschliste. Natürlich konnten sie und Frieda zu ihrer Mutter ziehen. Gerade jetzt nach Henrys Auszug war das wieder ein Thema. Aber Helenes Haus in Marialinden war Lou zu klein. Da war kaum Platz, um sich aus dem Weg zu gehen. Außerdem schwebte ihr eine direkte Anbindung an die Regionalbahn vor.

Sie passierten das Ortsschild von Wahlscheid, ließen die Fachwerkhäuser hinter sich und bogen in Richtung St. Bartholomäus-Kirche ab. Das Gotteshaus stand auf einem Hügel. Als sie oben ankamen, deutete Lou auf einen verknöcherten Baum, der direkt vor dem Aggertal-Hotel »Zur alten Linde« stand.

»Die Linde ist 450 Jahre alt«, sagte Lou. »Bei den Sonntagsspaziergängen mit meinen Eltern früher ist doch was hängen geblieben.«

Die Straße wurde enger und führte steil bergauf. Lou kannte die Gegend aus ihrer Kindheit. Das Naafbachtal lag ganz in der Nähe. Endlose Wanderungen fielen ihr ein. Sie erinnerte sich nicht gerne daran. Während andere Kinder sonntags »Winnetou« sahen, hatten sie und Berit sich über Wiesen und Hügel gequält. Meist weinend. Gerne erinnerte sie sich dagegen an die anschließenden Mittagessen im »Haus Stolzenbach« oder im »Naafs Häuschen«. Currywurst mit Pommes frites und ein gemischtes Eis mit Sahne. Lou lächelte. Mittlerweile liebte sie ausgedehnte Spaziergänge, und genauso gerne kehrte sie in Gasthöfen ein. Currywurst mit Fritten gehörte immer noch zu ihren Lieblingsspeisen. Sie nahm sich fest vor, Berit mal wieder anzurufen.

Sie erreichten das kleine Kloster der Benediktinermönche. Die Mauern waren von Efeu bewachsen; die schwere Holzpforte war verschlossen. »PAX« war über ihr in den Stein gemeißelt. Da es keine Klingel gab, klopften sie an die Tür. Alles blieb still. Immerhin wehte hier oben ein leichtes Lüftchen, und die riesigen alten Kastanien, die das gesamte Gebäude umgaben, spendeten Schatten.

»Vielleicht gibt es noch einen Eingang«, sagte Lou.

Sie gingen die Klostermauer entlang und kamen an ein kleines offenes Tor. Dahinter lag der Kreuzgarten des Klosters; es roch nach Rosenblüten und Oleander. Ein Mönch saß unter einer mächtigen Eiche. Neben ihm stand eine Schubkarre, die mit Unkraut gefüllt war, offensichtlich machte er ein Nickerchen. Lou weckte ihn ungern, aber es war kein anderer Mensch zu sehen.

»Entschuldigung«, rief sie. »Können Sie uns bitte sagen, wo wir den Abt finden?«

Der Mönch schreckte hoch. Er brauchte einige Sekunden, um sich zu orientieren. Dann sprang er sofort auf die Beine und rannte davon.

Maline sah ihm kopfschüttelnd nach. »Tolle Begrüßung.«

Aber es dauerte keine Minute, bis ein hochgewachsener Mönch im Kreuzgang erschien.

»Guten Tag, ich bin Abt Jakobus. Sie wollen zu mir?«

Lou gab ihm die Hand. »Kripo Köln. Entschuldigen Sie bitte, dass wir hier so unangemeldet reinplatzen, aber wir haben einige Fragen an Sie.«

Der Abt zog seine buschigen Augenbrauen zusammen. »Die Polizei? Und dann auch noch aus Köln? Sie hätten sich in der Tat besser angemeldet. Worum geht es denn?«

»Können wir das bitte in Ihrem Büro besprechen?«

Er zögerte einen Moment und musterte Lou mit wachen Augen. »Natürlich. Folgen Sie mir bitte«, sagte er dann.

Sie betraten das Kloster und gingen durch einen langen stillen Flur. Lou registrierte die angenehme Kühle. Die Sonne brach sich in den bunten Scheiben der hohen Fenster; auf der rechten Seite hingen überdimensional große Bilder mit biblischen Motiven in schweren goldverzierten Rahmen. Der Abt führte sie in sein Büro. Lou wunderte sich über die Laptops und den Videobeamer. Abt Jakobus schien ihren Blick zu bemerken. »Wir leben in alten Traditionen, aber wir sind der modernen Welt gegenüber durchaus aufgeschlossen.«

Lou wusste, dass zum Kloster ein kleiner Landwirtschaftsbetrieb gehörte und dass sich gestresste Städter hierher in Exerzitien begaben oder einige Tage in Klausur lebten. Der Abt bot ihnen einen Platz an und setzte sich ebenfalls. »Also, was kann ich für Sie tun?«

Lou kam gleich zur Sache. »Wir haben einen Hinweis von der Polizei in Siegburg erhalten. Ein anonymer Anrufer hat behauptet, dass der Serienmörder, den wir zurzeit in Köln suchen, hier aus diesem Kloster stammen könnte.«

Der Abt sah irritiert von Lou zu Maline. »Ein Mörder aus diesem Kloster? Ich bitte Sie!«

»Ich verstehe Ihre Skepsis«, sagte Lou. »Aber es ist ein Hinweis, und wir sind verpflichtet, ihm nachzugehen, auch wenn wir ihn selbst für abwegig halten.«

Der Abt hob die Hände. »Natürlich, Sie machen nur Ihre Arbeit. Aber ich weiß beim besten Willen nicht, wie ich Ihnen dabei helfen soll. Wer sagt denn so etwas Schreckliches über unsere Mönche?«

»Es muss ja kein Mönch sein«, sagte Maline. »Der Anrufer hat nur gesagt, dass der Mörder aus diesem Kloster stammt. Vielleicht ein Angestellter, Küchenpersonal oder sonst jemand.«

Die Augen des Abts flackerten kurz. »Wir haben nicht viele Angestellte. Die meisten Arbeiten erledigen wir Brüder selbst.«

»Wie ist es mit Gästen? Ihr Kloster nimmt doch Besucher auf, die hier Ruhe und die Abgeschiedenheit suchen«, sagte Lou.

Der Abt schüttelte den Kopf. »Nein. Im Moment nicht. Unsere Gästeräume werden renoviert. Wir haben schon seit Monaten niemanden mehr aufgenommen.«

»Ist Ihnen in letzter Zeit etwas aufgefallen? Hat sich einer der Mönche verändert? Hat es Vorfälle gegeben, emotionale Ausbrüche, Reaktionen, die Sie sich nicht erklären können oder für übertrieben halten? Streit unter den Brüdern oder Probleme mit Angestellten?«

»Nein, mir ist nichts aufgefallen. Unser Tagesablauf ist immer der gleiche, jeder verrichtet seine Arbeit. Natürlich gibt es Probleme und auch mal Streit, wie überall dort, wo Menschen sind. Aber ...«

»Wie viele Mönche leben hier?«

»Einundzwanzig, nein, zwanzig.«

»Ist einer gestorben?«

»Nein, Bruder Aswin hat uns verlassen. Vorübergehend, wie ich hoffe.«

»Ist er aus der Ordensgemeinschaft ausgetreten?«

Der Abt zögerte.

Lou ließ nicht locker. »Bitte. Alles kann wichtig sein.«

»Bruder Aswin hat darum gebeten, das Kloster für einige Zeit verlassen zu dürfen.«

»Warum?«

»Seine Tante hat einen Schlaganfall erlitten. Er steht ihr wohl sehr nahe, deshalb hat ihn dieses Ereignis tief erschüttert. Bruder Aswin ist sehr emotional. In Freude wie in Leid. Wir haben für ihn gebetet und versucht, ihm zu helfen, doch es hat diesmal nicht funktioniert.«

»Diesmal? Hatte Bruder Aswin schon andere Krisen?«

»Ja.« Der Abt schien nach den passenden Worten zu suchen. »Es ist aber nichts Ungewöhnliches. Jeden von uns können Zweifel plagen.«

Maline wollte etwas sagen, doch Lou kam ihr zuvor. »Wann hat Bruder Aswin das Kloster verlassen?«

Der Abt dachte kurz nach. »Ich glaube, es war am St. Florianstag, also am 4. Mai.«

»Wohin ist er gegangen?«

»Ich vermute, dass er bei seiner Tante ist. Genau weiß ich es aber nicht. Ich hoffe nur, dass er auch diesmal den Weg zu uns zurückfindet.« Der Abt sah aus dem Fenster.

»Er war also schon häufiger weg?«, fragte Maline.

»Zwei-, dreimal. Wie ich schon sagte, Bruder Aswin plagen immer wieder Zweifel, das spüren wir alle. Dabei ist er ein wunderbarer Mönch, ein Vorbild in Glauben und Menschlichkeit. Er ist beliebt, offenherzig und hilfsbereit. Ich bin der festen Überzeugung, dass Gott mit Wohlgefallen auf ihn schaut.«

»Gab es sonst nie Probleme mit ihm?«

Der Abt sah Lou an. »Ein Mensch wie Bruder Aswin nimmt kein Blatt vor den Mund, deshalb eckt er häufig an. Einige würden sagen, dass er ein Hitzkopf ist, aber ich teile diese Meinung nicht. Bruder Aswin trägt sein Herz auf der Zunge, und er nimmt sich Freiheiten heraus.«

»Zum Beispiel, hin und wieder das Kloster zu verlassen«, sagte Lou.

»Ja. Natürlich stört solch ein Verhalten die Gemeinschaft. Einige Brüder finden, dass wir ihn deshalb ausschließen sollten.«

»Und Sie sind dagegen?«

»Ja. Es sind die Zweifler, die Suchenden und Rastlosen, die unsere Unterstützung dringend benötigen.«

»Hat er sonst noch Familie?«, fragte Maline.

»Soweit ich weiß, sind seine Eltern bereits verstorben.«

»Haben Sie keine Unterlagen?« Lous Blick schweifte über die schweren Schränke. »Ich meine eine Akte über das Vorleben Ihrer Mönche.«

»Nein.« Der Abt stand auf und ging zu einem Eichenschrank. »Wir benötigen solche Informationen nicht. Wenn einer den Weg zu uns findet, lässt er sein weltliches Leben hinter sich. Er soll von seiner Vorgeschichte weder profitieren noch von ihr belastet werden.« Er öffnete eine Schublade, einige dünne Schriftstücke waren zu sehen. Sie steckten in Klarsichtfolien. »Ich verfüge nur über wenige Eckdaten meiner Mitbrüder. Die Blutgruppe und wen wir im Falle seines Todes verständigen sollen. Von manchen Mönchen erfährt man natürlich im Laufe der Jahre einiges. Manche verbringen ihren Heimaturlaub bei der Familie, oder sie bekommen Besuch, aber Bruder Aswin? Moment.«

Er nahm eine Hülle heraus und las vom Deckblatt ab. »Hier, Bruder Aswin, hat Blutgruppe B positiv und leidet unter Schlafstörungen.« Der Abt zog die wenigen Blätter aus der Klarsichtfolie, setzte sich wieder und blätterte die Seiten durch. »Hier steht es. Seine Großtante ist im Falle seines Todes zu verständigen. Ihr Name ist Reiter, Edwina Reiter, und sie wohnt in Brauweiler in der Nähe von Köln. Brunnenstraße 8.«

Der Abt schob die Unterlagen in die Folie zurück und stand auf.

»Und was ist mit den anderen Mönchen?«, fragte Lou schnell und blieb demonstrativ sitzen. »Wir brauchen eine Liste mit den Namen aller Mönche und den Namen Ihrer Angestellten.«

»Ist das wirklich nötig?«

»Ich fürchte, ja.«

»Gibt es sonst irgendwelche Besonderheiten?«, fragte Maline.

»Nein, nicht dass ich wüsste. Es tut mir leid, mehr kann ich Ihnen nicht sagen. Gleich beginnt das Abendgebet, und ich muss vorher noch ins Refektorium.«

Lou und Maline erhoben sich nun ebenfalls.

»Eine Frage noch«, sagte Lou. »Wie lautet Bruder Aswins weltlicher Name?«

»Severin Filler«, sagte der Abt und öffnete die Tür. »Severin-Johannes Filler, um genau zu sein. Ein wunderbarer Mensch. Suchen Sie ihn, sprechen Sie mit ihm, und Sie werden sehen, dass er keine Arglist im Herzen trägt.«

Grolmanstraße

Renata Mohren merkte nicht gleich, dass Attila verschwunden war, die Vorbereitungen zum Jubiläumsfest ihres Vereins nahmen sie vollkommen in Anspruch. Obwohl die Hauptlast der Vereinsarbeit schon seit Jahren von einem fähigen Organisationsteam getragen wurde, war sie stark involviert. In ihrem Garten sollte nach dem offiziellen Fest eine kleine Feier für Gründungsmitglieder und Freunde stattfinden. Es waren nur noch einige Tage bis zu dem Fest, und Renata wollte sich heute um die Dekoration kümmern. Das würde sie vielleicht von ihren Gedanken ablenken. Ihr Mann Carl war verreist und kam erst am nächsten Tag zurück.

Nach ihrem Telefonat mit der Polizei hatte Renata den halben Tag auf dem Dachboden verbracht, Lampions gesäubert, Glühbirnen an den Lichterketten ausgetauscht und nach Dekorationsmaterial gesucht. Erst als sie die Standuhr im Wohnzimmer schlagen hörte, hatte sie sich zur Disziplin gemahnt, war Einkaufen gegangen und hatte danach ihre Kaffeezeit zelebriert. Nun wurde es langsam dunkel, und Renata fragte sich, wo dieser Tag geblieben war.

Beim Bügeln dachte sie über das Telefonat mit dem Polizisten nach. Sie war gespannt, ob sich tatsächlich ein Bezirkdienstbeamter bei ihr blicken ließ. Sie glaubte nicht daran, aber sie hoffte es sehr. Der Mann, der hier seit Tagen herumlungerte, war verdächtig, und seine Anwesenheit machte sie nervös. Immerhin lief ein Mörder frei herum, oder war er schon gefasst? Carl hatte gesagt, dass ein Mann in U-Haft saß. Trotzdem war sie beunruhigt und konnte nicht sagen, warum. Vielleicht lag es auch an Leonhard. Dass er sich nicht meldete, steigerte ihre innere Unruhe. Im Gegensatz zu Carls nüchternem Umgang mit ihren Emotionen bewies Leonhard immer Einfühlungsvermögen. Gerade jetzt brauchte sie seinen Beistand, mal abgesehen von der Arbeit für das Fest, mit der sie sich zunehmend überfordert fühlte. Nein, Leonhard konnte sie mit einem Wort beruhigen. In seiner Nähe war sie sicher. Er war für sie immer etwas Besonderes gewesen. Heute genauso wie damals. Natürlich kannte Carl ihre Gedanken nicht. Schließlich musste er nicht alles wissen.

Es war über dreißig Jahre her, und sie erinnerte sich gerne an diese Zeit. Sie und Leonhard begegneten sich zum ersten Mal in einem Schallplattenladen am Neumarkt. An diesem Nachmittag hatten sie nur ein paar belanglose Worte gewechselt. Aber dann fand sie heraus, dass er jeden Mittwoch herkam. Dass er hier seiner Ehe und seinen Vaterpflichten entfloh, hatte sie erst erfahren, als sie eine Affäre begannen. Anfangs maß sie dieser Geschichte nicht viel Bedeutung bei, auch weil Leonhard verheiratet war. Aber dann imponierte er ihr mit dem Vorschlag, alle Fesseln abzustreifen und mit ihr aufs Land zu ziehen. Sie war beeindruckt und folgte ihm auf einen Aussteigerhof. Ihre Welt drehte sich damals um Leonhard, die Gemeinschaft, freie Liebe und harte Knochenarbeit. Der Selbstversorgeransatz, das Leben mit den Tieren im Rhythmus der Jahreszeiten hatten ihr gefallen. Aber dann waren dunkle Wolken aufgezogen. Es gab Streit. Einige Hofbewohner strebten eine völlige Selbstversorgung an. Radikalen Ansichten folgten radikale Taten. Der Strom wurde abgestellt, Elektrogeräte aus den Häusern verbannt und Industriekleider auf einen Haufen geworfen und angezündet. Die Gruppe zerbrach. Sie und Leonhard gerieten zwischen die Fronten. Sie war auf der Seite der Radikalen, er bevorzugte den gemäßigten Weg; der Bruch war unumgänglich.

Das endgültige Aus hatte aber mit diesen Aktionen nichts zu tun gehabt. Der Tod eines Kindes besiegelte das Ende der Hofgemeinschaft. Wie war gleich noch der Name der Kleinen gewesen? Sie überlegte, aber er wollte ihr nicht einfallen. Jedenfalls war sie die Tochter einer Hofbewohnerin. Die Umstände ihres Todes bekam Renata nicht mehr zusammen. Aber sie erinnerte sich genau, dass Leonhard eines Morgens verschwunden war. Sein Entschluss, den Hof zu verlassen, hatte auch etwas mit dem toten Mädchen zu tun gehabt.

Renata nahm sich vor, Leonhard nach dem Kind zu fragen. Jedenfalls hatten sie sich damals aus den Augen verloren, bis sie in den späten Achtzigern den Kontakt wieder aufnahmen und zusammen mit anderen Chance e.V. gründeten.

Renata seufzte, strich Carls Hemden glatt und faltete sie zusammen. Als das letzte Oberhemd gebügelt war, nahm sie den Wäschekorb und stieg die Stufen zur Waschküche hinab. Erst jetzt vermisste sie Attila. Normalerweise streifte er um ihre Beine.

»Attila«, rief sie. »Frauchen geht in den Keller. Komm zu Frauchen.«

Im Haus blieb es still. Renata nahm sich vor, gleich nach dem Hund zu sehen, wenn die nächste Ladung Schmutzwäsche in der Maschine war. Als sie die Tür zur Waschküche mit dem Ellenbogen aufschob, erschrak sie.

Der Mann, der vor den weißen Fliesen stand, war groß. Er trug einen langen Mantel, sein Gesicht wurde von einer roten Kapuze verdeckt. Schwarze Lederhandschuhe hielten ein Schwert. Er stand einfach nur da. Bewegungslos.

Der Wäschekorb schlug auf die Fliesen. Instinktiv bewegte sie sich rückwärts, stieß dabei mit den Hacken gegen die Kellertreppe und stolperte. Im gleichen Moment war der Mann neben ihr und drückte sie zu Boden. Ihr Kopf schlug gegen eine Stufe, im nächsten Augenblick spürte sie einen dumpfen Schlag. Sie registrierte, dass er nun über ihr war und ihren Kopf mit einem schweren Stiefel nach unten drückte. Er hielt das Schwert in den ausgestreckten Händen und holte zum Schlag aus. Im gleichen Moment sauste es durch die Luft und flog auf sie nieder. Sie sah zu dem Mann hoch. Versuchte zu verstehen. Blut spritzte auf die weißen Fliesen. Sie fühlte sich seltsam. Teilnahmslos. Empfand keinen Schmerz. In ihr war eine sonderbare Ruhe. Unwirklich alles, was um sie geschah. Ihre Lider wurden schwer, ihr Blick verlor sich in der Ferne. Sie sah eine alte Frau. Sie saß unter einer Platane und aß lachend Pflaumen. Renata erkannte ihre Großmutter und sah ihre Eltern. Sie kamen eine Allee entlang. Herbstlaub fiel von den Bäumen. Sie hörte jemanden ihren Namen rufen, drehte sich um und erkannte ihren Vater. Hinter ihm strahlte ein helles Licht. Sie freute sich, ihn zu sehen. Ihr wurde warm. Er rief wieder ihren Namen. Aber sie zögerte. Lief ihm nicht entgegen. Fröstelte auf einmal. Er verschwand in einem weißen Nebel. Für einen Moment kam sie in die Gegenwart zurück. Schnappte nach Luft. Schneller. Sie zitterte am ganzen Körper. Dann wurde sie auf einmal ruhig. Ihr Blick verlor sich wieder in der Ferne. Das Licht. Es erschien ihr heller. Es kam auf sie zu. Ihr Vater wartete, lächelte und reichte ihr die Hand. Diesmal zögerte sie nicht. Sie streckte ihm ihre Hand entgegen.

Brabanter Straße

Elise Doll zitterte vor Aufregung. Im Haus gingen merkwürdige Dinge vor. Sie genehmigte sich einen Apfelkorn und versuchte ihre Gedanken zu sortieren. Die kalten Fischaugen von Daniels Untermieter jagten ihr einen Schauer über den Rücken, ebenso wie das spöttische Grinsen, das auf seinen dünnen Lippen lag, sobald sie ihn ansprach. Er weigerte sich, ihr zu antworten, aber er spionierte die Leute aus. Sie hatte gehört, wie er den alten Meier über Daniel und seine Mutter ausfragte. Außerdem schlich er durchs Haus. Neulich hatte sie ihn in die Waschküche gehen sehen und war ihm gefolgt. Er begutachtete Wasserrohre und die Gasleitungen und machte sich sogar Notizen. Elise konnte sich keinen Reim darauf machen. Immerhin hatte ihr Daniel seinen Namen genannt, aber er behauptete weiter, dass dieser Kerl sein Cousin sei. Für wie blöd hielt er sie eigentlich?

Elise saß ganz still und lauschte. Im Treppenhaus waren Stimmen zu hören. Sie schlich zum Spion und sah hindurch. Daniel und sein Kumpan verließen das Haus. Sie bezweifelte, dass Daniel wusste, mit wem er sich einließ. Der Junge war zu einfältig. Doch sie hatte den siebten Sinn und eine untrügerische Nase für Leute, die Dreck am Stecken hatten. Und Jean war nicht ganz koscher. Vielleicht wollte er das Haus in die Luft jagen. Elise traute ihm jedenfalls alles zu, und sie musste Gewissheit haben. Sie beschloss, in Mehmets Wohnung zu gehen und sich in Jeans Unterschlupf umzusehen.

Es war kurz nach dreiundzwanzig Uhr. Elise Doll kippte einen weiteren Apfelkorn und machte sich auf den Weg zu Mehmets Apartment. Als sie den Zweitschlüssel ins Schlüsselloch steckte, zitterte ihre Hand ein wenig. Sie öffnete die Tür und schlich hinein. Es roch merkwürdig. Die einzige Tür, die von der kleinen Diele abging, stand offen. Dahinter lag ein langer schmaler Korridor, der zum Zimmer führte. Sie ging zielstrebig darauf zu und drückte die Klinke nach unten. Hier war es dämmrig, das kleine Fenster ließ nur spärliches Licht herein. Elise sah sich um. Sie wusste nicht genau, wonach sie suchte. Der Raum war spartanisch eingerichtet. Ein Holzstuhl. Ein altes Waschbecken an der Wand. Der Wasserhahn tropfte. Der einzige Blickfang war ein Aquarium, in dem vier Goldfische schwammen. In der Ecke stand ein schmales Holzregal. Es bog sich unter der Last von Konserven. Elise trat näher und nahm eine Dose. Schweinegulasch. Das ganze Regal voll. Sie schüttelte den Kopf. Mehmet konnten die Büchsen nicht gehören. Er aß kein Schweinefleisch. Sie stellte die Dose achtlos auf den Tisch und begann nach Jeans persönlichen Sachen zu suchen. Im Kleiderschrank hingen zwei Hosen und ein Hemd, im Fach daneben lag Herrenunterwäsche. Elise war fast ein wenig enttäuscht. Hier gab es, abgesehen von zu viel Gulasch, nichts Auffälliges. Sie entschied sich für den Rückweg, als ihr Blick die kleine Tür in der Wand streifte. Diese Kammer gab es sonst in keinem Apartment dieses Hauses. Mit wenigen Schritten war sie bei der Tür und öffnete sie.

In dem Kabuff war es dunkel, und die Hitze der vergangenen Wochen staute sich in der Enge. Elise kramte in ihrer Kittelschürze nach der Taschenlampe, die sie immer bei sich trug, weil das Licht in der Waschküche häufig ausfiel. Schweißgebadet leuchtete sie den kleinen Raum ab. Der merkwürdige Geruch, der ihr schon beim Betreten des Apartments aufgefallen war, war hier noch intensiver. Schemenhaft nahm sie einige Regale wahr und tastete sich langsam vor. Plötzlich hörte sie Schlüssel klirren. Schritte auf dem langen Flur. Sie glaubte, Daniels Stimme zu hören. Er lachte. Die Schritte kamen näher.

Mit einer hastigen Bewegung schloss Elise die Kammertür von innen, tastete sich in der Dunkelheit bis zu den Regalen vor und hockte sich in die hinterste Ecke. Sie saß ganz still. Wagte nicht, sich zu bewegen. Die Dose Schweinegulasch fiel ihr ein. Sie stand noch auf dem Tisch. Zu spät. Die Holzdielen im Zimmer nebenan knarrten. Elise zitterte am ganzen Körper, als ihr klar wurde, dass sie in der Falle saß.

Gustav-Nachtigal-Straße

Lou saß mit ihrer Mutter vor dem Fernseher, den Helene gekauft hatte. Sie aßen Geflügelsalat und verfolgten die Tagesthemen. Schwarze Mückennetze vor den offenen Fenstern verhinderten, dass lästige Insekten das Haus stürmten. Lou war überrascht, wie wenig die Netze auffielen.

»Die Luft hat sich nicht wirklich abgekühlt.« Sie stand auf und schaltete den Deckenventilator ein. »Wie war dein Yogakurs?«

»Intensiv.«

Die Wetterkarte erschien auf dem Bildschirm. »Morgen im Westen wieder Höchstwerte bis zweiundvierzig Grad«, prophezeite die Meteorologin.

»Das Wetter geht mir auf die Nerven«, sagte Lou. »Ich habe schon überlegt, ob wir dieses Jahr im Urlaub in den Norden fahren sollen. Lofoten oder so. Da könnten wir sogar tauchen.«

»Vielleicht keine schlechte Idee.« Helene machte den Fernseher aus. »Ich habe mir auch vorgenommen, einen Tauchkurs zu machen. Du klingst immer so begeistert.«

Lou starrte ihre Mutter an. »Das ist doch nicht dein Ernst!«

»Warum nicht. Elfi Hagemann hat letztes Jahr einen Fallschirmsprung gemacht.«

»Elfi Hagemann ist auch zwanzig Jahre jünger als du und treibt seit fünfzig Jahren Sport. Und sie hat sich ein Jahr lang auf diesen Sprung vorbereitet.«

»Na und? Tauchen scheint mir ein guter Sport zu sein. Einmal im Wasser, schwebt man doch. Das sagst du selbst immer.«

»Aber du hast eine künstliche Hüfte und Angst im tiefen Wasser. Also, das fände ich wirklich verantwortungslos.«

Helene schien nicht überzeugt. »Mal sehen. Jetzt muss ich erst einmal etwas mit dir besprechen. Ich habe einen Puma eingestellt.«

»Wie bitte?«

Helene Vanheyden hüstelte. »Einen Putzmann. Bisher hat Henry die meiste Hausarbeit erledigt. Jetzt, wo er fort ist, sehe ich keine andere Möglichkeit. Ich kann die Arbeit schließlich nicht machen, und du bist auch zu beschäftigt. Außerdem war ich immer der Meinung, dass Hausarbeit das Leben nicht bestimmen sollte.«

»Wer soll den Mann denn bezahlen?«

»Sei nicht albern. Nikodemus kommt acht Stunden in der Woche. Er erledigt den Haushalt und geht für dich einkaufen. Er kostet dich neun Euro in der Stunde.«

»Nikodemus?«

»Ja. Ich bezahle ihn für ein halbes Jahr im Voraus. Das Geld ziehe ich dir von deinem Geburtstagsgeschenk ab.«

»Du schenkst mir etwas, was ich nicht haben möchte?«

»Kriegen wir nicht häufig genau das, was wir nicht wollen? Aber mal Spaß beiseite. Ich bezahle ihn, und wenn du ihn dann nicht mehr willst, kannst du ihn ohne Probleme entlassen.«

»Nein, Mutter. Also, wirklich! Erstens klingt das sehr unsozial, und zweitens will ich keinen Putzmann! Ich will auch keinen Fremden im Haus haben.«

»Nikodemus ist kein Fremder. Er ist ein gepflegter Mann Anfang fünfzig und lebt seit dem Tod seiner Mutter bei seinem alten Vater in Ehrenfeld. So ein Kind wünschen sich alle Eltern.« Helene sah Lou von der Seite an. »Außerdem kümmert er sich seit fünf Jahren um Rosas Haushalt.«

Das beruhigte Lou ein wenig. Rosa Schmidt war eine gute Freundin ihrer Mutter und in Bezug auf ihren Umgang höchst anspruchsvoll.

»Außerdem wirst du Nikodemus gar nicht sehen«, sagte Helene. »Er kommt, wenn du längst fort bist, und geht, ehe du zurückkommst. Er arbeitet sauber und diskret. Du wirst begeistert sein.«

»Ich will ihn mir aber zuerst ansehen. Schon wegen Frieda. Ich kann sie doch nicht einfach mit einem Mann allein lassen, den ich nicht kenne.«

»Sie werden sich auch kaum sehen. Er kommt, wenn sie in der Schule ist.«

»Trotzdem. Ich weiß nicht. Der stöbert hier sicher überall rum und bekommt Einblick in meine intimste Privatsphäre.«

»Was gibt es bei dir schon zu sehen, wenn du mal ehrlich bist? Dein Privatleben ist so spannend wie die Zeitung von gestern.«

Lou schnitt eine Grimasse. »Ich will ihn sehen und selbst mit ihm sprechen.«

»Gut, dann bestell ich ihn für morgen Abend zu uns. Einverstanden?«

Lou seufzte, gab ihrer Mutter einen Kuss und verschwand in ihr Schlafzimmer.

FÜNFTER TAG

Brabanter Straße

Das Ziffernblatt ihrer Uhr war nicht beleuchtet, trotzdem wusste sie, dass die Morgendämmerung bald anbrach. Die Vögel lärmten in der alten Kastanie neben dem Haus. Elises Knochen schmerzten, und ihre Finger waren steif. Um sich nicht zu verraten, hatte sie sich die ganze Nacht kaum bewegt. Nebenan hörte sie jemanden durch die gepressten Spanplatten schnarchen. Ruhig und gleichmäßig. Der üble Geruch, der hin und wieder zu ihr herüberwehte, war kaum auszuhalten. Sie vermutete, dass er aus den Kartons kam, die an der geraden Seite der Wand standen. Aus Angst entdeckt zu werden, wagte Elise es nicht, einen Blick hineinzuwerfen. Sie fluchte innerlich und schwor, nie wieder eine fremde Wohnung zu betreten, wenn sie aus dieser lebend herauskam. Ein Rascheln im hinteren Teil des Kämmerchens ließ sie zusammenzucken. Mäuse, dachte Elise und versuchte, den Gedanken gleich wieder zu verdrängen. Sie hasste Mäuse, und sie brauchte dringend einen Schnaps. Sie wusste, dass sie etwas unternehmen musste, und lauschte wieder.

Das Schnarchen im Nebenzimmer war immer noch gleichmäßig. Sollte sie es wagen? Sie hatte keine Wahl. Mit unsicheren Schritten und in gekrümmter Haltung tastete sie sich vor. Elise lauschte immer wieder und erreichte schließlich die kleine Tür der Kammer. Ein Geräusch im Zimmer ließ sie zusammenfahren. Sie blieb zitternd stehen und wagte kaum zu atmen. Schnelle Schritte nebenan. Wassergeräusche, wieder Schritte. Sie schienen sich zu entfernen.

Elise schöpfte Hoffnung. Eine Tür fiel geräuschvoll ins Schloss. Sie atmete auf und sprach ein Stoßgebet. Die Türklinke glänzte silbern im matten Licht des Morgens. Nur noch ein Schritt. Sie streckte vorsichtig ihre Hand aus. Aber bevor Elises Finger die Klinke berührten, wurde sie wie von Geisterhand nach unten gedrückt. Jemand öffnete die Tür von der anderen Seite. Elise schrie, so laut sie konnte.

Polizeipräsidium

»Ich hätte nie gedacht, dass es so viele moderne Hexen in Köln gibt«, murmelte Maline, während sie die Tabelle überflog, die an der Flipchart im Besprechungszimmer hing, als sie auf den Beginn der Frühbesprechung wartete. Immerhin war hinter den meisten Namen ein Haken. Diese Personen waren bereits von der Polizei besucht worden.

Roland schlenderte herein und sah ihr über die Schulter. Dann ging er zu den Tischen, auf denen Fotokopien lagen. Darauf waren die Mitglieder aus Hexenvereinen noch einmal alphabetisch aufgeführt.

Er setzte sich und begann zu lesen.

Maline musterte ihren Kollegen aus den Augenwinkeln. Sie hatte ihn am Morgen unter vier Augen zur Rede gestellt und gefragt, ob er etwas gegen sie habe. Davon hatte er sich entschieden distanziert, und seitdem verhielt er sich geradezu verdächtig umgänglich. Maline traute ihm nach wie vor nicht.

»War was bei den Telefonaten gestern?«, fragte sie.

»Nichts Konkretes«, antwortete Roland. »Es wäre nur wichtig, die Spuren schneller abzuarbeiten.«

Roland biss in sein Brötchen und sprach mit vollem Mund weiter. »Da war zum Beispiel eine Frau. Die hat vorgestern viermal angerufen und behauptet, ihr Mann sei der Schwertmörder. Nur weil er eine Wunde auf der Brust hat und zu den Tatzeiten immer unterwegs war. Also sind die Kollegen hingefahren, und was hat sich herausgestellt?« Er machte eine Kunstpause. »Der Typ hat 'ne neue Freundin, und seine Alte wollte ihm nur Stress machen. Ist doch Wahnsinn, oder?«

Maline antwortete nicht.

»Oder da war eine, die sich beobachtet fühlt«, fuhr Roland fort. »Ich kann dir sagen, ich muss mich immer wieder zusammenreißen, um sie alle ernst zu nehmen.«

Maline schwieg noch immer. Die Flut der Anrufer war natürlich wirklich unglaublich, und die Geschichten, die diese Menschen erzählten, waren manchmal noch unglaublicher. Die Kunst bestand darin, jedem Anrufer dennoch zuzuhören und ein Gespür für wesentliche Informationen zu entwickeln. Keine leichte Aufgabe, und sie bezweifelte, dass Roland ihr gewachsen war.

»Und diese wahnsinnig heiße Spur in Frechen«, fing er wieder an, »du weißt schon, die Sache mit dem Bauernhof und den abgeschlachteten Schweinen.«

»Was war damit?«

»Von wegen, der Leiharbeiter«, schnaubte Roland. »Die Geschichte war eine Protestaktion der Söhne. Die wollten ihren Vater zu einer artgerechteren Tierhaltung zwingen.«

»Indem sie Schweine töten? Soll das ein Witz sein?«

Roland zuckte mit den Schultern. »Oder nehmt die Sache in der Ehrenfelder Kneipe, nichts. Zeitverschwendung. Euren Mönch, was für ein Aufwand. Ihr fahrt in dieses Kaff, verplempert eure Zeit in diesem Kloster. Und wofür? Für nichts und wieder nichts.«

Maline schüttelte den Kopf. »Das ist noch nicht sicher. Immerhin haben wir eine weitere Spur.«

Roland öffnete eine Dose Cola. »Klar, die euch in die nächste Sackgasse führt. Wenn du mich fragst, ist das die reine Zeitverschwendung.«

»Dich fragt aber keiner«, sagte Franka.

Roland drehte sich um. »Oh, haben wir schlecht geschlafen, oder hattest du wieder Stress mit deinem Lover?«

»Geht dich einen Scheiß an.«

»Wir sind heute aber angriffslustig. Das gefällt mir. Gehen wir nach der Arbeit zusammen auf eine After-Work-Party?«

Franka ignorierte ihn und vertiefte sich in die Liste. Tom stürzte ins Besprechungszimmer. »Bauarbeiter der Nord-Süd-Stadtbahn haben am Severinstor einen Kopf gefunden.« Er rannte auf den Flur zurück.

»So ein Mist«, sagte Maline. »Wo ist Lou?«

»Ist mit Ben nach Brauweiler gefahren«, sagte Roland.

»Was? Wann denn?«

»Vor ungefähr einer halben Stunde.«

»Wieso hat sie mir nicht Bescheid gesagt?«

Roland lachte. »Wahrscheinlich arbeitet sie lieber mit Ben als mit dir.«

»Red keinen Scheiß.« Franka schob Maline auf den Flur. »Lou

hat dich gesucht, bevor sie losgefahren sind. Sie hat Ben mitgenommen, weil du noch nicht da warst.«

Maline war enttäuscht, zog ihr Handy aus der Tasche und tippte Yadets Nummer. Sie wusste, dass der Abend gelaufen war. Vor Mitternacht würde sie nicht zu Hause sein.

Chlodwigplatz

Als sie am Severinstor ankamen, war bereits erstaunlich viel Presse vor Ort. Tom drückte sich in den Beifahrersitz. »Die riechen den Braten auf hundert Kilometer Entfernung.«

Im gleichen Moment entdeckten ihn einige Journalisten, umringten das Fahrzeug und hielten ihre Kameras gegen die Scheiben. Zwei Polizisten versuchten die Reporter vom Wagen wegzudrängen.

Maline sah, wie ein älterer Journalist stürzte und eine junge Frau einfach über ihn hinwegsprang, um bessere Sicht zu haben.

»Die spinnen total«, murmelte sie und parkte den Vectra.

Zwei uniformierte Beamte erschienen an der Beifahrertür.

»Auf in den Kampf«, sagte Tom und wuchtete sich aus dem Fahrzeug.

»Ich kann Ihnen noch nichts mitteilen«, hörte Maline ihn sagen. Seine Stimme klang gereizt. »Ich muss mir zuerst selbst ein Bild machen.« Einige Reporter hielten ihm ihre Mikrofone vor den Mund. Tom drückte sie weg. »Kein Kommentar.«

Maline stieg aus und bemerkte Franka und Jiri, die vor einem Lkw standen, der Eisenträger geladen hatte. Als sie gerade zu ihnen gehen wollte, stellte sich eine Journalistin neben sie. Es war die Frau, die eben über ihren am Boden liegenden Kollegen gesprungen war. Ihre langen blonden Haare wirkten zerzaust.

»Hallo.« Sie kaute Kaugummi und lächelte fast schüchtern.

Maline nickte ihr kurz zu. Zwei Sekunden später hatte sie ein Diktiergerät unter der Nase.

»Ich bin Jasmin Klerk vom Kölner Stadt-Anzeiger. Können Sie mir sagen, wieso Sie einen Mann in U-Haft haben und trotzdem weitere Morde geschehen? Ist das nicht irgendwie widersprüchlich?« Sie schenkte Maline ein strahlendes Lächeln.

Maline ignorierte sie, drehte sich um und entdeckte Heinrich Meller. Er stand mit einem Arbeiter auf einer provisorischen Holztreppe, die senkrecht in einen breiten Schacht führte. Hier entstand die unterirdische Haltestelle Chlodwigplatz. Noch war der gesamte Bereich allerdings eine riesige Baustelle.

Jasmin Klerk ließ nicht locker. »Müssen Sie den armen Obdachlosen nicht langsam freilassen? Es ist doch wohl mehr als offensichtlich, dass er nicht als Täter infrage kommt, oder?«

Maline ging um den Vectra herum und setzte ihre Sonnenbrille auf. Tom wurde immer noch von den Journalisten umlagert. Maline winkte eine Schutzpolizistin herbei. »Wir gehen jetzt rein. Sorgen Sie dafür, dass Tom Lechner nachkommt, und begleiten Sie Frau Klerk hinter die Absperrung.«

Die Beamtin forderte die Journalistin auf, hinter das Absperrband zu treten. Aber Jasmin Klerk beachtete sie nicht und folgte Maline zur Baugrube.

»Ganz offensichtlich haben wir es hier doch mit einem Wahnsinnigen zu tun«, rief sie. »Einem Mann, der Frauen hasst. Einem Typen, für den Frauen Hexen oder Huren sind oder jedenfalls Geschöpfe, mit denen man kurzen Prozess macht, denen man besser den Kopf abschlägt.«

Maline ging schneller, aber die Journalistin hielt Schritt. »Ist es nicht so? Der Mörder hat das alte Richtschwert gestohlen und spielt sich nun als Henker auf. Es stimmt doch, dass die beiden Frauen, die getötet wurden, Mitglieder eines Hexenzirkels waren?«

Jetzt blieb Maline stehen. »Nein. Die Opfer haben mit diesem Thema gar nichts zu tun. Solche Gerüchte schüren nur Panik.«

Jasmin Klerk lächelte. »Sie suchen also nach einem geistesgestörten Frauenhasser?«

Maline sah der Journalistin ins Gesicht. »Es tut mir leid, ich unterbreche Ihren Kombinationssermon höchst ungern, aber Ihre Theorie beruht leider nicht auf den aktuellen Fakten.«

Jasmin Klerks Augen blitzten. »Ach ja? Dann klären Sie mich doch auf.«

»Auskünfte erteilt Ihnen unsere Pressestelle«, sagte Maline barsch.

Die Journalistin musterte Maline. »Ist der Fall nicht ein paar Nummern zu groß für Sie?«

»Durchaus nicht!« Sie wollte weitergehen, doch Jasmin Klerk stellte sich ihr in den Weg.

»Kommen Sie, die Bevölkerung hat ein Recht auf Informationen. Wollen Sie die Verschleierungstaktik wirklich mittragen? Sie sehen nicht so aus, als würden Sie leichtfertig Menschenleben aufs Spiel setzen.« Die Journalistin verstand es, andere Leute einzuwickeln.

Maline rief einen Kollegen herbei. »Begleiten Sie Frau Klerk bitte hinter die Absperrung. Sie behindert mich bei der Ausführung der Ermittlungsarbeit.«

Klerk protestierte lautstark, aber der Beamte fasste sie am Arm und führte sie hinter das Absperrband.

»Ganz schön hartnäckig«, sagte Jiri, als Maline die Holztreppe erreichte, und gab ihr einen Overall.

Endlich stieß auch Tom zu ihnen. Seine Wangen glühten. »Diese Pressefritzen gehen mir vielleicht auf die Nerven!« Er quälte sich in seinen Anzug. »Das Schlimme ist, dass ich es ihnen nicht mal übel nehmen kann. Wir kommen tatsächlich nicht weiter.« Niemand widersprach ihm. Schweigend stiegen sie die Stufen hinab.

Unten wartete Heinrich mit zwei Polizisten. Maline und die anderen folgten ihnen in den frisch gegrabenen Tunnelabschnitt, der sich mittlerweile zweihundert Meter weit in Richtung Bonner Straße erstreckte. Die Luft war staubig und stickig, aber immerhin war es hell. Strahler beleuchteten den gesamten Tunnelabschnitt.

»Stopp«, rief einer der Beamten. »Hier liegt der Kopf.«

Maline beugte sich vor und sah einen Kopf, der mit Klarsichtfolie umwickelt war. Das Gesicht war maskenhaft verzerrt.

»Scheiße.« Tom war in die Hocke gegangen. »Das ist ein männlicher Kopf.«

»Er hält sich an die Liste.« Malines Stimme zitterte leicht. »Er geht genau nach dieser beschissenen Liste vor.«

»Wieso hat er die Folie um den Kopf gewickelt?«, fragte Franka.

»Vielleicht aus Transportgründen«, meinte Heinrich.

Das Blitzlicht von Jiris Kamera erhellte den Kopf immer wieder für Sekunden.

»Ich habe mit den Arbeitern gesprochen«, sagte Franka. »Die

Männer der Spätschicht haben gestern um zweiundzwanzig Uhr Feierabend gemacht. Da lag der Kopf noch nicht hier. Wir haben jetzt acht Uhr dreißig. Der Täter hatte über acht Stunden Zeit, den Kopf hier abzulegen.«

»Warum hier?« Tom sah sich um. »Dafür muss es einen Grund geben.«

»Vielleicht steht das Severinstor auch in einem Zusammenhang mit den früheren Hinrichtungen«, sagte Maline.

Franka sah sich suchend um. »Er wird uns wieder einen Namen hinterlassen haben. Soweit ich mich erinnern kann, gab es nur zwei Männernamen auf der Hexenliste.«

»Ja«, sagte Maline. »Martin Schmid und Hans Breidenbach.«

Auf den ersten Blick entdeckten sie nichts.

»He, kommt mal hier rüber.« Jiri stand einige Meter entfernt. »Ich glaube, hier liegt noch etwas.«

Maline sah, wie er in die Hocke ging und im gleichen Moment zurücksprang. »Verdammter Mist, das ist ein Bein! Diesmal hat er die ganze Leiche hier abgelegt.«

Sie waren sofort bei Jiri und sahen einen Körper im sandigen Boden liegen. Er war teilweise eingegraben.

»Glück für uns«, sagte Tom. »Vielleicht ist diesmal der Fundort tatsächlich auch der Tatort. Ich will, dass der Tunnel taghell wird, schafft mir noch mehr Scheinwerfer her, der verdammte Tunnel wird Millimeter für Millimeter abgesucht! Es müssen Spuren da sein! Diesmal ist er unvorsichtig gewesen. Er kann ja schlecht hereingeschwebt sein. Und es muss Zeugen geben! Mein Gott, der Typ ist doch nicht unsichtbar.«

Brauweiler bei Köln, Brunnenstraße

Edwina Reiters Haus war das letzte in der Siedlung. Die Asphaltierung endete, und die Straße verlor sich in den Feldern.

Ben stieg aus. »Idyllisch.«

Lou stand neben ihm und betrachtete das Haus. Es war alt; der Putz bröckelte an einigen Stellen von der Fassade, und im Dach fehlten Ziegel. Auf dem Schornstein saß ein eiserner Wetterhahn, der nach Süden blickte. Obwohl das Haus zusammen mit dem Schuppen und der windschiefen Scheune einen etwas heruntergekommenen Eindruck machte, wirkte der Hof insgesamt einladend. Wahrscheinlich hatte er früher einsam in den Wiesen gestanden. Jetzt rückten ihm Neubauten auf die Pelle.

Eine kleine zierliche Frau erschien in der Tür. Sie stützte sich auf einen Stock. »Kommen Sie rein. Ich habe schließlich nicht den ganzen Tag Zeit.« Ihre Stimme war energisch.

Lou und Ben öffneten die Pforte und betraten den Vorgarten, in dem Rosen ihre vertrockneten Köpfe hängen ließen.

Edwina Reiter ging in die Küche vor. »Vorsicht, stoßen Sie sich nicht am Türpfosten.«

Ben zog den Kopf ein.

»Das Haus ist über hundert Jahre alt. Die Menschen waren früher kleiner.«

Die Küche war winzig und gemütlich. Der Herd wirkte altertümlich, an den Wänden hingen gerahmte Bilder mit christlichen Motiven. Eine große Standuhr tickte gleichmäßig. Es roch nach Kaffee und frischem Brot. Frau Reiter bot ihnen einen Platz auf dem Sofa vor dem Fenster an.

»Gut, dass Sie angerufen haben, ich habe nämlich nicht viel Zeit. Ich habe ein neues Kniegelenk und muss heute noch zur Kontrolle.«

»Wir werden Sie nicht lange belästigen«, versprach Lou.

Frau Reiter setzte sich umständlich und sah von Lou zu Ben. Ihr Gesicht wirkte ein wenig verhärmt. »Also, was kann ich für Sie tun? Und bitte, sprechen Sie laut und deutlich, mein Gehör lässt mich langsam im Stich.«

»Wir sind wegen Severin Filler hier«, sagte Lou.

Die alte Frau schien erstaunt. »Warum?«

»Frau Reiter, wissen Sie, wo er sich zurzeit aufhält?«, fragte Ben.

»Nein. Was wollen Sie denn von ihm?«

»Wir haben nur ein paar Fragen. Vielleicht kann er uns weiterhelfen.«

»Das glaube ich nicht«, sagte sie und faltete ihre Hände.

»Entschuldigen Sie bitte die Frage«, sagte Ben, »aber hatten Sie in letzter Zeit einen Schlaganfall?«

Frau Reiter atmete tief durch. »Ja, einen leichten. Ich habe Glück gehabt. Vor allem weil sie mich wieder nach Hause gelassen haben. Sie wissen schon, alte Menschen wie ich landen schnell im Altenheim und dann geradewegs auf dem Friedhof. Der Herrgott wollte mich aber noch nicht zu sich nehmen.« Sie bekreuzigte sich.

Ben ließ seinen Blick durch die Küche schweifen. »Könnte ich einen Schluck Wasser bekommen? Sagen Sie mir einfach, wo ich ein Glas finde.« Er stand auf, doch auf einmal wurde Edwina Reiter hektisch.

»Bleiben Sie sitzen. Bitte!«

Der Unterton ließ Lou und Ben aufhorchen. Frau Reiter erhob sich schneller, als sie es erwartet hatten, und nahm eine Tasse von der Anrichte. »Meine Gläser sind alle schmutzig.« Sie stellte eine Tasse vor Ben. »Eingießen müssen Sie sich schon selbst.«

Lou sah sich um. Kaum Schränke. Geschirr war nicht zu sehen. Neben der Spüle die schmale Tür zu einer Vorratskammer, wie es in alten Häusern üblich war. »Hat Severin Filler Sie im Krankenhaus besucht?«, fragte Lou, als Frau Reiter wieder saß.

»Was?«

Offensichtlich hatte die alte Frau sie nicht verstanden. Lou wiederholte ihre Frage etwas lauter.

Jetzt nickte sie. »Er ist sofort gekommen. Der Junge kümmert sich immer um mich, obwohl er ja nicht so leicht fort kann aus seinem Kloster.«

Lou lächelte ihr aufmunternd zu. »Haben Sie eine Ahnung, wo er jetzt ist? Sie wissen doch sicher, dass er sich Urlaub vom Kloster genommen hat.«

»Ja. Aber ich weiß nicht, wo er ist. Er redet nicht viel.«

»Kennen Sie jemanden, der uns weiterhelfen kann?«, fragte Lou.

»Vielleicht sein Bruder.« Jetzt flüsterte sie fast. »Sie verstehen sich nicht besonders, aber ich würde es auf einen Versuch ankommen lassen. Sie sind Halbbrüder, wissen Sie. Im Grunde waren die beiden immer Rivalen.«

»Gibt es eine andere Person, die uns weiterhelfen kann?«, fragte Lou.

»Ich weiß es nicht. Man verliert die Kinder doch aus den Augen. Ich kann Ihnen nicht sagen, welchen Umgang sie haben.«

»Können Sie uns die Adresse des Bruders geben? Wir versuchen es einfach bei ihm.«

Fünf Minuten später verließen Lou und Ben das Haus und machten sich auf den Weg zu Severin Fillers Halbbruder.

Blaubach

Mit gemischten Gefühlen betraten Maline und Franka zusammen mit einem Mann vom Schlüsseldienst Leonhard Scholz' Wohnung. Beim Abtransport der Leiche war ein Zettel mit dem Namen »Martin Schmid« in der Halsöffnung des Torsos gefunden worden. Wieder ein Name, der auf der Hexenliste stand. Leonhard Scholz war ein erster vager Anhaltspunkt, weil Roland Frau Mohrens Hinweis ordnungsgemäß als Spur abgelegt hatte und ihn sozusagen vermisst gemeldet hatte. Außerdem passte Frau Mohrens Beschreibung, die sich Roland ebenfalls notiert hatte, zu der Leiche am Severinstor. Zeitgleich war ein Team zu Frau Mohren unterwegs. Die Mitglieder der MK hofften, dass sie zur Identifizierung der Leiche beitragen konnte.

In der Diele war es dunkel, Maline nahm den Geruch von ranzigem Fett und Mottenkugeln wahr. Eine braune Strickjacke hing einsam an einem weißen Plastikhaken. In einer Ecke standen alte Hausschuhe.

Franka öffnete die erste Tür links und machte Licht. Ein Ventilator sprang geräuschvoll an. Das Badezimmer hatte kein Fenster und war mit kaffeebraunen Kacheln gefliest. Der Duschvorhang war zugezogen, das Waschbecken geputzt. Ein Polizist sah in die Duschkabine und schüttelte den Kopf. Maline und Franka betraten gemeinsam den Wohnraum. Fünfzehn Quadratmeter mit Kochecke, die gleichzeitig als Schlafzimmer dienten. Zwei kleine Fenster, sauber geputzt. Eine bezogene Schlafcouch, ein alter Fernseher, eine Spüle. Sauberes Geschirr auf der Anrichte. Einige Leergutflaschen in der Ecke und ein monströser Eichenschrank. Maline öffnete die Schublade einer kleinen Kommode. Sie war gefüllt mit Süßigkeiten. Schokolade und durchsichtige Plastikdosen mit rosa Mäusespeck.

Systematisch arbeiteten sich Maline und Franka durch weitere Schubladen und Schrankfächer. In einer alten Pappschachtel fanden sie eine Heiratsurkunde. Direkt neben dem Dokument lag die Sterbeurkunde der Ehefrau. Maline nahm sie heraus und entdeckte unter einem Berg ungebügelter Bettwäsche mehrere hundert Fotos.

Franka stand vor einer zweiten Kommode. »Sieh mal hier.« Die obere Schublade war voll mit unzähligen Karteikarten. Sie waren ordentlich in mehreren Reihen sortiert, dazwischen steckten beschriftete Reiter. Franka zog die mittlere Schublade heraus. Auch hier Karteikarten.

Maline nahm eine heraus. »Frühjahr 1988. 12.3.1988. Frühjahrsputz. Hilde und Arno zu Besuch. Mit Alexander im Wald gewesen. Toaster repariert.«

Maline steckte die Karte zurück und zog eine andere heraus. »22.12.95. Weihnachtsbäckerei. Ruth krank im Bett. Außenbeleuchtung am Balkon angebracht. Streusalz geholt. Streit mit Alexander.« Maline sah ihre Kollegin an. »Der hat sein Leben auf Karteikarten geschrieben, Wahnsinn!«

Franka sah ihr über die Schulter. »Warum hat er kein Tagebuch geführt?«

»Keine Ahnung, komm, lass uns die Schubladen komplett rausziehen und mitnehmen. Im Präsidium können wir sie dann in Ruhe durchgucken.«

»Wollen wir nicht wenigstens sehen, was er auf die letzte Karte geschrieben hat?« Franka nahm sie heraus. »Hier steht nur ein Datum: 23.7.2000.« Sie klang enttäuscht. »Ist schon eine Weile her.«

»Bingo!«, sagte Maline und zog einen Papierbogen aus einer Fernsehzeitung. Es war feinstes Büttenpapier.

»Wen ich das Schwert thu aufheben …«, las Franka laut. »Jetzt gibt es kaum noch Zweifel.«

Bevor sie ins Präsidium zurückfuhren, klingelten sie bei den Nachbarn. Doch die Türen blieben verschlossen, nur eine Frau im zweiten Stock öffnete. Frau Frings' Wohnung lag direkt unter der des mutmaßlichen Opfers.

Sie war barfuß, trug eine türkisfarbene Jogginghose und fuhr sich durch die gefärbten gelblichen Haare. Der Ansatz war grau nachgewachsen.

Franka und Maline zeigten ihre Ausweise. Frau Frings bat sie herein. Ihre nackten Füße platschten auf dem Linoleum. Aus der Küche roch es streng, und dünne Rauchschwaden hingen in der Diele.

»Ich brate Flönz«, sagte sie und führte die Beamtinnen ins Wohnzimmer. Der Fernseher lief. Vor dem geschlossenen Fenster stand ein Kinderwagen, das Baby schrie. Frau Frings hob das Kind aus dem Wagen und zeigte es stolz. »Dat is dat Schanett. Mein Enkelkind. Sach Tach, Schanett.«

Jeanette schrie noch lauter. Frau Frings schien das nicht zu stören. Sie verscheuchte die Katze, die sich genüsslich auf dem Sofa räkelte, und bot ihren Gästen einen Platz an. Es war warm in dem Zimmer; Maline spürte, wie sich ihr Magen zusammenzog.

»Wat kann ich für Sie tun?« Frau Frings sah Maline erwartungsvoll an, während sie das Kind auf ihren Schoß nahm.

Maline löste ihren Blick von der gemusterten Tapete. Im Fernsehen lief eine Talkshow. Eine junge Frau bat ihren Freund eindringlich, zu ihr zurückzukommen.

»Könnten Sie kurz den Ton leiser stellen?«, fragte Maline.

Frau Frings zögerte einen Moment. Dann griff sie aber doch nach der Fernbedienung.

»Wie lange wohnen Sie schon hier?«

»Neun Jahre bald, wieso?«

»Kennen Sie Herrn Scholz?«

»Aber sicher.« Sie bemühte sich, Hochdeutsch zu sprechen. »Wie das eben so ist, wenn man im selben Haus wohnt.« Jeanette begann wieder zu weinen. Frau Frings klopfte ihr sanft auf den Rücken.

»Wann haben Sie Herrn Scholz das letzte Mal gesehen?«

»Waat ens.« Frau Frings lehnte sich zurück. »Ich glaub, dat war am Samsdaach. Da hab ich mit dem Schanett ming Tant in Düx besucht, und der Scholz kam uns op d'r Düxer Bröck entgegen.«

»Also vor vier Tagen. Ist Ihnen etwas aufgefallen?«

»Enä. Aber der Scholz hatte et am Magen. Der hat sich krank jefühlt.«

»Hat er gesagt, warum?«

»Enä. Aber wenn Se mich schon fragen. Zu viel Kölsch und Kabänes.« Sie lachte und stand auf. »Ich muss kurz in de Kösch, nach der Flönz gucken.« Sie schulterte das Baby und verschwand im Flur.

»Ich muss mich echt konzentrieren, wenn ich sie verstehen will«, stöhnte Franka. »Was hat sie gesagt?«

»Sie muss nach der Blutwurst sehen.«

Franka verzog angeekelt das Gesicht.

Frau Frings kam zurück. »Kann ich Ihnen was anbieten? Apfelschorle oder Wasser vielleicht?«

Sie lehnten dankend ab.

»Schanett schläft«, flüsterte Frau Frings und legte das Baby in den Kinderwagen. »Wo waren wir?«

»Hat Herr Scholz Kinder?«

»Ja, den Alexander, der Labbes. Der hat en Büdchen in der Nähe vom Ebertplatz. Dat Büdche, Kohle un die Muckibud. Wat anderes hät der Tuppes nit im Kopp. Dabei bringt dem dat Training gar nix. Der is un bliev ene Labbes.«

»Hat Herr Scholz Kontakt zu ihm?«

»Der Jung is immer klamm, wenn Sie verstehen, was ich meine. Am Monatsende steht der in der Pooz. Da kannste die Uhr nach stellen. Der und singe Vatter haben ständig Knatsch deswegen.«

»Also verstehen sich Vater und Sohn nicht so gut?«

»Enä. Der kommt nur zum Abkassieren vorbei. Nimmt seinen eigenen Papp aus wie en Weihnachtsgans. Dabei is der ahle Scholz wirklich keine Knieskopp. Ein Kreuz ist dat mit der Familisch.«

»Wissen Sie, ob Herr Scholz einem Verein angehört?«

»Ja, der schlägt die dicke Trumm im Spielmannszoch, Zinter Mätes, Fastelovend un esu. Der ahle Scholz is jesellisch.«

»Und sonst? Ist er vielleicht in einem Verein zur Brauchtumspflege oder Ähnliches tätig?«

»Hä?« Frau Frings machte große Augen. »Meinen Sie dat braune Pack, oder was? Nä, damit hät der nix zu schaffen. Nä, wirklich nich.«

Maline schüttelte den Kopf. »Nein, Sie haben mich falsch verstanden. Ich meine mehr die magische Richtung. Kulte, alte Bräuche, Hexen und so?«

Frau Frings Augen wurden noch größer. »Enä. Davon weiß ich

nix. Aber der hät su ene andere Verein mitjegründet. Wie hieß der noch gleich?« Sie kratzte sich am Kopf. »Schangse e.V.«, sagte sie schließlich. »Dat is ne Verein, der ärm Schwangere hilf.« Maline holte einige Fotos aus der Schachtel, die sie bei Leonhard Scholz gefunden hatten. Sie legte sie auf den Couchtisch. Auf einem Foto war ein älterer Mann zu sehen.

»Ist das Herr Scholz?«

»Ja, dat is der ahle Scholz.«

Franka und Maline betrachteten das Bild aufmerksam. Es zeigte einen fast glatzköpfigen Mann mit Bart, der freundlich in die Kamera lächelte. Es war schwierig, eine Ähnlichkeit mit dem Kopf des toten Mannes vom Severinstor zu entdecken. Die Folie hatte das Gesicht zu sehr entstellt. Maline steckte das Foto ein.

»Ist Ihnen sonst, vor allem in der letzten Zeit, irgendetwas Merkwürdiges aufgefallen?«

Frau Frings schüttelte den Kopf. »Nä, obwohl neulich war et ziemlich laut üvver mir. Wo der Scholz sonst doch so leise is. Jedenfalls hat der sich mit jemanden jestritten. Ich dachte zuerst, der Alexander wär da. Später hab ich dann enen Typen die Trepp runterkommen sehen.«

»Wann war das?«, fragte Franka.

Frau Frings überlegte. »Dat es bestimmt zwei Wochen her. Jenau weiß ich et nit.«

Franka beugte sich vor. »Wie hat der Mann ausgesehen? War er groß oder klein? Hatte er lange oder kurze Haare?«

»Der war ziemlich jroß und moppelisch. Und der hatte nen Bart.«

»Wie alt war er?«, fragte Maline.

»Schon älter, sechzig, vielleicht auch noch älter.«

»Haben Sie den Mann davor oder danach noch einmal gesehen?«

»Nä. Ich wollt der Scholz noch fragen. Der is sonst so ne ruhige Mieter, und der hät dat Hätz om rechte Fleck. Die ahl Frau Loos von nebenan sacht immer, unser Scholz hilft auch ner Ameise über die Stroß. Anders als singe Jung. Aber dat Büdchen? Ja, jetzt fällt et mir wieder ein! Dat is in der Balthasarstraße.«

Franka und Maline erhoben sich gleichzeitig. Frau Frings stellte den Fernseher wieder lauter und folgte ihnen in die Diele. »Wat meinen Sie«, flüsterte sie, »is dem Scholz was passiert? Bei RTL ha-

ben se jesacht, dat ihr schon wieder nen Toten jefunden habt. Diesmal an d'r Fringspooz. Es dat unser Scholz?«
»Wir wissen es noch nicht«, sagte Maline. »Ach ja, kennen Sie eine Frau Mohren?«
»Ach, die ahl Schabrack. Oje! Die kritt ene Schlach, wenn dem Scholz wat passiert is. Dat verrückte Hohn lurt mindestens emol de Woch mit ihrem Möpp Attila beim Scholz vorbei. Ob et dem pass oder nich, sach ich immer. Aber die sollen mal en Fisternöll jehabt haben. Nä, die wird sich nich mehr einkriegen. Oje!«

Maline und Franka gingen zur Tür. Aus der Küche roch es verbrannt. Das Baby fing wieder an zu schreien. Frau Frings sah auf ihre Armbanduhr.

»Jömmisch nä«, rief sie. »Gleich schon vier. Dat Essen is verbrannt, und dat Schanett wird muhzisch. Hadder noch Fragen? Sonst muss ich jetzt wiggermachen.«

Nachdem Franka und Maline Leonhard Scholz' Wohnung versiegelt hatten, machten sie sich auf den Weg in die Balthasarstraße. Die Kommodenschubladen mit den Karteikarten standen auf dem Rücksitz und im Kofferraum.

»Gut, dass du Kölsch verstehst«, sagte Franka. »Ich hätte mir für dieses Gespräch einen Dolmetscher holen müssen. Was ist denn ein Fisternöll?«

Maline lachte. »Techtelmechtel, außereheliche Affäre oder Seitensprung«, sagte sie. »So viel Kölsch solltest du in Köln schon verstehen.«

»Der Scholz und Frau Mohren hatten also mal was miteinander.«
»Offensichtlich. Die Frage ist nur, ob diese Tatsache irgendeine Bedeutung für den Fall hat.«

Balthasarstraße

Maline bog in die Balthasarstraße ein, und Franka entdeckte den Kiosk auf der linken Straßenseite. »Alexanders Kiste« stand in großen Buchstaben über dem Eingang.

Beim Aussteigen klingelte Malines Handy.

Es war Tom. »Wo seid ihr?« Er klang gereizt.

»Wir haben in Leonhard Scholz' Wohnung einen anonymen Brief gefunden. Jetzt sind wir in der Balthasarstraße. Der Sohn von Leonhard Scholz betreibt hier ein Büdchen. Habt ihr bei Frau Mohren etwas herausbekommen?«

»Deshalb rufe ich an.« Tom machte eine kurze Pause. »Sie ist tot.«

»Was? Das kann nicht wahr sein!«

»Wir haben sie entdeckt, als wir sie wegen Herrn Scholz befragen wollten.«

»Und der Kopf?«

»Negativ. Die Kollegen sind vor Ort, aber sie brauchen jede Unterstützung. Ich kann hier nicht weg, die Pressestelle steht mir auf den Füßen. Könnt ihr nach eurer Befragung in die Grolmanstraße fahren?«

Maline sagte ihre Unterstützung zu, beendete das Telefonat und berichtete Franka von dem erneuten Leichenfund.

»Verdammter Mist!« Franka kramte ihr Handy aus dem Rucksack. »Ich muss meine Babysitterin anrufen. Ganz großer Mist! Annalena hat heute Geburtstag.«

Maline seufzte. Frankas Lebensgefährte war Werbefachmann. Nach langer Arbeitslosigkeit hatte er einen Job in der Nähe von München angenommen. Er war nur am Wochenende in Köln, und Franka musste unter der Woche der Spagat zwischen Kind und Job gelingen.

Vor »Alexanders Kiste« stand eine Gruppe Jungen. Sie trugen Shorts und bunte Flipflops. Ihre nackten Oberkörper waren sonnengebräunt.

Franka und Maline gingen um sie herum zu dem Mann, der im Kiosk stand. Maline zeigte ihre Marke. »Kripo Köln. Sind Sie Alexander Scholz?«

Der Mann nickte. Er war hager, unter seinen Augen zeichneten sich dunkle Ringe ab. Er sah krank aus.

»Wir hätten ein paar Fragen«, sagte Franka. »Können wir Sie kurz sprechen?«

»Ich habe Kundschaft.« Alexander deutete auf die Jungen.

Maline trat zur Seite. »Bedienen Sie die Kinder ruhig zuerst.«

Die Jungs drängelten sich vor dem Kioskfenster.

»Wassereis, Wassereis!«, riefen sie im Chor.

Scholz bediente die Kinder mit einer Ruhe, die Maline bewunderte. Obwohl sie alle durcheinanderbrüllten, verlor er weder die Übersicht noch die Beherrschung.

»Rasselbande«, sagte Scholz, als die Jungen endlich Richtung Neusser Straße verschwanden. »Wie kann ich Ihnen helfen? Wenn Sie wegen der Sache mit der falsch etikettierten Wurst kommen, ich habe damit nichts zu tun.«

»Herr Scholz, wir sind nicht wegen irgendeiner Wurst hier«, sagte Maline. »Es geht um Ihren Vater. Wann haben Sie ihn das letzte Mal gesehen?«

Scholz überlegte. »Ist schon eine Weile her«, sagte er dann.

»Am Monatsende?«

»Sie haben mit der alten Frings gesprochen.« Scholz lächelte. Ihm fehlte ein oberer Eckzahn. »Aber ja, kann sein. Am Monatsende bin ich schon mal klamm und besuche dann meinen Vater. Aber warum fragen Sie? Ist ihm was passiert?«

»Wir sind noch nicht sicher.«

»Was soll das heißen?«

»Eine Frau Mohren hat uns angerufen, weil sie sich Sorgen um Ihren Vater machte.«

»Ach, die steckt ihre Nase in jeden Scheiß. Die soll ihn endlich in Ruhe lassen.«

»Das wird sie sicher.« Maline beobachtete Scholz genau. »Sie ist tot.«

Er wurde blass. »Was? Was ist denn passiert?«

»Sie ist ermordet worden.«

»Aber das ist doch völliger Blödsinn! Ich meine, dass kann doch nicht wahr sein!« Er schluckte und schien nach Worten zu suchen. Dann schreckte er auf einmal hoch. »Und mein Vater? Sie sagten, Sie wollten mich wegen ihm sprechen.«

Maline trat näher ans Fenster, während Franka die Kunden, die kamen, einen Moment um Geduld bat. »Heute wurde die Leiche eines Mannes an der neuen U-Bahn-Trasse am Severinstor gefunden. Wir haben Grund zur Annahme, dass es sich dabei um Ihren Vater handeln könnte.«

»Warum? Wie kommen Sie darauf?«

»Weil Frau Mohren kurz vor ihrem Tod bei der Polizei angerufen hat, sie machte sich wohl auch Sorgen um ihren Vater. Er ist zu einigen Verabredungen nicht erschienen.«

Alexander Scholz wurde noch blasser. Er taumelte ein wenig und stützte sich an der Ladentheke ab. »Mein Vater ist sehr korrekt und pflichtbewusst. Er hält jede Verabredung ein. Ich verstehe nur nicht ... Ich meine, wieso soll ihn jemand töten?«

»Wir hatten gehofft, dass Sie uns diese Frage beantworten können.«

»Ich? Keine Ahnung. Er ist ein alter Mann. Er lebt für seinen Verein, liebt Spaziergänge und hortet seine Rente auf der Bank. Langweilig, unspektakulär. Warum sollte ihn jemand umbringen? Oh Mann, hätte ich ihn doch nur angerufen!«

»Woher kannten sich Ihr Vater und Frau Mohren?«

»Warum ist das wichtig?« Er zögerte. »Die kannten sich ewig, schon seit den Sechzigern. Zuerst haben sie in einer Kommune einen auf freie Liebe gemacht, später waren sie Friedensaktivisten. Kaum vorstellbar, wenn man sie heute sieht.«

»Herr Scholz«, sagte Maline ruhig, »ich weiß, dass das alles schrecklich für Sie sein muss. Aber wir müssen Sie bitten mitzukommen.«

»Wieso?«

»Sie müssen den Toten identifizieren.«

Scholz starrte Maline an. »Das kann ich nicht.« Er wurde noch blasser.

»Es muss aber sein. Können Sie Ihr Büdchen für ein paar Stunden schließen und mit ins Präsidium kommen? Wir haben Fotos aus der Wohnung Ihres Vaters, die ich Ihnen gerne zeigen würde. Außerdem haben wir einige Fragen wegen seiner Karteikarten.«

»Dazu kann ich Ihnen nichts sagen. Sie waren sein Heiligtum, niemand durfte sie anfassen.«

»Trotzdem«, beharrte Maline. »Können Sie den Kiosk für ein paar Stunden schließen?«

»Zumachen kann ich nicht.« Scholz nahm sein Handy aus der Brusttasche seines Hemdes und drückte eine Nummer. »Ronny, hier Alex. Kannst du kommen?«

Xantener Straße

Adam Dalcher wirkte angespannt. Er hatte sie in die Küche gebeten, ihnen aber keinen Platz angeboten. Während er die Beamten nicht aus den Augen ließ, kaute er unaufhörlich an seinen Fingernägeln. Lou sah sich um. Leere Bierflaschen türmten sich neben dem übervollen Mülleimer. Auch sonst machte die Küche einen unaufgeräumten Eindruck. Auf der Spüle lagen Essensreste, und es roch nach abgestandenem Bier.

»Herr Dalcher«, sagte Ben. »Können Sie uns sagen, wo sich Ihr Bruder zurzeit aufhält?«

Dalcher sah Ben misstrauisch an. »Halbbruder, um genau zu sein. Woher haben Sie meine Adresse?«

»Von Ihrer Tante Edwina Reiter.«

Dalcher lehnte sich gegen die Fensterbank. Dabei stieß er einige Flaschen um, die klirrend zu Boden fielen. Er schien es nicht zu bemerken.

»Herr Dalcher, wissen Sie, wo Ihr Halbbruder ist, oder nicht?«

»Was wollen Sie von ihm?«

»Wir wollen ihm ein paar Fragen stellen.«

Lou bemerkte die Schnitte auf seinen Unterarmen. Dalcher registrierte ihren Blick und verschränkte die Arme vor der Brust.

»Ich weiß nicht, wo er ist. Würde ich selbst gerne wissen.«

»Warum?« Lou musterte ihn. Er war durchtrainiert und muskulös. Seine kurz geschorenen Haare betonten sein markantes, sonnengebräuntes Gesicht.

Die Antwort kam schnell. »Er schuldet mir Geld.«

»Sie verstehen sich nicht gut mit ihm, oder?«

»Wenn Sie sonst keine Fragen haben, würde ich gerne duschen, etwas essen und mich für die Arbeit fertig machen.«

»Wo arbeiten Sie denn?«

Dalcher zögerte eine Sekunde. »Venloer Straße«, sagte er dann, »Luigis Pizzadienst, in der Spätschicht. Noch Fragen?«

Lou legte ihre Visitenkarte auf den Küchentisch. »Falls Ihnen doch noch etwas einfallen sollte.«

Sie verließen die Wohnung und fuhren zurück ins Präsidium. Dort schrieben sie Severin Filler sicherheitshalber zur Fahndung aus.

Polizeipräsidium

Maline setzte Franka am Tatort in der Grolmanstraße ab und fuhr mit Alexander Scholz weiter zum Präsidium.

Tom kam ihr im Flur entgegengelaufen. »Wieso bist du nicht auch bei den Kollegen?«

»Weil ich Herrn Scholz vernehmen muss und wir ihn zur Identifizierung brauchen.«

In dem Augenblick kamen Ben und Lou aus dem Fahrstuhl. Tom ließ Maline stehen und ging ihnen entgegen. »Wo habt ihr so lange gesteckt? Wir haben zwei Tatorte, und ihr fahrt in der Gegend rum! Ich hab das Gefühl, dass hier jeder macht, was er will.«

»Mensch, beruhig dich mal.« Lous Stimme klang gelassen. »Wir waren bei Severin Fillers Tante und danach bei seinem Halbbruder. Irgendjemand muss die Spuren schließlich auch mal abarbeiten. Konnte ja niemand ahnen, dass wir innerhalb von drei Stunden zwei neue Opfer haben.«

»Kommt bitte in mein Büro. Du auch, Maline. Bring den Zeugen zu den Kollegen von der Vermisstenstelle. Wir warten auf dich.«

Maline übergab Alexander Scholz und ging in Toms Büro. Ben öffnete gerade eine Flasche Wasser. Sie setzte sich und war dankbar, als Lou aufstand und die Jalousien ein Stück herunterließ.

Tom putzte sich die Nase und schaltete den Ventilator ein. »Zwei weitere Tote mit abgeschlagenen Köpfen und rasierter Schambehaarung. Die Presse wird uns fertigmachen.« Er lachte hysterisch. »Aber jetzt kommt's. Vor zwei Stunden haben wir einen anonymen Anruf erhalten. Ein Mann teilte uns mit, dass im Februar ein Brief an den Oberbürgermeister eingegangen sei, der uns interessieren könnte. Er liegt uns bereits vor. Man könnte ihn als Bewerbungsschreiben bezeichnen.« Er nahm das Blatt und las eine Passage aus dem Text vor. »Den Hexen wurde bereits der Prozess gemacht. Ich könnte in Ihren Diensten das Urteil vollstrecken.«

Maline, Ben und Lou sahen sich an.

»Und er stellt Forderungen an die Stadt. Er möchte eine Dienstwohnung am Heumarkt, eine Martinsgans von den Verwaltungen in Brühl, Oberkassel, Brauweiler, Deutz, Bonn und Neuss. Außerdem verlangt er Arbeitskleidung und eintausend Euro für jede getötete Person.«

Lou massierte sich die Schläfen.

»Wie kommt der nur auf solche Ideen?«, fragte Ben entgeistert.

»Ich habe schon mit Dr. Jansen und Dr. Urbach vom Museum gesprochen«, sagte Tom. »Die Historiker bestätigten übereinstimmend, dass Henker früher genau diese Bedingungen gestellt haben. Martinsgänse, Dienstwohnung in mehreren Ortschaften, Verpflegung und ein Kopfgeld für jeden verbrannten, gehäuteten, geschlagenen oder geköpften Menschen. Egal, wie verrückt es auch klingt, unser Mann kennt sich aus.«

»Daran haben wir nie gezweifelt«, sagte Lou. »Warum haben die von der Stadtverwaltung uns nicht längst Bescheid gesagt?«

»Da gehen täglich unzählige Briefe ein«, sagte Tom. »Und weil der Inhalt für die Angestellte völlig absurd war, hat sie ihn, nach Rücksprache mit ihrer Chefin, einfach abgeheftet.« Tom reichte Lou das Schreiben. »Eine Auszubildende hat ihn gestern in den Akten entdeckt, die sie zur Information durcharbeiten sollte.«

Lou überflog die ersten Zeilen, drehte das Blatt dann um und hielt die Luft an. »Das darf doch wohl nicht wahr sein. Der Brief ist ja von Adam Dalcher unterschrieben!«

Tom starrte sie an. »Kennst du den?«

Lou sprang auf. »Wir waren eben bei ihm! Das ist Fillers Halbbruder. Los! Wir müssen sofort zu ihm!«

»Adam Dalcher.« Tom erhob sich ebenfalls und griff nach dem Telefon. »Wie ist seine Adresse?«

»Xantener Straße 123. Aber er ist zur Arbeit gefahren«, sagte Ben. »Venloer Straße! Luigis Pizzadienst.«

Tom leitete eine Ringfahndung ein.

Brauweiler bei Köln, Brunnenstraße

Es war spät, als sich Lou gemeinsam mit Maline erneut auf den Weg zu Edwina Reiter machte. Adam Dalcher war flüchtig, und sie erhofften sich von seiner Tante weitere Informationen. Neben »Luigis Pizzadienst« war sie der einzige Ermittlungsansatz. Lou und Maline schwiegen während der Fahrt. Jede brauchte Zeit, um die Eindrücke zu verarbeiten, mit denen sie in den vergangenen Stunden konfrontiert worden waren. Für Tom und einige andere gab es keinen Zweifel. Dalcher war der vierfache Mörder, der die MK »Berlich« seit Tagen in Atem hielt. In seiner Wohnung waren mehrere grausige Funde gemacht worden: In einer Reisetasche hatten Beamte einen Frauenkopf sichergestellt. Es handelte sich um den von Renata Mohren. In ihrem Mund fanden sie einen Zettel mit dem Namen Adelheid Erkelenz. Unter den Holzdielen im Flur lagen Tüten mit Haarbüscheln und schwarze Handschuhe, die augenscheinlich Blutanhaftungen aufwiesen. Auch ein Umhang mit einer roten Kapuze wurde gefunden. Eine Liste mit den historischen Namen lag in der Tasche neben dem Kopf, der Zettel war blutverschmiert, aber die Namen Stina Dürrenaels, Tringin Breisig, Martin Schmid und Adelheid Erkelenz waren unterstrichen und zu erkennen. Besonders beunruhigend fanden die Ermittler die Tatsache, dass auch die beiden Namen Maria Cäcilia Ahrweiler und Hans Breidenbach auf der Liste markiert waren. Hierbei handelte es sich laut der historischen Quelle um zwei Kinder. Ein wichtiger Fund war auch das zweite Schwert. Es hatte blutverschmiert im Wäscheschrank gelegen.

Lou bekam diese Bilder nicht aus dem Kopf. Trotzdem war ihr die Sache suspekt. Sie sah ihre Kollegin von der Seite an und brach das Schweigen. »Der Mörder hat seine Taten akribisch geplant und ohne Spuren zu hinterlassen ausgeführt. Er hat keinen einzigen Fehler gemacht, und dann fliegt er so stümperhaft auf?«

»Aber die ganzen Indizien«, entgegnete Maline. »Das kann doch alles kein Zufall sein.«

»Ist es auch nicht. Aber irgendetwas stinkt da gewaltig zum Himmel.« Lou schaltete einen Gang tiefer. »Zugegeben, Dalcher war nervös, als wir in seiner Wohnung waren. Aber das ist die Hälfte der Bevölkerung, wenn sie mit der Polizei zu tun hat. Nein, mich stört etwas anderes. Kannst du mir mal sagen, warum er die Beweise nicht entfernt hat? Er hat die Polizei im Haus, ist also gewarnt, und dann unternimmt er nichts, fährt seelenruhig zur Arbeit? Er hatte immerhin über zwei Stunden Zeit.«

»Vielleicht war er sich seiner Sache zu sicher.«

»Glaub ich nicht. Ich könnte mich so ärgern, dass wir ihn nicht festgenommen haben.«

»Zu diesem Zeitpunkt gab es keinen Grund dafür«, sagte Maline.

Lou bog in die Brunnenstraße ein. Edwina Reiter saß auf einer Bank in der Abendsonne. Als sie auf sie zugingen, bemerkte Lou ein Hämatom unter ihrem linken Auge.

Die alte Frau schlurfte wortlos ins Haus. In der Küche waren die Vorhänge zugezogen, das Licht war jetzt schummrig. Frau Reiter starrte an Maline und Lou vorbei auf ein düsteres Ölgemälde. Es zeigte die Mutter Gottes, die mit ausdruckslosem Gesicht ins Leere blickte. Das Ticken der Standuhr kam Lou diesmal aufdringlich vor.

»Frau Reiter«, sagte sie. »Es ist sicher schwer für Sie, aber wir müssen mehr über Ihren Neffen wissen. So wie es aussieht, steckt er in großen Schwierigkeiten.«

Edwina Reiter seufzte und presste ihre dünnen Lippen aufeinander, als hätte sie sich vorgenommen, nichts zu sagen.

Lou versuchte es noch einmal. »Adam ist in Gefahr. Die gesamte Kölner Polizei ist hinter ihm her. Menschen, die in unvorhersehbaren Stress geraten, verlieren schnell die Nerven. Dabei gefährden sie oft sich selbst und andere Personen. Vielleicht können Sie uns auch sagen, wo wir seinen Bruder finden. Möglicherweise kann er uns weiterhelfen.«

»Ich weiß nicht, wo sich der Junge aufhält.«

»Warum hat Severin Filler das Kloster verlassen?«

Frau Reiter starrte weiter an Lou vorbei.

»Frau Reiter? Haben Sie meine Frage verstanden?«

Die alte Frau schüttelte den Kopf. Lou wiederholte ihre Frage, aber Edwina Reiter schien sie nicht zu hören.

»Wir haben ihn immer bei seinem zweiten Vornamen gerufen«, flüsterte die alte Frau schließlich. »Jean, die französische Form von Johannes. Solange ich mich erinnern kann, hieß er Jean, wie sein Großvater. Severin klingt fremd für mich. Das hat mich schon bei Ihrem ersten Besuch gestört.«

»In Ordnung«, sagte Lou.

Jetzt sah die alte Frau Lou direkt in die Augen. »Adam war in einer Anstalt. Jean hat es mir erzählt.«

»Warum war Adam in der Psychiatrie?«

Sie schwieg.

Lou beugte sich vor. »Erzählen Sie uns von Adam und Jean.«

»Valerie ist die Mutter von Jean und Adam«, sagte Edwina Reiter nach einer Weile. »Sie ist das Kind meiner Cousine. Ich mochte sie schon als kleines Mädchen. Und als sie dann in unsere Nähe zog, hat sie uns ein paarmal besucht. Das war, bevor die Kinder kamen.«

»Valerie ist also mit den beiden Jungen hier eingezogen?«

»Nein. Valerie hat sie zu uns bringen lassen, als ihr Mann 1969 tödlich verunglückte. Sie war mit der Erziehung überfordert. Die Kinder sollten ins Heim, weil Valeries Eltern sie nicht aufnehmen konnten. Da haben wir uns angeboten.«

Edwina Reiter stockte und sah aus dem Fenster. Sie schien mit ihren Gedanken weit weg zu sein. »Ein Bekannter von Valerie hat die drei in einem klapprigen VW-Bus hergebracht. Adam und die Zwillinge.«

»Zwillinge?«

»Ja. Jean und seine Zwillingsschwester Sara.«

»Von einer Schwester wussten wir bisher nichts. Haben Sie noch Kontakt zu ihr?«

»Nein, sie ist gestorben.« Edwina Reiter hielt inne, sah sich in ihrer Küche um, als müsse sie sich orientieren. Dann fuhr sie fort. »Walter, mein Mann, war anfangs nicht begeistert. Er mochte keine Kinder, und er stimmte nur zu, weil Valerie uns versichert hat, dass es nur vorübergehend sein sollte.« Sie lachte leise. »Es war für immer. Aber damals konnte das ja niemand ahnen. Natürlich brachten die Kinder Leben ins Haus. Jean und Sara waren lieb. Sie machten kaum Arbeit. Aber Adam«, sie zögerte. »Er verkraftete die Trennung von seiner Mutter nicht. Er tobte und schrie den ganzen Tag. Wenn er seinen Willen nicht bekam, wurde er richtig hysterisch. Am Anfang dachten wir, dass er Zeit brauchte, um sich einzugewöhnen. Aber es wurde immer schlimmer.«

»Wie haben Sie reagiert?«

»Ich gebe zu, wir haben ihn verwöhnt. Natürlich auch, weil er uns leidtat. Er war noch so klein und sehnte sich nach seiner Mutter. Das bricht einem das Herz. Um Ruhe zu haben, haben wir ihm jeden Wunsch erfüllt, aber es reichte ihm nie.«

»Und Valerie?«

»Ihr Zustand besserte sich nur langsam. Es dauerte fast zwei Jahre, bis sie wieder in der Lage war, dauerhaft mit den Kindern zu leben. Dann hat sie versucht, alles nachzuholen. Sie hat viel Zeit mit ihnen verbracht. Sie schlief mit ihnen unter freiem Himmel im Garten, gab ihnen Musikunterricht und las ihnen Geschichten vor.«

Lou sah sich in der Küche um. »Dieses Haus ist wirklich schön und gemütlich. Aber für sechs Personen muss es reichlich eng gewesen sein.«

»Ach nein. Walter hat den Anbau ausgebaut. Dort hatten Valerie und die Kinder ihre Zimmer.« Frau Reiter schwieg einen Moment. »Es lief alles gut, bis sie diese Frau kennenlernte.«

»Welche Frau?«, fragte Lou.

»Valerie hat eine Ausbildung gemacht. Sie wollte Heilpraktikerin werden. In dieser Zeit hat sie diese Fanny kennengelernt. Fanny lebte auf einem Bauernhof, abgeschieden vom Rest der Welt. Valerie war begeistert und verbrachte viel Zeit mit ihr. Am Anfang habe ich mich für sie gefreut, Valerie blühte richtig auf. Aber wir hatten Fannys Einfluss unterschätzt.«

»Inwiefern?«

»Valerie veränderte sich. Fanny war Vegetarierin, also aß Valerie kein Fleisch mehr. Fanny verbannte alle Elektrogeräte aus ihrem Haus, daraufhin hielt Valerie uns Vorträge über Elektrosmog und forderte uns auf, das Haus davon zu befreien. Ich habe mich natürlich geweigert und ihr gesagt, dass sie ihre Überzeugungen auf ihre vier Wände beschränken soll. Daraufhin hat sie wochenlang nicht mit uns gesprochen. Aber am meisten litten die Kinder, weil Valerie ihnen die sogenannte Industriekleidung wegnahm und welche aus Naturmaterialien mitbrachte. Natürlich wurden die Kinder in der Schule deswegen gehänselt. Adam wurde immer aggressiver, und es gab viele Tränen. Valerie schien das nicht zu kümmern. Sie war mit sich selbst beschäftigt und brach schließlich ihre Ausbildung zur Heilpraktikerin ab, weil Fanny ihr angeboten hatte, sie zu unterrichten. Angeblich war sie medizinisch vorgeschult und auf dem Gebiet der Pflanzenheilkunde eine der führenden Dozentinnen. Alles Blödsinn, wie sich später rausstellte. Sie spielte sich auf und hatte von nichts eine Ahnung. Aber Valerie ließ sich von dieser Frau blenden. Ihre Ansichten wurden immer extremer. So lehnte Valerie zum Beispiel genau wie Fanny die Schulmedizin ab. Und deshalb ist auch unsere kleine Sara gestorben. Daran war diese schreckliche Fanny schuld.«

»Was ist passiert?«, fragte Lou vorsichtig.

»Im Sommer 1978 ist Sara beim Sportunterricht in der Schule verunglückt. Die Lehrerin ließ sie zum Röntgen in ein Krankenhaus bringen. Valerie wäre dagegen gewesen, wie gesagt, sie lehnte die Schulmedizin ab, aber sie war nicht da. Deshalb stimmte ich zu. Das Kind kam ins Krankenhaus. Sara hatte schon früher über Schmerzen und Müdigkeit geklagt, also wurde dort nicht nur ihre Rückenprellung behandelt, sondern sie wurde komplett auf den Kopf gestellt. Dabei fanden die Ärzte einen Tumor. Er war schon so groß wie eine Pflaume. Sie teilten Valerie die Diagnose mit, und sie war krank vor Sorge. Anfangs war sie total hilflos, natürlich, sie stand unter Schock. Auch deshalb ließ sie die Untersuchungen in einer Spezialklinik durchführen und willigte in die Operation und die anschließende Chemotherapie ein. Es war eine schreckliche Zeit. Aber ihrer Tochter zuliebe hielt Valerie sich tapfer. Als sich Saras Zustand allerdings immer weiter verschlechterte, machten die Ärzte Valerie wenig Hoffnung. Sie rieten zu einer weiteren Chemo, aber Valerie lehnte ab, auch weil Fanny ihr abriet. Stattdessen nahm sie das Kind und zog auf Fannys Hof. Wir haben die Welt nicht mehr verstanden. Walter und ich sind einmal hingefahren, aber sie wollte uns nicht sehen.«

Maline wollte etwas sagen, doch Lou schüttelte den Kopf.

»Wahrscheinlich hätten wir etwas unternehmen müssen.« Edwina Reiter sah von Maline zu Lou. »Aber ich war so unbeholfen, und außerdem waren da noch die Jungs. Sie haben auf Saras Verschwinden unterschiedlich reagiert. Jean nahm die Sache gelassen. Aber Adam! Habe ich schon gesagt, dass Adam seine Schwester vergötterte? Nicht Jean, der Zwillingsbruder, nein, Adam. Bis zu dem Zeitpunkt, als Valerie mit Sara verschwand, hatten wir seine Zuneigung als normale Bruderliebe gesehen. Jetzt fiel uns auf, dass er ohne Sara völlig hilflos wirkte. Immer wieder fragte er nach ihr, löcherte uns mit tausend Fragen und verfolgte sogar seine Mutter heimlich. Allerdings nur bis zum Hauptbahnhof. Da hat Valerie ihn entdeckt.«

»Er hat viel auf sich genommen, um mehr zu erfahren«, sagte Lou.

»Ja, aber nach einer Zeit hörte die Fragerei auf. Er dachte an Sara, das war offensichtlich. Er stellte im ganzen Haus Fotos von ihr auf und hat in seinem Schrank eine Art Schrein für sie errichtet. Niemand durfte hineinsehen. Ich musste ihm seine Wäsche aufs Bett legen.«

»Und Valerie?«

»Sie tauchte hin und wieder auf. Oft nachts, wenn die Jungen schliefen. Dann wachte sie an ihren Betten, bis die Sonne aufging, und verschwand wieder. Adams und unsere Fragen nach Sara beantwortete sie immer gleich. Sie behauptete, dass es ihr besser ging. Aber ihre Augen sagten etwas anderes. Irgendwann stand Valerie plötzlich tagsüber in der Tür. Sie sah schrecklich aus, war extrem abgemagert und sprach kaum ein Wort. Erst abends, als die Jungen schon im Bett waren, sagte sie uns, was wir längst wussten. Sara war tot.«

»Wie alt war das Mädchen, als sie starb?«

»Fünfzehn.«

Maline sah von ihrem Notizblock auf. »Hat es keine Untersuchung gegeben?«

»Doch. Und Valerie musste eine Menge unangenehmer Fragen beantworten, ebenso wie Fanny. Der Fall hat damals hohe Wellen geschlagen. Die Zeitungen berichteten tagelang. Aber schließlich wurde Saras Leichnam freigegeben, und dann haben wir sie hier in Brauweiler beerdigt. Im engsten Kreis der Familie.«

»Und die Jungen?«, fragte Lou. »Wie haben sie auf den Tod ihrer Schwester reagiert?«

»Wir haben es ihnen nicht gesagt. Vor allem wegen Adam. Wir fürchteten uns vor seiner Reaktion. Wir logen sie an, erzählten ihnen, dass Sara bei Verwandten in Bayern sei. Valerie ließ die Jungen sogar Briefe schreiben. Briefe an ihre tote Schwester.«

Lou schluckte.

»Aber haben sie von dem Rummel nichts mitbekommen?«, fragte Maline. »Sie sagten doch, die Medien hätten berichtet.«

»Ja. Aber zur Zeit der Beerdigung waren Adam und Jean in einem Zeltlager. Damals war das noch nicht so wie heute. Die Jungen sind vielleicht in der Schule angesprochen worden. Wie dem auch sei, sie haben nie etwas gesagt. Ich glaube, sie waren ahnungslos.«

»Adam auch? Ließ er sich so einfach hinters Licht führen?« Edwina Reiter strich nervös über die Stuhllehne. »Anfangs fragte er mich über die Verwandten in Bayern aus. Ich hatte den Eindruck, dass ihm die Antworten genügten. Er schrieb fleißig Briefe und trug immer ein Foto von Sara bei sich.«

»Hat er sich nicht gewundert, dass er keine Antwort bekam?«, fragte Lou.

»Oh, er bekam Antwort. Eine Schulfreundin von mir lebte damals tatsächlich in Bayern. Ihre Nichte hat Adams Briefe beantwortet.«

»Unglaublich«, murmelte Maline.

»Ja. Und heute schäme ich mich dafür. Jedenfalls zog sich Valerie nach Saras Beerdigung in ihre eigene Welt zurück. Die Erziehung der Jungen überließ sie uns. Nur Jean duldete sie manchmal in ihrer Nähe, aber genauso plötzlich, wie sie ihn bei sich haben wollte, stieß sie ihn wieder von sich weg. Adam konnte sie gar nicht ertragen. Es muss für die Jungen die Hölle gewesen sein.« Edwina Reiter schloss die Augen. Einen Augenblick saß sie ganz still.

»Dann steigerten sich Adams Aggressionen. Ständig wurden wir in die Schule zitiert. Schreckliche Geschichten kamen uns zu Ohren. Angeblich hat er Tiere zu Tode gequält. Die Katze eines Nachbarn soll er bei lebendigem Leib gekocht haben. Valerie wollte davon nichts hören. Ich habe den Jungen zum Psychologen geschleppt. Ohne Erfolg. Es war zum Verzweifeln. Unsere Welt zerbrach, und ich muss gestehen, dass ich mich zunehmend vor Adam fürchtete. Walter war der Einzige, der zu ihm durchdrang. Eine Zeit lang überlegten wir, ob wir ihn in ein Heim geben sollten. Aber dann erledigte sich das Problem von selbst. Als Adam achtzehn Jahre alt war, verschwand er. Einfach so. Spurlos. Natürlich machten wir uns Sorgen und wollten zur Polizei gehen. Doch dann bekamen wir Postkarten. Es schien ihm gut zu gehen. Wir waren erleichtert, auch darüber, dass er fortgegangen war. Ich habe ihn erst viele Jahre später wiedergesehen.«

»Und Jean?«, fragte Lou.

»Als Adam verschwand, war Jean sechzehn. Ihm schien sein Verschwinden nichts auszumachen. Wie ich schon sagte, die Brüder haben sich nie gut verstanden. Wahrscheinlich war es Valeries Schuld. Meiner Meinung nach zog sie Jean immer vor.«

»Warum?«

Frau Reiter schloss wieder die Augen. »Valerie war mit Adam ungewollt schwanger geworden. Sein Vater hat sich kurz vor der Geburt aus dem Staub gemacht. Ich kann nicht sagen, dass sie Adam nicht liebte, aber nach Saras Tod war ihr Jean einfach näher. Er war seiner Schwester wie aus dem Gesicht geschnitten. Die blonden Locken, die blauen Augen. Vermutlich war Sara durch Jean für sie lebendig.«

»Andererseits erinnerte sie der Junge doch jeden Tag an diese schreckliche Geschichte«, sagte Maline.

»Ja, mit Sicherheit. Deshalb hat sie ihn ja auch immer wieder von sich gestoßen. Jedenfalls verschlechterte sich die Beziehung der Jungen untereinander von Woche zu Woche. Walter erwischte sie mehr als einmal in der Scheune, wie sie sich prügelten. Es waren keine harmlosen Rangeleien. Sie schlugen sich blutig. Als Adam dann weg war, schien Jean erleichtert zu sein. Er verbrachte von da an viel Zeit mit Walter und begann, sich für Religion zu interessieren. Na ja, später ging er dann ins Kloster, aber das wissen Sie ja.«

Lou spürte, wie Schweißperlen ihren Rücken hinabliefen. »Wann haben die Brüder vom Tod ihrer Schwester erfahren?«

Frau Reiter überlegte. »Ich glaube, das war in dem Herbst, als Adam verschwand, also 1980. Eines Tages kam Fanny in Begleitung eines Freundes, um Valerie hier zu besuchen. Fanny und Valerie haben sich lautstark gestritten und sich unschöne Dinge an den Kopf geworfen, während Fannys Freund im Auto wartete. Ich weiß nicht mehr genau, worum es bei dem Geschrei ging, aber ich glaube, der Besitzer des Hofes hatte Fanny den Pachtvertrag gekündigt, und sie gab Valerie die Schuld.«

»Hat Fanny allein auf dem Bauernhof gelebt?«

»Nein, da lebten auch andere Leute. Es war so eine Art Hofgemeinschaft, aber nach Saras Tod ist die Gruppe auseinandergebrochen.«

»Fanny besuchte also Valerie«, sagte Lou.

»Ja, die Hexe stand auf einmal in der Tür.«

Lou horchte auf. »Wieso sagen Sie Hexe?«

Edwina Reiter sah Lou irritiert an. »Es hat keine Bedeutung.«

»Doch, überlegen Sie. Warum nennen Sie Fanny eine Hexe?«

Die Hände der alten Frau begannen zu zittern. »Ich weiß es nicht. Vielleicht hat Valerie sie später so bezeichnet oder einer der Jungen. Ich weiß es nicht. Es hat nichts zu bedeuten.«

Lou betrachtete Edwina Reiter aufmerksam. Ihre dünne Haut schien auf einmal noch durchsichtiger. »Ich möchte gerne mit Valerie sprechen.«

»Das geht nicht.« Edwina Reiter klang brüchig. »Sie lebt nicht mehr.«

Maline und Lou sahen sich an. »Wann ist sie gestorben?«, fragte Maline.

»Am 17. Januar.«

»Dieses Jahr?«

Frau Reiter nickte stumm.

»Woran ist sie gestorben?«

»Krebs. Ist das nicht eine Ironie des Schicksals?«

»Und wo?«

»Hier, sie lebte nach wie vor im Anbau.«

»Diese Fanny«, fragte Maline, »was wissen Sie noch über sie?«

Edwina Reiter blickte zur Decke. »Wenig, ich habe sie nur zweimal gesehen. Sie war wesentlich älter als Valerie, und sie hatte einen Sohn. Ein kleiner niedlicher Blondschopf. Er war dabei, als Fanny Valerie besuchen kam. Der Junge wartete mit Fannys Bekanntem im Wagen.«

»Hat an diesem Tag noch jemand Fanny gesehen?«

»Ja, Adam. Er hat Teile des Streites zwischen Valerie und Fanny mitbekommen. Bei diesem Gespräch ging es auch um Saras Tod. Valerie warf Fanny fahrlässige Tötung vor, und Adam muss einiges aufgeschnappt haben. Jedenfalls hat er seine Mutter noch am gleichen Abend zur Rede gestellt, und Valerie hat ihren Söhnen erzählt, dass Sara nicht mehr lebt. Daraufhin ist Adam auf sie losgegangen. Er hat sie ins Gesicht geschlagen und ihr in den Magen getreten. Walter hat es nur mit Mühe geschafft, ihn zu beruhigen. Einige Wochen später packte Adam seinen Rucksack und verschwand.«

Lou sah von ihren Notizen auf. »Können Sie sich daran erinnern, dass zu der Zeit, als Adam verschwand, die Leiche einer jungen Frau in einem Feld bei Sinthern gefunden wurde?«

Frau Reiter machte ein erstauntes Gesicht. »Ja, ich erinnere mich. Aber wieso …?«

»Genauer gesagt, am 20. November 1980. Wann verschwand Adam?«

Frau Reiter dachte kurz nach. »Es war jedenfalls nach dem Martinsfest. Er hat noch mit den anderen Holz für das Feuer gesammelt und sich dabei einen Splitter in die Hand gerammt. Ich erinnere mich genau, ich habe ihn damals selbst zum Arzt gefahren, an dem Tag hat es entsetzlich gestürmt. Aber wann er dann verschwand? Ich weiß es wirklich nicht. Nur, was hat der Tod des Mädchens mit Adam zu tun?«

»Die junge Frau hieß Rebecca Hagen«, sagte Lou. »Sie war zum Zeitpunkt ihres Todes vierundzwanzig Jahre alt. Ihr Mörder hat ihr den Kopf abgeschlagen. Der Körper des Mädchens lag im Feld. Der Tatort ist höchstens zwei Kilometer von Ihrem Haus entfernt.«

»Aber damit hat unser Adam doch nichts zu tun.« Edwina Reiters Wangen glühten. »Niemals! Wir waren alle schockiert damals, Adam auch, und wir haben uns monatelang gefürchtet. Schließlich wurde der Mörder nie gefasst.«

»Ja, bis heute nicht.« Lou sah Edwina Reiter in die Augen. »Adam war zu dieser Zeit extrem labil. Die Gewissheit über den Tod seiner Schwester dürfte sehr belastend für ihn gewesen sein. Dazu kam die Wut über Ihre Lügen. Sie haben ihn selbst als gewaltbereit beschrieben, glauben Sie nicht, dass er zu schrecklichen Taten fähig war?«

Edwina Reiter atmete tief durch, ihre Augen wurden wässrig. »Ich weiß es nicht.«

»Lesen Sie Zeitung, Frau Reiter?«

Die alte Frau winkte ab. »Ich sehe nur das Lokalfernsehen, jeden Abend.«

»Dann wissen Sie ja, was im Moment in Köln los ist.«

»Sie sprechen von den Morden an den Frauen, denen die Köpfe abgeschlagen wurden?«

»Ja.«

Frau Reiter zog die Stirn in Falten. »Das ist eine schreckliche Sache.« Die alte Frau wirkte auf einmal zerbrechlich.

»Wann haben Sie Adam das letzte Mal gesehen?«, fragte Maline.

»Auf Valeries Beerdigung.«

»Waren ihre Söhne bei ihr, als sie starb?«, fragte Maline weiter.

»Adam war hier. Er hat sich am Schluss mit seiner Mutter ausgesöhnt. Sie haben sich in den letzten Monaten vor ihrem Tod oft und lange unterhalten, er hat stundenlang an ihrem Bett gesessen.«

»Worüber haben sie gesprochen?«

»Über Sara. Valerie hat ihm erzählt, wie sie gestorben ist.«

»Und wie hat Adam reagiert?«

»Er war wütend und hat uns beiden schwere Vorwürfe gemacht. Ich kann es ihm nicht übel nehmen. Aber zwei Tage später war er wieder ruhiger und ist bei seiner Mutter gewesen, bis sie starb.«

»Wissen Sie noch ungefähr, wann das war? Ich meine, als Adam so wütend auf Sie war?««

»Ja. Es war am 3. Januar, kurz vor meinem Geburtstag. Adam kam nämlich aus diesem Grund nicht zum Kaffeetrinken.«

»Und sein Bruder? Hat er seine Mutter auch besucht?«

»Ja. Ein-, zweimal. Er konnte nicht so häufig kommen, weil er ja im Kloster gebraucht wird.«

Edwina Reiters Blick verlor sich wieder ins Leere.

»Wissen Sie, wo diese Fanny heute wohnt?«, fragte Lou. »Oder kennen Sie ihren Nachnamen?«

»Nein.«

»Wir müssen los«, flüsterte Maline.

»Einen Moment noch«, sagte Lou. »Frau Reiter, wir haben den begründeten Verdacht, dass Adam Dalcher der Serientäter ist, nach dem wir in Köln suchen.«

Edwina Reiter schüttelte den Kopf. »Nein, Adam ist ein Schläger, aber er ist kein Mörder.«

Lou stand auf, ihre Kollegin erhob sich ebenfalls. »Er ist gewalttätig, und Sie haben sich immer vor ihm gefürchtet.«

Der alten Frau stieg Zornesröte ins Gesicht, und ihre Augen funkelten. »Sie verdrehen ja alles! Bitte gehen Sie jetzt, ich möchte allein sein!«

»Wir möchten kurz Valeries Zimmer sehen«, sagte Lou bestimmt.

»Sie sagten doch, dass sie bis zu ihrem Tod hier lebte.«

Edwina Reiter erhob sich mühsam. »Da gibt es nichts zu sehen. Ich habe alles ausräumen lassen.«

»Alles? Gibt es keine persönlichen Sachen mehr?«

»Nein, nichts. Die Möbel hat Adam für mich verkauft, und die persönlichen Sachen habe ich verbrannt. Verlassen Sie jetzt mein Haus.«

Lou stand schon in der Tür, drehte sich aber noch einmal um. »Noch eine Frage. Woher haben Sie das blaue Auge?«

»Ich bin gestürzt. Und jetzt raus hier.«

»Wir gehen«, sagte Lou, »aber wir werden uns einen Durchsuchungsbeschluss besorgen und zurückkommen. Es wäre besser für uns alle, wenn Sie uns gleich unsere Arbeit machen lassen.«

»Nein.«

»Sie ist geschlagen worden«, sagte Lou, als sie in den Dienstwagen stiegen.

»Glaubst du ihr?« Maline schnallte sich an.

»Ihre Reaktion war verständlicherweise sehr heftig«, sagte Lou. »Immerhin haben wir einen Menschen, den sie mit aufgezogen hat, des Mordes beschuldigt.«

»Ja, was für eine Geschichte sie uns aber auch erzählt hat! Unglaublich. Da belügen erwachsene Menschen ihre Kinder nach Strich und Faden. Die Absichten mögen ja ehrenwert gewesen sein, aber an die Konsequenzen haben sie nicht gedacht. Kein Wunder, dass Adam ausgetickt ist.« Maline startete den Motor. »Wenn sie Adam die Tat damals zugetraut hat, dann weiß sie auch, dass er für die jetzigen Morde infrage kommt. Warum hat sie uns nicht ihr Haus durchsuchen lassen?«

»Ich glaube, sie hat Angst.« Lou schaltete den Funk ein.

Sie erfuhren, dass von Adam Dalcher nach wie vor jede Spur fehlte. In Luigis Pizzeria kannte man ihn nicht. Die Fahndung war ausgeweitet worden.

Polizeipräsidium

»Fahr nach Hause und leg dich aufs Ohr«, sagte Lou zu Maline, nachdem sie Tom über ihren Besuch bei Frau Reiter informiert hatten. »Ich schreibe noch die Vermerke und bin dann auch weg.« Als sie mit der Schreibarbeit fertig war, rief sie noch Claus Kramer an. Er war einer der Ermittler vom LKA und für die Erstellung des Täterprofils in dieser Serie zuständig. Offensichtlich legte er heute auch eine Spätschicht ein, denn er war sofort am Apparat. Lou kannte ihn von früheren Fällen. Sein vorläufiger Bericht lag jetzt auf ihrem Schreibtisch, aber nach dem Gespräch mit Edwina Reiter ergaben sich noch einige Fragen. Kramer, der neben seiner Polizeiausbildung auch Psychologie studiert hatte, interessierte sich besonders für die Kindheit der Brüder. Er äußerte einige Vermutungen und versprach, Lou am nächsten Morgen zurückzurufen.

Sie beendete ihre Aufzeichnungen und schnappte sich ihren Rucksack. Auf dem Weg zum Fahrstuhl kam sie an Toms Büro vorbei. Er saß mit aufgestützten Ellenbogen am Schreibtisch und hielt sich die Hände vor die Augen.

Lou ging in sein Büro und schloss die Tür. »Alles klar bei dir?«

Er sah flüchtig hoch. Seine Augen waren vom Heuschnupfen gerötet.

Sie setzte sich unaufgefordert. Durch das offene Fenster konnte sie den Reklameschriftzug der Köln Arcaden sehen. Lou hörte das Rauschen der Autos von der Hauptstraße.

»Hat die Ringfahndung noch nichts ergeben?«

Tom rieb sich die Augen. »Dalcher und sein Bruder sind wie vom Erdboden verschluckt.«

Lou berichtete ihm von ihrem Gespräch mit Kramer. »Die Familie hat einiges erlebt. So wie es aussieht, kommt Dalcher auch für die Tat 1980 infrage.«

»Die Leiche von Sinthern?«

»Ja.«

»Wir haben Glück, es ist wirklich DNA-fähiges Material vorhanden, vom Opfer und vom Täter. Das LKA vergleicht es mit Dalchers DNA. Bald wissen wir mehr.«

Lou gähnte.

»Liegt das Haus von Dalchers Tante nicht ziemlich nah am Tatort der Leiche von Sinthern?«, fragte Tom.

»Ja«, sagte Lou. »Für Dalcher spricht auch, dass er ein Motiv hatte. Dalcher hat kurz vor der Tat erfahren, dass seine geliebte Schwester nicht mehr lebt und dass seine Mutter ihn ganz schön getäuscht hat. Außerdem glaubt Claus, dass Dalcher seine Mutter für den Tod der Schwester verantwortlich gemacht hat. Edwina Reiter hat uns erzählt, wie unberechenbar Dalcher war. Er ist sogar auf seine Mutter losgegangen. Einige Tage nach der Auseinandersetzung mit ihr wurde die junge Frau tot im Wald gefunden. Claus vermutet, dass Dalcher den Hass auf seine Mutter auf das Mädchen übertragen hat, also eine klassische Projektion. Seine Wut und seine Enttäuschung dürften für eine solche Tat ausgereicht haben. Schließlich galt er als gewalttätig und aggressiv.«

»Wäre immerhin eine Möglichkeit«, sagte Tom. »Er sucht sich einen Menschen, den er stellvertretend für seine Mutter töten kann, die alte Geschichte.«

»Rebecca Hagen war zur falschen Zeit am falschen Ort«, sagte Lou. »Es scheint alles zusammenzupassen.«

»Und was vermutet Claus, was war der Auslöser für die Serie, die wir jetzt haben?«

»Er weiß es nicht. Anfang des Jahres ist Dalchers Mutter gestorben. Claus meint, dass diese Tatsache ihn letztlich in Gang gesetzt haben könnte.«

Tom sah in seine Notizen. »Im Februar schickt er den Brief an die Stadtverwaltung; als er keine Antwort erhält, stiehlt er die Schwerter, und im Mai beginnt er zu morden. Passt alles zusammen.«

»Und trotzdem«, sagte Lou zögernd, »bin ich mir nicht sicher, ob wir nicht hinter dem Falschen her sind. Überleg doch mal, wie wir Dalcher auf die Spur gekommen sind.«

»Oh nein.« Tom stöhnte. »Was ist jetzt los? Du hast mir doch gerade ausführlich erklärt, warum Dalcher der Mörder sein muss, oder nicht?«

»Wenn Dalcher der Mörder ist, dann hat er seine Taten einerseits richtig gut vorbereitet. Er plant, führt aus und verschwindet. Außer den Namen hinterlässt er keinen Hinweis und kaum Spuren. Andererseits geht er aber hin, schickt einen Brief an die Stadt und unterschreibt mit seinem Namen! Und schließlich lässt er seine Trophäen in der Wohnung herumliegen, obwohl wir schon in seiner Küche stehen? Das passt ganz und gar nicht zusammen.«

»Trophäen bringen ihm nur etwas, wenn er sie auch sieht, sie berührt oder sich an ihnen aufgeilt. Was weiß ich? Er hat halt am Ende doch Fehler gemacht. Ich meine, wer nichts zu verbergen hat, läuft auch nicht weg.«

Lou rieb sich die Augen.

»Du verrennst dich«, sagte Tom. »Wenn etwas erstaunlich ist, dann die Tatsache, dass der Mord an dem Mädchen in Sinthern vor über fünfundzwanzig Jahren geschah. Die Zeitbombe Adam Dalcher hat ganz schön lange getickt.«

»Wer sagt dir denn, dass der Mörder in der Zwischenzeit nicht gemordet hat? Wer weiß, wie viele ungeklärte Todesfälle noch auf sein Konto gehen.«

»Wir werden sehen. Ich hoffe nur, dass wir ihn bald haben. Hast du den Durchsuchungsbeschluss für Edwina Reiters Haus beantragt?«

Lou nickte.

Tom stand auf. »Ich muss jetzt ins Bett. Sei mir nicht böse, aber wir reden morgen weiter, okay?«

»Klar. Wir haben sowieso Bereitschaft. Wahrscheinlich klingeln uns die Kollegen aus dem Bett, wenn wir gerade eingeschlafen sind.«

Sie verließen Toms Büro gemeinsam. Lou ging kurz auf die Toilette. Als sie wenige Minuten später an Frankas Büro vorbeikam, sah sie noch Licht.

»Franka?« Lou ging in das Büro ihrer Kollegin, um die Lampe zu löschen. Dabei fiel ihr Blick auf die Schubladen, die hinter der Tür abgestellt worden waren. Tom hatte ihr von den Karteikarten erzählt. Lou ging in die Hocke und zog eine der Karten heraus. »12. Mai 1954. Alexanders Geburt. Ilse hat ihn zu Hause entbunden. Wir sind glücklich.«

Lou setzte sich auf den grauen Linoleumboden und schaltete ihr Handy ein. Ihre Privatnummer leuchtete im Display. Offensichtlich hatte Helene versucht, sie zu erreichen. In dem Moment fiel ihr der Termin mit Helene und Nikodemus ein. Lou drückte ihre eigene Telefonnummer.

»Hier Helene Vanheyden, Apparat Lou Vanheyden.«

»Hallo, Mutter, ich bin es.«

»Ich wollte gerade ins Bett gehen. Nikodemus und ich haben eine Stunde auf dich gewartet. Hat dir dein Kollege nicht ausgerichtet, dass ich angerufen habe?«

»Nein, ich bin gerade erst reingekommen. Es tut mir leid, aber Nikodemus wird warten müssen, bis der Fall abgeschlossen ist. Im Moment kann ich meine private Zeit einfach schlecht planen.«

»Ich habe ihn schon instruiert. Schließlich möchte ich nicht, dass er abspringt.«

»Wenn er abspringt, ist es auch okay. Das kannst du ihm ruhig bestellen. Ist Frieda im Bett?«

»Natürlich, es ist fast Mitternacht. Kommst du gleich?«

»Ja. Ich muss nur kurz noch etwas durchsehen.«

Sie verabschiedeten sich, und Lou begann, die Karteikarten durchzublättern. Sie vertiefte sich Karte für Karte mehr in Leonhard Scholz' damalige Welt. Schon nach kurzer Zeit beschlich sie das Gefühl, dass die Karten die fehlenden Puzzleteilchen enthielten, nach denen sie suchte. Aber vorerst quälte sie sich durch Banalitäten. Informationen über das Wetter, die Entwicklungsschritte des Jungen, Ilses Gemütszustand und Leonhard Scholz' philosophische Gedanken zur Enge seines Lebens. Auch wenn Lou nicht wusste, wohin sie die Karten führten, wurde eines immer klarer: Scholz war zu dieser Zeit nicht glücklich gewesen. Er sehnte sich nach einem Leben auf dem Land und träumte davon, auszubrechen. Es war nach zwei Uhr morgens, als sie sich endlich von den Karteikarten losriss. Ihr Nacken schmerzte, und ihr Magen knurrte. Sie war froh, als sie im Wagen saß und nach Hause fuhr.

Brauweiler

St. Nikolaus erhob sich mächtig zum Nachthimmel, der gewaltige Westturm streckte sich zu den Sternen.

Im Schatten der Abtei begegnete er keiner Seele. Er schlich an der Klosteranlage vorbei und hielt sich nah an den Häuserwänden. Vorsichtshalber. Seine Hände berührten das warme Mauerwerk, das die Hitze des Tages gespeichert hatte. Als er in die Bernhardstraße einbog, beschleunigte er seine Schritte und mahnte sich augenblicklich wieder zur Ruhe. Hastende Menschen erregten schneller Aufmerksamkeit. Deshalb zwang er sich, langsamer zu gehen. Seine Nasenflügel bebten. Die Nachtluft war schwül. Keine Veränderung, das Wetter schlug nicht um. Schweißperlen sammelten sich auf seiner Nase. Sein Werk war beinahe vollbracht. Einerseits stimmte ihn diese Tatsache heiter. Andererseits fürchtete er sich vor dem Finale. Natürlich war alles gut durchdacht. Die Marionetten tanzten an den Schnüren. Aber er war müde und wollte schlafen. Für immer. Er sehnte sich nach Stille und Endlichkeit.

Ein Auto kam die Straße herauf. Er drückte sich in einen Hauseingang und harrte dort aus. Der Weg, der jetzt vor ihm lag, war nicht geplant. Dies war einer der wenigen spontanen Momente seines Lebens. Ihn führte eine Sehnsucht, der er sich nicht entziehen konnte. Das Auto fuhr vorbei. Die roten Rücklichter blendeten ihn. Er atmete durch und setzte seinen Weg fort. Zielstrebig und wachsam. Er kannte den Weg, hundertmal war er ihn gegangen. In der Realität bei Wind und Wetter, aber auch in Gedanken. Wieder und wieder. Jetzt konnte er die Grablichter sehen. Ihr Anblick beruhigte sein Herz. Sein Atem wurde langsamer.

Er blickte über den staubigen kleinen Platz. Hier parkten tagsüber die Besucher ihre Fahrzeuge. Jetzt war er verlassen. Erst als er an den dornigen Hecken des Parkplatzes entlangschlich, bemerkte er einen Wagen. Er stand in der äußersten Ecke vor den Brombeerhecken, durch die man zum Neubaugebiet gelangen konnte. Abrupt blieb er stehen und schätzte die Entfernung ab. Das Auto war weiter weg als die Friedhofsmauer. Drei große Schritte, und er konnte hinter ihr verschwinden. Trotzdem zögerte er. Er brauchte Gewissheit. In diesem Stadium durfte er kein Risiko eingehen. Es half nichts. Er musste seine Deckung aufgeben.

In gebückter Haltung näherte er sich dem Wagen. Als er den Vorderreifen erreichte, sah er sich verstohlen um. Niemand war zu sehen. Für einen Moment registrierte er das Zirpen der Grillen. Er reckte sich und warf einen Blick in den Wagen. Das Fahrzeug war leer. Der Schlüssel steckte. Es gab nur zwei Möglichkeiten. Entweder gehörte das Auto einem Pärchen, das sich gerade in den Feldern vergnügte, oder Jugendlichen, die ängstlich über den Friedhof liefen und diese Tat morgen als Mutprobe bezeichneten.

Das Areal war groß. Er konnte es nicht absuchen. So viel Zeit blieb ihm nicht. Er hoffte, dass sich ein Pärchen in den Feldern liebte, und lief die wenigen Schritte zur Mauer zurück. Erst jetzt sah er die beiden Mofas. Sie lehnten an einer Laterne. Einen Augenblick hielt er inne. Verwarf dann seine Bedenken und sprang über die Mauer. Der Geruch von Efeu und frischer Erde beflügelte ihn, ebenso wie die roten Lichter. Er vergaß die Welt um sich herum. Hier brauchte er sich nicht zu orientieren. Hier kannte er jeden Stein und jede Inschrift. Er blieb kurz stehen, als er das Grab erblickte, das ihn so magisch anzog, atmete tief durch, bevor er sich ihm näherte. Alles war nun vergessen. Die Last, die er auf seinen Schultern trug. Sein Plan, seine Ängste. Er fiel vor dem Grab auf die Knie.

»Ich hol dich da raus«, murmelte er und stieß seine Fingerkuppen in die harte Erde. Wieder und wieder. Doch der Boden war ausgedörrt. Er bemühte sich verbissener. In seiner Verzweiflung griff er nach einem Stein, nahm ihn in beide Hände und rammte ihn in den Boden. Er setzte seinen ganzen Körper ein, und schließlich gab das Erdreich nach. Zentimeter für Zentimeter. Kleine Steinchen bohrten sich unter seine Fingernägel. Schweiß lief ihm den Körper hinunter. Mit der Kraft eines Besessenen führte er seine Arbeit fort. Ohne Pause grub er tiefer und tiefer. Seine Finger schmerzten und begannen zu bluten. Als ihn seine Kräfte verließen, musste er einsehen, dass sein Unterfangen sinnlos war. Verzweifelt rang er nach Luft und sank erschöpft in die kleine Mulde, rollte sich kraftlos zusammen und begann zu schluchzen wie ein Kind.

»Ich hol dich raus«, weinte er, und sein Heulen erfüllte die Nacht.

Er bemerkte die beiden Jungen nicht, die hinter einem Grabstein hockten und sich vor Angst beinahe in die Hosen machten.

SECHSTER TAG

Polizeipräsidium

Lou überquerte die Zoobrücke und bog in die Abfahrt zum Polizeipräsidium ein. Sie sah die Menschenansammlung schon von Weitem, die sich von der Kalker Hauptstraße offensichtlich bis zum Haupteingang des Präsidiums drängte. Als sie wenige Minuten später das Gebäude durch den Hintereingang betrat und in ihrem Büro ankam, stellte sie gleich fest, dass der Durchsuchungsbeschluss für Edwina Reiters Hof noch nicht da war. Lou wählte die Nummer des zuständigen Staatsanwalts, aber Sanders war noch nicht in seinem Büro.

Ben erschien im Türrahmen.

»Hast du dich durch den Haupteingang gekämpft?«, fragte Lou.

»Ja, obwohl ich die Meute schon an der Trimbornstraße gehört habe. Es war ganz schön unangenehm, sich da durchzudrängen.«

Ben verschwand mit seiner Kaffeetasse im Flur. Lou sah durch die Glasfront des Foyers Einsatzwagen anrücken. Sie wurden von der aufgebrachten Menge mit Pfiffen begrüßt. Lou beobachtete mehrere Leute vom Sicherheitspersonal, die dabei waren, eine Gruppe junger Frauen durch den Haupteingang nach draußen zu schieben. Sie wehrten sich und hielten ein Transparent mit der Aufschrift »Hängt den Hexenmörder« hoch. Reporter verschiedener Fernsehanstalten fingen die Szene mit ihren Kameras ein. Für eine Armada von Fotografen waren diese Bilder ein gefundenes Fressen. Blitzlichtgewitter von allen Seiten.

Lou ging in die Kantine, die auffallend leer war. Als sie sich zwei Brötchen aus der Vitrine nehmen wollte, hörte sie Maline ihren Namen rufen. Sie klang aufgeregt. »Wir haben ihn!«

Lou schlug den Vitrinendeckel zu. »Dalcher?«

»Ja. Sein Bruder hat gerade auf der Leitstelle angerufen. Dalcher versteckt sich in Brauweiler bei seiner Tante. Filler versucht, ihn in Schach zu halten, bis wir da sind.«

Lou folgte Maline ins Foyer. »Alles klar! Ich fahre rauf und hole meine Pistole.«

»Gut, dann treffen wir uns an der Fahrwache«, rief Maline. »Max und Tom haben einen Großeinsatz vor. Beeil dich.«

Lou rannte in ihr Büro zurück, nahm ihre Pistole aus dem Schreibtisch und tauschte ihre Clogs gegen die Sneakers. Wenige Minuten später saß sie neben Maline im Streifenwagen.

»Dalcher versteckt sich in dem Anbau am Haus«, sagte Maline. »Deshalb wollte Frau Reiter uns gestern nicht Valeries Wohnung zeigen. So ein verdammter Mist!«

»Glaube ich nicht«, sagte Lou. »Eigentlich war sie auf Dalcher nicht gut zu sprechen. Es würde mich wundern, wenn sie ihn versteckt hat.«

»Und wenn er sie gezwungen hat? Denk an das blaue Auge.«

Sie überquerten die Zoobrücke. Die Gondeln der Zooseilbahn schaukelten wie dicke bunte Luftballons in der Sonne. Die meisten Kabinen waren leer, den Leuten war es selbst für die einfachsten Vergnügungen zu heiß. Maline trat das Gaspedal durch, stellte Blaulicht und Martinshorn an. Die wenigen Autos, die auf der Brücke fuhren, stoben auseinander.

»Sind die anderen auch schon losgefahren?«, fragte Lou.

»Nein, ich glaube, wir sind die Ersten.«

Grolmanstraße

Franka und Roland standen in Renata Mohrens Garten. Aufgrund der Tatsache, dass zwei Menschen getötet wurden, die sich offensichtlich gekannt hatten, erhoffte sich die Polizei neue Ermittlungsansätze, und eine Spur, die sie zur Verbindung aller Opfer führte. Deshalb durchsuchten sie seit den frühen Morgenstunden das Haus. Bisher erfolglos. Roland bot Franka einen Kaugummi an.

»Du hast ja menschliche Züge«, sagte sie und griff zu.

Roland antwortete nicht. Er war müde. Sie waren schon seit sechs Uhr auf den Beinen.

Franka kaute und sah ihn von der Seite an. »Bist du okay? So schweigsam kenne ich dich gar nicht. Bist du immer noch sauer, weil ich nicht mit dir ausgehen will?«

»Bild dir bloß nichts ein.« Roland lehnte sich gegen eine Mauer, die warm von den Strahlen der Morgensonne war. Er wollte nicht reden. Auch weil ihm die Bilder vom Vortag nicht aus dem Kopf gingen. Er sah den leblosen Körper von Renata Mohren. Ihr Leichnam war mit Schwerthieben übersät. Der Täter musste sie regelrecht abgemetzelt habe. Einundzwanzig Schnittwunden.

»Sie hatte Angst und sich Sorgen um Scholz gemacht«, sagte Roland. »Nun sind sie beide tot.«

»Mensch, mach dich nicht verrückt. So etwas kann jedem von uns passieren.«

»Ich hätte nur genauer hinhören müssen.« Roland klang verzweifelt.

Franka schwieg. Sie wollte Roland nicht sagen, was viele Kollegen dachten: Ja, er hätte genauer hinhören müssen.

»Klar, jetzt haben alle gut reden«, fuhr er fort. »Immerhin habe ich ja auch einen Vermerk geschrieben. Die Spur wäre bearbeitet worden.«

Franka zündete sich eine Zigarette an und gab Roland auch eine. Sie inhalierten den Zigarettenrauch.

»Wir machen alle Fehler«, sagte Franka und berichtete Roland von Bens und Lous Besuch bei Frau Reiter. »Hätten sie die alte Frau beim ersten Mal schon ausführlicher befragt, wären wir wahrscheinlich eher auf Dalcher gekommen.«

Roland zog an seiner Zigarette und blies den Rauch aus. »Ach, Lou macht doch keiner an. Die hat doch einen Freischein.«

»Das siehst du völlig falsch.«

Roland wollte etwas sagen, besann sich dann aber eines anderen. Franka löste ihr Haargummi, fuhr sich durch die langen Haare, zog sie nach hinten zusammen und straffte ihren Pferdeschwanz neu.

»Hast du den Hund gesehen?«, fragte Franka.

»Ja, ich war dabei, als Tom die Gefriertruhe geöffnet hat. Das arme Tier lag auf dem anonymen Brief und hat noch gelebt, als ihn der Mörder in die Truhe sperrte. Jedenfalls waren deutliche Kratzspuren auf den Gefrierbeuteln zu sehen.« Roland holte tief Luft. »Ich glaube, die Sache mit Attila hat Herrn Mohren den Rest gegeben. Danach ist er zusammengebrochen und konnte sich nicht wieder beruhigen.«

Rolands Handy klingelte. Es war Ben. »Wir haben ihn.«

»Wen? Dalcher?«

»Klar, wen sonst? Sein Bruder hält ihn in Brauweiler auf dem Grundstück der Großtante in Schach. Brunnenstraße. Wir fahren sofort los.«

Rolands Puls begann zu rasen.

»Bleibt, wo ihr seid«, sagte Ben. »Lou und Maline sind schon losgefahren, das SEK ist alarmiert, Tom und ich fahren auch hin. Alles klar?«

»Was? Ich verstehe dich nicht. Der Empfang ist so schlecht. Ben? Hallo?« Roland beendete das Gespräch und schaltete das Handy aus.

»Los. Wir müssen nach Brauweiler«, log er. »Ben hat uns angefordert.«

Keine Minute später trat Roland das Gaspedal durch. Mit quietschenden Reifen bog er auf die Ringe ab und fuhr die Aachener Straße stadtauswärts. Er bemerkte, wie Franka sich in ihrem Sitz verkrampfte. Er lächelte, sagte aber nichts und konzentrierte sich auf die Straße. Roland witterte eine neue Chance, und die wollte er unbedingt nutzen.

Brauweiler bei Köln, Brunnenstraße

»Sollen wir nicht besser auf die Kollegen warten?«, flüsterte Maline.

Lou zögerte. Vom Wagen aus hatten sie Edwina Reiters Haus, das Dach des Anbaus und den Schuppen im Blick. Kein Mensch war zu sehen. Die Luft war schwül. »Wir verschaffen uns schon mal einen Überblick«, entschied sie. »Du bleibst dicht bei mir.«

Sie zogen ihre Pistolen, stiegen aus und liefen in gebückter Haltung bis zu dem Jägerzaun, der das Grundstück begrenzte. Dort verschanzten sie sich hinter einer Regentonne. Von hier aus konnten sie das kleine Anwesen überblicken.

»Ich schaue mal im Anbau nach«, sagte Lou. »Du bleibst hier hinter der Tonne.«

»Sollen wir nicht lieber zusammenbleiben?«

»Nein, eine von uns muss draußen bleiben, um die Kollegen einzuweisen. Ich sehe mich nur kurz um, damit das SEK gleich einen Anhaltspunkt hat. In Ordnung?«

Malines Gesichtsausdruck sprach Bände. Sie war mit Lous Vorgehensweise ganz und gar nicht einverstanden.

»Und egal, was passiert, du bewegst dich hier nicht weg. Verstanden?«

Ohne eine Antwort abzuwarten, schwang Lou sich über den Zaun und lief an der Hauswand entlang zum Anbau. Vorsichtig schaute sie in eines der Fenster. Nichts. Alles war ruhig. Sie registrierte eine Treppe. Ausgetretene Stufen führten zu einer grünen Holztür hinab. Lou huschte die Treppe hinunter. Im gleichen Moment hörte sie Stimmen. Sie kamen von der Scheune.

Instinktiv ließ sie sich auf den Boden fallen und knallte dabei mit dem Ellenbogen gegen einen verrosteten Türstopper. Ein heftiger Schmerz durchfuhr ihren Körper, sie unterdrückte einen Schrei und sah für einen kurzen Augenblick Sterne. Im gleichen Moment hörte sie, wie das klapprige Scheunentor aufflog. Lou zog sich hoch, presste ihren Oberkörper gegen die flache Steinmauer und sah über den Hof. Sie erkannte Adam Dalcher. Er hielt eine Pistole im Anschlag und zielte offenbar auf jemanden, der in der Scheune stand. Lou konnte ihn nicht sehen.

»Noch einen Schritt, und ich schieße dich über den Haufen!« Dalchers Stimme war schrill.

Bei diesen Worten trat ein Mann aus der Scheune. Er blutete aus der Nase. Seine Hände umklammerten eine Mistgabel.

»Ich schieße, Jean.« Dalcher klang hysterisch. »Bleib stehen!«

Dalchers Bruder schien unbeeindruckt. Er machte einen weiteren Schritt auf ihn zu. »Dann schieß doch, du Feigling.«

»Ich hätte dich schon früher kaltmachen sollen«, antwortete Dalcher. »Du hast so viel Unglück über unsere Familie gebracht.«

Bei diesen Worten ließ Filler die Mistgabel fallen, breitete seine Arme aus und streckte seine Brust vor. »Schieß doch endlich, du feiges Schwein. Erschieß mich und erlöse uns alle.«

Dalcher zögerte nur eine Sekunde, die sein Bruder nutzte, um einen Satz nach vorne zu machen. Adam riss die Pistole in die Luft. Jetzt war Lou mit einem Sprung auf der oberen Treppenstufe.

»Keine Bewegung, Polizei! Lassen Sie die Waffe fallen!«

Dalcher drehte sich zu ihr um, dabei richtete er die Pistole auf Lou. Sein Gesichtsausdruck verriet eine Mischung aus Überraschung und Unverständnis, als der erste Schuss fiel. Der zweite folgte unmittelbar. Lou sah, wie Dalchers Beine wegknickten. Er sank vornüber und blieb regungslos liegen. Jemand schrie. Maline kam über den Hof auf sie zugelaufen.

»Bleib in Deckung!«, rief Lou und bemerkte gleichzeitig, dass sie nicht von der Stelle kam. Ihre Beine waren wie Blei, und sie spürte einen stechenden Schmerz im linken Arm. Sie sah Kollegen, die quer über den Hof liefen. Das SEK war eingetroffen. Jemand rief ihren Namen. Ihre Augenlider wurden schwer. Erst jetzt sah Lou, dass sie blutete. Gleichzeitig wurde ihr schwindelig. Ihre Beine gehorchten nicht mehr. Sie fiel und spürte noch, dass sie jemand auffing.

SIEBTER TAG

Wahlscheid

Die Erzieherinnen des Waldkindergartens trafen sich wie jeden Morgen auf dem Parkplatz des Restaurants Stolzenbach. Sie lehnten am Zaun des Wildgeheges und warteten auf die Kinder. Während Laura ihr Gesicht mit Sonnenmilch eincremte, hörte ihre Kollegin Fatima die Nachrichten der Eltern ab, die sie auf der Mailbox hinterlassen hatten.

»Tims Mutter hat angerufen. Er hat immer noch Masern und kommt auch diese Woche nicht.«

Laura schwieg und gähnte.

»Hast du den Verbandskasten?« Fatima zog den Reißverschluss ihres Rucksacks zu. Laura nickte, ohne ihre Kollegin anzusehen. Fatima bückte sich, um ihre Trekkingschuhe zu schnüren. »Du bist ja heute wieder unheimlich gesprächig.« Dabei fiel ihr Lauras Verabredung mit Pablo ein. »Wie ist es gestern Abend gelaufen?«

Laura gähnte noch einmal. »Ich möcht nicht drüber reden.«

Fatima machte ein langes Gesicht. Sie hasste es, wenn Laura so war. Immer musste man ihr alles aus der Nase ziehen. Sie kannten sich seit der Erzieherinnenausbildung und hatten vor zwei Jahren gemeinsam einen eigenen Waldkindergarten eröffnet. Die Laubfrösche e.V. Die Kinder spielten nicht in Räumen, sondern draußen in der Natur, bei Wind und Wetter. Es war erstaunlich, wie die Kleinen in der Natur aufblühten. Sie bauten Hütten aus Ästen oder stauten den kleinen Bach und weinten fast, wenn es nach Hause ging. Falls das Wetter zu ungemütlich wurde, sorgte ein alter Wohnwagen in der Nähe des Gasthofs Stolzenbach für gemütliche Wärme. In diesem Mai mussten sie allerdings andere Herausforderungen meistern. Zum einen die enorme Hitze und zum anderen die Insektenschwärme, die Erzieherinnen und Kinder täglich zerstachen.

»Hast du neues Mückenspray besorgt?«, fragte Fatima.

»Ja, aber Mist! Ich hab es zu Hause vergessen.«

»Mensch, Laura!«

»Ist ja schon gut, morgen denk ich dran.«

»Aus deiner schlechten Laune schließe ich, dass dein Date mit dem schönen Pablo ziemlich bescheiden war«, stichelte Fatima.

Laura wollte etwas erwidern, doch in dem Augenblick fuhr ein Auto auf den Parkplatz. Herr Öndin brachte die ersten drei Kinder zum Treffpunkt. Die Erzieherinnen begrüßten die Kleinen und kontrollierten ihre Wasserflaschen und die Schuhe. Trotz der hohen Temperaturen mussten die Kinder festes Schuhwerk tragen. Mit Sandalen war die Verletzungsgefahr zu groß. Nach gründlicher Inspektion fuhr Herr Öndin davon, und die nächste Mutter setzte ihre Tochter und deren Freundin ab.

Fatima sah auf die Uhr. »Mathilde fehlt noch. Wir haben gleich zehn nach neun.«

»Auch ein Thema für den nächsten Elternabend«, sagte Laura und begann damit, die Gesichter der Kinder mit Sonnenmilch einzucremen. In dem Moment bog Mathildes Mutter auf den Parkplatz ein.

»Geht doch«, murmelte Laura, atmete tief durch und ging auf den Wagen zu. »Frau Schiffbauer, wir haben Ihnen doch gesagt, dass Mathilde feste Schuhe und ein langärmliges T-Shirt tragen muss.«

»Aber es ist doch so heiß. Das Kind schwitzt sich ja zu Tode.«

Laura und Fatima seufzten.

Kurze Zeit später wanderten die Erzieherinnen mit ihren Schützlingen in den Wald. Hier und da blieben die Kinder stehen, hoben Zweige auf oder pflückten vertrocknete Walderdbeeren, die dicht über dem Boden wuchsen. Zwischendurch streichelten die Kleinen Moos, das zwischen den Wurzeln einiger alter Bäume wie das weiche Fell eines Tieres ausgebreitet lag.

»Ich will so einen Moosfellteppich in meinem Zimmer haben«, verkündete Mathilde, während sie mit der Hand ein paar Mücken verscheuchte. »Moos ist weich und riecht so gut.«

Nach einem kurzen Fußmarsch kamen sie zu einer großen Mulde. Dort lagen dicke Stämme, die einen Kreis bildeten. Dieser Platz war jeden Tag das erste Ziel der Laubfrösche. Durch die dichten Tannen und die Laubbäume war der Platz angenehm kühl. Aber kaum hatten die Kinder ihre Frühstücksbrote ausgepackt, waren auch schon die ersten Wespen da.

»Bleibt ganz ruhig sitzen«, ermahnte Fatima die Kleinen erfolglos.

Die Kinder steckten die Brote eilig weg und begannen zu spielen. Dabei durften sie sich auch von ihren Betreuerinnen entfernen. Das Terrain der Laubfrösche bestand aus einem eiförmigen Waldstück, das von zwei kleinen Bächen begrenzt wurde. Das Gelände war insgesamt so groß wie ein Fußballfeld. Bis zu den Bächen konnten die Kinder laufen und spielen, aber sie durften die Bachläufe nicht überqueren, auch wenn sie im Augenblick nur schmale Rinnsale waren. Normalerweise hielten sich die Kinder an die Grenzen und spielten in Sichtweite.

»Kaffeezeit.« Fatima holte eine Thermoskanne aus ihrem Trekkingrucksack.

In dem Moment schrie einer der Jungen laut: »Eine Biene! Mich hat eine Biene gestochen!«

Laura sprang auf, nahm eine kühlende Salbe aus dem Rucksack und kümmerte sich um ihn.

Fatima goss Kaffee ein, während sie parallel die anderen Kinder zählte. Sie registrierte sofort, dass Mathilde fehlte. Sie stand auf, sah sich suchend um und ging langsam zu ihrer Kollegin.

»Ich kann Mathilde nicht sehen«, flüsterte Fatima, um die anderen Kinder nicht zu erschrecken. »Ich werde mich mal umsehen.«

Sie ging geradewegs zum Bach und folgte seinem Lauf mit schnellen Schritten. Ein Schwarm Mücken schien sie regelrecht zu verfolgen. Sie schlug um sich und rief laut Mathildes Namen. Der Wald war hier nicht sehr dicht, und sie hoffte, das Kind zu sehen. Vergeblich. Nach zwanzig Minuten kam sie an ihren Ausgangspunkt zurück. Fatima bemühte sich, ruhig und gelassen zu wirken.

»Ich kann sie nicht finden. Ich fürchte, dass sie über den Bach gegangen ist. Bleib du hier, ich suche weiter.«

Ohne eine Antwort abzuwarten, schnappte Fatima sich den Notfallrucksack und das Handy. Dann machte sie sich erneut auf den Weg. Zuerst beherrschte sie sich, versuchte langsam zu gehen und ruhig zu atmen. Die Mücken stachen ihr in die Hände und ins Gesicht. Sie suchte Mathilde in jedem Gebüsch und hinter jedem Baum. Schon nach kurzer Zeit begann ihr Herz wie wild zu schlagen. Und schließlich rannte sie durch den Wald.

Uniklinik Köln

»Wie fühlst du dich?« Helene strich Lou eine Strähne aus dem Gesicht. »Konntest du schlafen?«

»Alles bestens.«

Frieda nahm die Hand ihrer Mutter. »Hast du Schmerzen?«

»Ich spüre gar nichts. Das Projektil hat meinen Arm wirklich nur gestreift. Glück gehabt.«

Helene stellte mehrere Plastikschüsseln auf Lous Nachttisch. Die Dosen waren beschriftet. »Wir haben dir etwas zu essen mitgebracht.«

»Wirklich? Du kochst doch nicht so gerne.«

»Nikodemus hat gekocht«, sagte Frieda. »Alles Lieblingsspeisen von dir. Hier.« Sie zeigte Lou eine Dose nach der anderen.

»Marinierte Auberginenwürfel auf Tomatenmus«, las Lou. »Ingwer-Creme-Brulee, Mangosalat und Zwiebelbaguette mit Roquefortkäse. Nikodemus?« Lou sah ihre Mutter an.

»Ich habe ihn probeweise eingestellt. Der Mann muss ja auch planen.«

»Aber –«

»Niko ist voll nett«, sagte Frieda schnell. »Er macht alles. Putzen, Staub wischen, kochen und Wäsche waschen. Und er hat mein Zimmer aufgeräumt.«

»Mutter!«

»Das war ein Versehen«, sagte Helene.

Frieda setzte sich zu ihrer Mutter aufs Bett. »Du magst ihn sicher. Er ist cool. Nur seine Klamotten sind irgendwie abgedreht.«

»Wieso?«

»Er hat immer ein weißes Hemd an und eine schwarze Fliege. Sieht eher aus wie ein Kellner.«

Lou seufzte. »Ich habe das unbestimmte Gefühl, dass mir alles aus den Händen gleitet.«

»Das bildest du dir ein.« Helene schlug einen versöhnlichen Ton an.

Lou setzte sich aufrecht. »Das letzte Wort ist in dieser Sache noch nicht gesprochen.«

»Natürlich.«

»Und was mache ich jetzt mit den herrlichen Gerichten?«

»Am besten so schnell wie möglich essen natürlich. Bei den Temperaturen werden sich die Sachen nicht lange halten«, schlug Helene vor. »Die Tüte mit den Berlinern ist von Hanna. Sie kommt dich heute Nachmittag besuchen.«

»Ihr wollt mich wohl mästen!«

»Du könntest tot sein.« Frieda drückte sich in den Arm ihrer Mutter. »Das war voll krass. Du hast uns einen tierischen Schrecken eingejagt.« Sie begann zu weinen.

»Das wollte ich nicht. Wirklich, aber mir ist ja nichts passiert.«

Es klopfte. Maline kam ins Zimmer. »Stör ich? Soll ich später noch einmal kommen?«

»Quatsch«, sagte Helene, gab Maline die Hand und stellte sich vor. »Wir wollten sowieso gerade gehen.«

Als sie weg waren, setzte sich Maline auf Lous Bett.

»Ich habe mich wie eine Anfängerin verhalten und uns beide in Gefahr gebracht«, sagte Lou.

»Schon okay.«

»Nein. Das war unprofessionell, und es tut mir wahnsinnig leid.«

»Ich werde dich zukünftig von solchen Aktionen abhalten.«

»Solche Aktionen wird es zukünftig nie wieder geben.« Lou trank einen Schluck Wasser. »Wie geht es Roland? Kommt er damit klar, dass er auf Dalcher geschossen hat?«

»Weiß nicht. Ich glaube, er ist ganz schön fertig und macht sich Gedanken darüber, wie sein Handeln erklären soll. Ben hatte ihn ausdrücklich angewiesen, am Tatort von Renata Mohren zu bleiben. Er wird ganz schönen Ärger bekommen, oder?«

»Er wird suspendiert.« Lou lehnte sich zurück.

»Hat Max das gesagt?«

»Nein. Aber es ist der übliche Weg. Ob er dann überhaupt noch eine Chance bei uns bekommt, ist fraglich. Typen wie Roland können wir eigentlich nicht gebrauchen. Er ist übrigens auch die undichte Stelle.«

»Was? Er hat die Infos an die Presse weitergegeben?«

»Ja. Ein Journalist hat der Pressestelle einen Tipp gegeben. Tom hat es mir erzählt.«

Maline schüttelte den Kopf. »Und wann kommst du raus?«

»Morgen. Ich werde auf eigene Verantwortung entlassen. Zu Hause liege ich besser. Außerdem kann ich mich dann auch ein bisschen um Frieda kümmern. Sie ist ganz schön zu kurz gekommen in letzter Zeit.«

»Verstehe.«

»Was ist mit Dalcher? Wie geht es ihm?«

»Er liegt im künstlichen Koma, aber er kommt wohl auf jeden Fall durch.«

»Und sein Bruder? Habt ihr ihn vernommen?«

»Ja. Ihn hat die ganze Geschichte sehr mitgenommen.«

»Woher wusste er, dass Dalcher der Serienmörder ist?«

»Er hat es geahnt. Nicht von Anfang an, aber nach dem zweiten Mord hat er es vermutet.«

»Wie ist er darauf gekommen?«

Maline wollte antworten, doch eine Krankenschwester betrat das Zimmer. »Ich möchte Sie bitten, einen Moment draußen zu warten.« Ihr Ton duldete keinen Widerspruch.

Maline durchquerte den tristen Flur und fuhr mit dem Aufzug ins Erdgeschoss. Vor der Kantine stand ein Kaffeeautomat. Sie zog einen Cappuccino, setzte sich an einen der Tische und drückte Yadets Handynummer. Die Mailbox ging an. Maline hinterließ keine Nachricht. In letzter Zeit kam es immer wieder zu Spannungen zwischen ihnen. Yadet wünschte sich mehr gemeinsame Aktivitäten. Sie hasste es, allein zu Geburtstagsfeiern zu gehen und allein zu Abend zu essen. Sie zeigte wenig Einfühlungsvermögen für Malines Situation. Yadet warf ihr sogar vor, sich mehr als nötig in die Mordkommission zu hängen. Sie verstand einfach nicht, dass Malines Freiräume in dieser Angelegenheit begrenzt waren. Maline war erstaunt, wie wenig Verständnis Yadet für ihre Arbeit zeigte. Viele Paare zerbrachen an der Realität des Polizeialltags, das wusste Maline von Kollegen. Und zum ersten Mal beschlich sie das Gefühl, dass sie und Yadet es auch nicht schaffen würden.

Sie stand auf, zog einen zweiten Cappuccino und fuhr in die vierte Etage zurück. Die Krankenschwester war verschwunden.

»Hier.« Sie hielt Lou den Kaffee entgegen. »Schmeckt gar nicht so schlecht.«

Lou nahm den Pappbecher.

»Und? Alles in Ordnung? Heilt die Wunde?«

»Ich denke schon. Ich verlasse auf jeden Fall morgen dieses Etablissement.«

»Sollen wir dich denn morgen früh nach Hause bringen?«

»Danke, sehr lieb von dir, aber meine Mutter fährt mich. Reich mir lieber mal den Mangosalat und das Zwiebelbaguette mit Roquefortkäse und erzähl mir, was Filler gesagt hat.«

Maline gab Lou die Box und setzte sich wieder. »Filler hat mitbekommen, dass sein Bruder sich mit seiner Mutter ausgesprochen hat. Danach wurde Dalcher aggressiv, beschimpfte seine Tante und wehrte sich dagegen, seine Mutter im Familiengrab beizusetzen, nachdem sie gestorben war.«

»Wieso?«

»Weil die Anwesenheit der Mutter in seinen Augen die Totenruhe der Schwester stört.«

»Ist er damit durchgekommen?«

»Nein. Mutter und Tochter liegen nebeneinander in Brauweiler. Und spätestens seit dem Augenblick vermutete Filler, dass sein Bruder irgendeinen wahnsinnigen Plan verfolgte. Angeblich hat er entsprechende Andeutungen gemacht.«

Sie schwiegen eine Weile.

»Filler hat zu Protokoll gegeben, dass er sich vor seinem Bruder fürchtete, und er berichtete, dass Adam Dalcher das Mädchen im Sintherner Wald getötet hat. Er hat ihn bei der Tat damals beobachtet und bis heute geschwiegen.«

»Ist das glaubhaft?«

»Ich würde sagen, ja. Er hat Einzelheiten beschrieben, die nie an die Öffentlichkeit gelangt sind. Filler wusste also, zu welchen Taten sein Bruder fähig ist, und brauchte nur eins und eins zusammenzuzählen. Seine Aussage ist schlüssig und stimmt mit den Details in der Akte von damals überein, die wir angefordert haben.«

»Und warum ist er dann nicht zur Polizei gegangen?«

»Er dachte, er kann die Sache allein regeln.«

»Da hat er sich aber gründlich vertan. Filler hält sich aber hoffentlich noch zur Verfügung?«

»Klar, er wohnt bei einem Freund in der Brabanter Straße.«

»Wenn Fillers Aussagen stimmen, wird das DNA-Material aus dem Fall bei Sinthern Adam Dalcher überführen.«

Lou öffnete die Salatbox. Süßer Mangoduft stieg ihr in die Nase.

»Ja, aber das Ergebnis vom LKA liegt immer noch nicht vor«, sagte Maline. »Tom ist deswegen stinksauer.«

»Mein Gott. Nach so vielen Jahren. Warum ist Filler nicht schon damals zur Polizei gegangen?«

»Wollte er wohl, aber die Angst vor seinem Bruder hat ihn zurückgehalten. Er hat sich entschieden, ihn vor die Wahl zu stellen. Filler hat ihm von seinen Beobachtungen erzählt und ihn dann aufgefordert, das Weite zu suchen. Zu seiner Überraschung war Dalcher am nächsten Morgen verschwunden.«

»Und wo hat er die ganzen Jahre gelebt?« Lou kostete den Salat.

»Filler wusste es nicht genau. Jedenfalls hat er seinem Bruder verboten, zurückzukommen. Sie haben hin und wieder telefoniert. Und Filler hat sich ins Kloster zurückgezogen. Er ist mit dieser schrecklichen Familientragödie nicht fertig geworden. Vielleicht gelingt es ihm jetzt.«

»Hat er sich zum Motiv geäußert?«

»Nicht wirklich. Er vermutet, dass die Ausführungen seiner Mutter Dalcher zu den Morden getrieben haben.«

»Ja, das glaube ich auch.«

»Filler vermutet, dass sie ihm die Namen der damaligen Hofbewohner mitgeteilt hat.« Maline hörte ihren Magen knurren, und ihr fiel auf, dass sie noch nichts gegessen hatte.

»Willst du etwas von den Auberginenwürfeln oder von der Creme Brulee?« Lou zeigte auf ihre Tupperdosensammlung.

Maline schüttelte den Kopf. »Yadet kocht heute.«

»Und Edwina Reiter? Habt ihr sie inzwischen schon vernommen?«

»Sie kommt gleich ins Präsidium. Tom will sie selbst vernehmen.«

Lou sah aus dem Fenster. Dalcher war also doch der Mörder. Irgendwie war sie erleichtert. »Ich bin auf die Verbindung zwischen den Opfern gespannt. Dalchers Aussage wird sehr aufschlussreich sein.«

»Ich hab mit Dalchers Psychiater gesprochen«, sagte Maline. »Dalcher war lange Zeit selbstmordgefährdet. Er hat sich mehrmals die

Pulsadern aufgeschnitten. Und offenbar hat er sich seit einiger Zeit wieder selbst geritzt. Seine Arme weisen frische Schnittwunden auf.«

»Und was schließt der Psychiater daraus? Traut er ihm die Taten zu?«

»Dazu wollte er sich am Telefon nicht äußern. Ich treffe ihn erst morgen.« Maline sah auf die Uhr. »Ich muss zurück ins Präsidium. Brauchst du noch irgendetwas?«

Lou stellte die Salatbox zur Seite. »Du könntest mir einen Gefallen tun. Ben wollte gleich noch kommen, er soll mir doch bitte die restlichen Karteikarten mitbringen. Ich habe gestern Nacht begonnen, sie zu lesen, und hier habe ich die Zeit, auch die letzten Karten durchzusehen.«

»Wieso? Du sollst dich ausruhen. Außerdem ist der Fall abgeschlossen. Die Karteikarten können warten.«

»Bitte. Ich würde gerne die Verbindung zwischen den Getöteten kennen, und ich möchte nicht warten, bis Dalcher vernehmungsfähig ist.«

Maline ging zur Tür. »Wenn du unbedingt willst. Ich sage Ben Bescheid.«

»Übrigens gute Arbeit«, sagte Lou.

»Aber es sind so viele Menschen gestorben.«

»Ja, aber immerhin konnte Adam Dalcher seine Tat nicht zu Ende bringen. Vergiss nicht, es standen noch weitere Namen auf der Liste.«

»Du meinst die Kinder.«

»Ja. Und übrigens«, sagte Lou, »wenn du mal jemanden zum Reden brauchst, ich bin da.«

Maline schluckte. »Danke.« Sie ging schnell auf den Flur und wischte sich die Tränen aus den Augen.

Wald, bei Wahlscheid

Anfangs marschierte Mathilde zielstrebig durch den Wald. Sie hielt Ausschau nach kleinen Moosfeldern, riss sie aus dem Waldboden und sammelte sie im lang gezogenen T-Shirt vor ihrem Bauch. Ab und zu blieb sie stehen und schaute auf ihre neuen Tigerentensandalen, dabei jauchzte sie vor Vergnügen. Ein dicker Rabe landete auf einem Ast neben ihr. Mathilde stand ganz still, starrte den Vogel an und leckte sich mit der Zunge über ihren Schokoladenmund. Der Rabe flog krächzend davon. Mathilde lief tiefer in den Wald, immer darauf bedacht, die Moosstücke nicht zu verlieren.

Irgendwann wurde ihr das Sammeln lästig. Außerdem taten ihre Füße weh. Trockene Tannennadeln und kleine dürre Äste steckten zwischen ihren nackten Zehen. Mathilde spürte Mückenstiche auf den Beinen und auf ihren Armen. Da sie mit den Händen das Shirt halten musste, konnte sie nicht nach den lästigen Insekten schlagen. Sie wollte zurück zu ihrer Kindergartengruppe.

Mathilde sah sich um. Wo waren die anderen? Sie rief nach Laura und Fatima. Keine Antwort. Die dunklen Tannen wirkten auf einmal riesig. Mathilde drehte sich im Kreis. Woher war sie gekommen? Sie wusste es nicht. Mücken schwirrten ihr um den Kopf. Mathilde entschied sich, weiterzulaufen. Das trockene Holz knackte unter ihren Sandalen. Ihr fiel eine Geschichte ein. Mama hatte sie erzählt und ihr auch gleich ein Lied dazu beigebracht. Mathilde begann zu summen. Erst leise. Dann lauter, und schließlich sang sie den Text.

»Hänsel und Gretel verirrten sich im Wald. Es war so finster und auch so bitterkalt ...«

Mathilde blieb wie angewurzelt stehen, ihre Augen leuchteten. Der Wald gab den Blick auf eine Wiese frei. Da stand ein Reh. Das Tier hob den Kopf und sah Mathilde an.

»Rehlein, hallo«, flüsterte sie und machte automatisch einen Schritt auf das Tier zu. Sofort verschwand es im Unterholz.

Mathilde lief über die Lichtung. »Warte«, rief sie. »Ich tu dir nix.«

Sie stolperte durch das Gehölz und lief, bis sie schließlich nicht mehr weiterkonnte. Erschöpft sank sie auf einen Baumstumpf, der unterhalb eines Hügels stand. Ihr Pony klebte schweißnass an ihrer Stirn. Füße und Arme juckten wie verrückt. Mathilde legte das Moos auf den Stamm neben sich, kratzte sich, bis die Stiche bluteten. Anschließend rieb sie Spucke auf die Wunden. So wie es ihr Justin neulich im Schwimmkurs gezeigt hatte.

Nach der kurzen Verschnaufpause raffte sie das Moos zusammen, lief den Hügel hinauf und stoppte. Wenige Meter von ihr entfernt stand ein Haus. Ein Haus im Wald, wie in dem Lied.

»Sie kamen an ein Häuschen von Pfefferkuchen fein. Wer mag der Herr wohl von diesem Häuschen sein?«

Das Haus war alt, das Fensterglas zerschlagen, und eine Wand war völlig zerstört. Schutt und Steine lagen auf dem Waldboden verstreut. Das Haus sah komisch aus. Die Tür fehlte. Mathilde ging näher.

»Hallo?«

Keine Antwort. Sie stieg die Stufen zum Eingang hinauf. Es roch seltsam.

»Hallo?«

Stille. Mathilde ging hinein. Der Geruch war ekelhaft. Sie sah sich um und staunte. Wo war das Dach? Wohnten hier arme Leute? Überall lagen Glassplitter und Steine. Mathilde betrachtete die bunten Bilder an den Wänden, sie gefielen ihr. Sie stolperte über leere Sprühdosen, und gleichzeitig knurrte ihr Magen. Jetzt wollte sie nach Hause. Sofort. Heißen Kakao trinken. Milchreis essen.

»Mama?«

Und wirklich. Mathilde bekam eine Antwort. Sie vernahm ein Flüstern. Gehauchte Worte. Tief.

»Huhu, da schaut eine alte Hexe raus. Sie lockt die Kinder ins Pfefferkuchenhaus.«

»Papa?«

Stille. Unerträglich.

Mathilde lief in Richtung Eingang zurück. Dabei übersah sie einen Spalt im Boden. Hier war das Holz morsch und verwittert. Sie blieb mit ihrem Fuß hängen, kleine Holzsplitter bohrten sich in ihre nackten Zehen. Mathilde erschrak, ließ das Moos fallen und versuchte ihren Fuß aus der Bruchstelle zu ziehen. Es gelang ihr nicht.

Sie weinte, schrie und schlug mit den Händen auf das altersschwache Holz. Die vermoderten Bretter knackten und ächzten bedenklich. Der Boden gab weiter nach. Mathilde konnte sich kaum halten. Erst jetzt sah sie die Fliegen. Sie stiegen durch die Lücke zu ihr auf. Verfingen sich in ihren Zöpfen. Mathilde kreischte und sah nach unten. Schwarze Augen. Sie starrten hinauf. Fixierten sie. Mathilde presste ihre Lippen fest aufeinander.

In dem Augenblick hörte sie wieder das Flüstern. Diesmal war es ganz nah. »*Sie stellte sich gar freundlich, doch Hänsel, welche Not. Sie will dich braten im Ofen braun wie Brot.*« Mathilde kreischte mit offenem Mund. Fliegen enterten ihren Rachen. Sie strampelte, versuchte den eingekeilten Fuß zu befreien. Schlug um sich. Der alte Holzboden gab endgültig nach. Mathilde rutschte ab und stürzte in die Tiefe. Ihr kleiner Köper prallte hart auf. Sie verlor das Bewusstsein.

Uniklinik Köln

Die Schmerzmittel zeigten Wirkung. Lou machte es sich so bequem wie möglich und war froh, dass sie endlich etwas Ruhe fand. Ben hatte ihr neben den Vernehmungsprotokollen von Severin Filler und Alexander Scholz auch die Karteikarten mitgebracht. Lou las sie sorgfältig. Ihr besonderes Interesse galt jetzt den Karten, die gegen Ende der siebziger Jahre geschrieben worden waren. Scholz hatte damals seine Frau verlassen und war gegen ihren Protest ins Bergische auf einen Hof gezogen. Alexander Scholz war in seiner Vernehmung immer wieder auf diese Zeit zurückgekommen. Außerdem erinnerte sich Lou an eine Aussage von Leni Hilgert. Sie hatte erzählt, dass ihre Tochter in den Siebzigern im Bergischen lebte. Lou beschlich eine Unruhe, und sie ermahnte sich, die Notizen aufmerksam zu lesen.

»24. Oktober 1979. Mühlenhof. Apfelernte. Torben und ich arbeiten bis zum Umfallen, die Frauen färben Wolle und kochen Früchte ein, Regen am Abend, bin ins Dorf gefahren und habe mit Alexander telefoniert.«

»25. Oktober 1979. Mühlenhof. Apfelernte. Der Neue fühlt sich nicht gut, Ludwig fehlt bei der Arbeit, heute haben wir ein Schwein geschlachtet, Renata lässt nicht locker, Ilse hat geschrieben, der Junge hat jetzt eine eigene Band.«

Lou warf einen Blick auf die Karten, die sie noch lesen musste. Es waren bestimmt mehrere hundert. Sie griff nach ihrem Mobiltelefon und wählte Frankas Nummer.

Sie war froh, als sich die Kollegin nach dem ersten Klingeln meldete. »Ich brauche die Telefonnummern von Ann-Marie Hilgerts Eltern und Alexander Scholz.«

Franka zögerte, gab ihr aber schließlich die Nummern durch. Kurz danach erreichte Lou Alexander Scholz auf seinem Handy.

»Kriminalhauptkommissarin Vanheyden, Herr Scholz?«

»Ja.«

»Ich habe eine Frage. Erinnern Sie sich daran, als Ihr Vater im Bergischen Land auf dem Mühlenhof gelebt hat?«

»Klar, meine Mutter hat sich jeden Abend die Augen aus dem Kopf geheult und hat an mir gehangen wie eine Klette.«

»Haben Sie Kontakt mit Ihrem Vater gehabt? Haben Sie ihn mal besucht?«

»Nein, damals war er für mich gestorben. Ich wollte mit dem ganzen Mist nichts zu tun haben und tourte mit meiner ersten Band durch Hessen, auch um mich aus dem Würgegriff meiner Mutter zu befreien.«

»Haben Sie denn vielleicht mal einen Namen aufgeschnappt, oder hat Ihre Mutter sonst irgendetwas erwähnt, was mit dieser Zeit zusammenhängt?«

»Mensch, das ist über dreißig Jahre her. Und später, als mein Vater wieder angekrochen kam, war das Thema Mühlenhof tabu.«

»Verstehe. Hatte denn Ihr Vater in letzter Zeit mal etwas gesagt? Hat sich jemand bei ihm gemeldet, oder gab es sonst irgendeinen Kontakt?«

»Gemeldet? Keine Ahnung! Aber das habe ich doch Ihren Kollegen alles schon gesagt. Sein einziger Kontakt aus dieser Zeit war die Mohren. Mit der hat er sich immer wieder getroffen. Heimlich, weil meine Mutter sonst Theater gemacht hätte.«

»Können Sie sich daran erinnern, dass ein Kind auf dem Hof gestorben ist?«

»Ja, meinen Vater hat die Sache damals sehr mitgenommen. Deswegen kam es zum Bruch zwischen ihm und Renata Mohren. Zu der Zeit haben sie sich aus den Augen verloren. Und mein alter Herr kam auf allen vieren zu meiner Mutter zurück.«

Lou bedankte sich für die Informationen und wählte Leni Hilgerts Nummer.

»Hier ist Lou Vanheyden, Kripo Köln. Frau Hilgert, ich habe noch ein paar Fragen an Sie.«

»Jetzt, wo der Mörder gefasst ist?«

Dalchers Festnahme war in sämtlichen Nachrichten.

»Es geht um die Zeit, als Ihre Tochter mit diesem Künstler zusammen war. Sie erwähnten, dass sie mit ihm im Bergischen gelebt hat. Wissen Sie, wo?«

»Nein, nicht genau. Aber ich glaube, sie haben dort auf einem Hof gelebt, es war so eine Art Kommune.«

»Mühlenhof, hat Ann-Marie ihn mal erwähnt?«

»Nein.«

»Frau Hilgert, das ist jetzt sehr wichtig. Vielleicht hat Ihre Tochter mal den einen oder anderen Namen genannt. Ich lese Ihnen ein paar Namen vor. Vielleicht erinnern Sie sich dann.«

»Ich verstehe nicht …«

»Versuchen Sie es einfach!«

»Gut.«

»Torben.«

»Bitte?«

»Torben. T wie Theodor, Otto, Richard, Berta, Emil, Nordpol.«

»Nein.«

Lou las weitere Namen von den Karteikarten vor, aber Frau Hilgerts Reaktion war immer die gleiche.

»Fragen Sie bitte auch Ihren Mann«, sagte Lou, »es könnte sehr wichtig sein.«

»Gut, ich werde meinen Mann fragen. Aber dann brauchen wir unsere Ruhe. Wir haben genug durchgemacht.«

»Nur noch eine Frage. Erwähnt Ann-Marie in ihrem Tagebuch vielleicht die Adresse des Hofes?«

Frau Hilgert klang gereizt. »Nein, wirklich nicht.«

Als Lou das Gespräch beendete, erschien eine Schwester mit Schmerzmittel. Sie schüttelte den Kopf, als Lous Handy klingelte.

»Frau Vanheyden, ich sage es Ihnen nun zum letzten Mal, Sie dürfen hier nicht mit Ihrem Handy telefonieren.«

Lou machte ein schuldbewusstes Gesicht und ließ ihr Handy klingeln.

»Wirklich! Unsere Stationsärztin reagiert sehr allergisch auf Handybenutzer im Krankenhaus. Packen Sie es weg, oder gehen Sie runter ins Café. Da können Sie reden, solange Sie wollen.«

Das Klingeln verstummte. Lou schielte auf das Display. Friedas Nummer leuchtete auf. Sie beschloss, später zurückzurufen, und nahm sich den nächsten Stapel Karteikarten vor.

»6. Dezember 1979. Mühlenhof. Es hat wieder geschneit, Stefans Grippe ist hartnäckig, Fannys Kräuter helfen nicht, Rasmus und die Kleine streiten sich nur noch, die Kinder sind enttäuscht, dass es keine Nikolausfeier gibt, Waldemar hat entdeckt, dass ein großer Teil der Kartoffeln verschimmelt ist.«

Lou gähnte, notierte sich die Namen der Hofbewohner und biss nebenbei in einen von Hannas Berlinern. Erdbeermarmelade tropfte aus dem Gebäck auf die gestärkte Bettwäsche. Lou las die nächste Karte.

»7. Dezember 1979. Mühlenhof. Der Schnee liegt meterhoch, ich sehne mich nach einem heißen Bad, wir müssen unbedingt ins Dorf, um Mehl zu kaufen, Torben hat Kerzen hergestellt.«

»8. Dezember 1979. Mühlenhof. Das Mädchen schreit die halbe Nacht, ihre Mutter ist immer bei ihr, Fanny wird hektischer, Renata steht Fanny bei, Torben und ich hacken Holz bis Sonnenuntergang.«

»9. Dezember 1979. Mühlenhof. Waldemar hat Rasmus mit der Neuen in der Scheune erwischt und ein Machtwort gesprochen, Holz hacken, meine Hände sind geschwollen.«

Lous Handy klingelte.

»Hallo, hier ist noch mal Leni Hilgert.«

»Ist Ihnen etwas eingefallen?«

Frau Hilgert zögerte. »Ich habe Ann-Maries altes Tagebuch gefunden. Es ist mir nicht leicht gefallen, darin zu lesen. Wirklich nicht.«

»Ich weiß.«

»Aus der Zeit, als sie auf diesem Hof gelebt hat, gibt es nicht viele Eintragungen. Aber ich habe ein Herz entdeckt. Ann-Marie hat es am 5. Dezember 1979 in ihr Tagebuch gemalt. In das Herz hat sie einen Namen geschrieben. Leider ist er verwischt. Aber er beginnt mit einem R und endet mit dem Buchstaben S.«

»Rasmus«, rief Lou.

»Vielleicht.«

Endlich. Die Verbindung zwischen Leonhard Scholz, Renata Mohren und Ann-Marie Hilgert war nun klar. Lou atmete durch.

»Frau Hilgert, hat Ihre Tochter damals irgendetwas über diesen Rasmus erzählt?«

»Damals nicht, aber Jahre später hat sie mir einmal gesagt, dass der Mann, mit dem sie damals zusammen gewesen ist, sich umgebracht hat.«

»Er hat sich umgebracht? Wann?«

»Ziemlich bald, nachdem Ann-Marie wieder bei uns war.«

»Hat Sie Ihnen gesagt, warum?«

»Nein.«

»Haben Sie denn nicht gefragt?«

»Nein.«

»Erinnern Sie sich, dass damals der Tod eines Mädchens durch die Presse ging? Ein Kind, das einen Tumor hatte und starb, weil seine Mutter es nicht weiterbehandeln lassen wollte?«

»Vage. Aber was hat das mit Ann-Marie zu tun?«

»Ich vermute, dass das Mädchen auf dem Hof starb, auf dem Ihre Tochter gelebt hat. Die genauen Umstände sind mir nicht klar, aber ich bin mir fast sicher.«

»Das kann ich mir nicht vorstellen. Ann-Marie hat nie etwas gesagt.«

»Hatte Ihre Tochter später noch Kontakt zu früheren Bewohnern dieses Hofes?«

»Eigentlich nicht.«

»Was heißt das?«

»Sie hatte keinen Kontakt, aber neulich ist ein Mann hier aufgetaucht. Erich hat mir erst jetzt davon erzählt. Ich war zu diesem Zeitpunkt in Kur. Jedenfalls wollte er die Adresse unserer Tochter haben, aber Erich hat sie ihm nicht gegeben.«

»Wann war das?«

»Vor ein paar Wochen.«

»Warum haben Sie uns nichts davon erzählt?«

»Bisher hat uns niemand danach gefragt, und wir sahen keinen Zusammenhang.«

»Aber Ihr Mann ist sich sicher, dass sich die beiden von früher kannten.«

»Ja. Jedenfalls hat er sich so vorgestellt.«

»Hat er gesagt, was er wollte, wissen Sie seinen Namen?«

»Nein, den hat er nicht genannt, aber er war älter, wirkte etwas ungepflegt und hatte einen Bart.«

Lou machte sich Notizen. »Kann ich Ihren Mann kurz sprechen?«

»Nein. Er ist beim Arzt. Er ruft Sie an, wenn er zurückkommt.«

»Gut. Und der Ort? Ist Ihnen dazu etwas eingefallen?«

»Ich bin die Eintragungen noch einmal durchgegangen. Der einzige Ort, den sie erwähnt, ist Marialinden. Können Sie damit etwas anfangen?«

»Ja, danke.«

Lou legte auf und drückte Malines Nummer. »The person you have called is not available.« Sie wählte Bens Nummer. »The person you …«

»Mist!«

Lou versuchte es bei Franka. »Ich brauche das Vernehmungsprotokoll von Edwina Reiter. Kannst du es mir rüberschicken?«

»Geht nicht, wir konnten sie noch nicht vernehmen. Sie ist zusammengebrochen, bevor Tom auch nur ein Wort mit ihr sprechen konnte. Übrigens, Lou«, Franka flüsterte jetzt, »hier ist die Hölle los.«

»Was ist passiert?«

»In einem Wald bei Wahlscheid ist ein kleines Mädchen verschwunden. Crossbiker haben sie in einem abbruchreifen Haus entdeckt. Sie ist durch den Boden in den Keller gestürzt. Und jetzt halt dich fest: Das Kind lag auf einem Berg Tierkadavern, denen jemand die Köpfe abgehackt hat.«

»Wahlscheid! Das Kloster, in dem Severin Filler lebt! Verdammter Mist! Dalcher war es nicht!«

»Maline und Ben sind hingefahren und treffen sich dort mit den Kollegen aus Siegburg.«

»Und wo ist Edwina Reiter jetzt?«

»Sie wird ärztlich behandelt.«

»Wo?«

»Tom hat gesagt, dass wir niemandem sagen sollen, wo sie ist.«

»Tatsächlich? Aber damit hat er mich doch nicht gemeint.«

»Doch, dich auch. Du sollst dich erholen, hat er gesagt.«

Lou setzte sich in ihrem Bett auf. »Franka, wenn du mir nicht sofort sagst, wo Edwina Reiter ist, spreche ich kein Wort mehr mit dir.«

Schweigen am Ende der Leitung. »Sie liegt im gleichen Krankenhaus wie du«, sagte Franka leise.

Wahlscheid, Benediktinerkloster

Ben fuhr den Berg zum Kloster hinauf. Tom hatte eine Großfahndung nach Severin Filler eingeleitet. Die Chancen, ihn im Kloster zu erwischen, schätzten Ben und Maline als gering ein, trotzdem mussten sie es dort versuchen.

»Wie es in dieser Villa gestunken hat«, sagte Maline und leerte eine Cola-Dose. »Am liebsten würde ich mich umziehen. Der Geruch hängt mir in den Klamotten.«

»Und die Fliegen!«, sagte Ben. »Ich hab noch nie so viele Fliegen gesehen!«

Maline machte ein angewidertes Gesicht. Offensichtlich hatten sie in der alten Villa Fillers Höhle entdeckt. Zwischen dem Gestank, dem Blut und den Tierkadavern hatte er sich dort sozusagen häuslich eingerichtet und sich sogar eine kleine Bibliothek aufgebaut. Werke über Hexen und deren Verfolgung waren genauso vertreten wie Literatur zur Geschichte von Köln. Außerdem eine Sammlung von Zeitungsartikeln, schön sortiert und in Klarsichthüllen abgeheftet, und Arbeiten zum Thema Hexenverfolgung allgemein. Manche Artikel waren, soweit Maline erkennen konnte, aus den achtziger Jahren. Filler hatte sich also schon lange mit diesem Thema beschäftigt. Lingströms Artikel hat er sich groß kopiert und an die Wand gehängt.

»Filler ist wahnsinnig«, sagte Ben und parkte den Wagen.

»Wahnsinnig und gefährlich«, sagte Maline.

Sie stiegen aus. Abt Jakobus erwartete sie vor dem Hauptportal.

»Ich kann nicht sagen, dass ich erfreut bin, Sie so schnell wieder zu sehen.« Der Mönch machte ein grimmiges Gesicht. »Wir haben nicht gerne die Polizei im Haus. Das schafft nur Unruhe.«

»Wo ist Severin Filler?« Maline klang forsch.

»Bruder Aswin befindet sich zur Rekreation in seiner Kammer.«

»Sind Sie sicher?«

»Ja. Ich habe ihn zwar seit dem Morgengebet nicht gesehen«, der Abt sah auf die Uhr, »aber eigentlich müsste er um diese Zeit in seiner Zelle ruhen.«

»Weiß er, dass wir kommen?«

»Ich habe ihm nichts gesagt.«

Der Abt ging vor. Sie durchquerten den Garten und gelangten durch den Kreuzgang zu einem Nebengebäude. Sie stiegen eine schmale Steintreppe empor, oben kamen sie auf einen dunklen Korridor. Zu beiden Seiten gingen Türen zu den Zellen der Mönche ab.

»Bruder Aswins Zelle ist die letzte auf der rechten Seite. Klopfen Sie ruhig und sprechen Sie mit ihm. Was auch immer Sie von ihm wollen, er wird Ihnen Rede und Antwort stehen.«

Der Abt verabschiedete sich und stieg die Treppe wieder hinab. Ben sah ihm nach. »Komischer Typ.«

Sie liefen den Flur entlang und blieben vor der letzten Tür auf der rechten Seite stehen.

»Herr Filler!« Maline schlug mit der flachen Hand gegen die Tür. »Bitte öffnen Sie!«

Stille. Ben und Maline zogen ihre Pistolen. Ben drückte die Klinke nach unten. Die Tür öffnete sich quietschend.

Uniklinik

Edwina Reiter wirkte nicht überrascht, als Lou ihr Krankenzimmer betrat. »Können Sie mir das Wasser reichen? Ich habe schrecklichen Durst.«

Lou ging um das Bett herum und gab ihr das Glas.

Frau Reiter leerte es mit einem Zug. »Eigentlich möchte ich mit niemandem sprechen.«

»Haben Sie Polizeischutz angefordert, oder warum steht vor Ihrer Zimmertür ein Beamter?«

Frau Reiter schwieg.

»Angst vor Adam? Der liegt doch immer noch im Koma.«

Edwina Reiter starrte an die Decke, umklammerte einen Rosenkranz und begann laut zu beten. »Gegrüßet seist du, Maria, voll der Gnaden, der Herr ist mit dir. Du bist gebenedeit unter den Frauen, und gebenedeit ist die Frucht deines Leibes Jesu …«

»Ich gehe nicht weg«, sagte Lou, zog einen Stuhl heran und setzte sich ans Bett. Die alte Frau betete weiter.

»Es ist nicht Adam, vor dem Sie sich fürchten, nicht wahr? Sie haben uns nicht die Wahrheit gesagt.«

Edwina Reiter blickte an die Decke.

Lou ließ sich nicht beirren. »Sie haben gelogen. Severin war das Sorgenkind. Er hat seine Schwester abgöttisch geliebt, er war aggressiv und jähzornig, oder?«

Keine Reaktion.

»Er hat Sie geschlagen. Das blaue Auge, das war Filler. Bitte, Frau Reiter, reden Sie mit mir.«

Die alte Frau antwortete nicht.

Lou beugte sich vor. »Er hat die Familie terrorisiert. Sein Bruder ist weggegangen, weil er die ewigen Streitereien nicht mehr ertragen konnte. Aber es gab noch einen anderen Grund. Sie teilten ein schreckliches Geheimnis. Adam wusste, dass sein Bruder die junge Frau im Wald getötet hat. Er hat sich Ihnen anvertraut, stimmt's? Frau Reiter, Ihr Schweigen macht alles noch schlimmer!«

Die alte Frau drehte ihren Kopf und sah Lou an. Ihre Augen waren rot unterlaufen.

»Wir hatten solche Angst vor ihm«, flüsterte sie. »Deshalb haben wir Adam weggeschickt. Wir wollten, dass er in Sicherheit ist. Jean war zu allem fähig. Was hätten wir sonst tun sollen?« Sie schluckte und kämpfte gegen die Tränen. »Jean war so böse auf uns. Ja, er hat das Mädchen umgebracht. Er war so wütend. Woher kam bloß all dieser Hass?«

Edwina Reiter sah Lou an, als könnte sie ihr eine Antwort geben.

»Ja, es war Jean, der seine halbe Jugend bei Therapeuten und Psychiatern verbracht hat, nicht Adam. Jean hat die Tiere gequält und uns allen das Leben zur Hölle gemacht. Und nachdem er von Saras Tod wusste, wurde er endgültig unberechenbar.«

»Warum mussten Sie seinen Bruder vor ihm in Sicherheit bringen? Adam Dalcher konnte doch nichts für Saras Tod.«

»Nein, aber Jean hat seine Wut an ihm ausgelassen. Adam war ihm nicht gewachsen, er konnte sich nicht gegen ihn wehren. Wir mussten ihm helfen. Nachdem ich wusste, dass Jean dieses Mädchen getötet hat, war mir klar, wozu er fähig war. Deshalb schickten wir Adam fort.« Edwina Reiter konnte die Tränen nicht länger zurückhalten.

»Warum sind Sie nicht zur Polizei gegangen?« Lou reichte ihr ein Taschentuch.

Die alte Frau putzte sich geräuschvoll die Nase. »Jean wäre für ein paar Jahre ins Gefängnis gegangen, und dann? Er hat uns gedroht, was passiert, wenn er wieder rauskommt.«

»Wie haben Sie ihn dazu gebracht, ins Kloster zu gehen?«

Sie weinte leise. »Es war seine Idee«, sagte sie schließlich. »Er wollte ins Kloster. Wir wären ihn sonst nie losgeworden.«

»Also hat Filler die Gespräche mit seiner Mutter geführt. Er hat seine Mutter über Saras Tod ausgequetscht.«

»Nein. So war es nicht. Valerie hat ihm alles erzählt, weil sie dachte, dass er sich geändert hat. Nur deshalb hat sie ihm die Namen preisgegeben.«

»Sie meinen die Namen der ehemaligen Hofbewohner.«

»Ja, bis zu dem Zeitpunkt kannte Jean sie nicht. Valerie hat sich immer geweigert, sie zu nennen. Sie sprach einfach nie mit uns über die Ereignisse damals.«

»Aber vor ihrem Tod wollte Jean die genauen Umstände erfahren, die zum Tod seiner Schwester geführt haben«, sagte Lou.

»Ja. In den letzten Jahren kam er uns ruhiger vor. Wir dachten, das Kloster habe ihn zur Vernunft gebracht. Auch deshalb suchte Valerie das Gespräch mit ihm. Sie wollte seiner und ihrer Seele endlich Frieden geben.«

»Und das genaue Gegenteil ist geschehen.«

»Ja.« Edwina Reiter begann wieder zu weinen. »Es ist schrecklich. Auf unserer Familie liegt ein Fluch.«

»Warum haben Sie uns nicht die Wahrheit gesagt? Wir waren zweimal bei Ihnen. Vielleicht hätten wir ihn stoppen können.«

»Er saß doch im Nebenzimmer! Und er hat jedes Wort gehört.

Du meine Güte, ich hatte solche Angst! Jean hat mich gezwungen, Ihnen die Lügen über Adam aufzutischen. Ich bin eine alte Frau, ich bin ihm nicht gewachsen.«

»Und das blaue Auge?«

»Ja, Jean hat mich geschlagen, weil ich Ihnen Adams Adresse gegeben habe. Ich wusste, dass er mich dafür malträtieren würde, aber ich hatte gehofft, dass Adam den Hinweis versteht und Sie um Hilfe bittet. Leider war es nicht so …«

Lou holte tief Luft. »Sie haben diesen Jungen erwähnt. Sie wissen schon, den Jungen, den Fanny dabeihatte, als sie Valerie besuchte. Ist Ihnen sein Name wieder eingefallen?«

Die alte Frau schüttelte den Kopf. Lou zog ihren Zettel aus der Jeans und las ihr die Namen vor, die sie bei der Durchsicht der Karteikarten notiert hatte.

»Nein, er hieß … ach, es fällt mir einfach nicht ein. Aber haben Sie gerade Waldemar gesagt?«

»Ja«, sagte Lou. »Dieser Waldemar wird mehrfach erwähnt. Wieso?«

»Ich habe Ihnen doch von einem Mann erzählt, der den Jungen damals abgeholt hat, als Fanny unsere Valerie besucht hat. Erinnern Sie sich?«

»Ja.«

»Dieser Mann war auch auf Valeries Beerdigung, und er heißt Waldemar. Ich habe ihn sofort wiedererkannt.«

»Sie kennen seinen Namen und haben mit ihm gesprochen? Warum haben Sie mir das nicht schon früher gesagt?«

»Weil ich Angst vor Jean hatte, verstehen Sie das denn nicht? Er hat gedroht, mich umzubringen, wenn ich Ihnen irgendetwas erzähle. Zweifeln Sie nach allem, was geschehen ist, daran, dass es leere Drohungen waren?«

»Nein, ich verstehe Sie ja, wirklich. Und hat Jean mit ihm gesprochen? Kannten sich die beiden?«

»Ich glaube nicht. Woher sollen sie sich kennen? Jean hat ihn vielleicht einmal gesehen, aber da war er fast noch ein Kind. Und auf der Beerdigung war er nicht.«

»Und dieser Waldemar?«

»Er stand abseits und hat die Beerdigung beobachtet.«

»Und woher wissen Sie, wie er heißt?«

»Weil er mir auf der Beerdigung ein Kuvert in die Hand gedrückt hat. Darin war eine Beileidskarte. Können Sie mir meine Handtasche geben? Sie liegt im Schrank.«

»Haben Sie sie dabei?«, fragte Lou, als sie der alten Frau die Tasche reichte.

»Ja, aber nur die Karte. Der Umschlag ist verschwunden.«

Sie gab Lou eine weiße Karte, auf der ein schwarzes Kreuz abgebildet war. Lou schlug sie auf. »Herzliches Beileid«, las sie. Handgeschrieben stand dort nur ein Wort: Waldemar.

»Und, hat er einen Absender auf das Kuvert geschrieben?«

Edwina Reiter sah Lou an und begann wieder zu weinen. »Das nicht, aber seinen Nachnamen. Ich weiß allerdings nicht, wo der Umschlag geblieben ist. Ich fürchte, Jean hat ihn an sich genommen.«

»Können Sie sich an Waldemars Nachnamen erinnern?«

»Nein, es tut mit sehr leid.«

Lou stand auf. »Ich muss dringend telefonieren.«

»Wird Adam durchkommen?«, fragte Edwina Reiter, als Lou schon an der Tür war.

»Ich weiß es nicht«, sagte Lou wahrheitsgemäß und verließ das Zimmer.

Auf dem Flur drückte sie Frankas Büronummer.

»Ich bin es schon wieder. Ich muss dringend wissen, wie Fillers Hausnummer in der Brabanter Straße lautet.«

»Wieso? Das SEK war doch schon da, sie haben nichts gefunden.«

»Trotzdem, sieh bitte nach, und ich brauche den Namen seines Mitbewohners! Es ist sehr wichtig.«

Lou hörte Unterlagen rascheln. »Brabanter Straße vier, und sein Freund heißt Daniel Falkner«, sagte Franka schließlich. »Aber Falkner ist nicht auffindbar. Wir haben ihn inzwischen auch zur Fahndung ausgeschrieben. Was willst du in der Wohnung?«

»Nach einem Kuvert suchen!«, sagte Lou und saß eine Minute später in einem Taxi.

»Psst!« Eine Kammertür wurde einen Spalt geöffnet. Ein Mönch blickte verstohlen zu allen Seiten. »Suchen Sie Bruder Aswin?« Maline und Ben nickten und steckten ihre Pistolen ein. »Kommen Sie«, flüsterte der Ordensbruder. »Hier haben die Wände Ohren.« Er bat sie in seine Zelle, die genauso eingerichtet war wie die Zelle, die Ben und Maline gerade gründlich durchsucht hatten. Tisch, Holzstuhl und ein Holzkreuz über dem schmalen Bett.

»Wissen Sie, wo Bruder Aswin ist?« Maline sah sich flüchtig um.

Der Mönch war klein und stämmig, seine Beine waren so kurz, dass seine Füße den Boden nicht berührten, als er sich auf das Bett setzte. Er legte einen Finger auf seine Lippen. »Da draußen ist jemand.«

Bei diesen Worten stand er auf, schlich zur Tür und lauschte. Schließlich kam er wieder zurück und setzte sich erneut.

»Was können Sie uns über Ihren Ordensbruder sagen?«, fragte Ben.

»Bruder Aswin führt Böses im Schilde.« Der Mönch rollte die Augen. »Ich höre ihn, wenn er sich nachts davonschleicht. Seine Tür, er kann sie ölen, so viel er will, sie verrät ihn.«

»War er letzte Nacht hier?«

»Ja. Er hat hier geschlafen. Ich habe ihn schnarchen hören. Zu den Laudes und Vigilien ist er dann erschienen, aber schon nach dem Essen hat er sich davongeschlichen.«

»Wissen Sie, wohin er gegangen ist?«, fragte Maline.

»Ich habe ihn vor Stunden zum Dorf runterlaufen sehen.«

»Nein. Ich meine, wenn er sich nachts aus dem Kloster stiehlt. Wissen Sie, wohin der dann geht?«

»Ach so. Ja. Ich bin ihm mehrere Male gefolgt.«

»Und?«

Der Mönch zögerte. Seine Hände umklammerten das Kreuz, das ihm vor der Brust baumelte. »Bruder Aswin ist kein Mönch«, sagte er leise. »Ob beim Morgengebet, im Hochamt oder bei der Vesper, er betet nicht. Er bewegt nur seine Lippen.«

»Sie sagten, dass Sie ihm nachts gefolgt sind«, sagte Maline. »Wohin ist er gegangen?«

»In den Wald.«

»Was hat er dort gemacht?«

»Ich weiß es nicht genau. Ich habe ihn aus den Augen verloren. Er sprang durchs Unterholz wie ein Reh. Ich vermochte ihm kaum zu folgen. Aber schreckliche Dinge sind dort vor sich gegangen. Es kamen Geräusche aus dem Wald, die nicht von dieser Welt waren. Glauben Sie mir! Ohrenbetäubender Lärm. Unmenschlich. Schreie, die nur jene hervorbringen, die im Fegefeuer ihre gerechte Strafe empfangen.« Der Mönch zitterte, hob den Kopf in Richtung Tür und lauschte. »Er trifft sich dort mit dem Leibhaftigen.« Schweißperlen rannen ihm von der Stirn. »Ich habe ihn an den Hörnern und seinem Bocksschwanz erkannt.«

Ben und Maline sahen sich an.

Dem Mönch entgingen ihre Blicke nicht. »Ich bin nicht verrückt. Ein Beweis für Luzifers Anwesenheit sind die Irrlichter. Sie waren dort, im Wald. Sie haben mich vom Weg abgebracht, damit ich die Untaten nicht sehe. Die Irrlichter flackern links und rechts des Mooses. Es sind brennende Seelen, die dem Teufel den Weg weisen.«

»Haben Sie sich jemandem anvertraut?«, fragte Maline. »Haben Sie einem Ihrer Mitbrüder erzählt, was Sie im Wald gesehen haben?«

»Ja. Dem Abt. Aber er hat mich zum Arzt geschickt. Alle denken, dass ich verrückt bin. Aber das bin ich nicht.«

»Er hat den ohrenbetäubenden Lärm und das unmenschliche Gebrüll der Tiere gehört, wenn Filler sie abgeschlachtet hat«, sagte Ben, als sie auf dem Weg zum Büro des Abts waren.

»Es ist so, wie Heinrich Meller gesagt hat«, sagte Maline. »Einen Kopf abzuschlagen ist nicht einfach. Filler hat im Keller der alten Villa geübt, und unser Mönch war Ohrenzeuge.«

Ben klopfte an Bruder Jakobus' Bürotür. »Und die Bauern der Umgebung wissen endlich, wo ihre Tiere geblieben sind.«

Der Abt öffnete sofort. »Haben Sie mit Bruder Aswin gesprochen?«

»Nein«, antwortete Ben. »Er ist verschwunden. Jedenfalls ist er nicht in seiner Kammer. Wir haben mit dem Mönch gesprochen, der links neben ihm wohnt.«

»Ach, Bruder Gratianus. Er hat Ihnen also seine Schauergeschichten erzählt. Er leidet an einer Nervenkrankheit. Seine Sinneswahrnehmungen sind gestört, und er neigt zu Halluzinationen. Ich hätte Sie vor ihm warnen müssen.«

»Wir fanden seine Ausführungen interessant«, sagte Maline. »Zugegeben, er neigt zu einer sehr eigenen Wortwahl, aber im Kern trifft er die Sache haargenau.«

Der Abt zog die Augenbrauen zusammen. »Ich fürchte, ich kann Ihnen nicht ganz folgen.«

»Wir haben Grund zu der Annahme, dass Filler alias Bruder Aswin der Serienmörder ist, der in Köln vier Menschen getötet hat«, sagte Maline.

Der Abt wurde blass. »Sie täuschen sich. Bruder Aswin ist kein Mörder. Das kann einfach nicht sein.«

»Für uns ist die Sache nicht ganz so einfach. Ihr Mitbruder hat seinen leiblichen Bruder ans Messer geliefert, um selbst ungeschoren davonzukommen oder um seinen Plan beenden zu können. Im Übrigen möchte ich Ihnen raten, uns umgehend zu informieren, wenn Filler noch einmal hier auftauchen sollte. Haben Sie mich verstanden? Es ist Ihnen doch klar, dass Sie mir und meiner Kollegin schon bei unserem ersten Besuch wichtige Informationen vorenthalten haben. Fillers Verhalten war doch mehr als auffällig und hat offensichtlich im Kloster für Gesprächsstoff gesorgt!«

»Was erlauben Sie sich!«, rief der Abt.

»Was ich mir erlaube? Filler hat insgesamt mindestens fünf Menschen umgebracht!«

Brabanter Straße

Lou lief die Stufen hinauf und stand keuchend vor Daniel Falkners Wohnung. Das Türblatt war beschädigt und notdürftig mit einer Spanplatte geflickt. Der Schlüsseldienst hatte ein neues, billiges Türschloss angebracht. Kein Zweifel, das SEK hatte Falkners Wohnung gestürmt. Erstaunt registrierte Lou, dass das kleine Fenster in der Mitte der Tür unversehrt geblieben war. Sie klingelte vorsichtshalber Sturm. Nichts. In der Wohnung blieb es ruhig.

Daraufhin zögerte Lou nicht lange, nahm Anlauf und rannte gegen die Wohnungstür. Sie gab ein wenig nach, öffnete sich aber nicht. Ihr Arm schmerzte höllisch. Lou biss die Zähne zusammen, zog ihr T-Shirt aus, wickelte es um ihre Faust und schlug damit die dünne Scheibe ein. Das Glas fiel klirrend zu Boden. Sie griff durch die Öffnung und drückte die Klinke herunter. Die Tür war nicht abgeschlossen. Lou streifte ihr T-Shirt wieder über und betrat die Wohnung. Hier herrschte Chaos.

»Hallo?«

Lou fuhr herum. Die Stimme kam aus dem Treppenhaus.

»Daniel?«

Lou ging zurück in den Flur. Dort stand eine Frau. »Nein. Kripo Köln«, sagte Lou.

»Schon wieder Polizei? Sie haben doch schon die ganze Wohnung auf den Kopf gestellt. Haben Sie Daniel gefunden? Ist ihm etwas passiert?«

»Nein. Alles in Ordnung. Sie sind ...?«

»Gina. Ich wohne oben. Daniel passt manchmal auf meinen Sohn auf.« Sie sah Lou aufmerksam an. »Was ist denn nur los?«

»Ich suche Jean, Daniels Freund.«

»Als Freunde würde ich die beiden nicht bezeichnen. Daniel hat ihm Mehmets Apartment vermietet.« Gina zeigte auf die Tür hinter sich. »Wenn Sie zu ihm wollen, müssen Sie diese Tür einschlagen.«

Sie ging die Treppe hoch, ohne sich noch einmal umzudrehen. Lou klingelte an Mehmets Apartmenttür. Als sich nichts rührte, betrachtete sie die Tür. Billiges Sperrholz. Sie ging einen Schritt zurück und trat kräftig gegen das Schloss. Holz splitterte, aber die Tür gab nicht nach. Beim zweiten Mal krachte das Holz unter ihren Schuhen. Die Tür sprang auf.

Die Wunde an Lous Arm pochte, als sie die winzige Diele betrat. Es roch muffig, ihre Schuhe quietschten auf dem Linoleumboden. Sie ging durch einen schmalen Korridor und betrat einen großen Raum. Verbrauchte Luft, die Vorhänge waren zugezogen. Das Bett nicht gemacht. In der Mitte des Raums ein großes Aquarium. Das Blubbern des Filters war ruhig und gleichmäßig. Auf dem Boden stand ein Telefon. Lou hob den Hörer an ihr Ohr. Die Leitung war tot. Ihr Blick fiel auf einen Koffer, der unter dem Bett lag. Sie zog ihn hervor. Ein Zahlenschloss. Sie drehte alle Zahlen auf null. Die wenigsten Menschen machten sich die Mühe, einen Code einzugeben. Das Schloss sprang auf.

Als Erstes sah Lou einen Schlüsselbund. Darunter lagen Fotos. Auf einigen Bildern erkannte sie Renata Mohren. Sie stand mit Leonhard Scholz vor einem Café. Außerdem entdeckte Lou Aufnahmen von Ann-Marie Hilgert und Schnappschüsse von Ranja Liebmann.

Unter einem Stadtplan lagen weitere Abzüge. Schwarz-Weiß-Fotos zeigten immer das gleiche Motiv. Eine Frau mit einem Jungen. Lou steckte die Bilder ein, dabei fiel eins heraus. Die Rückseite dieses Fotos war beschriftet. »Fanny und Daniel«. Lou erkannte sofort die Verbindung. Daniel Falkner war Fannys Sohn. An dieser Aufnahme war ein weiteres Foto befestigt. Darauf war ein Mann mit Baseballkappe zu sehen, der in einer Espressobar stand. Sein Gesicht war kaum zu erkennen. War das Daniel? Lou war sich fast sicher, und sie wusste, dass auch er in Lebensgefahr schwebte.

Unter den ganzen Fotos entdeckte Lou einen weißen Briefumschlag mit einem kleinen schwarzen Kreuz darauf. Edwina Reiters Adresse war fein säuberlich auf den Umschlag geschrieben. Oben links ein Name. Waldemar Kunick.

Lous Herz begann zu rasen. Kunick konnte, wie Daniel Falkner, das nächste Opfer sein. Lou drehte den Umschlag um. Keine Adresse. Sie stand auf, nahm noch einige vergilbte Zeitungsartikel aus dem Koffer und wollte zur Tür. Da, ein Geräusch. Es klang wie ein leises Wimmern.

Lou verharrte in ihrer Bewegung. Das Geräusch erklang wieder. Diesmal lauter. Es kam aus der Wand. In diesem Augenblick entdeckte sie eine tapezierte Tür. Grüne und gelbe Streifen, wie die Wand. Lou ging langsam näher, holte tief Luft, riss die Tür mit einem Ruck auf und sah ein verschnürtes Paket am Boden liegen. Sie brauchte einen Moment, bis sie verstand, dass da ein Mensch vor ihr lag.

Schiefenthal

»Hier bin ich ewig nicht gewesen.« Daniel sah aus dem Beifahrerfenster.

Sie fuhren in Richtung Overath, nachdem Jean von der A 4 abgebogen war. Jetzt standen sie an der Ampel vor dem Ortseingang, und Jean ordnete sich links ein.

»Was hast du vor?« Daniel befiel eine seltsame Unruhe. »Fahren wir nach Marialinden?«

Jean antwortete nicht.

Seit sie losgefahren waren, hatten sie die meiste Zeit geschwiegen. Daniel war es recht. Einerseits war er froh, mal aus der Stadt rauszukommen. Andererseits ließen ihn die Gedanken an seine Mutter nicht los. Die Grabschändung gab der Polizei Rätsel auf, und seiner Meinung nach konnte es sich nur um einen Irrtum handeln. Wer sollte ein Interesse daran haben, seine Mutter aus ihrem Grab zu holen? Es war absurd. Sie überquerten die Gleise der Regionalbahn.

Er öffnete das Fenster. Der warme Fahrtwind brachte kaum Abkühlung. »Hier geht es nach Burg. Früher bin ich häufiger den Berg raufgegangen. Mein Gitarrenlehrer wohnte dort.«

»Ach ja?« Jean klang gelangweilt.

Dafür, dass er selbst den Trip vorgeschlagen hatte, wirkte er auf Daniel ziemlich teilnahmslos. Er selbst wurde dagegen immer aufgeregter.

»Ja. Ich hab hier ganz in der Nähe gewohnt. Pass auf, gleich geht rechts eine Straße ab, die führt zu einer Hundeschule. Ich habe mir immer einen Hund gewünscht und mir vorgestellt, dass ich ihn dort trainiere.«

Auf eine Linkskurve folgte eine scharfe Rechtskurve. Am Straßenrand stand ein Schild. »Haus Bessie«.

»Da«, rief Daniel. »Die Hundeschule gibt es immer noch. Gleich führt ein Waldweg rechts in ein Tal. Da haben meine Mutter und ich gelebt. Was für ein Zufall! Fahren wir zum Haus Sonnenschein? Willst du mich dahin zum Essen einladen? Ich hab gehört, dass es heute ein piekfeines Gasthaus ist. Dafür sind wir wohl nicht richtig angezogen.«

Jean schwieg. Daniels Aufregung steigerte sich noch, als Jean den Wagen abbremste und in den schmalen Waldweg einbog.

»Mensch, wir fahren ins Schiefenthal. Was soll das? Weißt du etwa, dass ich hier gelebt habe?«

Jean antwortete nicht und fuhr im Schritttempo den Weg hinab. Einige Spaziergänger kamen ihnen entgegen. Der Weg war schmal, die Leute mussten in die Böschung ausweichen und schimpften. Jean schien sie nicht zu beachten.

Daniel wurde still. Er hatte viele schöne Erinnerungen an die Zeit. Die Hofgemeinschaft, Lagerfeuer und Stockbrot, das Leben mit der Natur. Nie wieder hatte er sich später noch einmal so frei gefühlt wie hier. Andererseits dachte er an die Zwänge. Baumwollkittel, Hänseleien in der Schule und die Arbeit auf dem Hof, die ihm schnell zu viel geworden war. Und dann hatte Saras Tod alles verändert.

Der Waldweg endete und ging in einen asphaltierten Weg über. Sie erreichten die kleine Häusersiedlung. Daniel sah sich um. Er entdeckte den Hof, auf dem er mehrere Jahre verbracht hatte. Die alten Fachwerkhäuser kamen ihm kleiner vor, und die Scheunen machten einen heruntergekommenen Eindruck. Der Mühlenhof schien unbewohnt. Vor einem Neubau lagen zwei Kinderfahrräder. Grüne Blumenkästen zierten die Fenster. Daniel sah Jean fragend an.

»Warum hast du mich hergefahren?«

Jean stoppte den Wagen vor dem Hof und schaltete den Motor aus. »Erinnerst du dich an die Zeit, die du hier verbracht hast?«

»Ja. Aber es ist lange her. Woher weißt du, dass ich hier gelebt habe?«

Jean starrte durch die Windschutzscheibe. »Kannst du dich an die Jahre 1978 und 1979 erinnern?«

»Wieso?«

»Ja oder nein?«

»Warum? Hast du auch hier gelebt?« Daniels Wangen glühten. »Wir waren so viele damals. Es war ein Kommen und Gehen. Sind wir uns hier mal begegnet?«

»Steig aus«, befahl Jean.

»Warum?«

Jean beugte sich über Daniel und öffnete die Beifahrertür. »Steig jetzt aus, verdammt noch mal!«

Daniel gehorchte. Jean stieg ebenfalls aus, kam um das Auto herum und zog Daniel am Arm.

»Hier entlang.« Er schubste ihn in eine der hinteren leer stehenden Scheunen. Es roch nach feuchter Erde. »Erinnerst du dich?«

»Was soll denn das? Woran soll ich mich erinnern?«

»1978 und 1979.«

»Ich weiß nicht. Wir haben hier gelebt, meine Mutter, ich und ein paar andere Leute. Was willst du von mir?«

Jean stieß Daniel vorwärts, aber Daniel fasste ihn unsanft am Arm.

»Ich weiß nicht, was du vorhast, aber ich möchte lieber wieder nach Hause fahren.«

Jean packte Daniel blitzschnell und hielt ihm ein Messer an den Hals. »Halt's Maul oder ich stech dich ab!«

Daniel war völlig überrumpelt. Er spürte die Klinge an seiner Halsschlagader und wagte kaum, sich zu bewegen.

Jean deutete auf einen Eisenring, der im Boden verankert war. »Zieh an dem Ring.«

Daniel wehrte sich nicht mehr und zog an dem Metall. Im fahlen Licht wurde eine schmale Holztreppe sichtbar. Es stank entsetzlich. Jean drängte ihn die steilen Stufen hinab.

»Erinnerst du dich?«

Daniel rang nach Luft. »Nein, hier unten bin ich nie gewesen. Das waren die alten Obstkeller.«

Jean schaltete eine Taschenlampe ein und leuchtete in das Kellergewölbe. Wasser tropfte von der Decke. »Siehst du das Loch dort in der Erde? Es ist ein alter Brunnen. Deine Mutter hat behauptete das Wasser dieser Quelle sei heilbringend.«

»Meine Mutter? Du hast sie gekannt?«

»Nein.«

Jean stieß Daniel an den Rand des Brunnenlochs. Es hatte einen Durchmesser von höchstens zwei Metern. Daniel drehte sich zu Jean um. In diesem Moment riss Jean ihn zu Boden. Er sprang auf seinen Oberkörper und drückte Daniels Arme mit seinen Beinen nach unten.

Daniel schrie laut auf vor Schmerz. »Scheiße, Mann, was willst du denn von mir?«

»Erinnerst du dich an Sara?«

»Das kranke Mädchen? Ja. Wieso?«

»Sara war fünfzehn Jahre alt und hatte Krebs. Deine Mutter hat meine Schwester umgebracht.«

Daniel schluckte. »Dafür kann ich nichts. Ich habe meine Mutter deswegen gehasst. Wochenlang waren wir in den Schlagzeilen. Wir mussten untertauchen. Diese Geschichte hat mein Leben zerstört.«

Jean begann Daniels Hände mit einem Strick zu fesseln.

»Was machst du da? Lass mich los.«

Daniel wehrte sich, versuchte sich aufzubäumen und von Jean loszureißen. Erfolglos. Jean packte ihn und riss ihn an den Haaren wieder zu Boden. Daniel schrie auf, versuchte noch einmal, Jean mit den Knien wegzudrängen und mit seinen gefesselten Händen nach ihm zu schlagen, aber Jean war stärker und fixierte Daniel mit dem Strick.

»Was hast du vor? Bitte, Jean. Bitte, mach das nicht. Ich tue auch alles, was du sagst. Bitte, lass mich leben.«

»Meine Schwester hatte auch keine Chance. Deine Mutter und ihre Anhänger haben Sara getötet. Sie haben ihr beim Sterben zugesehen und nichts unternommen.«

»Das stimmt doch gar nicht. Meine Mutter wollte nur helfen. Sie war nicht böse. Sie wollte Gutes tun. Bitte, Jean, lass mich los. Wusstest du, dass sie später jahrelang in der Psychiatrie war?«

»Das interessiert mich nicht. Diese Scheißhexe hat Sara umgebracht. Ihr habt sie auf dem Gewissen!«

»Ich war damals noch ein Junge. Ich habe deine Schwester nicht getötet. Glaub mir doch!«

»Deine Mutter ist tot. Sie hat sich, im Gegensatz zu euch anderen, ihrer gerechten Strafe entzogen. Und jetzt bleibst nur noch du. Du bist die Brut des Bösen.«

»Jean, bitte glaub mir doch …«

»Schweig! Ihr hattet eure Chance.«

»Was? Wovon redest du denn?«

Jean zog den Strick fester. »Glaubst du etwa, ich hätte euch nicht erkannt? Ich weiß, wer ihr seid, auch wenn es sonst niemand sieht. Ihr hättet nicht zurückkommen sollen, die Kindsmörderin und ihre Helfershelfer können nicht ein weiteres Mal mit diesem milden Urteil rechnen. Stadtverweis! Dass ich nicht lache! Euch erbärmliche Wiedergeburten werde ich ein für alle Mal ins ewige Feuer schicken. Und auf dich wartet etwas ganz Besonderes. Immerhin bist du der Sohn der Hexe!«

»Du bist ja völlig irre! Was redest du da?«

Jean stand auf und zog Daniel an den Stricken zum Rand des Brunnens. »Du sagst, du bist unschuldig?«

»Ja. Ja!«

»Das werden wir sehen.«

Jean hielt Daniel ein Tuch vor die Nase. Er roch etwas Süßliches und wurde panisch. Daniel versuchte wieder, sich mit aller Kraft gegen Jean aufzubäumen, aber er hatte keine Chance.

»Der Tod durch das Schwert wäre eine Gnade, die ich dir nicht gewähren kann. Ein schneller Tod kommt für dich nicht infrage«, keuchte er neben Daniels Ohr. »Auf dich wartet die Wasserprobe.«

Mit diesen Worten drückte er Daniel das Tuch aufs Gesicht. Er begann zu strampeln und versuchte vergeblich, sich loszureißen.

»Früher wurden die Hexen in den Rhein geworfen«, hörte er Jean flüstern. »Ihnen wurden schwere Steine umgehängt. Gingen sie unter, waren sie schuldig, kamen sie wieder hoch, waren sie unschuldig. Du siehst, es geht gerecht zu. Und ich habe keine Wahl, obwohl ich gnädig sein will. Die Steine werde ich dir ersparen. Das Wasser im Brunnen ist nur zwei Meter tief, und mit etwas Glück wirst du nicht gleich ertrinken, wenn du noch einmal zu dir kommst. Das verspreche ich dir. Du wirst auch so qualvoll verenden wie Sara, und die Ratten werden den Rest besorgen.«

Daniel versuchte, sich ein letztes Mal gegen Jean zu stemmen. Doch seine Muskeln gehorchten ihm nicht. Die Augenlider wurden schwer. Er würgte und schnappte nach Luft, während er spürte, wie Jean ihn über den Rand des Brunnenlochs schob. In diesem Augenblick verlor er das Bewusstsein.

Polizeipräsidium

»Super!« Maline klopfte Lou auf die Schulter. Die Rettung von Elise Doll hatte sich wie ein Lauffeuer im Präsidium herumgesprochen. »Wird die Frau es schaffen?«

»Soweit ich gehört habe, ja«, antwortete Lou. »Aber es war knapp. Sie hat kaum Luft bekommen und ist beinahe verdurstet.«

»Was ist da bloß passiert?«, fragte Maline und sah die Fotos durch, die Lou aus Fillers Koffer mitgenommen hatte.

»Frag lieber nicht.«

Erschöpft wählte Lou die Nummer des Overather Einwohnermeldeamtes. Jetzt, wo sie Waldemar Kunicks Namen kannte, war es ein Kinderspiel, seine Anschrift herauszubekommen. Aber die Nummer war besetzt. Lou legte wieder auf und trommelte mit den Fingern auf der Schreibtischplatte.

»Wie geht es dem kleinen Mädchen?«, fragte sie Maline, auch um sich abzulenken.

»Sie wird es schaffen.«

Lou drückte die Wiederholungstaste. Besetzt. Sie wählte die Telefonnummer der Zentrale. Besetzt. Sie schloss die Augen.

Die Kisten, die man in der Kammer neben Elise Doll entdeckte, waren ein gefundenes Fressen für die Spurensicherung. Einigen Kartons hafteten Gewebespuren an. Und der kleine Campingkühlschrank hatte offensichtlich zur Zwischenlagerung der Köpfe gedient. Einer der Schlüssel, die Lou zwischen Jeans Sachen gefunden hatte, passte auf Dalchers Wohnung. Damit war klar, wie die Indizien dorthin gelangt waren.

»Filler hat also die belastenden Beweisstücke seinem Bruder untergejubelt«, sagte Maline. »Den Brief an die Stadtverwaltung hat er auch geschrieben. Die Kollegen vom LKA haben einen Handschriftenvergleich durchgeführt und die Übereinstimmung heute Mittag bestätigt.«

Franka betrat das Büro mit einem Stapel Digitalabzügen. »Hier, Porträtaufnahmen von Filler.« Sie ließ sich auf einen Schreibtischstuhl fallen und sah Lou an »Außerdem habe ich gerade mit Ben gesprochen. Rate mal, zu welcher Wohnung einer der Schlüssel passt, die du in dem Koffer gefunden hast?«

»Keine Ahnung.«

»Grolmanstraße, eine Dachgeschosswohnung. Sie liegt gegenüber von Renata Mohrens Haus.«

Während Franka das Büro verließ, atmete Lou tief durch und drückte noch einmal die Wiederholungstaste. Diesmal hatte sie Glück. Eine helle Frauenstimme meldete sich am anderen Ende der Leitung. Lou trug ihr Anliegen vor und legte nach einigen Minuten erleichtert auf.

»Waldemar Kunick wohnt in Burg«, sagte sie und stand auf. »Der kleine Ort liegt keinen Kilometer vom Haus meiner Mutter entfernt, kurz vor Marialinden.«

Lou steckte ein Foto von Filler ein. »Komm, Maline. Wir müssen los. Kunick ist in Lebensgefahr.«

Maline erhob sich zögernd. Sie war blass.

»Was ist los?«, fragte Lou.

Maline reichte ihr ein Foto, auf dem ein Fachwerkgebäude zu sehen war. Lou drehte das Bild um. »Mühlenhof, Schiefenthal 1976«.

»Sollten wir nicht lieber gleich dort nach Filler suchen?«

Schiefenthal

Daniel öffnete benommen die Augen. Ein Lappen steckte ihm tief im Rachen, sein Mund war trocken, und er verspürte einen extremen Brechreiz. Er würgte. Seine Füße und die Handgelenke taten ihm weh. Er war gefesselt und fror. Benommen registrierte er, dass er nackt war und bis zum Hals in einer stinkenden Brühe stand. Um ihn herum war es dunkel. Er würgte wieder und zwang sich, ruhig durch die Nase zu atmen. Sämtliche Glieder schmerzten. Trotzdem war er erleichtert. Aus irgendeinem Grund versank er nicht im Wasser. Irgendetwas lag auf dem Grund des Brunnens und hielt ihn oben. Es war spitz und kantig. Daniel versuchte vergeblich, den Lappen auszuspucken. Er riss an den Stricken, doch sie schnitten nur noch tiefer in seine Handgelenke ein. Er versuchte zu schreien, aber er brachte nur einige erstickte Laute hervor. In seiner Verzweiflung lehnte er sich gegen die Brunnenwand und versuchte sich mit den Beinen an der gegenüberliegenden Wand abzustemmen. Es war unmöglich. Der Brunnenschacht war zu breit. Er rutschte ab, versank im stinkenden Wasser, schnellte wieder hoch und schnappte nach Luft.

»Du machst alles nur noch schlimmer«, flüsterte eine Männerstimme dicht neben ihm.

Daniel erschrak so sehr, dass er wieder abrutschte und untertauchte. Panikartig wand er sich aus dem Wasser an die Oberfläche und kam wieder auf die Beine. Er brauchte Minuten, bis er einigermaßen sicher stand.

»Daniel? Bist du es? Ich bin's, Waldemar, Waldemar Kunick. Erinnerst du dich?«

Daniel zwang sich zur Ruhe. Er wollte antworten, aber mit dem Lappen im Mund war das unmöglich.

»Filler hat mir gesagt, dass er dich herbringen wird. Ich habe deine Mutter gekannt. Sie hat dir sicher von mir erzählt.«

Daniel erinnerte sich an den Namen. Seine Mutter hatte ihn mehrmals erwähnt. Kunick war einer der Typen vom Hof damals, der bei der Polizei gegen seine Mutter ausgesagt hatte.

»Filler hat mich gefesselt und mir einen Strick um den Hals gelegt. Ich stehe auf einem Vorsprung in der Wand. Er scheint mir nicht sehr stabil zu sein. Wenn er wegbricht, strangulier ich mich.«

In dem Augenblick erschien ein mattes Licht am Brunnenrand. »Was flüstert ihr da unten. Zauberformeln? Es wird euch nichts nutzen.«

Daniels Herz raste. Jean trug eine altmodische rote Kappe und ein eng anliegendes Wams. Er sah merkwürdig aus und leuchtete mit einer Laterne in den Brunnen. Erst jetzt sah Daniel an der gegenüberliegenden Wand Waldemar Kunick. Er war alt. Seine langen grauen Haare hingen zum Teil im Wasser.

»Das ist Hans Breidenbach«, flüsterte Jean heiser. »1635 wegen Zauberei in Gewahrsam genommen. Freigelassen und wiederholt aufgegriffen. Heute erhält er seine endgültige Strafe. Hans Breidenbach wird angeklagt, Schadenszauber betrieben zu haben!« Daniel hörte Jean lachen.

»Es stimmt«, flüsterte Waldemar. »Ich habe mich schuldig gemacht. Ich hätte eingreifen müssen, als deine Mutter das Mädchen behandelte. Auch wer nicht eingreift, wo Unrecht geschieht, ist schuldig.«

Daniel schüttelte den Kopf. Er wollte Waldemar widersprechen.

»Filler!«, rief Waldemar. »Lass Daniel gehen. Er hat nichts mit der Sache zu tun!«

Jean lachte böse. »Schweig! Er ist der Sohn der Oberhexe.«

»Nein. Er hat mit seiner Mutter gebrochen, als er von ihrer Schuld erfahren hat, wie ich. Ich hätte damals etwas unternehmen müssen. Wir alle hätten etwas unternehmen müssen. Aber wir haben die Augen verschlossen. Wir wollten einfach nur friedlich leben, im Einklang mit der Natur. So wie es die Menschen auf dem Land immer getan haben. Wir waren keine Heiler, keine Schamanen, keine Hexen. Das hat sich die Presse ausgedacht. Filler, hörst du? Du hast ihr Feindbild übernommen. Schon immer wurden Hexen für alles verantwortlich gemacht, was sich nicht erklären ließ. Fanny war einfach eine Frau, die ihre Kompetenzen überschritten hat und ihre Ausstrahlung auf andere Menschen ausnutzte. Valerie war ihr verfallen.«

»Schweig! Sprich ihren Namen nicht aus!«

Waldemar ließ sich nicht beirren. »Deine Mutter wollte Heilung für Sara und erkannte nicht, dass Fanny ihr nicht helfen konnte. Lass Daniel gehen. Er war noch ein Kind. Ihn trifft keine Schuld.«

Die Antwort war ein hysterisches Lachen.

Waldemar versuchte es noch einmal.

»Lass Daniel gehen!«

»Nein. Diesmal kann ich keine Gnade walten lassen. Diesmal ist es nicht mit einem Stadtverweis getan. Die Hexen kehren sonst wieder zurück und bringen Unheil. Erkennt ihr denn die Zeichen nicht? Diese Hitze! Die verdorrten Ernten und die Wasserknappheit. Die Hexen sind zurück, und diesmal müssen sie ganz und gar vernichtet werden.«

Daniel zuckte zusammen, als er sah, dass Jean etwas zu ihnen hinunterließ. Es sah aus wie ein Gartenschlauch und blieb über Daniels Kopf hängen. Jean verschwand. Einige Sekunden später plätscherte ein dünner Wasserstrahl neben Daniels Kopf in den Brunnen. Daniels Atem wurde hektischer, und er riss an seinen Fesseln.

»Bleib ganz ruhig«, flüsterte Waldemar. »Filler steigert sich vollkommen in seinen Wahn. Du siehst ja, er ist kaum ansprechbar. Aber hin und wieder hat er lichte Momente. Ich werde versuchen, zu ihm durchzudringen.«

Jean leuchtete zu ihnen hinunter, und für einen Augenblick streifte der Lichtschein einen rostigen Haken in der gegenüberliegenden Brunnenseite. Daniel schöpfte neuen Mut.

»Wenn ihr weiterflüstert, kann ich euch die Folter nicht ersparen«, rief Jean.

»Das übersteigt deine Kompetenzen«, rief Waldemar.

»Weit gefehlt! Ich bin Meister Hans. Ich habe die Aufgabe, ja die Pflicht, das Urteil des Richters zu vollstrecken!«

»Ja. Aber ich sehe kein Urteil. Wo kein Richter, da kein Henker! So heißt es doch, oder?«

»Schweig! Schweig, denn aus dir spricht der Teufel!«

»Nein. Ich schweige nicht. Komm doch runter zu mir und verbiete mir den Mund!«

Jean verschwand vom Brunnenrand. Das Licht erlosch.

»Wir müssen Zeit gewinnen«, sagte Waldemar leise. »Hast du den Haken in der Wand gesehen. Du musst ihn erreichen und dir damit das Tuch aus dem Mund holen. Dann bekommst du besser Luft.«

Daniel schluckte. Das leise Tröpfeln des Wassers aus dem Schlauch mahnte ihn zur Eile.

»Los, beweg dich«, flüsterte Waldemar. »Immer am Rand lang!«

Der Haken war ungefähr auf Brusthöhe. Wenn er sich im Uhrzeigersinn an der Wand entlangbewegte, konnte er ihn nicht verfehlen. Daniel schob sich vorwärts, Zentimeter für Zentimeter. Immer wieder rutschte er ab. Tauchte unter. Die stinkende Brühe gelangte durch seine Nase in seinen Rachen. Der Grund des Bodens war uneben. Es kostete ihn viel Kraft, sich fortzubewegen. Immer wieder wurde er von Panik geschüttelt, wenn er keinen Halt fand. Endlich stieß er mit der Schulter gegen den Haken.

Im selben Moment schrie Waldemar laut auf. Daniel sah Jean am Brunnenrand stehen, die Laterne stand zu seinen Füßen. Jean packte das Seil und riss kräftig daran. Waldemar wurde langsam nach oben gezogen. Er gab erstickte Geräusche von sich.

»Was sagst du nun?«, rief Jean. »Hältst du nun endlich dein Schandmaul?«

Jean zerrte den alten Mann immer höher. Dann ließ er das Seil los, und Waldemar fiel in den Brunnen zurück. Das Wasser spritzte über Daniels Kopf.

»Das war eine Warnung!«, schrie Jean.

Waldemar tauchte auf und röchelte.

»Hexensohn!«, rief Jean. »Wunderst du dich, dass du noch nicht untergegangen bist?« Er lachte. »Die Hexe hält dich oben. Ja. Bedank dich bei ihr. Sieh hin!« Jean leuchtete mit der Laterne tief in den Brunnen. Daniel sah panisch zu ihm hoch.

»Sieh nicht mich an. Schau in das Wasser!«

Daniel gehorchte, starrte in die Brühe. Im Lichtkegel sah er etwas, konnte es aber nicht erkennen. Es trieb neben ihm im Wasser. Jean leuchtete ihm ins Gesicht.

»Hast du es erkannt?«

Daniel schüttelte heftig den Kopf. Aber Jean schien es auf einmal eilig zu haben.

»Ich muss los. Mein Werk ist fast vollendet. Das Wasser braucht eine Weile, bis es euch über den Kopf reicht. Aber auch nur dann, wenn ihr ruhig bleibt. Denk an deine Mutter, die Hexe. Kleiner Tipp, sie ist in deiner Nähe. Mutter und Brut vereint im Tod.«

Die Laterne erlosch. Augenblicklich war es wieder finster. Daniel hörte Waldemar stoßweise atmen. Über ihnen blieb es still. Daniels Gedanken kreisten um Fillers letzte Worte. Wie eine Endlosschleife. Wieder und wieder.

»Denk an deine Mutter. Sie ist in deiner Nähe.« Das ergab keinen Sinn. Leise lief das Wasser aus dem Schlauch in den Brunnen.

»Zerbrich dir nicht den Kopf über Jeans Gerede«, flüsterte Waldemar. »Er ist verrückt. Vollkommen verrückt. Sieh lieber zu, dass du das Tuch aus deinem Mund bekommst.«

Daniel schob die Gedanken beiseite und bemühte sich, so ruhig wie möglich zu atmen. Er drehte sich zur Wand, öffnete den Mund, so weit es ging, drehte seinen Kopf und hoffte, dass sich der Lappen am Haken verfing. Nach mehreren Versuchen schaffte er es. Sein Unterkiefer krampfte wieder, aber er war erleichtert.

»Ich hab's geschafft.«

»Das ist gut.«

»Was hat er gemeint? Was ist mit meiner Mutter?«, fragte Daniel.

»Denk nicht drüber nach.«

Aber in dem Augenblick verstand er. Die Grabschändung. Seine Mutter. Jean hatte sie aus ihrem Sarg geholt und hierher gebracht. Er hatte sie in diesen Brunnen geworfen. Daniel würgte. Der Gestank. Verwesungsgeruch. Leichenfäulnis. Sein Magen drehte sich. Seine Füße suchten Halt.

»Er hat meine Mutter in diese Brühe geworfen!«

»Nein, das hat er nicht! Er will, dass du es glaubst, aber es ist nicht so. Er spielt mit dir und will, dass du leidest. Wie seine Schwester. Glaub ihm nicht. Es ist nicht deine Mutter, die auf dem Grund liegt. Es sind Tierkadaver. Ich habe gesehen, wie er sie in den Brunnen geworfen hat. Also beruhige dich.«

»Wirklich?«

»Ja.«

»Aber das Grab meiner Mutter wurde geschändet. Mittlerweile traue ich ihm alles zu.«

»Genau das will er auch.«

»Ich verstehe das nicht«, sagte Daniel. »Was ist mit ihm los?«

»Er hält sich für den Henker von Köln.«

»Ist er der Serienmörder, nach dem die ganze Stadt sucht? Oh, mein Gott. Er hat bei mir gewohnt! Aber ich dachte, sie haben diesen Irren gefasst. Wurde er nicht bei einem Schusswechsel mit der Polizei getroffen und verhaftet?«

»Nein, sie haben Adam, seinen Halbbruder, festgenommen. Jean wollte ihm die ganze Sache in die Schuhe schieben. Er hat die ganzen Beweise manipuliert, und fast hätte es auch funktioniert. Adam Dalcher wurde überwältigt und festgenommen.«

»Woher weißt du das?«

»Jean hat es mir erzählt. Bevor er mich in den Brunnen geworfen hat, haben wir geredet. Er wollte, dass ich sehe, wie genial er ist. Alles war bis ins Detail geplant.«

»Und die Leute, die er umgebracht hat?«

»Sie haben alle damals mit uns auf dem Hof gelebt. Renata Mohren und Leonhard Scholz. Renata Mohren stand auf der Seite deiner Mutter, hat sie unterstützt und sogar für sie ausgesagt. Leonhard Scholz hat deine Mutter nicht aktiv unterstützt, aber er hat wie ich auch nichts gegen sie unternommen. Ranja Liebmann war damals eine Freundin deiner Mutter. Vielleicht sogar ihre beste. Ihre Freundschaft zerbrach an der Tragödie. Sie hat sich von Fanny distanziert, aber das interessiert Filler nicht. Und Ann-Marie Hilgert war damals ein naives junges Mädchen. Sie liebte Rasmus. Er war Fanny treu ergeben und hat sich später das Leben genommen. Auch er kam mit der Schuld nicht klar. Wahrscheinlich hätte Filler ihn jetzt auch umgebracht.«

»Er hat so viele Menschen getötet ...«

»Ja. Und alles nur, um den Tod seiner Schwester zu rächen.«

»Warum jetzt? Warum nicht viel früher?«

»Er kannte unsere Namen nicht. Seine Mutter hat sie ihm wohl erst kurz vor ihrem Tod mitgeteilt. Den Plan, uns zu töten, trägt er aber wahrscheinlich schon ewig mit sich herum.«

»Wieso bist du nicht zur Polizei gegangen?« Daniel klang vorwurfsvoller, als er beabsichtigt hatte.

»Anfangs konnte ich mir ja selbst keinen Reim machen. Erst hier wurde mir klar, wozu Filler fähig ist.«

»Und was sollen wir jetzt tun?«, fragte Daniel. »Wir können hier doch nicht einfach wie die Ratten ertrinken.«

»Ich weiß es nicht.« Kunick klang resigniert.

Maline lenkte den Dienstwagen auf den schmalen Waldweg, der nach Schiefenthal führte. Lou fragte über Funk die Kollegen auf der Leitstelle in Köln nach der Verstärkung und gab vorsichtshalber auch den Beamten in Bergisch Gladbach ihre genaue Position durch. »Wir sind in zehn Minuten bei euch«, hörten sie deren Einsatzleiter sagen. »Wartet auf uns!«

Anschließend versuchte sie noch einmal, Tom auf seinem Handy zu erreichen. Aber sein Mobiltelefon war, wie das von Max Conrady, ausgeschaltet.

Die ersten Häuser von Schiefenthal kamen in Sicht. Die Dämmerung legte sich bereits über die Dächer der Fachwerkhäuser, und Grillen zirpten in den nahen Wiesen. In der Ferne jaulte ein Hund. Sie näherten sich einem Neubau. Lou drückte auf die Klingel. Eine junge Frau mit einem Baby im Arm öffnete.

»Kann ich Ihnen helfen?«, fragte die Frau. Das Baby begann zu weinen.

»Kripo Köln«, sagte Lou. »Können Sie uns sagen, wo wir den Mühlenhof finden?«

Die Frau trat vor die Haustür und zeigte zu einigen Häusern, die vor einem dichten Tannenwald unterhalb der Siedlung standen.

»Wohnt dort jemand?«, fragte Maline.

»Nein. Einsturzgefahr.«

»Die Häuser sehen ganz schön runtergekommen aus«, sagte Lou, als sie den Mühlenhof erreichten. Sie öffnete die Holztür eines Fachwerkhauses. Es wirkte baufällig. Im Haus war es dunkel.

»Sollen wir nicht lieber auf die Kollegen warten?«, fragte Maline. »Du hast mir versprochen, dass du keine Alleingänge mehr machst. Außerdem bist du verletzt und nicht hundertprozentig einsatzfähig.«

»Ach Quatsch, wir sehen uns ja nur um, und außerdem bleiben wir zusammen. Hast du eine Taschenlampe?«

»Nur eine kleine Maglite.« Maline holte die Lampe aus ihrer Hüfttasche.

Mit ihren Pistolen im Anschlag tasteten sie sich langsam vor. Schemenhaft nahm Lou Umrisse wahr. Es roch nach frischem Holz. An einer Wand des Zimmers waren Holzscheite gestapelt.

Lou ging langsam ins nächste Zimmer und wischte sich einige Spinnweben aus dem Gesicht. »Hier ist schon eine Weile keiner mehr gewesen.«

Sie hörte Maline direkt hinter sich atmen. Es schepperte. Lou fuhr herum. Im Lichtkegel erkannte sie das Hinterrad eines alten Fahrrades. Es drehte sich.

»Sorry«, sagte Maline. »Ich bin dagegengelaufen.«

Lou atmete tief durch. Sie durchsuchten das obere Stockwerk, danach die Kellerräume. Nichts. Das nächste Gebäude war vollkommen leer geräumt und in einem besseren Zustand als das erste Haus. Das dritte Gebäude wirkte dagegen wieder baufällig; auch hier wurden sie nicht fündig.

»Filler ist hier. Da bin ich sicher«, sagte Lou, als sie kurze Zeit später hinter einer Hecke verschnauften. »Wir müssen uns noch die Scheunen ansehen.«

Die Konturen des ersten Gebäudes hoben sich kaum vom dunklen Abendhimmel ab. Maline machte die Taschenlampe wieder an. Der Lichtstrahl war dürftig. »Die Batterien halten nicht mehr lange. Wo bleiben denn die Kollegen?«

»Komm«, sagte Lou und ging vor. Im Inneren der Scheune lagen einige Strohballen, es roch modrig. Lou sah nach oben. Das Dach war zum Teil abgedeckt.

Maline blieb stehen. »Hier sind ein Eisenring und eine Falltür im Boden.« Sie nahm die Taschenlampe zwischen die Zähne und versuchte, die Tür hochzuziehen. Lou kam ihr zu Hilfe, aber die Falltür ließ sich nicht bewegen.

»Vielleicht gibt es noch einen anderen Eingang.«

Sie sahen sich um, entdeckten aber nichts.

»Lass uns noch in die andere Scheune gucken«, schlug Lou vor. »Die Falltür nehmen wir uns vor, wenn Verstärkung da ist.«

Sie verließen den Heuschober und schlichen an der Außenwand entlang zum nächsten Gebäude.

Im matten Licht der Taschenlampe sahen sie einen alten Anhänger und mehrere Landwirtschaftsmaschinen. Irgendwo tropfte ein Wasserhahn. Maline ging in den Heuschober hinein und leuchtete die Wände und den Boden ab.

»Hier ist wieder eine Falltür.«

Diese Bodenluke ließ sich öffnen. Eine steile Holztreppe führte in die Tiefe.

Im schwachen Licht der Taschenlampe erkannte Lou, dass sie sich in einem Kellerraum befanden, und im gleichen Augenblick ging das Licht der Taschenlampe aus. Sofort war es stockdunkel.

»Mist«, hörte Lou ihre Kollegin fluchen.

»Wir gehen wieder zurück.« Lou versuchte sich in der Dunkelheit zu orientieren und drehte sich um. Sie tastete sich vor, erreichte das wackelige Holzgeländer und stieg die ersten Stufen hinauf. In der Mitte blieb sie stehen. Das spärliche Licht, das von oben kam, erhellte die oberen Stufen nur dürftig. Sie drehte sich zu ihrer Kollegin um.

»Maline?«

Nichts. Keine Antwort.

»Maline?«

»Gleich! Ich hänge hier irgendwo fest!«

Lou ging einige Stufen hinunter und starrte angestrengt in die Dunkelheit. In dem Augenblick spürte sie einen warmen Hauch im Nacken. Ihre Haare stellten sich auf. Lou unterdrückte den Impuls, sich sofort umzudrehen, blieb ruhig stehen, schloss die Augen und versuchte sich zu konzentrieren. Sie atmete durch, fuhr blitzschnell herum und riss ihre Pistole hoch. Im gleichen Moment traf sie ein heftiger Tritt in die Magengrube. Ihr blieb die Luft weg, sie stürzte. Dabei verlor sie ihre Pistole und hörte, wie die Bodenluke zugeschlagen wurde. Gleichzeitig berührte sie Malines tastende Hand.

»Was ist passiert?«

»Das war Filler. Er hat mich die Treppe runtergetreten.«

»Bist du verletzt?«

»Ich weiß nicht, ich glaube nicht.«

»Kannst du aufstehen?« Maline schlug mit der Taschenlampe gegen ihre flache Hand. Sie flackerte auf. Der matte Lichtstrahl beleuchtete Lous schmerzverzerrtes Gesicht.

»Ja, wenn du mir hilfst, kann ich es versuchen.«

Ihre Kollegin reichte Lou die Hand und zog sie hoch. Sie stöhnte vor Schmerz und ließ sich gleich wieder auf den Boden fallen.

»Ich kann nicht! Ich hab tierische Schmerzen.«

Maline ging in die Hocke und tastete Lous linkes Bein vorsichtig ab. »Kannst du es bewegen?«

»Ja«, sagte Lou stöhnend.

»Dann ist es zumindest nicht gebrochen«, sagte Maline.

Die Taschenlampe ging wieder aus. Lou hörte, wie Maline die Maglite erneut gegen ihre Hand schlug. Diesmal erfolglos. Es blieb dunkel.

»Was ist mit deinem Handy? Hast du hier unten Empfang?«

Maline öffnete den Reisverschluss ihres Rucksacks. Einige Sekunden später leuchtete das Display in der Dunkelheit.

»Kein Empfang. Aber immerhin haben wir eine kleine Lichtquelle.« Das blassblaue Licht wirkte beruhigend.

»Du musst versuchen, hier rauszukommen«, sagte Lou. »Sieh nach, wo die Kollegen bleiben.«

»Ich lass dich hier nicht allein!«

»Du musst, nur so können wir Filler stoppen.«

»Nein. Du hast selbst gesagt, dass wir hier unten zusammenbleiben sollen. Was ist, wenn er zurückkommt?«

»Siehst du meine Pistole irgendwo? Sie ist mir eben aus der Hand gefallen.«

»Nein, soll ich dir meine geben?«

»Nein, ich finde sie schon«, sagte Lou. »Aber du musst los. Versuch die Bodenluke aufzubekommen, oder schau dich im hinteren Teil des Kellers um. Vielleicht ist da irgendwo ein Fenster oder ein zweiter Eingang. Bitte, Maline, ich komme schon klar.«

»Okay!«

Maline drückte Lou ihr Handy in die Hand. »So hast du wenigstens etwas Licht.«

Mit diesen Worten verschwand sie. Schon nach wenigen Sekunden konnte Lou ihre Kollegin nicht mehr sehen. Das spärliche Licht des Handys war ein schwacher Trost. Immerhin erkannte sie die schemenhaften Umrisse eines Regals und rutschte über den Boden darauf zu. Als sie dicht davor war, schob sie ihre Hand unter das unterste Regalbrett und streifte etwas Weiches. Lou schrie und zog ihre Hand reflexartig zurück. Es dauerte einen Moment, bis sie erneut ihre Finger ausstreckte. Sie atmete erleichtert auf, als sie den Lauf ihrer Pistole ertastete. Sie steckte sie in den Bund ihrer Jeans. Wenige Sekunden später traf sie ein Schlag auf den Hinterkopf. Sie verlor augenblicklich das Bewusstsein.

»Hilfe!«, schrie Daniel. »Hilfe!«

»Das bringt doch nichts!«, rief Waldemar. »Komm lieber her zu mir. Das Wasser steht mir schon bis zum Kinn. Vielleicht kannst du mich noch ein wenig abstützen.«

Doch Daniel hörte nicht auf zu schreien. »Hilfe! Hilfe!«

»Hier hört uns kein Mensch«, sagte Waldemar mit Nachdruck. »Ich habe mir schon den halben Tag die Seele aus dem Leib gebrüllt. Komm endlich her. Ich ertrinke fast.«

Daniel stützte sich an der Wand ab und bewegte sich Zentimeter für Zentimeter auf seinen Leidensgenossen zu.

Endlich stieß er mit seinem Ellenbogen gegen Waldemars Körper und versuchte ihn anzuheben. Aber mit seinen auf dem Rücken gefesselten Händen war das unmöglich. Außerdem ging er dabei selbst unter. »Es geht nicht«, keuchte er.

Waldemar antwortete nicht. Offenbar war er mit dem Mund schon unter Wasser. Daniel hob ihn mit letzter Kraft hoch.

»Lass mich«, stieß Waldemar hervor. »Wir können nicht beide überleben. Ich werde ertrinken.«

»Nein. Du wirst nicht sterben. Genauso wenig wie ich. Hilfe! Hilfe!«

Daniel versuchte, Waldemar über Wasser zu halten, aber es gelang ihm nicht. Schließlich gab der alte Mann nur noch glucksende Geräusche von sich.

»Hilfe. Verdammt noch mal, warum hilft uns denn keiner!«, schrie Daniel voller Panik.

Maline tastete sich vorsichtig vor. Sie war bemüht, so wenig Geräusche wie möglich zu machen. Sie suchte nun den hinteren Kellerbereich ab und war erleichtert, als sie eine schmale Tür entdeckte. Maline atmete tief durch, nahm Anlauf und trat mit aller Kraft gegen das marode Holz. Nach mehreren Versuchen gab die Tür nach. Es gelang ihr, sich nach draußen zu quetschen. Allerdings war der Eingang von außen mit Dornengestrüpp und Brennnesseln zugewachsen. Maline hatte Mühe, sich durchzukämpfen. Sie atmete auf, als sie es endlich schaffte.

Die Siedlung lag ruhig oberhalb des Hügels. Kein Mensch war zu sehen. Sie rannte die Böschung hinauf.

Als sie fast eines der Häuser erreicht hatte, hörte sie Schreie. Gleichzeitig sah sie zwei Streifenwagen mit rotierendem Blaulicht hinter dem Neubau. Abrupt blieb sie stehen und lauschte. Auf einmal war es unheimlich still. Sie entschied, zuerst die Kollegen zu informieren, und rannte weiter bergauf. Da, wieder Schreie. Maline verharrte einen kurzen Moment und lief zurück. Die Schreie wurden lauter. Sie kamen aus der ersten Scheune, die sie vorher gemeinsam mit Lou durchsucht hatte.

»Hilfe! Hilfe!«

Die Schreie kamen von unten. Maline hielt ihre Pistole im Anschlag. Der Geruch von nassem Holz lag in der Luft. Sie stieß mit ihrem Fuß gegen ein Stück Metall. Der Eisenring.

Maline ging in die Hocke und zog mit aller Kraft daran. Wieder erfolglos.

»Hilfe! Hilfe!«

Die Rufe klangen nah und verzweifelt. Maline sah sich um. Im Halbdunkeln sah sie eine Spitzhacke liegen. Sie hob sie auf und begann auf die Falltür einzuschlagen. Das Holz krachte und zersplitterte unter ihren Schlägen, bis die alte Falltür schließlich nachgab. Der Gestank von faulen Eiern schlug ihr entgegen.

Lou öffnete die Augen. Um sie herum war es stockfinster. Sie tastete nach ihrer Pistole im Hosenbund. Sie war noch da. Ihr Kopf schmerzte höllisch. Die Wunde an ihrem Arm brannte. Sie hatte unerträglichen Durst.

Lou versuchte, sich zu orientieren. Ihre Beine waren angewinkelt, die Oberschenkel drückten gegen die Brust. Das linke Bein pochte vor Schmerz. Sie versuchte, es auszustrecken, und stieß dabei gegen eine Wand. Der Geruch von verfaulten Kartoffeln und feuchtem Holz stieg ihr in die Nase. Als sie ihren Kopf hob, stieß sie gegen eine Decke.

»Hallo?«

Ihre Stimme klang dumpf, ihre Kehle war trocken. Sie versuchte noch einmal, ihre Beine auszustrecken. Vergeblich. Die Arme. Erfolglos. Sie stieß überall an. Rechts, links, oben und unten. Holz. Es dauerte einen Augenblick, bis sie verstand. Sie war gefangen. Wahrscheinlich in einer Kiste. Sie war eng. Wie ein Sarg. Allerdings kein Platz, um sich auszustrecken. Dafür war die Kiste höher. Lous Atmung wurde schneller. Ruhe bewahren. Sie versuchte, die aufkommende Panik wegzuatmen. Einatmen. Ausatmen. Die Schmerzen im Bein waren jetzt unerträglich. Ihr Herz raste. Die Atmung wurde wieder hektisch. Sie versuchte, sie zu kontrollieren. Ohne Erfolg. Sie hämmerte mit der flachen Hand gegen die Seitenwände und schrie dabei um ihr Leben.

Maline legte die Spitzhacke beiseite und sah in das Loch unter ihr. Der Gestank war unerträglich. Eine steile Leiter führte hinunter, ein schwacher Lichtstrahl beleuchtete die Stufen.

»Hilfe. Wir sind hier unten. Bitte helfen Sie uns!«

Maline kletterte die Sprossen hinab und sah sich hektisch nach allen Seiten um. Unten auf den Holzdielen stand eine altertümliche Laterne. Die Kerze war fast abgebrannt.

»Hier unten. Hier im Brunnen!«

Maline ging vorsichtig näher, die Pistole im Anschlag. Sie hörte Wassergeräusche und sah einen Schlauch, der sich über den Boden schlängelte.

»Hallo«, sagte eine Stimme hinter ihr. Sie klang sanft. »Ich habe dich erwartet.«

Maline fuhr herum. Filler war direkt hinter ihr. Sie erkannte ihn sofort, obwohl er merkwürdig gekleidet war. »Bleiben Sie, wo Sie sind, oder ich schieße!«

Filler hob die Hände. »Es hat alles seine Ordnung«, sagte er. »Und deshalb kann ich nicht zulassen, dass mein Werk zerstört wird.«

Er machte eine rasche Bewegung auf Maline zu, griff den Wasserschlauch, riss ihn hoch und schlug ihn gegen ihren Arm. Maline war überrascht, strauchelte und stürzte zu Boden. Trotzdem gelang es ihr, einmal zu schießen.

Lou hörte auf zu schreien. Sie war nass geschwitzt. Wusste, dass sie Luft sparen musste. Um sie herum war Stille. Absolute Stille. Von außen drangen keine Geräusche zu ihr durch. Sie versuchte, das mächtiger werdende Beklemmungsgefühl wegzudrücken, doch die Abstände zwischen den Panikattacken wurden immer kürzer. Die Enge ließ kaum eine Bewegung zu. Trotzdem gelang es ihr, Malines Handy aus ihrer Hosentasche zu ziehen. Kein Empfang. Natürlich. Aber immerhin leuchtete das Display zuverlässig und bestätigte, was sie nicht wissen wollte. Sie war in einer Kiste. Und egal, wie fest sie dagegenschlug, das Holz gab nicht nach. Was, wenn Filler sie eingegraben hatte? Was, wenn sie sich tief unter der Erde befand? Lebendig begraben.

Jetzt konnte sie die Tränen nicht länger zurückhalten. Gleichzeitig wusste sie, dass es nur eine Möglichkeit gab, Gewissheit zu bekommen. Entweder sie war die Rettung, oder sie würde sterben. Sie sträubte sich davor, Gewissheit zu haben. Aber die verbrauchte Luft ließ ihr keine Alternative. Sie musste handeln, wenn sie eine

Chance haben wollte. Sie zog ihre Pistole hervor, und hielt sie so weit wie möglich von ihrem Gesicht weg.

Der erste Schuss schlug in die Decke. Lou schrie, so laut sie konnte, und schoss noch zweimal hintereinander. Der Lärm der Schüsse schmerzte in ihren Ohren. Holz splitterte. Sie ließ die Pistole fallen und lauschte. Sie zitterte am ganzen Körper und hörte, wie feine Erde auf den Boden der Kiste rieselte. Jetzt hatte sie Gewissheit. Sie war eingeschlossen, lebendig begraben. Sie schrie, hämmerte gegen die Kiste. Schlug mit den Fäusten gegen die Wände, weinte und schnappte nach Luft. In ihrer Verzweiflung griff sie erneut nach der Pistole, zog die Knie so weit sie konnte an und schoss in die Kistenwand zu ihren Füßen. Sie feuerte so lange, bis das Magazin leer war. Danach fiel ihr die Pistole aus der Hand. Ihre Schläge gegen die Wände wurden kraftlos.

ZWEI WOCHEN SPÄTER

Heider Bergsee

Der Seegrund änderte sich. Aus dem Sand wuchsen meterhohe Gräser, die sich im Wasser wiegten. Die Sicht war gut. Mindestens sieben Meter. Sonnenstrahlen tauchten das Wasser in ein hellgrünes bizarres Licht. Das Seegras wurde dichter. Nur vereinzelt unterbrachen helle unbewachsene Sandflächen das scheinbar undurchdringliche Grün. Henry ließ Friedas Hand los, um die Gräser beiseiteschieben zu können. Im gleichen Moment wurde es dunkler. Wahrscheinlich verdeckte eine dicke Wolke die Sonne. Augenblicklich erschien die Unterwasserwelt düster und wilder. Die Meteorologen hatten Regen gemeldet. Endlich.

Henry tastete wieder nach der Hand seiner Tochter und sah zu ihr rüber. Er machte sich Sorgen. Frieda hatte einiges durchgemacht. Er wusste nicht genau, was in ihr vorging. Jetzt sah sie zu ihm rüber. Sie legte den Kopf schräg und blickte ihm direkt in die Augen. Ihre Luftblasen stiegen gleichmäßig an die Oberfläche, und ihr Blick wirkte entspannt. Er war froh, dass sie gemeinsam Tauchen gehen konnten. Eigentlich sollte es eine Mutter-Tochter-Beschäftigung sein. Eigentlich. Henry verdrängte den Gedanken und konzentrierte sich auf Frieda. Sie tauchten im Shorty und natürlich ohne Kopfhaube. Friedas rote Locken schwebten im Wasser, als würden die Haare von unsichtbaren Fäden nach oben gezogen. Henrys Tauchcomputer zeigte eine Wassertemperatur von sechsundzwanzig Grad. Temperaturen wie im Roten Meer. Nur die Artenvielfalt war bescheidener. Henry machte das Okay-Zeichen, und Frieda antwortete. Alles in Ordnung. Sie schwebten weiter Hand in Hand durch den See. Frieda machte ihn auf einen großen Hecht aufmerksam. Er stand regungslos hinter einem Stein und schwamm auch dann nicht weg, als die beiden nah an ihn herantauchten. Als Frieda hundert Bar anzeigte, machten sie sich auf den Rückweg. Im seichten Wasser am Ufer scheuchten sie einige Flusskrebse auf, als sie sich auf den sandigen Grund knieten, um noch einige Übungen zu machen. Maske fluten und abnehmen und Wechselatmung. Frieda absolvierte die Übungen ohne Probleme. Sie tauchten auf.

Lou sah Frieda und Henry aus dem Wasser kommen. Der Wind frischte auf. Helene schob ihrer Tochter weitere Kissen unter ihr Gipsbein. »Jetzt können wir gleich essen«, sagte sie und winkte Frieda zu. »Brauchst du noch etwas?« Helene sah Lou prüfend an. »Sonst helfe ich Nikodemus und Hanna. Der Grill ist jetzt richtig in Fahrt.«

»Danke, Mutter, mir geht es gut.« Lou beobachtete Helene, die zu Nikodemus ging, der kerzengerade am Grill stand und Würstchen wendete. Helene hatte recht behalten. Nikodemus war eine absolute Bereicherung. Nicht nur wegen des herrlichen Essens, das er ihr in den vergangenen Wochen täglich ins Krankenhaus gebracht hatte. Er arbeitete sauber und diskret, füllte den Kühlschrank mit erlesenen Speisen, ohne sein Budget jemals zu überschreiten. Lou hielt ihn für einen Magier. Sie gab es nicht gerne zu, aber Nikodemus war ein Glücksfall.

Maline setzte sich zu ihr.

»Was gibt es Neues auf der Dienststelle?«, fragte Lou.

»Tom ist gestern Morgen nach Finnland aufgebrochen und angelt wahrscheinlich gerade sein Mittagessen«, sagte Maline.

»Und Ben? Hat er endlich Urlaub genommen?«

»Ja. Eva, er und die Kinder sind drei Wochen in Zoutelande. Seine Eltern sind auch mitgefahren, damit die beiden endlich mal Zeit für sich haben.«

Henry und Frieda erreichten den gedeckten Tisch. Sie ließen ihre Pressluftflaschen auf die Wiese fallen, und Frieda umarmte ihre Mutter. Lou drückte ihr einen Kuss auf die Stirn.

»Alles in Ordnung?«, fragte Henry.

»Mir geht es gut. Wie war euer Tauchgang?«

»Super«, sagte Frieda. »Die Sicht war der Wahnsinn, und wir haben einen großen Hecht gesehen.«

»Sie war sehr gut«, sagte Henry, als Frieda zum Duschen gegangen war. »Wirst du im Urlaub mit ihr tauchen?«

»Natürlich. Was sollen wir sonst auf den Malediven?«, antwortete Lou.

»Kann ich nicht vielleicht doch mitkommen?«

»Und Liz?«

Henry fuhr sich über seine roten Haarstoppeln. »Es ist vorbei.«

»Das tut mir leid. Wirklich.«

Die Sonne kam hinter den Wolken hervor.

Lou holte tief Luft. »Ehrlich gesagt, möchte ich mit Frieda allein fahren. Wir brauchen einfach mal Zeit für uns.«

»Aber überleg doch mal, Frieda und wir beide, was könnte schöner sein? Auch für Frieda.«

»Du meinst, sie könnte denken, dass wir wieder zusammenkommen.«

»Wäre das so falsch?« Er löst seinen Atemregler von der Tarierweste.

»Ja, aus meiner Sicht schon. Wir kommen nicht wieder zusammen. Jedenfalls nicht so. Wir haben uns getrennt. Zu dieser Entscheidung stehe ich. Wer weiß, irgendwann werden wir vielleicht sogar wieder zusammen verreisen können. Aber es ist noch zu früh.«

»Heißt das, dass du mich noch liebst?«

»Wir werden immer miteinander verbunden sein. Du bist Friedas Vater. Aber unsere Ehe ist beendet, und ich möchte sie nicht nach Belieben aufwärmen. Verstehst du?«

»Nein. Aber ich akzeptiere deine Entscheidung.«

»Unsere Entscheidung. Wir haben sie zusammen getroffen. Erinnerst du dich?«

Henry trat einen Schritt vor, beugte sich zu Lou herunter und küsste sie auf die Wange. »Nein. Du weißt genau, dass das nicht stimmt.«

Er brachte seine Flasche zum Wagen. Lou versuchte, Friedas Sachen in die Tauchtasche zu räumen. Aber vom Stuhl aus war es ein mühsames Unterfangen.

»Lass mich das machen«, sagte Maline.

»Ist alles in Ordnung bei dir?«, fragte Lou, als sie Maline eine Weile zugesehen hatte. »Du wirkst bedrückt.«

»Ich muss immer daran denken, dass du hättest tot sein können.«

»Ich fühle mich sehr lebendig.«

»Nein, wirklich. Ich bekomme das Bild nicht aus dem Kopf. Du eingezwängt in diese kleine Kiste. Und dann dein verletztes Bein, du musst höllische Schmerzen gehabt haben.«

»Es heilt gut. Wirklich.«

Aber Maline hatte recht. Sobald Lou nur an die Kiste dachte, bekam sie Atembeschwerden. Sie verdrängte dieses Gefühl und wusste gleichzeitig, dass es ein Fehler war. Ihre Befreiung kannte sie nur aus Erzählungen.

Maline und die Kollegen aus Bergisch Gladbach hatten die Schüsse gehört und sie in dem Erdschacht entdeckt. Zu diesem Zeitpunkt war sie bereits ohnmächtig. Die Ärzte diagnostizierten einen Bänderriss am linken Bein, starke Prellungen und Holzsplitter im Gesicht sowie an den Armen. Ausgelöst durch die Schüsse auf engem Raum, quälte sie zusätzlich ein starker Tinnitus.

»Ich hatte Glück«, sagte Lou.

»Ja. Wenn du nicht geschossen hättest, hätten wir dich nie gefunden. Diese alte Grube kannte wahrscheinlich niemand außer Filler.«

»Kommst du inzwischen besser damit klar, dass du Filler erschossen hast?«

»Ja. Jetzt sehe ich es so: er oder ich. Er hätte mich sonst getötet.«

»Mit Sicherheit.«

»Ich bin aber in psychologischer Behandlung. Das ist ganz hilfreich. Du solltest auch zum Psychologen gehen«, sagte Maline. »Sonst holt dich die Situation in der Kiste irgendwann ein.«

Lou antwortete nicht und trocknete Friedas Tauchmaske. Sie wusste, dass sie etwas tun musste. Aber im Augenblick gab es wichtigere Dinge zu erledigen. Urlaub zum Beispiel. Lou wollte sich mit nichts anderem beschäftigen.

»Abt Jakobus war gestern im Präsidium«, sagte Maline. »Er war in Köln, um Fillers Beerdigung mit vorzubereiten. Er wirkte sehr niedergeschlagen.«

»Kann ich mir vorstellen. Schließlich hat er seinen Mitbruder völlig falsch eingeschätzt.«

»Allerdings«, sagte Maline. »Kann ich dich etwas fragen?«

»Klar.«

»Beschäftigt es dich, dass so viele Menschen sterben mussten?«

»Ja.«

»Was machst du, damit du an diesem Gedanken nicht verzweifelst?«

»Ich denke an die, die wir gerettet haben. Die du gerettet hast.

Fünf Minuten später, und Waldemar Kunick hätte nicht mehr reanimiert werden können, und Daniel Falkner wäre auch ertrunken.«

»Falkner erholt sich nur langsam«, seufzte Maline. »Er stand absolut unter Schock. Filler hat ihm erzählt, dass die Überreste seiner Mutter ebenfalls in dem Brunnen lagen. Falkner hat ihm geglaubt, weil ja die Gebeine seiner Mutter tatsächlich aus ihrem Grab geholt worden sind.«

»Wirklich?«

»Ja. Schrecklich, oder? Der Ärmste hat viel durchgemacht. Dabei hat Filler gelogen. In dem Brunnen lagen Tierkadaver.«

Eine Windböe fegte einige Plastikbecher vom Tisch.

»Hat dir Tom gesagt, dass wir wissen, wer einen Teil der anonymen Briefe geschrieben hat?«, fragte Maline.

»Nein.«

»Es war ein Pärchen aus Holweide. Die beiden hatten zu Hause so eine Art Poststelle. Ihrem Nachbarn sind die vielen Briefumschläge und die enorme Menge ausgeschnittener Papierschnipsel aufgefallen. Die haben sich regelrecht in einen Rausch geklebt.«

»Sind sie schon einmal in Erscheinung getreten?«

»Nein, bisher sind sie nicht weiter aufgefallen. Unfassbar, aber die beiden haben Hunderte Briefe verschickt«, sagte Maline. »Und wahrscheinlich wird das nicht einmal Konsequenzen haben.«

»Und? Hast du auch endlich Urlaub eingereicht?«, fragte Lou.

»Ja. Yadet und ich fahren in die Schweiz. Zwei Wochen Berge, wandern, Gespräche und gutes Essen.«

»Hört sich toll an.«

Sie schwiegen einen Moment.

»Was ist los?«, fragte Lou schließlich. »Du wirkst immer noch bedrückt. Ist es nur wegen des Falls? Oder gibt es noch einen anderen Grund?«

Der Wind wurde stärker. Gleichzeitig schoben sich wieder einige Wolken vor die Sonne.

»Ich habe Yadet gefragt, ob sie mich heiraten will.« Maline sah an Lou vorbei. »Vor zwei Tagen. Ich hab einen Picknickkorb gepackt und bin mit ihr an den Biggesee gefahren.«

»Und? Was hat sie gesagt?«

»Sie muss es sich überlegen.«

»Das ist doch in Ordnung. Immerhin ist es ein großer Schritt.«
»Ich müsste nicht überlegen«, sagte Maline. »Nicht einen Augenblick.«

»Die Würstchen sind fertig!«, rief Helene.

Maline wollte gehen, doch Lou hielt sie zurück. »Du hast gute Arbeit geleistet. Wirklich. Und dafür möchte ich dir danken.«

»Du auch.«

»Ja, vielleicht. Aber Falkner und Kunick verdanken dir ihr Leben. Und wegen Yadet«, Lou räusperte sich, »sie müsste verrückt sein, wenn sie dich nicht heiraten würde.«

Maline lächelte. Hanna kam, legte einen Arm um Lous Schulter und reichte ihr eine Bratwurst. »Du musst schnell essen«, sagte sie, »wer weiß, wie lange das Wetter sich noch hält.«

Der Himmel verfärbte sich grünlich. Der Wind frischte erneut auf. Eilig begann Helene, die Sachen zusammenzuräumen. Frieda und Henry trugen das Tauchequipment zu Lous Wagen, Nikodemus kümmerte sich um den Grill, während Maline die Stühle zusammenklappte. Sie verbreiteten Hektik, vor allem Helene. Nur Hanna und Lou ließen sich nicht aus der Ruhe bringen. Als die ersten schweren Regentropfen fielen, spannte Hanna einen bunten Sonnenschirm auf.

»Danke für deine Unterstützung«, sagte Lou. »Ohne dein Wissen wäre es für mich schwer gewesen, den Fall zu lösen.« Sie gab ihrer Freundin einen Kuss auf die Wange.

Sie aßen schweigend, beobachteten die Leute, die ihre Sachen packten und vor dem nahenden Unwetter in ihre Autos flohen. Der Wind blies nun fast orkanartig. Die ausgetrockneten Äste der Bäume bogen sich knackend im Wind. Eine heftige Böe erfasste einen hellgrünen Schwimmreifen und wirbelte ihn durch die Luft. Ein kleines Mädchen rannte hinterher und versuchte, ihn zu fangen. Der Regen wurde sintflutartig.

Lou und Hanna saßen unter ihrem Schirm. Der dünne Stoff wurde mit den Wassermassen nicht fertig. Es tropfte längst durch. Aber sie blieben sitzen und freuten sich über den lang ersehnten Regen.

NACHWORT

Entgen Lenartz war das letzte Kind, das 1655 im Alter von zwölf Jahren durch den Feuertod auf Melaten hingerichtet wurde.

In der Zeit von 1446 bis 1662 wurden in Köln sechsundachtzig Frauen, elf Männer und sechs Kinder der Hexerei angeklagt, verurteilt und ermordet.

Ein selteneres Strafmaß war der »Stadtverweis«. Ein grausames Urteil. Die Menschen, die es betraf, wurden dadurch vogelfrei und mussten ausgestoßen außerhalb der Stadtmauern leben.

Die Namen der meisten Opfer sind unbekannt. Einige sind allerdings in den Chroniken der Stadt Köln erwähnt. Zu ihnen gehören die Kinder Maria Cäcilia von Ahrweiler und Hans Breidenbach sowie die Erwachsenen Stina Dürrenaels, Tringin von Breisig, Adelheid von Erkelenz, Martin Schmid und Richmond von Glessen. Die Anschuldigungen gegen sie waren vielfältig. Sie reichten von Schadenszauber über Teilnahme am Hexensabbat bis hin zu Hexerei. Sie alle erhielten als Sanktion das Strafmaß Stadtverweis. Ihr weiteres Schicksal ist bis zum heutigen Tag unbekannt.

DANKSAGUNG

Zuerst danke ich Maren Leisner, die all meine Texte liest, meine Arbeit ernst nimmt und mir immer zur Seite steht. Ich danke dir für die Hilfe bei den umfangreichen Recherchearbeiten und für die unzähligen Momente, in denen du da warst und da bist.

Herzlich bedanke ich mich bei Michèle Maria Landezki für die Genauigkeit, mit der sie meine Texte liest, Fragen stellt und Kritik äußert, die mich letztlich jedes Mal weiterbringt. Danke für die vielen Gespräche und für deine Verbundenheit.

Mein spezieller Dank geht an Uschi Zich-Waßer sowie Ralf und Cedric Waßer, die mein Manuskript so sorgfältig gelesen haben. Die Auswertung vor eurem Kamin war aufschlussreich und unterstützend. Danke für die Ernsthaftigkeit, mit der ihr meine Arbeit begleitet.

Ausdrücklich danke ich Anette Gehrke und Tanja Au für die sorgfältige Arbeit, die sie sich mit meinem Manuskript gemacht haben, obwohl wir uns zu diesem Zeitpunkt noch nicht kannten. Danke für den arbeitsintensiven Nachmittag im Westerwald. Die Zusammenarbeit mit euch war mir eine große Hilfe.

Insbesondere danke ich Frau Dr. Hildegard Graß, die sich so viel Zeit für meine Fragen genommen hat und mir einen eindrucksvollen Blick hinter die Kulissen des Kölner Instituts für Rechtsmedizin ermöglichte.

Mein Dank gilt natürlich auch den Beamtinnen und Beamten vom Kriminalkommissariat 11 (Tötungsdelikte) und Kriminalkommissariat 63 (Erkennungsdienst) für die guten Tipps und die Beantwortung meiner Fragen.

Ganz besonders danke ich Winni Südkamp, der mich PC-technisch ins Jahr 2007 befördert hat. Durch deine Unterstützung macht es mir jetzt noch mehr Spaß, am Computer zu sitzen!

Last but not least danke ich Pia Kluth, du weißt, wofür.

Myriane Angelowski
TÖDLICHES IRRLICHT
Broschur, 240 Seiten
ISBN 978-3-89705-632-9

»*Überaus spannende Handlung.*«   Kölner Stadt-Anzeiger

»*Die Mordfälle verbinden sich unterhaltsam mit den privaten
Problemen des Ermittlerduos.*«   Westdeutsche Zeitung

www.emons-verlag.de